本书由湖北社会科学基金资助出版

20世纪中国新诗论纲

彭卫红 ◆ 著

中国社会科学出版社

图书在版编目（CIP）数据

20 世纪中国新诗论纲 / 彭卫红著. —北京：中国社会科学出版社，2017.5
　ISBN 978-7-5161-9908-4

　Ⅰ.①2…　Ⅱ.①彭…　Ⅲ.①诗歌评论—中国—20 世纪　Ⅳ.①I207.22

　中国版本图书馆 CIP 数据核字（2017）第 038100 号

出 版 人	赵剑英
责任编辑	郭晓鸿
特约编辑	席建海
责任校对	周　昊
责任印制	戴　宽

出　　版	中国社会科学出版社
社　　址	北京鼓楼西大街甲 158 号
邮　　编	100720
网　　址	http://www.csspw.cn
发 行 部	010-84083685
门 市 部	010-84029450
经　　销	新华书店及其他书店

印刷装订	北京君升印刷有限公司
版　　次	2017 年 5 月第 1 版
印　　次	2017 年 5 月第 1 次印刷

开　　本	710×1000　1/16
印　　张	20.5
插　　页	2
字　　数	259 千字
定　　价	88.00 元

凡购买中国社会科学出版社图书，如有质量问题请与本社营销中心联系调换
电话：010-84083683
版权所有　侵权必究

目 录

第一章 绪论 ………………………………………………………… 1

第二章 新诗地位的确立 …………………………………………… 14
  第一节 社会的转型与古典诗的式微 …………………………… 14
  第二节 济世致用的文学观与胡适的尝试 ……………………… 21
  第三节 早期白话诗的贡献与局限 ……………………………… 27

第三章 新诗的崛起 ………………………………………………… 35
  第一节 自我的扩张与浪漫主义的腾飞 ………………………… 35
  第二节 小诗的流行与"新女性"镜像构建 …………………… 45
  第三节 冲破藩篱的爱情诗 ……………………………………… 49

第四章 新诗的拓展与分野 ………………………………………… 54
  第一节 新诗群体的持续分化 …………………………………… 55
  第二节 严峻政治生态下的左翼诗歌 …………………………… 57

第三节　抒情与节律并重的新月派 …………………………… 63

　　第四节　以奇为美的象征派 ………………………………… 78

第五章　随时代流变的现代派诗歌 ……………………………… 87

　　第一节　五个"现代"指标 …………………………………… 88

　　第二节　书房与图圄：戴望舒的诗 ………………………… 90

　　第三节　云下坠成树：何其芳的诗 ………………………… 98

　　第四节　从楼阁到广场：卞之琳的诗 ……………………… 105

第六章　时代主潮下的多元并进 ………………………………… 114

　　第一节　感时幽愤的诗歌时代 ……………………………… 115

　　第二节　血与火的洗礼：七月派的诗 ……………………… 126

　　第三节　哲思与情怀的融合：冯至的诗 …………………… 131

　　第四节　现代主义的新变：九叶派的诗 …………………… 137

　　第五节　左翼诗歌的延续：延安诗歌 ……………………… 147

第七章　艾青与30年代后期的诗歌走向 ……………………… 151

　　第一节　呼应时代的选择 …………………………………… 152

　　第二节　"救亡"的现实主义 ………………………………… 161

　　第三节　太阳和它的反光 …………………………………… 170

　　第四节　从精英化向大众化的蜕变 ………………………… 176

第八章　颂体诗歌的昌盛与迷失 …… 183

第一节　诗歌传统的延续与断裂 …… 184

第二节　"老"诗人的普遍性失落 …… 189

第三节　红旗下的新诗人 …… 195

第四节　桂冠诗人：贺敬之与郭小川 …… 200

第五节　不同类型的潜在写作 …… 205

第九章　诗歌的归来与复兴 …… 214

第一节　从一体化到多样化的转变 …… 214

第二节　劫后余生："归来"的诗人 …… 220

第三节　入世与出世：公刘与昌耀的诗 …… 227

第四节　与时代思潮共振的诗人 …… 232

第十章　异质与反叛：朦胧诗 …… 240

第一节　"朦胧诗"命名的话语论争 …… 241

第二节　决绝的反叛：北岛的诗 …… 244

第三节　温婉的抒情：舒婷的诗 …… 250

第四节　致命的童话：顾城的诗 …… 256

第五节　历史的神话：江河和杨炼的诗 …… 262

第十一章　喧哗与骚动：第三代诗歌 …… 265

第一节　第三代诗歌运动 …… 265

第二节　口语化、世俗化趋向 …………………………… 271

第三节　书面化、纯诗化趋向 …………………………… 276

第四节　她们的声音：女性诗歌 ………………………… 283

第十二章　90年代的诗歌 ………………………………… 291

第一节　式微的诗歌时代 ………………………………… 291

第二节　知识分子写作 …………………………………… 297

第三节　民间写作和下半身写作 ………………………… 303

第四节　网络诗歌的兴起 ………………………………… 309

参考文献 ……………………………………………………… 316

后　记 ………………………………………………………… 319

第一章 绪论

何为诗？古今中外的诗论家都试图给诗下一个准确而完整的定义，但所给出的定义却无法涵盖诗的所有特征，诗似乎有一种只可意会不可言传的品质，诗与其他文体的区别似乎就在于它具有某种含混、暧昧、无法言说的特质。在《诗经》流传的时代，孔子就注意到诗的特殊品质，他对诗的社会功能加以概括，提出了"诗可以兴观群怨"的著名论断，但何为诗，孔子却没有给它下定义，似乎诗具有某种不言自明的不凡的品质。现在人们大都以《毛诗序》对诗的定义来谈论中国古代对诗的看法，《毛诗序》言："诗者，志之所之也，在心为志，发言为诗。"这段话所表达的基本含义是，诗是人的主观心志外化的结果，它对诗从何而来，因何而生作了简明的阐释，但是对什么是志，哪些志最可能产生诗，志如何转化成诗，诗应该具有何种特质，并未给出详细的说明。直到魏晋时期，刘勰的《文心雕龙》、钟嵘的《诗品》等的出现才对诗的性质有一个比较详细、准确的阐释。而西方对于诗的概念同样很模糊，"诗"一词源于古希腊语 poesis，意思是以韵文或非韵文形式"制作"，诗通常是指"以语言为材料的制成品"，并未区分韵文和非韵文，后来逐渐演化为"任何用韵文体写作的作品"①，这种概念与我国古代把文体简单划分为韵文与非韵文有某种相似之处，但显然诗是韵文中特别的一类，诗在用韵的精妙、比喻的新颖和文本的独特性上显然与其他韵文有质的区别。到了文艺复兴时期及以后，西方对文体、文类意识进一步自觉，人们才从本体上对诗进行概括，出现了不少经典的论断。近现代以来，东西方学者对诗的观念日益趋近，虽然时代及艺术思潮在不断变化，但有关诗的基本特质并未有多大争议，人们普遍地把饱含强烈思想情感、具有非凡想象力的、由一定的音乐性节奏所构成的文本当作诗加以对待。

我们在谈论诗的时候，首先应注意到诗的强烈的抒情性特质。众所周知，诗缘情而生，诗是激情的艺术，激情是诗的灵魂，只有激情才能成就诗人。英国诗人拜伦说："诗歌是感情激动的表现，诗本身就是热情。"他认为，热情是诗的粮食，诗的薪火。诗歌是强烈的情感性文体，是生命的内在冲动的体现，人的强烈的情感作用于内心，通过语言得以外化，表现为诗。诗中的情感必须强烈、饱满、纯粹，这种情感达到极限时，就和音乐、舞蹈融为一体了。一般而言，浪漫主义诗人是以直抒胸臆的方式直接表现自己的情感，现代主义诗人以冷凝的、间接的方式进行抒情，前者显得过分张扬直露，后者呈现出外冷内热、似冷实热的特点。

诗歌是人类情感最杰出的载体，但诗中的情感不能等同于人们在日常生活中的情感。日常生活中的人的情感是芜杂的、混合的，带有某种功利化、世俗化的倾向，而诗中的情感是一种非功利的、纯粹的、没有杂质的审美情感，甚至是超越生活经验，宗教般的情感，并非属于人的所有情感体验都可以并值得进入诗行，那些

---

① ［英］罗吉·福勒主编：《现代西方文学批评术语词典》，袁德成译，四川人民出版社1987年版，第208—209页。

卑下、奴颜、鄙俗的意念无论用何等华丽的文字包装，都是低级的、非诗的。诗中的情感不仅充分形式化了，而且具备某种向形而上世界靠近的品质，认为诗中的情感是现实生活情感的直接反映，这种观念至少是一种偏颇的机械论，因为人们在现实生活中有太多的私心杂念、功利化的欲求（特别是那种升官发财之类的物质欲求），但诗在某种程度上是对这种世俗欲求的拒绝、抵抗甚至反叛，诗抒发的是一种超越于、摆脱了世俗功利的心灵和精神获得心身自由、解放的情感体验。

其次，诗是想象性的艺术，没有想象和幻想，就没有诗歌。诗天生是人类所特有的一种生成幻想、创造幻想、传递幻想、满足幻想的重要方式。诗比其他任何文学式样都强调想象，强调想象的奇幻性，因为诗是一种在异想天开的境界中感受激情和真理的极限的艺术。所谓想象是一种在不同的事物之间找出暗含的相似性并将它们巧妙地、有机地联系起来融为一体的能力，它具有跨越时空、物我阈限的无限延伸的性质，它用一种无限深入的感性的方式，甚至可以达到理性难以达到的深度、广度和力度。它是诗人必须具备的至关重要的天赋和才能。如果没有丰沛、深湛的想象力很难成为一个杰出的诗人。

想象不仅仅是将具体的事物变形、铸造成另一种具体的事物，也包括将一些抽象的、虚空的概念具体化、形象化。想象促使一切存在的或不存在的事物都以鲜明的轮廓和可感的另一种新的形象呈现出来。想象的变形功能可以使同一种事物幻化为千差万别的事物，也能使根本毫不相干的两件或几件事情亲密无间地融合在一起，从生活中的实体演化为诗中活灵活现的意象，几乎无一例外地需要经过诗人的变形处理。想象是诗人点石成金的魔杖，诗的想象实质上是对事物的创造性的变形和重构，它使该事物脱离生硬的物质属性，诗人将生命的精华灌注于事物的体内并赋予它新的形式和外表，使这种事物异变成一个无处不在、无迹可求的精灵，一个诗人心灵世界的象征体。有些诗人的想象力远远超过他曾经拥有的实际情感体验和感官经验，单凭这种非凡的想象力诗人就可以摆脱、超越个人经验、知识、环境的局限，在无限的联想和类比中把握隐藏于现象之后的精神意义，借助想象创造出一个高于现实存在的新世界。想象毫无疑问与存留在意识、潜意识中的表象记忆有密切的关系，在诗人强烈的情感的感召、呼唤下，那些沉睡的带有某种情绪的记忆的碎片被唤醒、激活，并迅速聚集，听从诗人的调遣、分派和重构，主动地参与、协助诗的意象的营造，以一种新的整合的情感的符号形式浮现在诗人脑海里，诗人通过文字把它们捕捉、收获于自己的囊中。在想象过程中不排除非理性、潜意识、幻觉、直觉等因素的作用，有时它们的作用还非同小可，但总体上看，想象过程是在潜在的理性、情感的逻辑的制约、掌控下的一种自觉活动。有些未受潜在理性约束的、未经深刻的感情渗透的想象往往呈现出一种无限夸张的荒诞和浮肿的狂妄，具有某种类似神话中所表现的那种过于浮夸、幼稚的特点。

想象力的丰富与贫乏的确有天生的一面，但后天自觉的培养、强化也能弥补想象力的某些不足，经常寻找新颖别致的比喻词，培养自己的直觉思维的习惯，有意识地将某一物体替换成另外的事物，或由一件事自由联想出与之有关的另一些事，诸如此类，都有助于想象力的提高，当应用想象成为一种习惯之时，想象就会内化成为一种创造性的能力。

诗无疑是音乐性强的艺术，在某种程度上可以说抒情是诗歌的生命，音乐是诗歌的灵魂，诗歌的音乐性与音乐所追求的节奏、旋律等具有一致性。无论东西方，很早都把诗划归在韵文一类，这说明人类在诗诞生之初就很直观地把握了诗的音韵节奏这一特点。诗歌特别注重节奏和韵律，有效的节奏和韵律可以使诗在声音上悦耳动听，也可以激起心灵上的共振共鸣。在所有的文学文体中，音乐性是诗歌艺术独有的特性，散文、小说等样式对此没有过多的要求。古代许多诗歌可以谱曲吟唱，后来诗歌与歌曲分离，逐渐独立出来，但仍然保留了其音乐特质。有人认为小说是一种叙事（说故事），一般需要客观、冷静居多；散文是一种谈话，一般是以一种闲散的姿态信马由缰、侃侃而谈；诗歌是一种歌唱，一种以激情、抒情的方式的吟唱。这种说法是有道理的。不过，浪漫主义诗人或讲究格律的诗人更注重以外在的韵律来增强诗的音乐效果，现代主义诗人或追求自由体的诗人更注重以内在的情感的律动来传达诗的音乐效果。

诗的分行、分节排列是诗区别于其他文体的最显著的外在形态，这种特殊的排列形式从诗人方面来说，有利于诗人用最凝练的字词去表达自己的思想感情，发挥每一个字、词、句所蕴藏的巨大潜能，在有限的范围内去苦心经营意象、意境，因为诗歌的意义就蕴含在这些巧妙安排、组织的字里行间，"诗歌的意义与上下文是紧密相关的：一个字不仅具有字典上指出的含义，而且具有它的同义词和同音异义词的味道。词汇不仅本身有意义，而且会引发在声音上、感觉上或引申的意义上与其有关联的其他词汇的意义，甚至引发那些与它意义相反或者相互排斥的词汇的意义"[①]。对于读者而言，这种形式也有利于读者沉潜于阅读之中，一首排列得体的诗如同一封简短而意味深长的情书，恋人展开情书时会被它波浪般捉摸不定的形式所吸引，情思也因信的内容让他（她）心游万仞，浮想联翩，诗的分行、分节排列有利于读者字斟句酌地去仔细分析、玩味字句包含的意蕴，展开无限的

---

① ［美］勒内·韦勒克、奥斯汀·沃伦：《文学理论》，刘象愚等译，江苏教育出版社2005年版，第197页。

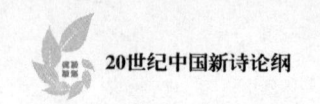

想象和幻想，获得审美愉悦。

另外，诗在内在形态上也具有其他文学文体所不具有的跳跃性，诗中的一切都可以按照诗的情感、感觉、幻想的需要重组，诗可以消解时间、空间、语法对它的约束，可以不遵从时空顺序，在时空上任意伸缩，突如其来，飘摇而去，天马行空，无迹可求，可以打破语法规范的束缚，可以省略过程、过渡及关联词，留下大量的空白和省略，甚至断裂，因为诗歌只需遵循情感和想象的逻辑，其他一切戒律可以忽略不计，无论中外，诗人自古以来就被赋予打破语言、语法常规，超越散文的严谨之外的特权。

诗与其他文学样式相比，最具超前性、探索性的品质，这是由它的本性使然。因为诗是最具个人化的、最能代表个人独创性的艺术形式，它天生拒绝平庸的安宁、持重的保守，它试图用自己内在的最大热能证明自己别具一格的个性。诗不像叙事性文体那样讲述一个完整的事件，它只提供某些情绪、感觉、幻想的藕断丝连的片段或意象，通过巧妙的组合，以局部暗示整体，以瞬间暗示无限，以个体经验印证人类普遍的情绪，使读者沉浸其中又浮想于外，最终忘怀诗和语言本身，达到一种渺无边际的玄想和感悟的境界。一般来说，诗的题材范围比散文狭窄，能用散文写成的最好用散文，将一篇不错的散文改写成诗的尝试是一种错误的冒险。

诗与其他文学文体的区别是明显的，在某种程度上说，诗是比小说更值得信赖的文体，诗人是比小说家更真诚、更富有激情的一种人。诗的主观性、表现性特质似乎注定即使在最写实的诗中也能窥见诗人自我的影子。小说家的精神面貌往往是模糊不清的，小说家善于虚构，在各种叙事策略、花招的遮掩下可以将他的自我化为乌有。与小说相反，诗天然地忽视、省略叙事和描摹客观世界，小说越主观化时越接近诗，小说越情节化、故事化时越远离诗。当然随着时代的变化,诗的表现形式也日趋多样化,除了抒情之外,适度的叙事成分、戏剧化场景甚至夹叙夹议等也被诗所接纳,这些表现方式丰富了诗歌技巧,拓展了诗歌的表现空间,现代的诗无论内容还是形式上越来越呈现出综合性、杂糅性、多样化的特点。

我们常常把诗和歌并称,在古代它们都属韵文的范畴,通常把歌词也看成诗的一种形式,但诗与歌侧重点各有不同,诗主要诉诸视觉并内化为发人深省的意象,歌更多地作用于人的听觉并停驻于感官享乐的层面,诗内敛,歌外倾,歌受到曲调的约束,部分地损失了它的文字表现的深度、广度和力度。诗可以自由地呈现人与语言的各种关系和结构,从而获得比歌更持久、更深刻、更远大的影响。歌可迎合某一时尚而流行一时,诗却因透穿某种真理而永生,到了现代、后现代社会,诗与歌词的差异更显著,尤其是流行歌曲的歌词更多会考虑商业的、娱乐的、流行的社会性因素,极容易被大众娱乐市场所操纵、所挟持,以致完全丧失艺术的创造性和纯粹性,沦为大众娱乐消费的商品。

诗的语言是艺术语言的顶峰,诗人是永远也达不到顶点也永远不肯放弃攀登的跋涉者。诗人应该成为他所属民族语言的最高的代表,他必须通过自己的精心创造使本民族的语言变得明晰、纯粹、丰富、深刻,充满新鲜旺盛的生命力。诗人有义务提高本民族应用语言的水平,更新民族语言的表达方式,使本民族的思想情感获得准确、细腻、丰富的表达。每一个诗人对他所应用的语言应该有一种近似崇拜的心理,每一个单词不是一个腐朽的骷髅,而是一个完整的饱含思想感情的活跃的生命,诗人借助于语言表现自我,实际上是凭借语言固定、留存自己的生命,是借语言使自我永生,语言是诗人能获得永恒生命的上帝。在相对稳定的创造环境中,诗人应尽可能地关注诗的本质,关注语言本身,关注生命与语言怎样达到一种合而为一的顶峰状态，从而使诗人个体生命在诗中获得永恒的生命形式。

　　诗的语言不同于日常生活语言，日常语言大多是松散、残缺不全、杂乱无章的，诗的语言是对日常语言的提高和调整、精练和提纯，它是诗人按照某种情感和意念，将语言组织成完整、有序、有机的结构，使语言具有一种内在的张力和磁性。日常生活中我们也常常用各种比喻，但这些比喻已经泛用为一种陈旧的熟语，再也感受不到它们的活生生的姿态和旺盛的力量，它们变成了语言的惰性和惯性的支持者。诗人必须尽量选择独创、新颖、强健的比喻，对那些腐朽的陈词滥调来一次语言上的革命。

　　诗与其他文体相比，对语言创新的追求更加突出。之所以要强调诗的语言必须新奇、独创，是因为日常生活的平庸、机械的语言以整齐划一的方式规范、约束着人的心理和行为，自我常常处于一种普遍的沉沦、昏昧、麻木的状态。诗作为人的一种精神自由的表现形式，必须以它新颖独特的方式唤醒、激活甚至震撼人们习惯于平庸的心灵，给沉闷乏味的日常生活灌注新鲜、强劲的活力。一个成熟的、有创造力的诗人应警觉地意识到，自己绝不能以前人同样的语言形式制造某些仿制品，只有另辟蹊径才可能创造出独具一格的诗品，以另一种姿态与那些杰出的诗人并驾齐驱。诗人必须以个体的具有开拓性的语言实践使自己获得独一无二的存在，甚至在某种程度上使整个诗的秩序发生某种不可逆转的变动，这种推陈出新的冲动往往使诗的嬗变比其他文体更剧烈、更迅疾，同时也更喧哗、更浮躁。

　　我们研究中国新诗在20世纪的发展历程和嬗变的规律，首先要意识到中国新诗的诞生和发展与中国历史剧烈转型的关系。1840年鸦片战争以后，西方列强的持续侵略，使整个中国陷入空前的危机之中，在危机中逐渐觉醒的知识分子意识到改良和变革中国的必要性和迫切性，而通过文化、文学的方式改变中国人的精神状态，唤醒民众的民族意识成为当务之急。那些怀抱变革和启蒙理想的先驱们意识到白话文在表达、传播、宣传现代文化、现代精神上的直接性和便利性，发动了声势浩大的新文化运动，以白话代替文言，以白话创作新文学成为势不可当的时代主潮，中国新诗也成为新文化运动的急先锋，以胡适为代表的白话诗人敢为人先，最先尝试白话诗创作，为新文化取代旧文化、新文学战胜旧文学作出了筚路蓝缕的贡献。众所周知，中国新诗不是中国古典诗歌的自然、合理、自由的延伸和发展，反而是在对中国古典诗歌传统和规则的某种程度的颠覆和断裂中，在对西方诗歌的模仿、学习中发展起来的。1917年开始新文化运动以后，一种以白话口语为基本语汇、以传达现代人的思想情感的新诗取代了古典诗的地位，以某种强攻硬占的方式矗立于诗坛，虽然引起巨大的争议和呵责，但在一批新诗人的努力创造下，以诗歌实绩逐渐赢得人们的认可和喜爱，特别是郭沫若的诗、以冰心为代表的小诗，以及稍后出现的闻一多、徐志摩等人的诗，在很大程度上改变了人们对新诗的看法，新诗也因此在文坛站稳了脚跟。

　　中国新诗虽然与中国古典诗歌有明显的不同，但它们之间的联系类似一种遗传基因是无法割舍的。中国古典诗歌被认为，"最突出的传统就是以抒情言志为本，以教化为功，以意境的创造为最高美学追求，以赋比兴为一般表现手段，以格律美为最高形式追求，等等"[①]。这些品质被中国新诗人部分继承并发扬光大。中国新诗部分吸收了中国古典的传统和精华，并加以现代化改造，虽然从整体上否定了古代"思无邪"，"温柔敦厚"，"怨而不怒，哀而不伤"，"发乎情，止于礼

---

① 龙泉明：《中国新诗流变论》，人民文学出版社1999年版，第632页。

义"的儒家传统诗教，但承传了古代诗歌以抒情言志为本的优良传统，把诗歌当作抒发内在思想感情，传达人生态度、社会理想的重要工具。中国新诗不但承续了古代诗歌的主情主义，而且还发扬了古代诗歌重社会功能的传统。在诗歌形式上，部分诗人非常注重意象和意境的创造，中国古代诗歌的这一传统美学理念得以进一步延伸和扩展。中国传统的赋比兴的手法得以继承，特别是民歌体、歌谣体诗歌被大量应用。中国古代诗歌格律的外在形式在新诗中被大多数人放弃，但有一部分诗人仍在探索如何采用现代汉语的音韵写出现代格律或半格律诗歌。

  有关中国新诗的历史分期我们采用三分法，即按1917—1949年、1949—1976年、1976—1999年分为三个不同时期，虽然有人质疑这种按照历史时期的变动划分诗歌时期的合理性，但是中国社会的历史—政治巨变的确对中国文学发生了深刻、实质性的影响，这也是有目共睹的事实，文学或者诗歌无法选择自己的历史环境，它只能以某种艺术化的方式顺应或反抗历史，本书所撰写的正是在历史与现实的夹缝中，中国新诗如何嬗变，如何以艺术的方式映照历史变化的复杂而曲折、艰难而辉煌的历程。对于这三个时期诗歌的评价，学术界还未能达成共识，一般认为1917—1949年这一时期，诗歌按照启蒙到救亡的历史进程在向前发展，新诗思潮也在不断变化之中，现代文学第一个十年，诗歌的各个派别、群体在文学革命的旗帜下形成了某种自由、开放、多元的态势，浪漫主义的、现实主义的、现代主义的诗歌都有所发展，但到了20世纪20年代中后期，随着政治形势的日益严峻，诗歌因政治、艺术观念的分歧逐渐分化甚至对立起来，为政治、为社会的写作与为艺术、为自我表达写作两种倾向泾渭分明，各自为政，甚至互相攻讦和诋毁。1937年抗日战争爆发后，诗人们以民族大义为重，尽弃前嫌，团结在统一抗战的大旗下，写下了不少能激发抗战斗志的诗篇，虽然抗战使诗歌的主题和题材选择相对狭窄，现实主义诗歌成为时代的主潮，但不同的诗人仍然能表现出不同的艺术风格，特别是在西南联大的诗人群体，在物质极度匮乏、时有战争恐怖的状态下仍然能坚持新诗的现代性探索，彰显了文化守望者和创造者的应有品质。战后到1949年虽然短暂，但各种形态的诗歌依然在按照其自身的轨迹发展，特别是讽刺类型的诗歌在这一时期异常繁荣，似乎预示了一个时代即将寿终正寝的宿命。1949—1976年的诗歌是左翼诗歌沿着毛泽东的文艺思想持续发展的时期，政治与诗歌的紧密结合是这一时期最重要的特征，颂体诗成为一个时代绝对的主流，出现了以贺敬之、郭小川等为代表的政治抒情诗人，由于毛泽东对诗歌的创作有某些指导性的建议，使得这一时期的诗歌大体沿着民歌加古典的路子行进，这条道路虽然狭窄，但也有一些诗歌写出了具有本民族特色的民歌风、古典味，但是到了1958年新民歌运动之时，那种类似神话传说般的民歌体诗歌不着边际的夸张和抒情是那个病态时代典型的表征。到了"文革"，主流诗坛乏善可陈，但一些成名诗人和未名诗人在私下写下了一些作品，有的在新时期才得以发表，有的在当时以手抄或油印的方式在小范围传播，成为后来被称作"潜在写作"或"地下写作"的重要组成部分，这些诗歌虽在当时未形成巨大的社会影响，但作为一股不可忽视的地下潜流，所表现出来的思想、艺术上的反思、另类、反叛的特质，比较真实地记录了那个时代已经逐渐觉醒了的知识分子们的心灵轨迹，也为下一个时期的诗歌做了前期的准备和铺垫。1976年"四五运动"中所激发的诗歌风潮也是政治抒情诗歌的一种表现形式，它预示着一个时代即将结束的命运。新时期的来临虽然以政治事件为起点，也明显有一段时间的过渡和徘徊，但1979年以后整个文学进程明显加快，"归来"诗人反思的力度和朦胧诗反叛的力度都是史无前例的，朦胧诗以它先锋、决绝的姿态引起社会强烈的反响，诗中对人的尊重、对自由的呼吁、对过去的否定都是空前的，朦胧诗在中国文学进程中所起的引领和推动作用是当时其他文学派别不可比拟的，朦胧诗及以三个"崛起"为代表的支持者最终赢得了广泛的认同，朦胧诗也开始走向经典化的历程。而另有一批新诗人，在20世纪80年代中期开始，写出了一些与朦胧诗风格迥异的诗，这批新诗人政治意识、公民意识明显下降，但个性意识和突破—创新意识明显增强，1986年所呈现的"百花齐放"繁荣而混乱的诗歌状态，是以往中国诗坛少有的，虽然被时间淘洗、留下的只是少数诗歌群体和诗人，但他们的写作路径和呈现出来的风格已与前一个时期大相径庭。他们更强调以个人化的方式去表现多种人生体验，强化诗的叙事性、散文化，有些诗人继续用纯正的书面语写作，有些诗人选择用口语甚至某些具有方言特征的方式写作，新诗诞生以来，诗的雅化和俗化两种倾向再次出现。20世纪90年代，随着中国社会市场化、商业化的转型，整个文学艺术走向边缘化的宿命，诗歌更是成为边缘中的边缘，坚持写诗、读诗和评诗的人都急剧减少，写诗和读诗成为某种小圈子的活动，但就是在这样恶劣的生存环境中，一些诗人还在寂寞地坚守，而且还在尝试通过发行自办刊物增强诗的凝聚力，但是与此同时，两种写作倾向的诗人之间的诗歌思想艺术的分歧越来越大，在20世纪末以激烈的形式公开化，即所谓民间写作和知识分子写作之间的矛盾。这种只限于诗坛内部的论争与冲突带有宗派主义和圈子主义的倾向，而商业化时代诗歌如何建立与社会、与读者的广泛联系等更迫切的问题却无人关注，论争的价值和意义极其有限。20世纪末，随着网络时代的来临，如何利用网络平台繁荣和传播诗歌成为一个新的课题，在网上发表诗歌及诗歌主张也成为新诗人的新选择，在混乱无序的网络空间，有一批自称"下半身写作"的作者以性为主要写作对象，写人类的"下半身"的欲望和冲动，把人简化成肉体和肉欲，这种将肉体和肉欲乌托邦化的写作在网络上盛嚣一时，这种极端化的写作方式可能会暂时解构人的精神的过度神圣性，但永远不能建构起人类渴望达到的心身合一的境界，反而很容易沦为商业化时代娱乐化、感官化的同谋者。一个世纪的诗歌就在这种喧哗而空虚的表演中落下了帷幕，而把检阅、评价、反省甚至检讨的责任留给了那些对中国新诗怀抱热忱和期待的人们。

第二章 新诗地位的确立

1840年发生的鸦片战争,是中国历史从古代到近现代的转折点,也是中国文学从古代向近现代转型的分界线。鸦片战争把天朝帝国从美梦中惊醒,西方列强用坚船利炮打开了古老帝国的大门,清朝在被迫接受许多不平等条约、物质遭到掠夺的同时,西方的各种思想也涌了进来,如同生物入侵一样,中国原有的古典社会生态平衡完全被破坏,亡国灭种的危机日甚一日,中国社会在强大外力作用之下开始发生重大的转型,许多具有历史使命感和社会责任感的知识分子开始利用西方思想文化探索救亡图存的道路,中国艰难而曲折地向现代转型的历程从此拉开帷幕。

第一节 社会的转型与古典诗的式微

1840年后的中国国运日益衰败,特别是1894年的中日甲午战争的失败和《马关条约》的签订,把大清帝国推向了灭亡的边缘,中国半殖民地化的程度进一步加深,继后西方列强掀起了瓜分中国的狂潮。清朝政府也强烈意识到天朝帝国濒临亡国灭种的危机,也开始实行一定程度的自我修正和改良的措施。而以康有为、梁启超为代表的维新派大力鼓吹变法维新，1898年康有为上书光绪皇帝，在朝野内外的推动下，光绪帝颁布一系列新政条例，但维新只持续了三个多月因遭到慈禧及其幕僚的强烈反对宣告失败。百日维新虽然失败，但变革维新、救亡图存的思想意识却被爱国的知识分子发扬光大，一场启发民众参与自新变革的新民救国的文化运动很快在全国形成燎原之势，正如周作人所言："自甲午战争后，不但中国的政治上发生了极大的变动，即在文学方面，也正在时时动摇，处处变化，正好像是上一个时代的结尾，下一个时代的开端。"[①] 古老的中国迫不得已进入了持续阵痛的历史转型期。

随着民族危机的日趋严重，救亡与启蒙的呼声也一浪高过一浪，世纪之交的众多知识分子之中，梁启超对时代的影响无疑是巨大而深刻的，尤其是在戊戌变法失败到1903年几年中，他在日本创办的《清议报》《新民丛报》等报刊上发表了一系列文章，大量、广泛地介绍西方资产阶级各种理论学说，为当时渴望获取思想资源的中国人特别是年轻知识分子打开了一扇向西方学习的大门，造成广泛的社会影响，对当时的青年人的思想启蒙起到了非常重要的作用，梁启超的许多主张直接成为那个时代知识分子阶层的主导思想，并为时代的进步起到了推动作用。他的思想启蒙工作在很大程度上弥补了以孙中山为首的民主革命派这方面的不足，为以后更大的社会革命奠定了思想基础，后来掀起新文化运动的新一代知识分子如胡适、陈独秀、鲁迅、周作人等都承认在思想上受到过梁启超的影响和启发。

在世纪之交的中国，变法改良的主张成为当时知识精英的共识，从思想、文化入手，改变中国人的精神面貌，被认为是社会改良行之

---

① 周作人：《中国新文学的源流》，江苏文艺出版社2007年版，第55页。

有效的方式，而文学成为其中的一个重要部分，在戊戌变法前梁启超就提出了"诗界革命"的口号，戊戌变法以后又相继提出"小说界革命""文界革命"等口号。在资产阶级民主改良运动中，他们利用文学艺术的功利性目的非常明确，就是希望通过新的文学内容和形式把他们的维新改良思想传播给广大民众。梁启超提出"诗界革命"的口号，希望中国诗歌能以旧风格含新意境，吸纳西方诗风，为中国诗歌开辟一个新天地，为宣传变革维新起到鼓吹呐喊的作用。诗界革命是改良主义政治运动的一个派生物，"我手写吾口"成为诗界革命的口号，黄遵宪的诗是最能体现当时诗界革命的诗歌。

就诗歌而言，1840年以前的中国古典诗歌相当繁荣，不仅诗人众多，诗歌流派也很多，虽然没有特别杰出的诗人，但也延续着古典诗歌的那份平和与优雅。按其取法的前辈来划分，大致有尊唐、法宋两种不同的派别和倾向，各派别也都有自己的代表诗人，但历来人们对清代诗歌评价不是很高，虽然清代的诗整体成就高于元、明两代，但一般认为古典诗歌到了清朝晚期，艺术内容与艺术形式上都已经到了古典诗歌的某种极限，都是在某种自我封闭的视野内重复或模仿前人的诗歌内容和技巧，泥古大于创新，如果不向外突破，几乎没有了再生长的空间，诗歌似乎就在等待一次洗心革面的文学革命。

1840年以后，中国社会转向近代时期，在资产阶级民主改良运动兴起之时，诗人作为时代最为敏感的群体，非常明确地意识到自己身上的时代责任，他们中的许多人本身就是参与变革维新的中坚分子，他们在诗界革命的号召之下，大胆地进行内容与形式上的创新。这个时期的诗歌具有半新半旧、半新不旧的明显的过渡性质，一方面，在民族危亡时刻所唤起的忧患意识、使命感和责任感需要急切的表达，自娱自乐的古典文人雅士的方式被一些"维新"的诗人放弃，开始通过新兴的各种现代媒介（报刊等）使自己的诗作获得社会反响，唤起人们的救亡图存的意识，并且随着国门被打开，诗人们希望把所感受到的某些现代思想、情绪及国外的所见所闻通过诗的形式表达出来；另一方面，许多诗人在写作中还被古典诗歌的运思、语言、结构、格律等方式所束缚，无法完全无拘无束自由地抒发心声，在这个阶段最具代表性的诗人莫过于黄遵宪。

黄遵宪（1848—1905）是世纪之交一个具有承前启后意义的诗人，《人境庐诗草》诗集收录了他生前六百余首诗。他是在内忧外患的时代成长起来的知识分子，他的一生伴随着清朝危机的日甚一日，而正是这种历史遭际使他比同辈人更清醒地意识到打破固有的传统、吸纳新思想的重要性。他长期在国外当外交官，培养了他开阔的文化视野，他对西方及日本的思想文化和文学比较了解，对中国古典诗歌的成就与局限有比较自觉的认识，他意识到语言与文字的分离对传播文化、开启民智、推动社会进步的局限，他根据日本维新成功的经验，提出"更变一文体为适用于今，通行于俗者"的主张，试图解决文言不一致的问题，但未能有实质性的突破。他在《人境庐诗草·自序》中提出不少有益的主张，他反对当时诗歌界泥古成风、食古不化的普遍状况，希望诗歌"欲弃去古人之糟粕，而不为古人所束缚"。他意识到超越古代诗人难乎其难，但他还是希望自己能做到"不名一格，不专一体，要不失乎为我之诗"。他以比同时代更开阔的视野对待诗歌，虽然他对诗歌的设计局限于古典诗歌的框架内，具有某种典型的改良主义的特征，但毕竟已迈出了一大步。他主张"诗外有事，诗中有人"，他的诗中大量表现当时重大的历史事件，真实表达了已经初步觉醒了的中国人在历史巨变中痛苦而复杂的心绪。在诗体形式上，他出入古今，融合新旧，常以议论入诗，把译自外国的诸多名词写入自己的诗中，也不避讳方言俗语；他的诗的语言具有某种典型的古今、中外、新旧、雅俗糅杂的特征，这种特征也正是那个转型的时代在文学上的反映。他的"我手写吾口，古岂能拘牵"这句诗，振聋发聩，启发了许多旧诗人大胆突破古典诗歌的阈限，尝试用"旧瓶装新酒"的方式写诗，他已经预感到一个崭新的诗歌时代就要来临。

另外，在世纪之交，康有为、谭嗣同、夏曾佑、丘逢甲及女革命家秋瑾等人的诗歌创作，都产生过广泛的社会影响，他们的诗无论在宣传新思想还是变革诗歌形式上都有积极的贡献，虽然他们和黄遵宪一样，都未能打破旧诗体的束缚，但他们所弘扬的变革维新、敢为人先的精神被后起的诗人所继承和发扬，为不远将来的文学革命和白话新诗提供了可资借鉴的思想文化资源。

1909年成立的南社的诗歌对传达进步思想有一定的贡献，他们中的成员柳亚子、苏曼殊等人的文学成就比较显著，他们希望通过诗歌兴邦救国，把文学当作唤醒民众的号角，呼唤一个新的时代的来临，但他们的诗歌仍然是在旧有的框架里面的创新，他们多钟情于古典诗词的创作，诗词虽写得颇有个性，但对诗歌形式的解放、对白话诗的发展没起多大作用。在后来白话诗蔚然成风之时，南社依然坚持用文言写旧体诗词，表现出某种顽固的保守主义倾向，受到新派白话诗人刘半农等人的猛烈批判。

白话为何会取代文言成为一个时代的选择，与整个时代，特别是新的知识精英的主流文化思想关系密切。当源自西方的一套哲学思想、价值观念需要用更自由、更直接的话语方式表达的时候，那些思想精英们对旧的传统思想的批判、对传统语言（文言）的否定就在所难免了。

中国古代长期施行精英治国的模式，文言写就的朝廷奏折与文牍只在小范围传阅，民众参政、议政的参与度非常低，朝代更迭与广大百姓几乎无关，到近现代，民族—国家概念逐渐深入人心，"国家兴亡，匹夫有责"已不再是古代文人的豪言壮语，在内忧外患日甚一日的严峻形势下，知识精英们意识到启蒙和发动民众参与国家、民族救亡的重要性，而语言，特别是白话语言，在传播、宣传中的便利性、亲和性是文言不可比拟的，文言一致或取消文言，对于传播新思想、新道德、启发民智、凝聚人心都有巨大的作用。当时的精英对取消文言、利用白话写作的强调，其功利性是显而易见的。

由文言变成白话，这种变化并非突发的，在白话文兴起之前，古代文学中的白话因素已经有了一定程度的发展，特别是小说方面，更是有许多半文言半白话的作品大量出现，并且应用白话写作的水平已非常高超。诗歌里面的白话因素也有很长的历史，特别是在明清之际的民歌、旧诗中的竹枝词也有很多白话成分。晚清已经开始的要求"言文一致"的白话文运动越来越得到人们的响应，为以后文学革命提倡白话文、放弃文言写作做好了铺垫。

1905年清朝政府取消了科举制度，从此切断了士人通过科举获得晋升官职的可能，也为崭新的、不依附于官僚行政机关的，具有独立身份、独立人格的知识分子的出现和壮大提供了有利条件。相对独立于官方的、现代意义上的知识分子的出现和壮大，有利于现代文化的传播和社会共识的达成。现代出版机构和报业的兴起，有利于知识分子以独立的身份从事文化传播工作，也为表达新思想、新观念及文学作品提供了的园地。新型的教育体制的建立和发展壮大，为思想文化的传播提供了稳固的接受人群，西式的大学成为培养新型知识分子的基地。这种新型知识分子群体、阶层的逐渐形成、成长和壮大，以及报业、出版业的兴盛，为现代公民意识以及大众舆论场的形成提供了必要条件。

清末民初的域外翻译小说曾经盛极一时，特别是林纾用文言翻译的西方小说，在当时产生了相当大的影响，西方的思想艺术观念及手法伴随着西方小说得以有力的传播，为中国文学家打开了更为广阔的艺术视野，提供了另外一种全新的艺术参照系，为下一个时代的作家提供了思想艺术资源，也给后来的新诗人以艺术上的启迪，虽然当时被翻译介绍的诗人和诗作不多，但一批被国家公派或自费到欧美、日本的留学生很容易获得有关西方诗歌（包括日本）方面的知识，受到这方面的影响，我们从胡适、郭沫若等人的白话诗里会轻易发现他们显然受到西方诗歌的启发和影响。

中国在清末已经出现了现代意义上的城市及商业形态，一批官僚资本和民族资本势力的壮大，对中国政治、经济、文化的影响力逐渐增强，以孙中山为代表的民主主义革命家在经过曲折而艰难斗争之后，最终取得了决定性的胜利，与这些资本所代表的力量的强大支持密切相关。1911年的辛亥革命颠覆了两千多年的封建统治，一个前所未有的时代已经来临。整个中国都在朝现代社会制度全面转型，封建王朝大一统的思想格局已土崩瓦解，各种思想有了它们生长、发育、传播的空间，当时几届短暂的临时政府忙于争权夺利，无力进行严格的思想控制，思想文化界出现历史上少有的比较自由、宽容的环境，本土及外来的各种思想，在这种"百花齐放、百家争鸣"的时段有了更多的自由言说的空间。新一代的知识分子以思想启蒙为己任，力图打破封建专制思想的束缚，宣扬民主与科学，促使国民精神大的解放，一场声势浩大的文化运动从此展开。1915年9月创刊的《青年杂志》（第二卷起改名为《新青年》）作为当时新一代知识分子的思想阵地，为整个时代输送了新的思想文化观念，也发表了大量的文学作品，在新文化运动中起到了不可估量的历史作用。1917年1月胡适的《文学改良刍议》在《新青年》上发表，新文化运动正式拉开帷幕，之后胡适等人的白话诗在《新青年》上发表，中国新诗从此登上了历史的舞台，开始了既艰辛又辉煌的探索之旅。

第二节 济世致用的文学观与胡适的尝试

新文化运动开始之时,那些文化精英们拒绝承认传统文学、古典诗歌对新诗有借鉴作用,大多以彻底的、激进的反传统姿态进行文学革命实验,但是作为具有深厚古典文化、诗学传统的一代文人,主观上的拒绝与实际创作上与古典诗歌的血肉联系并不一致,早期的白话诗歌创作表现出某种古今混杂、文白夹生的过渡性特征,这也表明无论多么标新立异的创新,也无法割断与自己的文化母体的血肉联系。

从 1918 年起,以《新青年》《新潮》《少年中国》《星期评论》《时事新报·学灯》《觉悟》等报刊为阵地,新诗人们开始了用白话写诗的实验,到 1919 年白话新诗大量出现,创作水平也普遍有所进步,出现了一些比较好的作品。第一批白话诗人主要包括胡适、刘半农、沈尹默、俞平伯、刘大白、康白情等人,其他新文化主将如陈独秀、李大钊、鲁迅、周作人等都尝试写过白话诗,1922 年叶绍钧、刘延陵、朱自清等文学研究会的成员还以"中国新诗社"的名义创办了第一份新诗刊物《诗》月刊,专门发表白话新诗。

胡适(1891—1962)是第一个白话诗人。他之所以倡导用白话写诗,与他希望通过文学革命来改良社会、唤醒民众的启蒙意识有关。像胡适、鲁迅这一代知识分子都受到维新变革的康有为、梁启超等前一辈知识分子的影响,用文学、文化、思想救中国于水火之中,是那一代知识分子的共同诉求,当时的文化精英普遍认为,救国须先救人,救人须先救心,启发民智、启蒙民心被认为是当务之急,当历史提供了他写作和发言的机会时，他的文学革命、白话写诗的主张自然会呼应历史的要求，顺应历史的发展潮流。

除了受到康有为、梁启超等人的影响之外，在美国留学期间胡适在思想上受到美国民主政治、世界主义思潮（国家之上是人类）及杜威的实用主义哲学的影响，胡适一直被视为中国现代自由主义知识分子的代表人物，他把实用主义的思想理念引进中国，希望从思想文化入手，改良中国的世道人心，影响中国的政治和文化。他对文学持功利主义、实用主义的态度，认为文学应该做到"敏感"与"济用"的统一，当然他更注重文学的"济用"功能。他从"五四"时期开始，直到晚年都坚持实用主义的文学观念，他不太注重文学自身的规律，他认为文学有三个要件，即第一要明白清楚，第二要有力、能动人，第三要美。以此种标准去指导的创作和批评，自然会排除掉那些给人以朦胧、神秘美感的作品，胡适为文的标准显然是有相当局限的。严格意义上说，他只是借用文学革命来达到改造社会、启蒙民众的目的，是以一个社会学家而不是以一个纯粹的文学家的方式来对待文学的，这种有些急功近利的、实用主义的态度也直接影响了他的文学批评和创作，限制了他的文学才能的充分释放。

胡适在中国新诗的理论和实践上都有开山引路之功。他的白话诗集《尝试集》（1920年出版）是中国第一本白话诗集，开启了白话作诗的新时代，其中的一些诗写于他在美国留学时期。胡适1910年考取"庚款留美官费"，入康奈尔大学农学院，后转入文学院，1915年进哥伦比亚大学哲学系，在留学期间就有关白话文学和白话作诗问题与学友们进行过长达一年多的讨论，但支持用白话写小说、散文、戏剧者甚多，支持用白话作诗者寥寥无几，有关文学革命和白话作诗的缘起，胡适在他的自传《胡适四十自述》的"逼上梁山"一节中有详细的记叙。1916年胡适写《文学改良刍议》一文，发表于 1917 年 1 月《新青年》杂志上。该文从进化论的角度，表达了"一时代有一时代之文学"的主张，要求废除文言，提倡白话，使文言合一。他认为，文学改良应从"八事"入手，"八事者何？一曰，须言之有物。二曰，不摹仿古人。三曰，须讲求文法。四曰，不作无病之呻吟。五曰，务去滥调套语。六曰，不用典。七曰，不讲对仗。八曰，不避俗字俗语"。这些主张是对前一个时期的文坛复古泥古风气、空洞的形式主义风气的反拨，对新的文学内容和文学形式的呼唤。他的这些对新诗、新文学的主张，明显受到当时在美国文坛非常活跃的意象派诗歌观念的影响。意象派曾把自己的诗歌主张归纳为《意象派宣言》六大信条，有些条款与胡适的"八事"有不谋而合之处（意象派的六大信条包括使用普通语言，但是需用准确的字眼；避免有音无意、用作装饰的诗歌惯用词汇；自由选材；创造新的节奏，表达新的情绪；使用意象呈现出具体、坚定和肯定的画面；暗示出意思，而不是直抒胸臆等内容）。有人甚至认为胡适直接受到庞德 1913 年发表的《意象主义者的几个"不"》的影响，但通读两者会发现其侧重点完全不一样，庞德强调的是如何去除陈词滥调，准确而生动地去营造意象，胡适则是针对当时中国文坛形式主义的时弊有感而发，批评的是模仿拟古文风，提倡言之有物的自由充实的诗风。1917 年 7 月胡适发表《建设的文学革命论》，提出"国语的文学，文学的国语"，要求用白话文进行文学创作。他的文学革命主张和白话诗引起社会巨大反响，他是新文化运动及文学革命时期当之无愧的主将。其他作者如陈独秀的《文学革命论》、刘半农的《我之文学改良观》，以及钱玄同、刘半农的"双簧信"、周作人的《人之文学》都是文学革命开始时期振聋发聩的文章，他们和胡适一起掀起了一场声势浩大、改天换地的文学革命运动，为中国文学开辟了一个新纪元。

胡适留学期间，对英美以及其他外国诗歌的阅读并不广，爱好也不深，可以说是一个业余爱好者，对当时流行的意象主义诗歌虽有所涉猎，但也仅仅是凭兴趣阅读，但不可否认的是，他的新诗、新文学的主张，的确受到美国意象派一定的影响。除意象派之外，英美其他诗歌流派对胡适的影响并不大。他不是一个立志要研究西方诗歌的学者，也无心花大量时间、精力去钻研西方诗歌，但他主张并写作白话诗的确受到英美诗歌的启发，并在1914年就尝试用白话文翻译过苏格兰女诗人林安尼·林萨德夫人的诗《老洛伯》，译诗已经具备白话诗的韵味。而在中国古典诗词方面，白居易浅近平易的诗风和"歌诗合为时而作"的主张，袁枚的诗以及那些朗朗上口的小令、乐府民歌等都对他产生过或多或少的影响，他在留学之前也写过不少的文言诗词，对古典诗词的写作套路也有一些探究，但其志趣不在于此。在他发表白话诗之前的所有前期的诗学上的准备为他开辟一个新的诗歌时代奠定了基础。

1917年《新青年》第2卷第6号刊载了胡适《白话诗八首》，这是胡适新诗的最初尝试，虽内容上有新意，但形式上明显受到古典五言、七言诗的影响，其中的《朋友》（后改为《蝴蝶》）的诗是他的第一首白话诗作。胡适的《蝴蝶》用蝴蝶的聚会离散写友情，表达了他在用白话作诗初始知音难求的孤寂心绪，"剩下"的那只蝴蝶虽然孤单寂寞，却不愿飞向天庭，只愿在人间飞舞，这种更贴近地面的飞翔似乎暗示着白话新诗去雅还俗的精神指向，用蝴蝶比喻友谊这在古典诗歌里面是少见的，用白话写出，一、三两句以天、怜为韵，二、四两句以还、单为韵，既有中国古典五言诗的押韵的痕迹，也有西方诗歌押韵规则的影响，虽言新诗，古典诗词的味道还是浓厚的。

第二章 新诗地位的确立

蝴　　蝶

两个黄蝴蝶，双双飞上天。

不知为什么，一个忽飞还。

剩下那一个，孤单怪可怜。

也无心上天，天上太孤单。

1918年1月第四卷第一号，胡适、沈尹默、刘半农三人同时发表九首白话诗，包括胡适的《鸽子》《人力车夫》《一念》《景不徒》，沈尹默的《鸽子》《人力车夫》《月夜》，刘半农的《相隔一层纸》《题女儿小蕙周岁日造像》，这可以看作是中国新诗的正式登场。此后，在当时的白话杂志刊物上，如《新青年》《新潮》《少年中国》《时事新报·学灯》上，陆续发表白话新诗，一时蔚然成风。

胡适《尝试集》中的诗具有明显的从古文向白话过渡的性质，胡适从"以白话入诗"到用白话写诗的艰难过程，从他的一些诗中有所反映。在以白话入诗的阶段，他还在旧诗词的语法结构支配下加入一些新的词汇和语句，结果写出来的诗半新半旧，文白夹杂，如《鸽子》中的"看他们三三两两/回环来往/夷犹如意"即是如此，他的诗《一念》表达恋人之间的思念之情，是至情之诗，也颇有想象力，诗艺比《蝴蝶》《鸽子》进步。后来胡适意识到必须充分采用白话的字、白话的文法和白话的自然音节，才能写出真正的白话诗，他才挣脱束缚，开始大胆尝试。1919年2月他翻译改写的美国意象派诗人拉莎·替斯代尔的诗《关不住了》，让他找到了真正的白话诗的语法及音节的感受，《关不住了》完全没有遵从音律的规则，以非常自由、松散的散文化的方式写出，但原诗的诗味还是得以保留。这首诗被他称作"新诗成立的新纪元"。从这一事例来看，中国新诗的确是在外国诗歌影响下开始蹒跚学步的。当时的学者如朱自清、梁实秋、康白情等人都认为，中国新诗实际就是中文写的外国诗，是外国白话诗输入中国的产物，是对外国诗模仿后的创造。不可否认，中国新诗在很大程度上取法、效仿了外国诗歌，借鉴了其诗歌技巧，创造了自己的新诗。

关不住了

我说："我把我的心收起，
像人家把门关了，
叫爱情生生的饿死，
也许不再和我为难了。"
但是屋顶上吹来，
一阵阵五月的湿风，
更有那街心琴调，
一阵阵的吹到房中。
一屋里都是太阳光，
这时候爱情有点醉了，
他说："我是关不住的，
我要把你的心打碎了！"

译自［美］拉莎·替斯代尔（Sara Teasdale）《在屋顶上》（*Over the Roofs*）

胡适的《希望》（《兰花草》）《湖上》《梦与诗》等作品有些清新可人的诗意或哲理，其他诗作大多诗味不足，太过散文化，正如他在诗《梦与诗》中说的那样，"都是平常经验，/都是平常影象"，"都是平常情感，/都是平常言语"。以这种"平常"的方式所创作的诗自然太过普通、平凡。胡适写诗不够"惊艳"，一方面是因为他缺乏必要的诗才，激情和想象力处中等水平；另一方面是因为一切都在尝试之中，他太注重采用"白话"去写，太强调"作诗如说话"，而不太注重白话写出的"诗"的韵味如何,他显然还没摸索出白话新诗的艺术规律。这首诗的最后几句:"醉过才知酒浓,/爱过才知情重:/——你不能做我的诗,/正如我不能做你的梦",颇有警句格言的味道。

他写的《鸽子》《老鸦》《权威》等诗有宣扬资产阶级自由、民主、平等的意味,胡适也写过一些反映现实的作品,《人力车夫》《示威》在当时有一定的影响,虽具有文学史的价值,但没多少艺术价值和审美价值。

胡适尝试写白话新诗,与其说是因为个人爱好,不如说是出于社会责任,是因为他意识到了白话写诗的可能性和重要性。胡适在新文学开始之初大胆进行多种尝试,开创了一个白话写诗的时代,他的开创之功是其他人无法取代的,虽然从审美的角度审读这些作品,就会发现它们的艺术含量不高,韵味悠长的诗作不多,文献价值大于审美价值,但无论如何,他的白话新诗都可以看作新时代新文学最初的标志之一。

第三节 早期白话诗的贡献与局限

在五四新文化运动中,与胡适一道致力于新诗创作的诗人沈尹默、俞平伯、康白情、刘半农、刘大白等在当时都有不俗的表现。

沈尹默(1883—1971)是最早在《新青年》上发表白话诗的诗人之一,他的白话诗《月夜》是《新青年》上发表的最早的九首白话诗之一:

霜风呼呼地吹着，
月光明明地照着，
我和一株顶高的树并排立着，
却没有靠着。

诗作通过在冬天月夜里"我"和一棵高大的树并排矗立的形象，表现某种我与物之间对等、对立的关系，也可以看作"五四"时代所追求的独立、自主精神的象征，韵脚都以"着"押韵，改变了古代诗歌的押韵习惯，且朗朗上口。他的《生机》表达残雪敌不过春气，柳条暗地里发出新芽的喜悦，传达了清新刚健的时代气息。他的散文诗《三弦》通过三组画面，正午炎热的街景，残破庭院里飘出的三弦声，门外贫穷的老人抱头沉默，把动与静、虚与实的画面巧妙组合在一起，有某种此时有声胜无声的清韵。

三　弦

中午时候，火一样的太阳，没法去遮拦，让他直晒着长街上。静悄悄少人行路；只有悠悠风来，吹动路旁杨树。

谁家破大门里，半兜子绿茸茸细草，都浮着闪闪的金光。旁边有一段低低土墙，挡住了个弹三弦的人，不能隔断那三弦鼓荡的声浪。

门外坐着一个穿破衣裳的老年人，双手抱着头，他不声。

沈尹默的新诗数量不多，但艺术水准比较高，能激起读者的共鸣与联想，现在读来，依然诗味不减。

俞平伯（1900—1990）是当时白话诗的积极响应者，他主张诗要反映真实的人生，认为"诗底心便是人底心，诗底声音正是人底声音"。他对新兴的白话诗充满热情，发表了不少有建设性的新诗理论文章，如《白话诗的三大条件》一文，对白话新诗提出三个要求：（一）"用字要精当、做句要雅洁、安章要完密"；（二）"音节务求谐适，却不定句末用韵"；（三）"说理要深透、表情要切至、叙事要灵活"。这些言论对当时的新诗起到了正面的影响。他也积极尝试新诗的创作，结集出版了《冬夜》《雪朝》（八人合集）《西还》《忆》等诗集。他的诗集《冬夜》（1922年3月出版）及康白情的《草儿》是"五四"过后最有影响的新诗集之一，但他写新诗受到旧诗词格律及欧化文法的双重影响，无法挣脱影响的束缚，且诗缺乏非凡的想象力，描写多于抒情，除了一些写景的诗《冬夜之公园》等尚可，其他诗作一般，其诗音律上有可取之处，但大多数作品诗味寡淡，具有某种较典型的过渡时期的糅杂夹生、散漫生硬的特征，在当时就受到闻一多等一些批评家的中肯批评。1925年之后俞平伯诗作稀少，转向散文创作和学术研究，成为《红楼梦》研究专家。

　　康白情（1902—1946）写过诗歌评论《新诗底我见》，被认为"至今为止还是中国新诗史上的最有分量的诗论之一"[①]。他作过旧诗，但新文化运动中义无反顾地开始写起新诗，出版过《草儿》诗集，含53首诗，诗歌受到民歌、民谣及旧小说的影响，但许多诗多为大白话、大道理，技巧较差，缺乏诗味，梁实秋批评他说："《草儿》全集五十三首诗，只有一半算得上是诗，其余一半算不得是诗。"[②] 他1919年写的《草儿在前》把劳动场景引入诗歌之中，通过戏剧性的场景、节奏来完成诗歌的叙事和抒情，乡土气息浓郁，这在古典诗词中是鲜见的，它以全新的语言和节奏，为新诗摆脱古典诗词的影响提供了范例。

[①] 谢冕：《新世纪的太阳》，时代文艺出版社1993年版，第51页。
[②] 转引自谢冕《新世纪的太阳》，时代文艺出版社1993年版，第46页。

刘半农（1891—1934）的诗喜欢用白描的手法表现单纯而热烈的情思，他早期的诗作《相隔一层纸》通过两组画面，表达贫富悬殊、阶级对立的事实。他的长诗《敲冰》有某种象征色彩，表现"五四"一代知识分子不断开拓进取、打造一个新世界的决心与努力。他的诗大多清浅率真，韵味和深度不够，遭到一些人的批评，鲁迅曾赞评他的诗如一条清溪，澄澈见底，纵有多少沉渣和腐草，也不掩其大体的清。他的诗清浅但不失率真，朴质却时见灵动，他的《叫我如何不想她》是一首感情真挚、一唱三叹的爱情诗，曾被谱曲，传唱一时。

叫我如何不想她

天上飘着些微云，

地上吹着些微风。

啊！

微风吹动了我头发，

教我如何不想她？

月光恋爱着海洋，

海洋恋爱着月光。

啊！

这般蜜也似的银夜，

教我如何不想她？

水面落花慢慢流，

水底鱼儿慢慢游。

啊！

燕子你说些什么话？

教我如何不想她？

枯树在冷风里摇。

野火在暮色中烧。

啊！

西天还有些儿残霞，

教我如何不想她？

刘大白（1880—1932）也是早期白话诗的先行者之一，被鲁迅誉为《新青年》里的一个战士。他的《卖布谣》以民歌体的形式揭示嫂嫂织布，哥哥卖布，土布没人要，饿倒哥哥嫂嫂的农村现实。他对农村和城市里的阶级斗争颇有兴趣，写下了《成虎不死》《红色的新年》等诗篇，预示着中国革命时代的来临，但他最为著名的是一首爱情诗《邮吻》，通过细腻的细节刻画，表达男女之间美好而纯洁的爱情，展现了"五四"时代年轻人冲破封建束缚之后既热烈又纯真的爱情，这首诗在当时被传诵一时，是"五四"时代写得比较成功的爱情诗，受到当时一些封建卫道士的诋毁，新文学的主将们予以有力的辩驳和还击。

邮　　吻

我不是不能用指头儿撕，

我不是不能用剪刀儿剖，

只是缓缓地

　轻轻地

很仔细地挑开了紫色的信唇；

我知道这信唇里面，

藏着她秘密的一吻。

从她底很郑重的折叠里，

我把那粉红色的信笺，

很郑重地展开了。
我把她很郑重地写的
一字字一行行，
一行行一字字地
很郑重地读了。

我不是爱那一角模糊的邮印，
我不是爱那幅精致的花纹，
只是缓缓地
　　　轻轻地
很仔细地揭起那绿色的邮花；
我知道这邮花背后，
藏着她秘密的一吻。

当时的胡适认为，周作人、鲁迅的创作真正打破了旧诗词的束缚，追求白话的自然节奏，是真正的新诗。周作人（1885—1967）在这一时期写过不少白话诗，他的《两个扫雪的人》写两个在天安门前辛勤扫雪的人，对劳动人民充满敬意之情。诗歌采用散文化的节奏，细致刻画了劳动的场面，虽然写实，但也有新奇的比喻，比如把两个扫雪的人比喻成在白浪中浮着的两个白蚂蚁等。他的《小河》当时被公认为新诗成熟的标志性作品，虽然以今天的眼光看，《小河》用字有些生硬，节奏也不够顺畅，所采用的散文诗的方式表达的意蕴也相对浅白，与当时其他诗作并无天壤之别，但当时胡适称之为"新诗中的第一首杰作"[①]。朱自清也认为，"小河长诗，便融景入情，融情入理"[②]。它优异于当

[①] 胡适：《谈新诗》，《胡适学术文集·新文学运动》，中华书局1993年版，第386页。
[②] 鲁迅等：《中国新文学大系导言集 1917—1927》，天津人民出版社2009年版，第147页。

时其他白话诗之处，在于用诗的形式处理某些复杂的感受与情绪，用了某种象征和寓言的方式，表达了小河、农民和堰的关系，这在古典诗歌中是罕见的。中国新诗也如同这条小河，终有一天会冲破堤堰，奔向更为广阔的天地。鲁迅（1881—1936）也写过不少白话诗，他的诗《梦》《爱之神》《他们的花园》等，借用一些形象发一些议论，还夹杂幽默调侃的笔调，虽然他的白话诗已经打破了旧诗词的束缚，但语句松散，想象一般，白话应用并不圆润自如，意象也不新锐，明显逊于他的古体诗和他的散文诗。

早期白话诗的局限是显而易见的。它的局限的形成与胡适的某些主张有一定的关系。胡适的"作诗如说话，作诗如作文"的诗歌主张，虽然有利于打破古文藩篱，有利于人们解放思想，大胆尝试，但它混淆了诗与散文的区别，或者说没有弄清楚诗这种文体的基本特性，导致当时的一些诗虽然以诗的形式排列，但其实质上却是分行排列的散文，几乎完全与散文无法区别，胡适的这种主张所造成的诗的非诗化、过分散文化一直是中国诗歌的一大弊端。

初期白话诗过于强调平实风格，重实感轻想象，重说理轻抒情，重白描铺陈轻比兴附会，诗歌风格单一，诗歌应具备的激情和想象力未得到充分的发挥，那些勇于尝试的新诗人中缺乏像郭沫若那样具有诗歌天才的人，或者缺乏徐志摩那种善于扶风弄月的人，使得初期的白话诗给人以平易浅白的、温暾平庸的印象，很难触动人们的心弦，更不能掀起情感的狂涛巨澜。

初期白话诗的诗歌语言过于浅显直露，缺乏韵味，与古典诗相比立刻显露出它的苍白、贫乏与寡淡。由于白话与文言相比，字词组合上灵活自由、松散随意，并且更注重词语之间的因果、逻辑关系，多应用虚词、助词完成句子之间的转换，使得在用白话写诗的时候，既要明白如话，又要含蓄凝练（诗的内在要求）成为一种两难的矛盾，

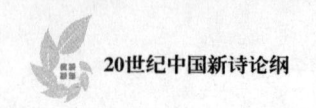

初期的白话诗人大多选择了前者，不注重或放弃了后者，白话诗未能做到两者的平衡和协调，初期白话诗在建设新诗语言上几乎没有建树，未有可以效仿的典范之作。

　　茅盾先生曾经评价说，早期白话诗大都具有"历史文件"的性质[1]，这种说法虽然相当尖锐，但也击中了它的要害，早期白话诗的确更多注重用白话写诗，但很少人注重用白话写出的是不是诗，诗的品位如何，白话散文与白话诗的区别何在等一些至关重要的问题。但无论怎样，不可否认的是，早期白话诗人的努力，真正开启了一个白话写诗的新时代，其筚路蓝缕的开山之功是永远值得纪念的。

---

[1] 茅盾：《论初期白话诗》，《文学》（8卷1号）1937年1月1日版。

第三章 新诗的崛起

虽然白话新诗越来越被社会和读者认可，但是人们对它语言的直白、诗意的寡淡、结构的松散多存疑议，甚至抱讥讽、嘲笑的态度，特别是东南大学和南京高师的一些师生对新文学及新诗的批评最为激烈，在 20 世纪 20 年代初针对胡适的《尝试集》曾展开激烈的论争，为首的是胡先骕、梅光迪、吴宓等被称作"学衡派"的一批文人。没有一个能充分显示白话新诗特出品质的诗人来瓦解这些非议，白话诗优异于古典诗的地方无法充分表现出来，只有等待新的诗人出现，才能以摧枯拉朽的方式迅速战胜对手，显示新诗的实绩，这个被时代召唤和真正能代表这个时代的人终于出现了，他就是郭沫若。

第一节 自我的扩张与浪漫主义的腾飞

如果说新文化运动及五四运动是一场洗心革面的浪漫主义运动，那么郭沫若无疑是这场运动的思想精神的典型代表，他的言论及他的诗都表明完全不同于旧时代的一代新人在凤凰涅槃之后诞生了！他砸碎了旧时代的枷锁，挣脱了封建文化的束缚，以全新的自我、自由的面貌出现了时代的舞台上,呼应了时代的要求,并引导更多的中国人尤其是年轻人走向新的世界。

郭沫若(1892—1978)的出现完全改变了中国白话新诗激情与想象力贫弱的状况,文学史家王瑶先生对他的诗的思想艺术特征及社会影响的论述是切恰精准的:"他那种'为反抗的烈火燃得透明'的反封建和反抗不合理社会的精神,那种雄浑豪放的风格和自由体的形式,在当时发生了很大的影响,给初步觉醒的青年们以精神上的鼓舞,也为新诗的发展奠定了良好的基础。"[①] 他的第一本诗集《女神》1921年8月出版,对于中国新诗是一件具有文学史意义的大事,在某种程度上标志着白话新诗的真正崛起,它以前所未有的内容与形式,给中国新诗带来焕然一新的面貌,代表了那个时代的最强音,堪称中国新诗的奠基之作。

郭沫若一生的创作大致可以分为五个时期:第一个时期是"五四"时期,也是他的创作高峰期,1921年和郁达夫、成仿吾、田汉等人在日本成立具有浪漫主义倾向的文学团体创造社,是继文学研究会以后的又一重要文学社团,主张为艺术而艺术,强调自我表现和主观抒情。该社团后期转向对革命文学的鼓吹与实践。第二个时期是1924—1928年,他最先尝试革命文学,对革命文学有开创之功。第三个时期,由于遭到国民党的通缉,不得不去日本,长达10年之久,潜心研究中国历史和考古学,著作颇丰,成就斐然。第四个时期是抗战爆发后回国,开展文化工作,写出《屈原》等诗剧,并参与一些政治活动。第五个时期是1949年以后,他成为中国科学院院长,参与大量政治活动,给《毛泽东诗词》作注释,配合政治、政策写诗歌,为领袖和共和国大唱赞歌,成为典型的具有某种御用色彩的诗人。

---

① 王瑶:《中国诗歌发展讲话》,江苏文艺出版社2008年版,第116页。

第三章 新诗的崛起

郭沫若少年时代受到梁启超思想的影响，对严复翻译的思想论著也很热衷，和同时代的人一样，民族主义、爱国主义是他们重要的精神支柱。1914年郭沫若去日本留学学医，与日本女子安娜结婚生子。他在日本期间，大量阅读西方思想及文学名著，特别对西方浪漫主义文学情有独钟，深受影响。新文化运动兴起之时，郭沫若在日本留学，直到1919年9月才在《时事新报》副刊《学灯》第一次看到国内的新诗，他把自己写的新诗修改后投到《时事新报·学灯》，陆续得以发表，引起诗坛的关注。从这件事可以看出，他自己的写作与国内的诗歌潮流关系并不大，他虽人在日本，但五四运动的革命风潮也使他热血沸腾。1921年他的诗集《女神》出版以后，引起全社会的轰动，他雄奇奔放的浪漫主义诗歌风格，一扫当时诗坛平实拘泥的诗风，以振聋发聩的巨响让那些轻视、嘲笑白话诗的人刮目相看，充分显示了新诗运动的创造力。

郭沫若诗风的形成有一个渐变的过程。在五四运动以前，郭沫若受到印度诗人泰戈尔、德国诗人海涅等人的影响，"五四"时期的诗风受到惠特曼等人的影响，"五四"退潮以后，尤其是他翻译了歌德的《浮士德》之后，他受歌德的影响，对诗剧有了新的兴趣，这为以后他创作《屈原》等作品奠定了基础。另外，当时西方世界的现代主义运动如火如荼，他也或多或少受到西方现代派诗歌的影响。

郭沫若有狂热的英雄崇拜情结。这种情结也贯穿在他的作品中，他对中国的老子、庄子、孔子、屈原、李白，对西方的一些艺术家，尤其是浪漫主义诗人拜伦、雪莱、济慈等都崇拜有加，诗歌风格上自然受到他们的影响。他自小就是一个离经叛道，思想与行为都具有某种另类、反叛特征的人，成人之后更是一个敢作敢为、不甘人后的人，从他一生来看，叱咤风云、浮躁凌厉是他一贯的性格特征。他对古今中外的革命家充满敬意之情，为人类生活中那些具有反叛精神的伟人大唱赞歌（《匪徒颂》），他也力图以一个浪漫主义的文化英雄的面目出现在公众面前，并且常常以他的文学或政治的先驱者或弄潮儿的形象给人们以引导和影响。

他的思想还受到庄子、荷兰的斯宾诺莎、印度的加皮尔等人的泛神论的影响，在"五四"前后的一个时期，他的文论里不乏泛神论的思想："泛神便是无神。一切的自然只是神的表现，自我也是神的表现，我既是神，一切自然都是自我的表现。"[1] 郭沫若的泛神论只是在借用泛神主义的外衣达到他极端的自我表现的一种手段，是打破物我界限，歌颂自己想要歌颂的天、地、人、神的浪漫主义的一种表达方式，并不具有宗教信仰的意义。泛神论思想激发了他的创作灵感，使他诗中的一切都富有灵性，都生机勃勃，都是自我生命的外泄，宇宙中的一切都成了他自我表现的对象，用他的话来说就是"我即是神"。但考察他一生的形状，任何宗教似乎对他都没有实质性的影响，他无疑是一个无神论者。

郭沫若是最具"五四"时代精神的诗人。"郭沫若的创作实践为五四新诗之真正与时代精神的契合提供了理想的范式，歌德式的狂飙精神，惠特曼式的自由奔放体式，火山爆发式的内在情感，以及'神经性发作'的癫狂的创作状态，再加上他从中国传统神话史籍那里借用的恰当的题材，综合成了雄浑的《女神》式的'大诗'。"[2] 郭沫若并未直接参加五四运动，但却写出了最具"五四"精神的诗篇，这说明郭沫若对一个时代、一种运动的天生的敏感性远远高于其他诗人，他善于从宏观的视野把握一个时代或一种运动的总体精神，在以后的许多历史的转折关头，他同样以时代的先锋的姿态矗立于时代的前

---

[1] 郭沫若：《少年维特之烦恼·序引》，《文艺论集》，人民文学出版社 1979 年版，第 782 页。

[2] 谢冕：《新世纪的太阳》，时代文艺出版社 1993 年版，第 66 页。

端，并且积极参与了某些政治和文化事件，写出了许多与时代风潮合拍共振的诗歌，但是在他生活的时代，中国的时代风潮或运动大多数"左倾"思想严重，且有些风潮或运动被历史证明是错误的，甚至是荒谬的（如1958年"大跃进"运动），作为站在时代前端的诗人郭沫若，连同他的诗歌也就成了那种风潮、运动的牺牲品，越到后来，郭沫若付出的代价越沉重。

诗集《女神》在总体风格上属于雄浑、奔放、粗粝的"男性"诗歌。虽然在艺术表现上有某种粗糙、浮躁的毛病，但它对传统文化、传统诗歌的冲击力是巨大的、颠覆性的。

《凤凰涅槃》借用了凤凰"集香木自焚，复从死灰中更生，鲜美异常，不再死"的神话故事，来演绎中国从旧我走向新我、从死亡走向新生的历程，涵盖了巨大的历史内容，也充分体现了当时的时代精神。郭沫若自称以前是一个爱好陶诗喜欢冲淡的人，"当我接近惠特曼的《草叶集》的时候，正是五四运动发动的那一年，个人的郁积，民族的郁积，在这时找出了喷火口，也找到了喷火的方式，我在那时差不多是狂了"[①]。从这段话中我们可以看出，惠特曼雄浑奔放的诗风唤醒了他心灵里自己都难以察觉的激情，五四新文化运动狂飙突进的精神"震惊"了郭沫若，某种灵魂附体式的诗性借助郭沫若这样一个激情澎湃的人发作起来，蓬蓬勃勃燃烧起来汇成一片激情的火海！新文化运动和文学革命巨大的魔力和能量只能证明，历史的确已经到了不得不变革的临界点上，新文化运动和文学革命切恰地顺应了历史的潮流，振臂一呼就唤醒了千千万万快要在"铁屋子"里窒息闷死的年轻人，这些被唤醒的年轻人全心全意投入时代变革

---

① 郭沫若：《我的作诗的经过》，《郭沫若论创作》，上海文艺出版社1983年版，第204页。

的洪流，用各自的行动塑造着一个全新的时代，也成为这个时代最忠实的一分子。郭沫若就是这样一个被伟大时代感召并用诗歌回报这个时代的诗人。

郭沫若的诗歌观念及创作具有典型的浪漫主义倾向。一般认为，浪漫主义的文学观念主要表现在诗人把诗歌创作当作自我抒情的方式，在诗歌中以激情、浪漫、主观甚至夸张、放诞的方式表达自己的所思所想，所欲所求，诗更多的是诗人内心主观激情的外泄，而非对现实世界的模拟式的反映。用浪漫主义诗人拜伦的话来说就是："极度的激情把活力注入诗歌，诗歌就是激情。"作为一个从小就具有反叛精神的人，郭沫若虽然身在日本，但对国内的新文化运动及五四运动的精神实质心领神会，他以浪漫主义的激情写出了他的第一部诗集《女神》，他所信奉的"诗的本职专在抒情"的艺术信条在他的诗作中得以充分体现，诗中对自我的张扬，对旧文化的批判，对新时代的创造都达到了那个时代应有的高度，在某种程度上说，"五四"时期的文学艺术如果缺乏郭沫若那样的诗人和诗歌，整个时代就少了一颗璀璨夺目的明珠，甚至难以找到能与那个伟大时代匹配的诗篇。

郭沫若的《女神》中对自我的肯定和赞美是以前中国诗歌中绝无仅有的。《女神》中的自我不仅代表了已经觉醒了的郭沫若本人，更是代表了在新文化运动中成长起来的中国新一代的青年，甚而代表已经觉醒了的中华民族的自我形象。在中国古代文化中，自我是没有地位的，每个人在封建秩序中，在宗法家族中、伦理纲常中都有严格的角色定位，每个人只能按照自己的角色去履行道德义务，而个人的自由、发展、实现都必须以团体的利益得失为前提，甚至是以牺牲自我为代价、为前提，"在宗法观念下，个人是被重重包围在群体之中的，因此，每个人首先要考虑的，是自己的责任和义务，如父慈、子孝、兄友、弟恭之类，个人的权利则显得不那么重要"①。新文化运动带来的思想解放极其重要的一点就是强调和尊重个人的权利、价值和尊严，颠覆传统的宗法秩序。郭沫若的《女神》中的篇章是自我的一次大解放，最能体现郭沫若诗歌风格的当属《天狗》。

天　狗

我是一条天狗呀！

我把月来吞了，

我把日来吞了，

我把一切的星球来吞了，

我把全宇宙来吞了。

我便是我了！

我是月底光，

我是日底光，

我是一切星球底光，

我是 X 光线底光，

我是全宇宙底 Energy 底总量！

我飞奔，

我狂叫，

我燃烧。

我如烈火一样地燃烧！

我如大海一样地狂叫！

我如电气一样地飞跑！

---

① 张岱年、方克立：《中国文化概论》，北京师范大学出版社 2004 年版，第 274 页。

我飞跑,

我飞跑,

我飞跑,

我剥我的皮,

我食我的肉,

我吸我的血,

我啮我的心肝,

我在我神经上飞跑,

我在我脊髓上飞跑,

我在我脑筋上飞跑。

我便是我呀!

我的我要爆了!

《天狗》利用中国民间故事"天狗吞日月"导致日食、月食的传说,反其道而用之,完全颠覆天狗的负面形象,塑造出绝对自我的积极、正面的形象。毫无顾忌、狂吼乱叫、痛快淋漓地张扬自我,膨胀自我,把自我扩张到同宇宙一样强大。在诗中,天狗如同一个宇宙黑洞,通过吞噬日、月、一切星球——"我把全宇宙来吞了。我便是我了!"——通过吞噬全宇宙的能量,形成和完成自我能量的蓄积,然后变成了一个巨大的汇集了一切星球光明、全宇宙能量的发光体,一个如同宙斯一样具有神圣、巨大能量的天神,他带着巨大的光和热飞奔、狂叫和燃烧,并且"我剥我的皮,我食我的肉,我吸我的血,我啮我的心肝",通过自我虐待和吞噬等某种自我毁灭的方式,创造出一个完全不同于过去的自我,"我便是我呀!我的我要爆了!"最后完成了全新的自我创造,一个完整拥有自我的充满无限能量随时可能爆炸的自我诞生了!在这首诗里,自我被夸张、扩张到无以复加的程度，在中国思想史上自我第一次以这种明目张胆、肆无忌惮的方式被肯定，被赞美，被炫耀，它对过去时代自我的压抑、贬损的强烈反叛是彻底颠覆性的。新文化运动和文学革命虽然已经进行了好几年，只有在这里，在郭沫若的诗里，人们第一次看到了自我意识的惊人的能量，这种对自我的过分的崇拜是典型的浪漫主义者对待自我的态度。这也预示着与传统儒家人格完全相反的全新的中国人已经登场，中国历史已经开始了不可逆转的新篇章。

郭沫若对主观情感的尽情抒发也使他的诗的激情达到了某种沸腾、燃烧状态。受到欧美浪漫主义文学的深刻影响，他的诗歌极为强调主观情绪的抒发，他内心的激情得以充分的表达。他的很多诗都是在几近癫狂的状态下写就的，写作状态本身就包含了非理性的、潜意识的因素。在《天狗》这首诗歌里，主观情绪的抒发达到了白热化的程度。特别是"我剥我的皮，我食我的肉，我吸我的血，我啮我的心肝，我在我神经上飞跑，我在我脊髓上飞跑，我在我脑筋上飞跑"，这些句子，几乎就是一种癫狂状态的疯言疯语，但正是通过这种非常态的语言，把诗人想表达的在自我摧毁之后重建新的自我、完全占有自我的理想充分表达了出来。有论者认为他的诗一定程度上受到西方未来主义、达达主义的影响，是有一定道理的。

郭沫若的诗歌奇特的、夸张的想象，也为中国新诗树立了新的标杆，代表那个时代中国新诗的最高峰。他的泛神论的思维方式让他能穿越物我的阻隔，使他的想象力飞腾起来。他如同一个造物主，赋予一切以生命、能量和色彩。《女神》中的许多诗都借用了中国古代神话传说，并且根据表情达意的需要进行了加工改造，有些诗是完全通过想象创造出来的形象。前者如《凤凰涅槃》中的凤凰以及那些群鸟，都是通过想象，幻化成了表达诗人自我主观情感、意念的象征，在《女神之再生》中，借用女娲补天的神话，却把它改造为"待我们新造的太阳出来,/要照彻天内的世界,/天外的世界"。《湘累》中,"我创造尊严的山岳,/宏伟的海洋,/我创造日月星辰,/我驰骋风雨雷电"。呼风唤雨的湘累完全成了开创新时代的女神形象,后者如《地球,我的母亲》中把地球比喻成母亲,大自然的一切都被拟人化,都因为母亲的抚育充满了生机,大自然的一切草木都成了"我的同胞,你的儿孙"。"雷霆是你呼吸的声威,/雪雨是你血液的飞腾",深情表达对母亲,对大地的感恩、敬畏之情。郭沫若超拔的艺术想象力完全颠覆了新诗开创时期给读者留下的平实、寡淡的印象,白话新诗给读者的印象因为郭沫若的诗以及冰心等人的小诗出现而焕然一新。

　　郭沫若的诗以豪放为主,也有婉约之作,如《炉中煤》《天上的街市》等。他的诗歌缺点也是明显的,粗犷豪放有余,深厚蕴积不足,粗粝浮浅,缺乏隽永的韵味。郭沫若写于五四运动以后的诗集《星空》,记录了他"深沉的苦闷"情绪,诗再没有那种火山爆发式的激情,但技巧上比《女神》圆熟,诗里充满了某种苦闷、颓唐的消极浪漫主义情绪。写于1921—1924年、出版于1928年的《前茅》是郭沫若转向革命文学的作品,思想激进但艺术空泛,《恢复》是郭沫若转向革命文艺的不成功的作品,诗人在病痛的感伤中依旧对工农革命满怀战士般的豪情,仍然体现了一个浪漫主义诗人的素质,该诗集对中国革命诗歌的创作有开创之功,但《恢复》以后的其他作品,如《战声集》等以及后来的1949年以后的《新华颂》等诗集中的诗歌,大多是配合现实政治、迎合时代的作品,艺术价值不高,在某种程度上说,他的这些诗几乎就是时代政治的简单而粗暴的传声筒和晴雨表,他的思想也越来越主流化和意识形态化,特别是1949年后,他的作品更是乏善可陈。

第二节 小诗的流行与"新女性"镜像构建

"五四"时期流行的小诗受到印度诗人泰戈尔和日本俳句的影响。泰戈尔1913年获诺贝尔文学奖，成为亚洲第一个获得该奖的亚洲人，在当时引起极大的轰动，当时的中国作家大多数对他怀有崇拜、敬仰之情，他的诗作暗含印度宗教与哲学的内容，他被称为诗哲，他的诗对中国诗人产生了有力的影响，1922年郑振铎翻译出版了他的《飞鸟集》，被中国读者争相传诵，也促成许多中国青年人大量写作小诗。泰戈尔对中国文化、哲学充满敬仰之意，1924年4月来华访问，徐志摩、林徽因等人陪同，会见当时中国文化名流梁启超、胡适等人，一时传为佳话。另外，当时的周作人、郑振铎译介过日本的短歌和俳句，对中国的小诗也产生过一定的影响。日本俳句是日本常用的诗歌形式，以17个音为一首，首句5个音，中句7个音，末句5个音，传达某种空灵而微妙的体验和顿悟，与佛教特别是禅宗有某种内在的关联。

冰心（1900—2001）的小诗的创作明显受到印度诗哲泰戈尔《飞鸟集》的启迪，她把自己平时偶发的"零碎的思想"和感觉、感受以分行的形式写出来，寄给《晨报》副刊，得以发表，最后集结成《繁星》《春水》两本诗集，在当时传诵一时，模仿者甚多。冰心大学求学时期正是新文化运动的高潮，可以说是五四新文化运动激发了她的创作欲望，也为她的文学生涯提供了最初的舞台，她自己承认："'五四'运动的一声惊雷把我'震'上了写作的道路。"（《从"五四"到"四五"》）她在大学期间已经写过一些"问题小说"，主要表现人类应该彼此相亲相爱的"爱的哲学"，受到读者的关注。1921年6月因为偶然因素开始写作诗歌，她把一些"随时随地的感想和回忆"的短诗整理出版，出乎意料地受到当时年轻人的热烈欢迎，人们争相传诵和模仿写作，在她的影响下，小诗写作队伍迅速壮大，中国新诗进入了一个短暂的"小诗流行的时代"。冰心的这些小诗是一个刚刚接受"五四"新思想的少女心怀爱与美的理想，写下的清新而灵动的心灵独白。她把自己对大自然的观察和感悟，对自我与世界的粗浅的认识与理解，对人类之爱的体验，通过短小的诗篇记录了下来，具有某种青春的日记簿的性质，其中有些诗包含了诗人对大自然的诗意的发现和赞美，"繁星闪烁着——/深蓝的太空，/何曾听得见他们对语？/沉默中，/微光里，/他们深深的互相颂赞了"（《繁星：一》）。"平凡的池水——/临照了夕阳，/便成了金海！"（《春水：二三》）"大海呵，/哪一颗星没有光？/哪一朵花没有香？/哪一次我的思潮里/没有你波涛的清响？"（《繁星：一三一》）有些诗是对人类之爱（特别是母爱）和感恩的理解，"母亲呵！/天上的风雨来了，/鸟儿躲到他的巢里；/心中的风雨来了，/我只躲到你的怀里"。"造物者——/尚若在永久的生命中，/只容我一次极乐的应许。/我要至诚地求着：/我在母亲的怀里，/母亲在小舟里，/小舟在月明的大海里。"（《春水：一〇五》）有的诗是一时的哲理的顿悟，类似格言和警句，"创造新陆地的，/不是那滚滚的波浪，/却是他底下细小的泥沙"（《繁星：三四》）。"言论的花儿/开的愈大，/行为的果子/结得愈小。"（《繁星：四五》）有的诗是对同辈年轻人的励志，如"年青人，/珍重的描写罢，/时间正翻着书页，/请你着笔！"（《春水：一七四》）"成功的花。/人们只惊慕她现时的明艳！/然而当初她的芽儿，/浸透了奋斗的泪泉，/洒遍了牺牲的血雨。"（《繁星：五五》）有的是对青春与生命的感悟："命运如同海风——/吹着青春的舟，/飘摇的，/曲折的，/渡过了时光的海。"(《春水：一三四》)"心灵的灯，/在寂静中光明，/在热闹中熄灭。"(《繁星：二三》)诗作中充满了少女的清纯、健康、活泼、灵动的情愫，偶尔还有淡淡的忧伤和无边的遐想。一切都以天然芙蓉的方式呈现在读者面前。诗歌虽然清浅，但纯真、淡雅，宛如少女一般自然芬芳。冰心小诗中的哲理，通过新鲜灵动的形象表达出来，不是掉书袋、抄袭典籍的空泛说教，或对古典意象的借用，而是自己对自然与人生的真切感悟，全新意象的创造，很容易引起同为"五四"一代新青年的共鸣，诗歌整体上塑造出"五四"时期被新文化唤醒了的有知识、有品位，心灵中充满爱与美的少女的形象。这一形象在某种程度上满足了当时读者对"五四"新知识女性的幻想，冰心也成为当时社会津津乐道的文学偶像之一。在那个女作家还是凤毛麟角的时代，她的新诗和她的那些谈论母亲、自然、儿童的散文《寄小读者》一起构建出一个充满真善美的完美的年轻女诗人、女作家的镜像，成为一个时代文学的标志性人物。虽然从纯艺术的角度，冰心的小诗未免清浅薄弱，也未能站在当时时代的高度抒写女性被时代唤醒之后所特有的心声，但作为一个新时代的女性，能遵照自己的心性去写作已经是巨大的进步；另一个女小说家、学者及诗人陈衡哲，她的思想意识比冰心进步、前卫，所写的诗包含了一些女权的思想，但艺术成熟度及影响力上不及冰心；与冰心同时代的其他女诗人也写过不少诗作，但诗作要么过于古典，古典诗词味太重，要么过于感伤矫情，要么思想大于形象，许多作品未经仔细的推敲和打磨，理念和说教成分比较重，大多诗作给人不够成熟的阅读印象。

宗白华（1897—1986）的小诗也很有特色，出版过诗集《流云》（1923），他的新诗有与冰心不一样的意趣，更具有哲理意味，比冰心的小诗更耐人寻味，但在白话用字、用词上不及冰心那样贴切自然。他的一些诗更注重表达内心的纠结，传达爱情的微妙感受，注重某种氛围和意境的塑造，还喜欢用某种童话、寓言的方式来抒情，善于在情、景、理的相互交融中表达人与自然、人与宇宙的关系，同样表达了青春中国的蓬勃、浪漫气息。他特别擅长表现瞬间与永恒的相融合的体验，比如《夜》，"黑夜深/万籁息/远寺的钟声俱寂/寂静——寂静——/微眇的寸心流入时间的无尽"。诗歌前半部努力营造一种万籁俱寂的深夜的意境，但最后一句所表达的却是希望自己能融入永恒时间的宇宙意识，又如《系住》，"那含羞伏案时回眸的一瞬，/永远地系住了我横流四海的放心"。那种一见钟情、刹那即永恒的感觉细腻而凝练，诗意盎然。

其他诗人如刘大白、郭绍虞、叶绍钧、徐玉诺、何植三等也写过不少小诗，和冰心、宗白华一起促成了小诗的一度流行，但他们的影响都未能超过冰心、宗白华二位。

小诗的长处是能捕捉刹那间的感觉、情绪、灵感与顿悟，并把某种哲思灌注于其中，可以表达得精深微妙，它在抒情的格局上有点相当于中国古代的小令，但对于那些复杂的、层次感和立体感强的思想情感，对于多姿多彩、纷繁复杂的现实生活就有些力不从心。小诗的长度、容量都是有限的，作为一种诗体是有它自身的价值的，但它与日本注重禅悟的俳句有别，未能成为中国新诗的主要样式。小诗的流行对于刚刚立足的中国新诗来说，意义是巨大的，它在三五行字数内抒写感情、阐发哲理的方式大大增强了新诗的艺术表现力，语言也更为精致凝练，也迅速扩大了新诗的影响力，为新诗的发展奠定了读者基础，在新诗历史上留下了精彩的一笔。1923年后，新诗逐渐淡出了读者的视野。

第三节 冲破藩篱的爱情诗

在早期白话诗阶段，就有一些诗人开始尝试爱情诗的创作，比如胡适的《应该》《一念》、刘半农的《叫我如何不想她》、刘大白的《邮吻》、康白情的《窗外》等，但这一阶段爱情诗数量少，影响力小，没能形成气候，并且这些诗人创作心态还未完全摆脱封建礼教的束缚，用诗来写儿女私情仍然顾虑重重。在五四新文化运动影响、鼓动下的新一代年轻人却没有太多思想包袱，敢于打破封建思想枷锁，大胆地去抒写爱情，赞美爱情，给诗坛带来了青春的活力和朝气，这些"专写爱情诗"的年轻人把没有被封建礼教所束缚的新鲜、纯洁、率真的爱情展现在读者面前，使一同走进新时代的年轻人终于读到了属于他们自己的爱情宣言。1922年汪静之（1902—1996）、冯雪峰（1903—1976）、应修人（1900—1933）、潘漠华（1902—1934）四个年轻人出版了诗歌合集《湖畔》，他们被命名为"湖畔诗派"，这种命名与英国湖畔派诗人有一定的联系，但诗风未必受到他们的影响。英国湖畔派诗人是指19世纪英国浪漫主义运动中较早产生的一个流派，主要代表有华兹华斯（1770—1850）、柯勒律治（1772—1834）和骚塞（1774—1843）等。由于他们三人曾一同隐居于英国西北部的昆布兰湖区，先后在格拉斯米尔和文德美尔两个湖畔居住过，以诗赞美湖光山色，所以有"湖畔派诗人"之称。中国的"湖畔诗派"是中国第一个新诗社团，《湖畔》诗集是中国白话诗继《尝试集》《女神》《草儿》《冬夜》之后的第五本诗集，随后汪静之还出版了个人诗集《蕙的风》，其他三人出版诗歌合集《春的歌集》。在这些诗人当中，汪静之成就最高,《蕙的风》出版不久就被重印六次,诗集在当时的销量仅次于胡适的《尝试集》和郭沫若的《女神》,位列第三名,可见其影响。《蕙的风》在当时被一些封建卫道士诋毁,鲁迅、周作人等新文学运动的主将予以反击,更扩大了他的诗歌的影响力。湖畔诗人是被五四新文化运动所唤醒的一代年轻人,他们自觉追求爱情自由、婚姻自主,他们的诗歌主题涉及大自然、母爱、爱情及底层劳工,但他们写得最多、最好、影响最大的还是爱情诗。他们的诗中展现出"五四"年轻人热情开朗、纯真浪漫的一面,也是当时时代精神的体现,他们的诗风单纯、清新、质朴,表达了对纯真、自由的爱情的向往之情。在他们之前的一些诗人,写这类题材多少有些顾忌,还没有挣脱封建思想的羁绊,但到了他们出现的时代,恋爱自由、婚姻自主的观念进一步深入人心,他们凭借青春时期的激情,大胆甚至理直气壮地去抒写爱情,一种具有真正现代意义上的爱情诗在新诗中出现了,他们的爱情诗在赢得荣誉和赞美的同时,在当时引起社会保守派人士的强烈非议和诋毁。那些封建卫道士污蔑这些爱情诗"轻薄""堕落""不道德",是"兽性的冲动之表现"。但鲁迅、周作人、朱自清等都对他们的言论进行了反驳和还击,爱情诗在文坛站住了脚跟。在对他们四个人的不同诗风的评价上,朱自清的评价是中肯的:"潘漠华氏最是凄苦,不胜掩抑之致;冯雪峰氏明快多了,笑中可也有泪;汪静之氏一味天真的稚气;应修人氏却嫌味儿淡些。"[①]潘漠华多写农村悲苦的现实生活,爱情诗作并不太多,过于沉重的现实压抑了他的浪漫情怀,但所写的爱情诗有火一般的激情;冯雪峰的诗明快热烈,诗里有一种炙热的欲望,以及对欲望的渴望,诗中的爱情浓烈、激荡;汪静之的诗中

---

① 鲁迅等:《中国新文学大系导言集 1917—1927》,天津人民出版社 2009 年版,第 148 页。

情感清纯而浪漫，表现既含蓄又直率，到他后来写的《寂寞的国》的时候显得深情而浓烈了；应修人诗中的爱情清新，但过于朴拙，余韵不足。总而言之，他们以敏感的心、青春的激情和朴素的文字写出了他们心中的爱情，虽没有完美的技巧和能力去充分表现它，但我们从这些诗中还是能感受到他们内心的诚挚与敏感，也会对这些诗产生某种程度的共鸣。

蕙的风

是哪里吹来
这蕙花的风——
温馨的蕙花的风？

蕙花深锁在园里，
伊满怀着幽怨。
伊底幽香潜出园外，
去招伊所爱的蝶儿。

雅洁的蝶儿，
薰在蕙风里：
他陶醉了；
想去寻着伊呢。

他怎寻得到被禁锢的伊呢？
他只迷在伊底风里，
隐忍着这悲惨而甜蜜的伤心，
醺醺地翩翩地飞着。

但当时文学研究会的一些人对湖畔诗人的诗不以为然，他们主张文学应该反映人间的"血和泪",不应该专注于风花雪月,批评湖畔诗人的诗作与整个时代格格不入,但这种主张并没有占上风。湖畔诗人的爱情诗不仅突破了传统诗歌题材的限制,也突破了新文学内部画地为牢的限制,创作出一批能代表那个时代年轻人爱情理想的爱情诗,它内在地回应了"五四"个性解放、爱情自由、婚姻自主,反封建婚姻观念的呼声。

1925年五卅惨案之后,湖畔诗派的创作活动基本停止,作为流派已经解体,湖畔诗人都迅速向"左"转,1927年汪静之出版《寂寞的国》(1922—1925年诗歌结集)之后,就决定放弃爱情诗的写作,准备写革命诗。冯雪峰加入共产党,成为革命左翼文学的重要理论家,潘漠华、应修人先后献身于革命事业,如火如荼的时代很快就把这些专心写情诗的诗人推向了时代的洪流,再也听不到他们清新动人的歌声。

成立于1921年1月的文学研究会是一个具有全国影响力的文学社团,成员众多而庞杂,他们主张"为人生"的文学,创作上提倡写实主义风格,他们大多数作家主要从事小说创作,少部分作家创作诗歌、散文等,早期白话诗人刘半农、刘大白、沈尹默、俞平伯、周作人等都是文学研究会的成员,冰心、徐志摩、李金发以及"湖畔诗人"等也都是其中的成员,只是一般把这些诗人另当别论罢了。文学研究会1922年还创办了中国新文学史上第一本诗刊《诗》,主要发表新诗和介绍外国诗歌及诗歌理论等,为中国新诗的成长、发展作出了自己的贡献。文学研究会的另一些成员也创作诗歌,比如叶绍钧的《浏阳战场》写战争的苦难,徐玉诺的《杂诗》写故乡的破败,郑振铎的《侮辱》写底层人的不幸等都曾引起过关注。朱自清(1898—1948)以散文称誉文坛,但在"五四"时期发表了不少新诗,主题大多是对爱、光明、自由的礼赞,为人生的文学观、写实主义的创作理念贯彻其中，但他的诗由于过于写实，缺乏必要的提炼，语言和形式上过于散文化，很难让读者产生读一首真正好诗时的那些遐想和感动，作者虽然写作很用力，但由于他的表现技巧与能力所限，好的主题、题材并未得到好的传达，读者读起来未必能真的动情。朱自清的散文诗《匆匆》以感伤而迷惘的语气感叹青春与时间的易逝，很能引起青年读者的共鸣，抒情长诗《毁灭》曾轰动一时，但现在看来，诗的内容、形式都过于"平常"，以平常心态、平常语言作诗，显然是没把握诗的一般规律，像朱自清这样气质的文人更适合散文的写作。值得一提的是属于这一派别的成员刘延陵，他的诗作《水手》等想象力丰富，意境清新淡雅，和其他成员诗风迥异。

文学研究会的成员更多地专注于小说、散文、翻译和文学理论建设，其中一些作者所写的反映现实人生的诗歌，为以后中国现实主义诗歌奠定了一定的基础，但是这些诗歌思想内涵不够深刻，想象力不够丰沛，艺术技巧不够精进，诗歌语言过于直白浅显，有"余香"和"回味"的作品不多，诗歌实绩不大，在诗歌史上不占重要地位。

总体而言，发轫于新文化运动的中国新诗，在五四运动前后已经确立了自己的合法性地位，站稳了脚跟，这个时期的诗歌整体上呈现出鲜明的"五四"气质，胡适等人的白话诗代表着新诗不断进步、逐渐解放的艰难而光荣的历程，郭沫若的诗最具"五四"一代人狂飙突进、神采飞扬的品质，以冰心为代表的小诗从另一侧面表现了"五四"青年人健康、纯净的精神面貌，而以湖畔诗人为代表的诗人则更多地表现出对自由、浪漫的爱情的向往与追求，朱自清等人的诗则表现出对时代、对人生的切身的现实关注，这些诗人用他们各具特色的诗歌一起构筑起"五四"一代人的精神丰碑，为那个伟大的时代留下了虽欠深刻却不乏个性的印记。

第四章　新诗的拓展与分野

新诗在中国扎根之后，在新一代诗人的共同努力下，诗歌的内容与形式得到更大的拓展，但随着时代的急遽变化，诗人的思想观念、艺术追求上的差异也日益剧烈，诗人们的艺术分野已不可避免，20世纪20年代中后期的诗坛主要出现了两种不同的思想和艺术走向，可以简单地概括为在思想上向"左"（无产阶级的价值观）转和向"右"（所谓资产阶级、自由主义或小资产阶级的价值观）转，文学艺术上向"外"（时代和政治斗争）转和向"内"（心灵和个人情感）转。革命诗歌以及之后的中国诗歌会的左翼诗歌要求诗歌面向时代，面向现实生活和劳苦大众，参与政治斗争，把诗歌当作为某些集团服务的工具加以使用，追求诗的政治功利化和大众化；另一些诗人则注重诗歌的本体特征，希望诗歌能更加艺术地传达个人的内心情感、情绪，致力于诗歌的艺术形式、表现技巧、个人风格的探索，追求某种"纯诗化"，与前者形成互为对立、对抗的写作姿态，他们是新月派、象征派以及之后的现代派等。到20世纪30年代这种对立对峙的状态更加强烈，直到抗战爆发，诗人们才放下门户之见，握手言和，团结在共同抗日的统一战线的旗帜下。

第四章 新诗的拓展与分野

第一节 新诗群体的持续分化

　　人们一般把1917—1927年称作中国新文学（现代文学）第一个十年，这种划分也被大多数学者所接受，但是就中国诗歌发展的实际状况而言，在1924年前后，不同思想艺术的诗歌的分野已经非常明显，诗歌的内容与形式、语言与风格上的转型已经发生。五四新文化运动时期，新文学之中虽然也有"人生派"和"艺术派"之分，但是都兼容于"人的文学""国语的文学"的口号之下，有这种团结一致的目标和共识作为指导，文学革命及白话文运动很快就取得了胜利。"五四"前后的文学革命在取得丰硕成果的同时，也似乎完成了其文学应有的历史使命，五四运动落潮以后，具有思潮性质的启蒙主义、人道主义文学已无法归纳诗歌的新变化，一些诗人（如郭沫若等）的诗风发生了根本性的改变，一些后起的诗人开始登上诗坛，展现别样的风采，诗歌的思想、艺术的分化在所难免。20世纪20年代初开始，邓中夏、沈泽明等左翼文人就在鼓吹革命文学，1923年早期中共党员邓中夏在《新诗人的棒喝》《贡献于新诗人面前》等文章中，极力鼓吹利用诗歌等文学形式表现民族的伟大精神，充当民主革命的工具的主张，号召作家、诗人参与革命实践，提高革命意识，创作革命文学。郭沫若写于1923年的《前茅》（1928年出版）其诗风遽变，宣称要和旧的自我、旧的情感决裂，要向着工农革命的方向前进。蒋光慈1924年前后就写出了歌颂俄罗斯革命和列宁的诗歌《莫斯科吟》和《哭列宁》等。诗歌作为一种先锋文体，在激进的政治革命为主导的时代，在很大程度上充当着时代急先锋的角色，郭沫若、蒋光慈等人身上的这种角色意识格外明显和张扬,他们的这些较典型的革命诗歌都写于 1927 年的国共分裂之前,1927 年以后革命诗歌仍然在持续发展,到 1932 年中国诗歌会成立之时已蔚为大观。再从另外一些诗人、诗作上看,五四运动过后,新诗进入某种平静而沉寂的时期,1923 年一度流行的小诗也已经退潮。但是一些新的诗人开始发表、出版自己的作品,1923 年 6 月闻一多在《创造周报》第四号、第五号上分别发表了《〈女神〉之时代精神》《〈女神〉之地方色彩》,对郭沫若的诗歌《女神》进行批评,9 月闻一多的诗集《红烛》出版。虽然《红烛》也是以浪漫主义为特色的诗歌,在某种程度上受到郭沫若诗风的影响,但诗歌风格上比郭沫若的诗内敛、蕴藉。而另一个新月派诗人徐志摩在 1922 年开始发表作品,并于 1925 年已经出版了《志摩的诗》。这些诗也与"五四"时期的诗有明显的不同。1926 年北京《晨报·诗镌》出世,标志着新月派的诞生,闻一多、徐志摩等诗人的诗的创作在 1927 年前后都没有明显的分别。另有象征派也在"五四"之后异军突起,其代表人物李金发在 1925 年 2 月出版的《雨丝》杂志第 14 期发表了《弃妇》一诗,引起文坛关注,1925 年出版诗集《微雨》,1926 年 11 月出版《为幸福而歌》,1927 年出版《食客与凶年》,同一流派的王独清出版《圣母像前》等。而"一九二八年到一九三一年这几年中,诗的产量是比较少的,很多文艺杂志都拒登诗歌"[①]。从这些事实来看,用 1927 年作为新诗思想艺术转变的分界线,并无特别的理由,最直接的理由可能是新文学从 1917 年发展到 1927 年,正好是十年,这十年间的文艺状况需要概括和总结,于是有了《中国新文学大系》(1917—1927)的编撰,并把 1927 年作为一个时代的结束与开始的连接点。另外,人们一般把 1927 年国共合作的破裂当作一个具

[①] 王瑶:《中国新文学史稿》,上海文艺出版社 1982 年版,第 217 页。

有历史标志性的事件，更强化了 1927 年作为分界线的意义。但对中国新诗来说，诗人的分化与变化早在 1924 年前后已经开始，也没有因为 1927 年这一结点而特别具有历史意义。倒是 1932 年中国诗歌会的成立，以及现代派杂志《现代》的创办，中国现代派诗歌诞生，形成了"左""右"对立、对峙的局面，开启了诗歌的新阶段。

第二节 严峻政治生态下的左翼诗歌

左翼诗歌在中国新诗史上一直扮演着十分重要的角色，虽然因时代的变迁、欣赏趣味的变化等原因，这一类别的诗在现今被冷落，甚至被遗忘，但从文学史的角度来看，它仍具有重要的社会意义和学术价值，有学者指出："新诗的主流，新诗中对时代变革和青年一代有过广泛而重大影响的，是郭沫若、艾青、殷夫、中国诗歌会和'七月'诗派的创作。"[①] 其中所涉及的郭沫若、殷夫和中国诗歌会都属于左翼阵营，可见其在当时的影响力，甚至艾青和七月诗派也对左翼诗歌有所借鉴与继承，所以对左翼诗歌创作进行研究是一个绕不开的论题。

20 世纪 20 年代中期始，中国诗坛的政治意识日显突出，左翼的、革命的诗歌逐渐成为诗坛的主流。它的产生、兴旺与当时的国际、国内形势与政治背景密切相关。苏联十月革命的胜利震惊全世界，为全世界无产阶级革命指明了方向，在全世界范围内，无产阶级革命运动此起彼伏，浩浩荡荡，特别是到 20 世纪 30 年代，整个世界的意识形

---

① 蓝棣之：《现代派诗选·前言》，人民文学出版社 1986 年版，第 31 页。

态都有向"左"转的倾向，有人把 30 年代命名"红色三十年代"并不是没有道理的。而在中国，十月革命的胜利，五四运动的成功，为马克思主义的传播提供了便利的条件，中国共产党的成立更是一件标志性的事件，中国无产阶级革命进入一种有组织的、有目的的、自觉化的阶段，随着中国工人阶级的日益强大，中国无产阶级革命成为不可阻挡的历史潮流。早在"五四"时期，一些诗人的作品里都有歌颂十月革命、劳工神圣、"共产大同"的诗篇，许多作家对苏联充满向往之情，随着革命形势的发展，一批思想激进的文人和早期共产党人开始自觉宣传"革命文学"主张，整个中国文坛开始了从文学革命到革命文学的转型，诗歌也不例外。

1925 年的血腥镇压工人运动的"五卅惨案"发生后，全国爆发了抗议示威的大游行，让人们看到了无产阶级革命意识的觉醒，深刻触动了中国作家、诗人敏感的神经，许多作家、诗人的人生轨迹和写作倾向发生了巨大的转变。郭沫若、成仿吾、蒋光慈等本身的思想倾向都很激进，面对中国无产阶级革命形势的日益高涨，更是血脉贲张，成为革命文学狂热的鼓吹者。1927 年的"四·一二"国民党清党事件之后，国共合作破裂，无产阶级革命转向低潮，但无产阶级文学运动却走向了高潮，1928 年太阳社、创造社等左派文学社团大力倡导"革命文学"，与持自由主义立场的新月派抗衡。1927—1930 年左翼文学创作队伍壮大，刊物、诗集大量出版，革命诗歌创作蔚然成风。革命诗歌的形成也与当时国际文艺思想特别是苏联的拉普、日本的纳普"左倾"文艺思潮有关。苏联的拉普强调文学与政治、文学与阶级、文艺与宣传的关系，要求诗歌配合政治斗争，日本的纳普要求文学艺术要服从于政治运动的需要，这些"极左"的文学观念也直接、间接地影响了中国的革命文学的观念。

中国的革命诗歌要求把诗歌和无产阶级政治运动结合起来，要求直接取材于重大的历史事件,表现出强烈的政治敏锐性和倾向性,是一种参与性、干预性强的文学样式。几乎每一件重要的政治事件他们都在自己的作品中有所反映,诗人成为一个时代的直接的记录者和抒写者。时代的风云、现实的抗争、血雨腥风都记录在他们的诗行里。另外,他们作为站在时代前端的诗人,自认为是革命思想、革命意识、革命情绪的传播者,在他们的一些诗歌里,并不涉及多少现实的革命内容,反而更多的是对革命意识的宣传,对政治热情的宣泄——某种革命的罗曼蒂克情绪支配下的产物,带有某种对革命的个人狂想的成分,一种"极左"的革命激情的呐喊与呼叫,从整体上看,具有某种"革命的"浪漫主义倾向。

革命诗歌的写作局限是明显的,他们把诗歌当作政治斗争、革命宣传的工具加以应用,他们的创作激情过火,思想的力度、深度不足,看起来激情四射,但实际上流于浅薄,是某种革命意念、情绪支配下的狂呼乱叫,缺乏真实的、内在的体验,标语、口号化严重。郭沫若声称要"充分写出那些高雅文士所不喜欢的粗暴的口号和标语。我高兴做个'标语人''口号人',而不必一定要做'诗人'"[①]。在以郭沫若为首的诗人的诗作中,形象性严重不足,作品成为政治的简单直接的传声筒,缺乏诗的美感,"非诗化""反诗"倾向严重,诗人强烈的政治使命意识完全压倒、战胜了他们应该具有的审美意识,导致他们诗歌整体上艺术性的严重缺失,无法获得流传永久的经典价值。

郭沫若的诗集《恢复》是典型的革命诗歌的产物,诗歌直接讴歌无产阶级革命,声讨反动派,虽然诗歌充满了昂扬、豪迈的战斗精神,但绝大多数诗歌只是个人主义、英雄主义的呐喊,没有充实的内

---

① 郭沫若:《我的作诗的经过》,《郭沫若论创作》,上海文艺出版社1983年版,第209页。

容和深刻的表现，是郭沫若诗歌创作的失败之作。

蒋光慈（1901—1931）曾留学苏联，接受了苏联的一些文学观念，在苏联就开始大力写革命诗歌，出版有《新梦》《哀中国》《乡情集》，还写过不少革命加恋爱的小说，引起当时对革命怀有罗曼蒂克幻想的青年人的追捧。1928年年初在上海与钱杏邨等人发起成立文学社团太阳社，倡导无产阶级的革命文学，1930年中国左翼作家联盟成立以后，该社自动解散。该社与创造社一起曾因革命文学的理论问题与鲁迅发生过论战。

蒋光慈的诗为开拓红色革命的题材有一定的贡献，在当时产生了一定的政治的、社会的反响，但总体来看他的诗理念严重大于形象，标语、口语充斥字里行间，他认为自己的诗太过社会化和政治化，的确如此，而且还夹杂一些不着边际的浪漫主义的感伤、理想主义的矫情、英雄主义的气概，颇得耽于幻想的"小资"们的喜爱。不过他的诗歌也有进步的脚印，从开始的直白、率真向某种个性化抒情转变，虽然最终也没有摆脱呐喊、直白的毛病，但还是能感觉到他在诗艺上的进步。

殷夫（1909—1931）也是着力写革命诗歌的诗人，他的诗歌受到鲁迅先生的激赏，称赞他的诗是"东方的微光""林中的响箭""冬末的萌芽"。他的诗虽然也是宣传革命思想，鼓动革命运动，但他的诗很大程度上克服了革命诗歌空洞、叫喊的毛病，少有标语、口号的倾向，表达了一个怀揣革命理想的人真实的内心情感，他的《别了，哥哥》情真意切地表达了虽为亲兄弟，但因人生理想不同而不得不决裂的心情，具有感人至深的魅力。《血字》把政治鼓动和可感形象结合起来，也能体会到一个革命青年的昂扬、乐观的斗志。可惜这位才华初露的年轻诗人腰斩于敌人的屠刀之下，用自己的鲜血践行了自己的革命理想。

到了 20 世纪 30 年代，左翼诗歌有了更大的发展，尤其是 1930 年中国左翼作家联盟（简称"左联"）成立以后，左翼诗歌有了巨大的发展，1932 年 9 月中国诗歌会在上海成立，成员众多，声势很大，以与当时的后期新月派、现代派针锋相对的姿态出现在诗坛，两者的对立对峙成为 30 年代诗歌特有的诗歌现象。

中国诗歌会的创作无疑受到当时世界范围内的无产阶级文学的影响，尤其是苏联拉普文学的影响，拉普对文学的无产阶级领导权的强调，对辩证唯物主义创作方法的提倡，对文学为无产阶级政治服务的功利性的推崇，当时有一批左翼作家都介绍过苏联拉普文学的创作理念及一些诗人的作品，这些都直接或间接影响了中国诗歌会的诗歌理念和创作。同时，当时的中国阶级矛盾、民族矛盾与政党的斗争也日益加剧，尤其是"九·一八""一·二八"事变的发生，更是把民族危机推到了中国人民的面前，在某种程度上说，中国诗歌会的成立是对各种矛盾聚集的中国现实的一种回应。

1928—1931 年随着创造社被查封，太阳社解散，中国的革命文学一度消沉，而其他诗歌流派新月派、象征派、现代派等影响日益凸显，中国诗歌会就是针对那些被他们认为"极端错误"的诗潮而兴起的现实主义的诗歌运动。

中国诗歌会的主要成员有蒲风、任钧、穆木天、杨骚、王亚平等，蒲风（1911—1943）是其中的代表诗人，他发表了不少有关诗与现实、诗与时代的言论，也出版过十多本诗集，在当时的革命时代起到了一定的鼓动作用。中国诗歌会的诗在主题上大多写反帝、抗日、阶级压迫和斗争，重点反映工人、农民的痛苦生活及其反抗意识，诗歌属现实主义一派，诗中充满了战斗性和鼓动性，他们的诗歌可以看作是 20 世纪 20 年代中后期普罗诗歌在新的形势下的发展和延续，与普罗诗歌相比，有了更充实的内容，更广泛的题材，更大的群众基础，为诗歌与时代、与现实、与人民的结合，起到了推动作用，但是他们的诗歌仍然带有浓厚的说教成分和宣传色彩，一些作品过分依赖题材的重大与轰动，却不注重诗意的提炼和概括，只求数量不太讲质量，时有粗制滥造之作，虽有强烈的历史使命感和阶级意识，却不经过完美的艺术淬炼去消化自己所涉及的题材，过于强调阶级性，忽视人性的内涵，或者完全将两者对立起来，有些诗人的思想修养和艺术修养都未达到一个优秀诗人的标准，许多诗歌写得浮躁、草率，不能给读者强烈的感染力，能够流传下去，被现今读者所欣赏、能产生强烈共鸣的作品稀少。

中国诗歌会追求诗歌的通俗性、大众性，提倡直白明朗的诗风，誓与新月派、象征派、现代派诗风划清界限，为此他们进行了多种尝试，他们主要是汲取了中国传统诗歌赋比兴的表现手法，复沓、白描、排比等民歌常用的技巧，以增强诗歌的易读性、可诵性，这种利用传统诗歌、民歌形式技巧创作中国新诗的努力，一直是中国新诗发展的一个方向，从中国新诗草创时期刘大白、刘半农等人开始，就一直存在，到20世纪30年代经中国诗歌会的发展，已经有了长足进步，等到抗战时期运用民间形式写中国新诗成为一种风尚，特别是在延安等地，民歌风诗歌几乎成为诗歌的主要艺术形式。

但是，中国传统诗歌、民歌的艺术手法在某种程度上说，是与农业文明、古典和民间文化相适应的艺术形式，它适合用来表现某种简单、明朗的主题和题材，并不太适合表现纷繁复杂的现代生活和现代人千回百转的内心世界，它的局限性是明显的，中国许多现代诗人及理论家希望通过对传统诗歌、传统民歌技巧的借鉴创作出伟大的中国现代诗歌，但实践证明，这种希望是渺茫的、不切实际的。古代诗歌的传统手法及民歌技巧可以为某些通俗化、大众化的现代诗歌所借鉴、化用，但它们不能被普遍推广，更不能被滥用，它们只具有某种类似传统中药一样的功效。

中国诗歌会的另一个诗歌尝试是强调诗歌的歌唱性，用蒲风的话来说就是"诗歌是武器，而歌唱是力量"。一些诗人与音乐家合作，创作了一批歌曲，起到了不错的宣传效果。诗歌音乐化、朗诵化的注重，有利于诗歌的传播，也为抗战及20世纪40年代诗歌的大众化、朗诵化打下了基础。但是诗歌就其实质来说，是视觉的艺术，虽然含有听觉的成分，但并不占主导地位，并且诗歌的听觉成分在很大程度上是一种内化的拟声状态，一般诗歌并不特别要求通过朗读去理解诗意，而中国诗歌会过分强调诗歌的听觉效果，忽视诗歌的视觉艺术的本质特征，弱化了诗歌的诗性特质，他们的一些诗歌有诗意不够而用外在的押韵来补救之嫌。

第三节　抒情与节律并重的新月派

新月派因1923年徐志摩组织"新月社"而得名，"新月"借用了印度诗人泰戈尔的《新月集》的名字，也含有"新月必圆"的期许。新月社1925年以前是以戏剧活动为主的文学团体，1926年以《晨报·诗镌》的创刊为标志，闻一多、徐志摩、朱湘等大规模进行诗歌的形式美和格律化的实践，形成新月诗派。新月诗派可分前后两个时期，前期是指以北京《晨报·诗镌》为基本阵地的诗人群体，其主要代表人物是闻一多和清华四子——朱湘（子沅）、饶孟侃（子离）、孙大雨（子潜）、杨世恩（子惠），以及徐志摩、刘梦苇、于赓虞、蹇先艾、朱大楠等。有一个时期闻一多家中经常举办小型的聚会，和一些年轻诗人谈诗论文。1926年时任《晨报》副刊编辑的徐志摩和闻一多及清华文学社开始合作，也意味着新月派诗歌团体形成。后期是以1928年3月徐志摩、闻一多、饶孟侃在上海创办《新月》月刊为标志（1933年止），1931年1月新月诗人还在上海创办《诗刊》（季刊），培养了一批青年诗人。后期新月派诗人思想倾向比较复杂，陈梦家、方玮德成就比较大。

新月派是中国新诗历史上活动最长、坚持最久、艺术个性鲜明，在诗歌理论和创作上都取得了很高成就的重要诗派。他们中的诗人，虽然所信奉的诗歌主张不尽相同，但是他们也确有某些共同的思想倾向、艺术追求和审美趣味，要求"使诗的内容及形式双方表现出美的力量，成为一种完美的艺术"；"主张本质的醇正，技巧的周密和格律的严谨，这些主张差不多是我们一致的方向"。[①] 一般认为，新月派的诗歌实践标志着中国新诗创作进入了一个"自觉"的时期。

新月派的诗歌远离当时越来越意识形态化的主流文学，与现实与大众有一定的距离，他们"站在时代的低洼里"，多写个人的爱情、梦想、感觉与情绪，虽然也包含了某些人道主义的思想因素，但资产阶级的、个人主义的、自由主义的思想一直占据他们思想的阵地，由于他们所写的诗远离时代的风雨，曾被郭沫若称为"公子少爷派"。他们也的确是一些对现实虽然不满，但又不想参与社会变革和革命的一群有点自恋倾向的精神贵族（在高等学校任教的高级知识分子居多），新月派到后期发生了一些变化，有的变得越来越消极，沉溺于风花雪月之中，有的醉心于文学艺术的创造，有的则走出书斋，走向广场，成为民主斗争的坚强战士。

新月派注重诗歌的理论建设，主张理智节制情感，提出了新诗格律化的主张，诗歌创作上发扬个性，注重创新，诗歌表现手法丰

---

① 陈梦家：《新月诗选·序言》，上海新月书店1931年版。

富多样，有意识地引进、移植西洋诗体，为新诗发展作出了杰出的贡献。

新月派自开始就喊出了反对"感伤主义"和"伪浪漫主义"的口号，但考察新月派诗人的前期创作，他们诗歌中的感伤主义情调是浓厚的，特别是闻一多的《红烛》诗集中具有较多的感伤主义倾向，徐志摩的诗也存在某种感伤、矫情的毛病。当时的郭沫若及创造社的诗中泛滥着空洞的抒情与感伤，乃至矫揉造作、无病呻吟，具有较典型的感伤主义的症候。与郭沫若及创造社的诗人相比，新月派的诗虽然未完全去除感伤主义、煽情主义的成分，但诗歌情感多已趋向内敛与节制，诗的客观化、戏剧化及叙事成分有所加强。

针对新诗过于散文化、非诗化、欧化的倾向，新月派要求诗歌"以美为艺术的核心"，追求语言的和谐、形式的完美，认真地进行现代格律诗的实验。以闻一多为代表的诗人所提倡的新格律诗，是对"五四"以来的新诗过于散文化、自由化的诗风的一次自觉矫正。闻一多、孙大雨、饶孟侃等人都对新诗格律纷纷发表看法，虽然他们对新诗格律的要求不尽相同，但他们都希望通过自觉的格律运用来纠正新诗过于松散的毛病，同时通过格律来约束情感的泛滥。在闻一多提倡的诗歌三美（绘画美、建筑美、音乐美）当中，如何建设中国新诗的建筑美和音乐美引起了新月派的争议。闻一多认为句法整齐可以促进音乐的和谐，通过建筑美来实现诗歌的音乐美。但是诗歌的建筑美并不能完全保证诗歌的音乐美，更不能保证诗情的准确、微妙的表达，字句的整齐不能保证音节的均齐和音韵的和谐，如果过于强调字句的整齐和音韵的和谐，就会出现诗歌格式过于呆板，也不利于诗意的自由表达，"豆腐块"式的诗的一度流行与过度强调诗的建筑美有关。在当时，冯文炳、李健吾、戴望舒、施蛰存等曾对此提出异议。所以，建筑美的强调不能过分，纵观近百年的新诗，注重建筑美的成功的诗歌也不少,但主要还是不受约束的自由体式的诗歌居多。虽然新格律诗的提倡者最后也大多走向了自由体式,但新格律诗的实践对纠正初期白话诗过于自由化、散文化的作用是明显的,中国新诗在新月派诗人手里开始变得凝练而精致、圆润而和谐,不仅为中国新诗提供了一批典范的诗作,也大大巩固了新诗的地位,在某种程度上说,新月派的兴起是中国新诗走向自觉和成熟的标志。

新月派还进行了广泛引进西方各种诗体的实验,为中国诗歌体裁建设作出了特出的贡献。比如对西方无韵格律体诗歌的实验,徐志摩《我等候你》《爱的灵感》,陈梦家的《再看见你》《当初》,闻一多的《奇迹》,孙大雨的《自己的写照》,朱湘的《祷日》等都有成功的表现。而对欧洲商籁体的借鉴,孙大雨、朱湘、陈梦家等都有比较成功的尝试。另外,新月派还大胆尝试"改句为行",进行诗歌的"跨行"实验,增加诗歌节奏的动感和气势,也有助于形成诗歌的建筑美,强化了诗歌跳跃性的特质,给新诗带来新的情调和韵味,当然,这种"跨行"的体式一般比较适合以气势取胜的诗歌。

闻一多(1899—1946)是新月派的主帅,他曾参与五四运动,1920年发表自己的第一首新诗《西岸》,1923年9月出版第一部诗集《红烛》,那时他已经在美国留学学绘画,后放弃绘画从事文学。他早期受到英国诗人济慈的启迪,济慈诗歌的浪漫主义、唯美主义对早期的闻一多有一定的影响,他的诗《李白之死》《剑匣》等就有浓厚的浪漫主义、唯美主义色彩,其诗集《红烛》的一些篇章都有这种倾向。而后,闻一多受到欧美一些现代诗人的影响,比如哈代、豪斯曼等人的影响,对诗歌情感的表现方式更加沉郁、内敛、冷静,而法国诗人波特莱尔的象征主义的手法,化腐朽为神奇、以丑为美的审美方式都对闻一多有一定的启发,他后期诗的"现代性"有所增强。闻一多的美学思想也有不断的变化,早期他在思想上是民族主义,美学上是浪漫主义、唯美主义（为艺术而艺术），到写《死水》阶段他在思想上是自由主义，艺术上是象征主义，再到抗战爆发后，他在思想上是唯物主义，艺术上是现实主义，他的思想、艺术的每次变化都与时代的发展紧密相连。但无论他的思想和艺术上怎样变化，他都是一个具有强烈民族情感的爱国主义者，一个对自由、民主、博爱有高度追求的民主主义者，他为此付出了生命的代价。

闻一多早期的诗写于美留学时期，收集在《红烛》中，主要抒发一个在外的游子感受到的民族压迫和文化的焦虑，以及对祖国、亲人的强烈的思念，浪漫主义的色彩比较浓厚，还带有某种感伤的、唯美的、神秘的色调，《孤雁》《太阳吟》《忆菊》等作品都是情真意切的作品，情感基调上与《女神》有某种相似之处。1925年回国后，闻一多参与了新月派和国家主义派团体的活动，他目睹中国千疮百孔、水深火热的现实，情感变得更浓烈、沉郁，情感趋于内敛，在他出版的诗集《死水》中，他的爱国主义、民族主义、人道主义情怀得以充分表现。他在人生姿态和艺术旨趣上与徐志摩相反相成，他以严谨、深厚的学识赢得学界的称赞，他的诗擅长表现那种火山爆发之前的临界点片刻的情感，这种方式使他的诗格外有一种令人窒息的紧张感，诗歌充满内在的张力。他把那种对自己的祖国又爱又恨、爱之深恨之切，既充满失望又满怀希望，哀其不幸怒其不争的矛盾纠结的心态非常准确地传达了出来。他迫切希望中国走向民主、自由、繁荣、富强的道路，但满眼所见却是独裁、腐败、凋敝和落后，这种极强的心理反差自然会使这位热血赤子耿耿于怀、愤愤不平，这种郁积于心的强烈的愤懑、紧张化作他的诗歌就成了那些不吐不快、一触即发、语言能点着火的《死水》《心跳》《发现》《一句话》等充满火药味、等待点燃的诗作。

死　水

这是一沟绝望的死水，
清风吹不起半点漪沦。
不如多扔些破铜烂铁，
爽性泼你的剩菜残羹。

也许铜的要绿成翡翠，
铁罐上绣出几瓣桃花；
再让油腻织一层罗绮，
霉菌给他蒸出些云霞。

让死水酵成一沟绿酒，
漂满了珍珠似的白沫；
小珠们笑声变成大珠，
又被偷酒的花蚊咬破。

那么一沟绝望的死水，
也就夸得上几分鲜明。
如果青蛙耐不住寂寞，
又算死水叫出了歌声。

这是一沟绝望的死水，
这里断不是美的所在，
不如让给丑恶来开垦，
看他造出个什么世界。

闻一多在《诗的格律》提出，诗歌要具有音乐美、绘画美、建筑美的主张，并身体力行地进行尝试，他的《死水》就是这种主张的范例，死水从内容上说是中国的"恶之花"，是以丑为美，化腐朽为神奇的典范之作，作者对肮脏、绝望的现实的批判和反讽用象征化的方式呈现出来，在审丑中完成了审美，该诗的现代性是鲜明的，有论者把后期的闻一多的诗仍归结于浪漫主义的风格是不准确的。从形式上说，这首诗也是闻一多倡导的现代格律诗"三美"的典范之作。诗的每一行都用三个"二字尺"和一个"三字尺"（音顿）构成，每行的字数也一样多，每节诗二、四行押韵，达成某种和谐又富有变化的音韵效果，为现代格律诗的写作提供了可资借鉴的典范。

徐志摩（1896—1931）是新月派的一位主将，也是在生前死后争议颇大的一位诗人。他的诗和个人生活都成为当时及以后读者议论的焦点，他是具有明星气质的诗人，他短暂的人生如同一道光芒四射的闪电，给人带来强烈的光与热，甚至某种无法躲闪的刺激，并留给人无边的遐想空间，最后又如一只云雀，飞向高空，突然消失于人间。他的一生就是一个非凡的传奇。由于他的某些自由主义的过激言论和诗歌，他曾在大陆的文学史上消失过几十年，但到新时期以后，对他的研究与评价日趋公正，更多的读者走进他的诗歌世界，甚至他的个人生活的点点滴滴也被他的爱好者所熟悉。他是中国读者认知度最高的诗人之一。

徐志摩少小聪慧过人，与郁达夫是杭州第一中学的同班同学，后来去上海、北京大学深造，还成为梁启超的入室弟子，留学英美，思想与生活方式严重西化，他性格乐观开朗，热情奔放，违背父母从商的意愿，放弃银行学改学政治学，具有当时年轻人普遍在政治上激进主义的倾向，他去英国想跟随罗素念书未果，后却有幸遇到英国著名作家狄更生，两人成为好友，思想上受到启发，并且在剑桥大学闲散的生活让他感受到来自生活的诗意，林徽因的出现更是点燃了他的诗心，他深深爱上了林徽因，并因此与自己的原配夫人离婚，但林徽因已回国，他悠游于剑桥的各个学院，在剑桥开始写诗，一发不可收拾。1922年回国，林徽因却与梁思成订婚，徐志摩虽然情感受挫，但还是与林、梁关系良好，并陪梁启超讲学。这一期间他开始向文学刊物投稿，在诗坛崭露头角，也开始在北京社交场合抛头露面，结识并爱上已婚的陆小曼。最终陆小曼离婚，与徐志摩结婚，但婚姻并没有他想象的那么幸福。徐志摩在与陆小曼的爱情中体验了某种狂热的激情，一种把爱情当作信仰和宗教的狂热，徐志摩的个人主义、自由主义、浪漫主义的人生态度彻底地表现出来，但到后期对爱情和婚姻产生了某种失望而幻灭的情绪，1931年因他搭乘的飞机失事坠毁，他的生命幻化成天边的一道永恒的彩虹。

徐志摩是深受西方人文主义影响的诗人，自称是一个不可教训的个人主义者，胡适曾评价说："他的人生观真是一种'单纯信仰'，这里面只有三个大字：一个是爱，一个是自由，一个是美。"① 他一生所追求的是爱、自由和美，他渴望诗化生活，认为人生的贫乏必然导致艺术的贫乏，他在《艺术与人生》中说："我们没有艺术，正因为我们没有生活。"他的人生与诗合而为一，密不可分，对爱情的执着追求成为他诗化生活的重要部分，而他精神生活的最大的主题就是爱，对自己所爱的人锲而不舍的追求，他在《爱眉小札》中说："我没有别的方法，我就有爱；没有别的天才，就是爱；没有别的能耐，只是爱；没有别的动力，只是爱。"这种"浓得化不开"的爱给他带来了诗的灵感和浪漫的爱情，虽然诗化生活具有某种不切实际的乌托邦的成分，他最后因为陆小曼也对爱情产生了某种幻灭的情绪，但他自始至终都以热忱的姿态拥抱爱情和生命，甚至最后的死亡也与爱情有关。

---

① 胡适：《追忆志摩》，《新月月刊》第4卷第1期。

第四章 新诗的拓展与分野

徐志摩是"跳着溅着不舍昼夜的一道生命水"(朱自清语),他的诗则是活泼泼的至情至灵的一条清泉,他的诗如其人,他的人生信念,他的爱恨情愁都写入了他的诗歌里,我们从他诗歌里能触摸到他的心跳,感受到他的情热,一个现代"情种""贾宝玉"式的爱情的悲欢离合被记录在他的诗歌里。

徐志摩的诗受到英国浪漫主义及美国诗人惠特曼诗歌的影响,但与西方诗热情、奔放不同,他擅长表现轻逸、浪漫、潇洒的诗意感受,他的诗如同一片在空中随风飘摇的羽毛,他在用词方面如同卡尔维诺所言:"减轻词语的重量。从而使意义附着在没有重量的词语上,变得像词语那样轻微。"① 这在他的名作《再别康桥》之中有鲜明的表现,云彩、艳影、虹、星辉、笙箫等都是属于轻盈、几乎没有重量的词语,这些词语的应用使整首诗的表达变得轻逸而潇洒,离别的愁绪与告别时的潇洒合而为一,如时断时续的笙箫般韵味悠长。他的第一本诗集《志摩的诗》有不少清新飘逸的佳作。第二本诗集《翡冷翠的一夜》诗的情感变得深沉,甚至忧郁,但诗艺上有了进一步提升,那种仅依赖自然的情绪节奏而不依赖外在韵脚的诗作尤见功力。他的诗歌里的情调与韵味各有不同,令人着迷,《快乐的雪花》晶莹剔透,像雪花一样透明的快乐,《我不知道风在哪个方向吹》中个人在宏大时代之前的迷茫,《半夜深巷琵琶》的清幽与哀怨,《翡冷翠的一夜》中的痴情与忧郁,各有各的情味和意蕴,徐志摩擅长根据不同感觉、情绪塑造不同的意境和氛围,把读者带入其中,和他一同感受他的喜怒哀乐,这种与读者没有间距的交流、对话式的写作方式,很容易引起读者的共鸣。徐志摩的大多数诗能达到情景交融、言情一致的境界,但有些诗作也难免煽情、矫情、甜腻的毛病,这与他所受浪

---

① [意]卡尔维诺:《美国讲稿·轻逸》,萧天佑译,译林出版社2012年版,第17页。

漫主义诗风的影响不无关系。徐志摩在诗歌形式上也在借鉴西方诗歌的形式的基础上，根据白话的特点加以创造，对白话诗的音韵、节奏细心揣摩，以准确传达情绪之需，他的诗的内容与形式总能获得较完满的统一。他的诗为中国新诗赢得了读者的美誉，也提高了读者对新诗的审美能力。

再别康桥

轻轻的我走了，
正如我轻轻的来；
我轻轻的招手，
作别西天的云彩。

那河畔的金柳，
是夕阳中的新娘；
波光里的艳影，
在我的心头荡漾。

软泥上的青荇，
油油的在水底招摇；
在康桥的柔波里，
我甘心做一条水草！

那榆荫下的一潭，
不是清泉，是天上虹；
揉碎在浮藻间，
沉淀着彩虹似的梦。

寻梦？撑一支长篙，

向青草更青处漫溯,
满载一船星辉,
在星辉斑斓里放歌。

但我不能放歌,
悄悄是别离的笙箫;
夏虫也为我沉默,
沉默是今晚的康桥!

悄悄的我走了,
正如我悄悄的来;
我挥一挥衣袖,
不带走一片云彩。

除爱情诗之外,徐志摩也写过一些反映现实和阶级对立的诗歌,比如《叫化活该》《先生、先生》《盖上几张油纸》《毒药》等,表达他的人道主义的同情心,写过《大帅》《"人变兽"》讽刺野蛮军阀的作品,但毕竟这些诗在他诗歌中比较少,大多读者都把他当作典型的爱情诗人、不谙世事的白马王子加以看待。茅盾在《徐志摩论》中说,徐志摩是中国资产阶级的开山也是末代的诗人,是从阶级分析的角度对徐志摩的评价,认为他的诗歌中既有积极向上的一面,又有消极颓废的一面,这个评价虽然有些偏颇,但徐志摩思想中的确存在这两个方面,尤其到后期,消极颓废的思想越浓,对闹哄哄的现实非常反感,在《秋虫》一诗中,他写道:"花尽着开可结不成果,/思想被主义奸污得苦。"在散文《西窗》中更是指责革命文学家拿青年人的生命和鲜血换功劳,表达了他对革命和革命文学的抵触情绪,也因为这些右倾的自由主义的思想言论,徐志摩自 1949 年以后,他的诗歌

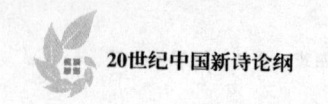

在大陆被禁止传播，直到新时期以后，才慢慢解冻。

朱湘（1904—1933）也是前期新月派的主要代表。他是新月派中仅次于徐志摩、闻一多的重要诗人，曾被鲁迅誉为"中国的济慈"。他十年间创作了《夏天》《草莽集》《石门集》和《永言集》四部诗集，他的性格暴躁刚烈，常有惊人之举，29岁因生活和感情困顿投江自杀，但他的诗却清新明丽，一尘不染，形成巨大反差。他的第一部诗集《夏天》就充分展示了他的诗歌才华，其中的《小河》这首诗尤受人称道，诗中写道："白云是我的家乡，/松盖是我的房檐。""轻舟是桃色的游云，/舟子是披蓑的小鱼。"诗歌借小河表达了赤子对大地的深情，用笔清丽幽美，比喻新奇大胆，诗写得轻巧而从容、纯真动人。《草莽集》中的诗歌题材多样，诗艺趋向成熟。《雨景》通过不同的意象描写不同的雨景，画面清晰而新鲜，融合了诗意与哲理。《葬我》写想象中埋葬之处，诗歌唯美而灵动，哀而不伤，表达诗人对死亡洒脱而逍遥的态度，是他的代表作之一。

葬　我

葬我在荷花池内，
耳边有水蚓拖声，
在绿荷叶的灯上
萤火虫时暗时明——

葬我在马缨花下，
永做芬芳的梦——
葬我在泰山之巅，
风声呜咽过孤松——

不然，就烧我成灰，

> 投入泛滥的春江，
>
> 与落花一同漂去
>
> 无人知道的地方。

他的另一首佳作《采莲曲》，是闻一多"音乐美、建筑美、绘画美"理论的完美实践，南方生产劳动的场景与类似南方民歌曲调的节奏融合在一起，明丽的画面与欢快的音乐浮现在读者面前，娇娆的南方女子在荷叶莲花间穿行，劳作的场景跃然纸上，与南朝乐府民歌《西洲曲》有异曲同工之妙。朱湘另一首叙事诗《王娇》也值得关注，在九百多行的诗中，朱湘用严整的格律体，兼顾叙事与抒情，男女主人公的性格刻画也比较成功，诗的韵律在整齐中求变化，是中国新诗初期难得的比较成功的叙事诗。最后一本诗集《石门集》多是对西方各种诗体的借鉴与移植，特别是对商籁体（十四行诗）进行了大量实验。但有些诗作过于欧化、生涩，不被一般读者看好。朱湘对现代格律诗的探索是值得肯定的，他从中国古代词曲、民歌中获得艺术给养，同时也善于吸收外国诗歌格律统一中求变化的技巧，使得他的诗"于外形的完整与音调的柔和上，达到一个为一般诗人所不及的高点"（沈从文《论朱湘的诗》），这种评价是公正与中肯的。

新月派通常被评定为浪漫主义诗风的流派，但在新月派诗人中，除了徐志摩、早期闻一多具有典型的浪漫主义风格外，其他诗人的风格并不能以浪漫主义加以概括，邵洵美（1906—1968）的诗作在新月派中颇有特色，他曾留学英法，诗风自然受其影响，他著有《天堂与五月》《花一般的罪恶》《诗二十五首》等诗集。他的诗主要写情爱中的各种体验，经常表现爱与死的主题，喜欢用两性关系来隐喻对世界的所感所悟，多用暗示和象征，诗中有某些色欲的过度渲染，偏重感官的解放，色调上偏华丽、颓废，具有某种世纪末的唯美主义倾向，是新月派中受到法国象征派诗歌影响很深的诗人，他的诗在辞藻、音韵、意象上追求互相贯通的效果，他被认为是 20 世纪二三十年代中国唯美主义诗歌潮流中的代表诗人。林徽因（1904—1955）的诗注重传统与现代的结合，但偏古典，含蓄温婉，淡雅蕴藉，在符合法度节制中抒情，但面对失去亲人的痛苦时诗作也一样撕心裂肺，如她的悼亡诗《哭三弟恒——三十年空战阵亡》就是如此。沈从文（1902—1988）也写过一些诗，有自然主义倾向，原生质朴，缺乏提炼，未见写诗的大的才华，倒是他的有关新诗的评论准确中肯，多有独到的发现。陈梦家（1911—1966）是受徐志摩影响下成长起来的诗人，也是新月刊物上最活跃的诗人，著有《梦家诗集》《铁马集》《梦家存诗》等，20 世纪 30 年代中后期兴趣转向古文字学。1931 年出版第一本诗集《梦家诗集》时陈梦家才 19 岁。他出生于一个牧师家庭，思想深受西方宗教的影响，沉迷于自己的梦幻，远离现实的喧嚣，诗作多表达一个年轻人对爱情和自然的体悟，但诗的情感上比徐志摩克制、冷凝。《雁子》《白俄老人》《再看见你》是他比较成熟的作品，上海"一·二八"事变他曾赴前线参展，写下了《一个兵的墓铭》等作品，展现出诗人血气方刚的爱国情怀。他的后期作品《当初》写婴儿在母亲怀抱里的感受，诗歌混沌、静穆，充满感恩，是一首气韵充沛之作。孙大雨（1905—1997）是新月派里颇有个性的诗人及翻译家，但他的诗未得到相应的评价，他的诗歌地位似被低估。他留学美国，他的《纽约城》写纽约的繁华与速度，颇有现代诗的韵味，完全没有新月派伤感、煽情的毛病，长诗《自己的写照》试图用纽约的风光来表达一个现代人错综复杂的内心体验，这首诗的第一部分的二百多行在新月派《诗刊》上发表时，编者徐志摩曾对此诗评价说："第一他的概念先就阔大，用整个纽约的城的风光形态来托出一个现代人的错综的意识，这须要的不仅是情感的深厚与观照的严密……作者的笔力的雄浑与气魄的莽苍已足使我们浅尝惊讶。"① 诗中能看出西方现代主义诗歌对他的深刻影响,这首诗在中国新诗的抒情长诗的写作上是有突破性贡献的,但未引起学界的足够重视和评价。

纽约城

纽约城纽约城纽约城

白天在阳光里垒一层又一层

入夜来点得千千万万盏灯

无数的车轮无数的车轮

卷过青石的大道早一阵晚一阵

那地道里那高架上的不是潮声

打雷却没有这般律吕这般均整

不论晴天雨天清早黄昏

永远是无休无止地进行

有千斤的大铁锥令出入神

有锁天的巨链有银铛的铁棍

轳辘盘着轳辘马达赶着引擎

电火在铜器上没命的飞一飞一飞奔

有时候魔鬼要卖弄他险恶的灵魂

在那尖塔上挂起青青的烟雾一层

方玮德(1908—1935)的诗主要写爱情,诗歌轻巧空灵,可惜英年早逝。卞之琳是从新月派过渡到现代派的诗人,当时在新月派中已展露才华,诗作平中见奇,到了20世纪30年代他成长为现代派诗歌的一位主将。除卞之琳之外,何其芳、李广田、臧克家等早期也在

---

① 徐志摩:《诗刊》第2期《前言》1931年4月20日。

《新月》等新月派杂志上发表过作品，也或多或少受到过新月派诗人的影响，但后来都各自走上了不同的艺术道路。

第四节　以奇为美的象征派

以李金发（1901—1978）为代表的象征派活跃于1925年到1927年间。中国的象征诗派理论和实践受法国象征主义诗歌的影响，注重自我心灵的主观表现，强调诗的意象的多义性和神秘性，追求暗示与象征，以新奇、含混为美，这一诗派对后来的20世纪30年代现代派诗歌产生了一定的影响。

朱自清在《新文学大系〈诗集〉导言》中称："若要强立名目，这十年来的诗坛就不妨分三派：'自由诗派、格律诗派、象征诗派。'"[1]并认为一派比一派进步，可见在当时的学者眼里，象征派是一个重要的流派，而且认为象征派诗歌比格律诗派进步，虽然这种看法不免有进化论文学观的嫌疑，但朱自清也敏感到象征诗派某些更具现代性的特质。

要谈论中国的象征派诗歌，必须要先了解法国的象征主义文学。法国的象征主义文学产生于19世纪末，是对20世纪上叶都有影响的文学潮流，代表作家有波特莱尔、韩波、魏尔伦、瓦雷里等。法国象征主义文学是对之前的以巴尔扎克为代表的现实主义、以丹纳为代表的实证主义、以左拉为代表的自然主义文学观念的反叛，认为诗歌或文学要摆脱着重描写外在世界的倾向，要努力探求内心的"最高真

---

[1] 鲁迅等：《中国新文学大系导言集》，天津人民出版社2009年版，第151页。

实",要注重抽象思维在艺术创作中的作用,追求超现实的真实,追求纯诗或文学的诗性。要达到纯诗的效果,诗人就必须具有内在精神的纯洁性。他必须摆脱物欲和意识形态的控制,摆脱世俗的、现实的种种桎梏,使人的内在精神至高无上,超拔于世俗世界之上,他的诗作为他的纯洁的内在精神的表现,要追求把哲学的沉思与诗的意象的有机结合,在诗歌形式上强调内容与形式的交融与和谐,表现技巧上常应用象征、通感、暗示等表现手法去表现人类内心博大、深邃而神秘的精神世界和情感世界。

而何为象征?韦勒克在谈到象征、意象、隐喻的区别时说:"'象征'与'意象'和'隐喻'之间有无重大意义上的区别呢?首先,我们认为'象征'具有重复与持续的意义。一个'意象'可以被转换成一个隐喻,但如果它作为呈现与再现不断重复,那就变成了一个象征,甚至是一个象征(或者神话)系统的一部分。"[①] 在韦勒克看来,象征显然是比单个的意象、隐喻更为高级的表现方式,象征能以不断的重复和持续的方式使文本形成更多的意义空间。

1925年2月出版的《雨丝》杂志第14期发表了李金发的《弃妇》一诗,引起诗坛关注,也标志着中国的象征主义诗歌正式登上诗坛,李金发的诗既不是哀叹民生之多艰的现实主义的诗歌,也不是感情泛滥的浪漫主义的诗歌,甚至他的诗歌的字句、语法结构都与当时流行的诗歌格格不入,如同某种翻译别扭的外国诗,但他确确实实就是中国诗的新品种——象征主义诗歌。但在李金发之前,中国白话新诗里面就有不少象征因素,比如在鲁迅、周作人的一些诗里,在郭沫若、闻一多、徐志摩等人的作品里,象征手法也比比皆是,但作为一种诗

[①] [美] 勒内·韦勒克、奥斯·汀沃伦:《文学理论》,刘象愚等译,江苏教育出版社2005年版,第214—215页。

歌流派和诗歌主张，李金发显然是这一流派的最大代表。除李金发以外，象征派诗人还包括后期创造社的穆木天（诗集《旅心》）、王独清（诗集《威尼市》《圣母像前》）、冯乃超（诗集《红纱灯》）、姚蓬子（诗集《银铃》）、胡也频（《也频诗选》）等都可以看成这一派的代表。

李金发早年赴法留学学雕塑，在法国大量阅读法国象征派诗人波特莱尔、魏尔伦、古尔蒙等人的作品，1920年开始新诗创作，1925年回国后曾任武昌中山国立大学文学院教授等，后从事雕塑、美术教育，1945年后赴伊朗、伊拉克使馆工作，1951年赴美，以雕刻为生，1978年病逝于纽约，出版诗集《微雨》《食客与凶年》《为幸福而歌》等。

象征主义诗歌的出现在中国新诗史上有特别的意义，它标志着中国新诗现代主义已有雏形。象征主义诗歌切断诗歌与外面世界的直接联系，沉浸于人的主观感受之中，注重诗人的内心感觉、直觉、幻觉和潜意识，并通过繁复的象征来表现，诗歌呈现出一种新奇、晦暗、朦胧、暧昧、多解的晦涩含混状态。

象征主义在中国的一度流行与当时的时代有一定的联系。五四运动过后，许多知识分子从高涨的热情中跌落下来，所见所闻依然是社会的黑暗与人民的苦痛，知识分子依旧无法找到自我的出路，特别是那些具有小资产阶级思想的知识分子，既不愿意加入左翼阵营去为政治斗争摇旗呐喊，又不愿意和芸芸众生一样得过且过、苟且偷安，他们的思想彷徨，情感脆弱，个人生活也充满曲折与坎坷，寂寞郁闷，孤苦无告，颓废厌世情绪不断滋长，他们对郭沫若式的空洞的感伤主义早已厌倦，对过于平实的文学研究会的现实主义诗风也抱反感的态度，却与法国的象征主义诗歌产生强烈共鸣，如获至宝，因为后者切恰地抚慰了他们寂寞而饥饿、苦闷而迷离的精神情感世界。象征派的诗歌的主题、题材、意象等都在很大程度上借鉴、模仿、化用了法国象征主义,是中国诗歌欧化或西化比较严重的一例。

象征主义所表达的情绪太过个人化,与日益高度政治化的时代格格不入,面对内忧外患的残酷现实,象征派这种沉迷于一己的内心微妙感受的诗歌显得矫情而做作,很难引起读者长久的关注,1927年前后就趋向没落。如朱自清先生所言:"象征诗派要表现的是些微妙的情境,比喻是他们的生命;但是'远取譬'而不是'近取譬'。……他们发现事物间的新关系,并且用最经济的方法将这关系组织成诗;所谓'最经济的'就是将一些联络的字句省掉,让读者运用字句的想象力搭起桥来。没有看惯的只觉得一盘散沙,但实在不是沙,是有机体。要看出有机体,得有相当的修养与训练,看懂了才能说作得好坏——坏的自然有。"① 象征派惯于用新奇的隐喻,表达方式过于欧化、西化,偏重晦涩、含混、象征、朦胧、神秘的意象,对一般诗歌素养不够的读者是一种挑战,他们的诗注定是只会被少数读者欣赏的"奢侈品",一般读者对这种稀奇古怪的诗歌的态度是排斥和逃避的。而象征派诗人面对时代的选择也是意味深长的。20世纪30年代以后李金发忙于事务,很少写诗,而其他几位诗人都走向现实斗争,回归现实主义的创作道路。戴望舒也曾是象征派中的一员,最后另立山头,开始了更具现代性的诗歌写作,成为中国现代派诗歌的代表人物。

象征主义诗歌着重表现的是死亡、忧郁、颓废、哀愁、失败等负面情绪。《弃妇》是李金发的代表作,也是典型的象征主义诗歌。

---

① 朱自清:《新诗杂话》,岳麓书社2011年版,第6页。

弃　妇

长发披遍我两眼之前，

遂隔断了一切羞恶之疾视，

与鲜血之急流，枯骨之沉睡。

黑夜与蚊虫联步徐来，

越此短墙之角，

狂呼在我清白之耳后，

如荒野狂风怒号：

战栗了无数游牧。

靠一根草儿，与上帝之灵往返在空谷里。

我的哀戚惟游蜂之脑能深印着；

或与山泉长泻在悬崖，

然后随红叶而俱去。

弃妇之隐忧堆积在动作上，

夕阳之火不能把时间之烦闷

化成灰烬，从烟突里飞去，

长染在游鸦之羽，

将同栖止于海啸之石上，

静听舟子之歌。

衰老的裙裾发出哀吟，

徜徉在丘墓之侧，

永无热泪，

点滴在草地，

为世界之装饰。

诗歌首节描绘一个绝望的"弃妇"形象:"长发披遍我两眼之前,/遂隔断了一切羞恶之疾视,/与鲜血之急流,/枯骨之沉睡。/黑夜与蚊虫联步徐来,/越此短墙之角,/狂呼在我清白之耳后,/如荒野狂风怒号:/战栗了无数游牧。""弃妇"用长发隔断、遮蔽了那些惨不忍睹的现象,但"黑夜与蚊虫",却前来骚扰"我"的清白,对于这个神经质般的"弃妇",即使弱小的蚊虫们的骚扰,也如同荒野上的狂风怒号,让她战栗发抖,通过这些新奇的意象可以感受到她的精神与情感已经濒临崩溃的边缘。第二节进一步渲染自己不被世人所理解的哀戚、绝望:"我的哀戚惟游蜂之脑能深印着;/或与山泉长泻在悬崖,/然后随红叶而俱去。"她的这些感情的来源显然不是物质性和世俗性的,也是俗人无法理解的,只能与游蜂、山泉、红叶共舞,与它们息息相通。第三节一直是被许多论者看好的一节:"弃妇之隐忧堆积在动作上,/夕阳之火不能把时间之烦闷/化成灰烬,/从烟突里飞去,/长染在游鸦之羽,/将同栖止于海啸之石上,/静听舟子之歌。"弃妇的隐忧随时间而堆积却无法排解,夕阳也不能把烦闷化成灰烬、化成云烟,不能把它长染在飞翔的乌鸦的翅膀上,带到历经过海啸的礁石上,不能和礁石一起静听海上的舟子的歌声。弃妇的郁闷与绝望似乎注定不能超越时间和空间的局限,别无选择,只能一个人孤独地承受。最后一节写弃妇穿着"衰老"的裙裾,徜徉、游走在丘墓之间,"永无热泪,/点滴在草地",怀着一颗冰冷、绝望的心,只为"装饰世界"而存在,自己被抛弃在世界之外,形同草木。"弃妇"无疑是被整个世俗世界所抛弃的孤独的现代"多余人""畸零者"内心世界的象征。作者通过那些晦暗、阴郁的意象来表现"弃妇"绝望、孤独、苦闷甚至某些神经错乱的心绪,从一个意象跳跃到另一个意象,在时断时续的情绪中表达其微妙而纠结的心态,新奇的隐喻和意象让读者在揣摩、玩味中自己去体会诗中的奥秘,与那些完全无障碍对话型的诗歌形成鲜明的对比。

李金发的其他诗也有独特之处，比如《夜之歌》开头："我们散步在死草上，/悲愤纠缠在膝下。//粉红之记忆/如道旁朽兽，发出奇臭，//遍布在小城里/扰醒了无数甜睡。//我已破之心轮，永转动在泥污下。"对"我们"晦暗、悲愤心境的塑造是相当成功的。再比如《有感》："如残叶溅/血在我们/脚上，//生命便是/死神唇边/的笑。"既有哲理，又有诗意，而且是用衰败的残叶来比喻，更能表现生命既辉煌又惨淡的真相，这比那些浪漫主义诗人高兴时赞美生命的伟大，或失意时诅咒生命的荒谬，的确更具有现代意味。但李金发诗歌的缺陷也是明显的，他的许多诗有一些华彩的片段或令人耳目一新的意象，但全篇看来却有些支离破碎，不能达到整体上的完整和谐。他的诗的用字用词欧化、古语化兼有，虽然有陌生化的效果，但是这些字词应用得桀骜不驯，不太合章法，给人以生硬、疙里疙瘩的印象。

穆木天（1900—1971），是创造社的成员之一，他的诗深受法国象征派的影响，注重诗歌形式的探索，讲究诗歌的音韵、色彩、象征，他极力反对胡适的作诗如作文的主张，他认为胡适的口语化诗歌主张把中国诗歌引向了极不正确的道路。他要求诗歌要注重造型和音乐之美，"要用诗的思考法去想"，"诗是要暗示出人的内生命的深秘"，发掘那些若有若无、似真似幻、微妙、细腻的感觉和体验。简言之，他提倡某种唯美主义的纯诗，反对非诗化。他在1926年3月发表的《谭诗》，与王独清《再谭诗》系统地表达了他们的诗歌主张，即要求区分诗歌与散文的界限，要求按照"诗的思维术"、用诗的逻辑去写诗，用感觉、为感觉去写诗，注重音乐与色彩在诗歌中的作用，注重暗示与象征等，他们的文章被认为是中国的纯诗运动的开端，也是新诗形式探索走向自觉的表现。

穆木天的代表作《苍白的钟声》有意取消标点符号，并且词组间用空格来强调诗歌节奏上的时断时续,在音韵效果上,第一节和最后一节诗每一句诗的末尾都押"ong""eng"韵,相互呼应,让人仿佛听到苍白、荒凉的钟声从荒野之中时有时无地飘来,整首诗氛围氤氲和谐,意境晦暗朦胧,音韵沉缓悠长,是穆木天所追求的音乐美、造型美的成功尝试。但是20世纪30年代以后,随着时代的发展,他完全抛弃了早期的一些诗歌主张,改弦易辙,极力提倡诗歌的大众化,积极参与左翼诗歌运动。从他的诗歌主张的剧变我们会发现,中国诗歌要走纯诗化、唯美化路线是非常艰难的,不仅仅诗人自己不能坚持,而且政治形势也不允许诗人坚持。中国的社会形势没有给诗人的个性化创作预留太多的空间,这种美学的转向在以后的戴望舒、何其芳、卞之琳那里又一次次上演。

另一位早期象征派诗人王独清(1898—1940),也曾加入创造社。他的诗深受法国象征派、未来派的影响,但诗中不乏浪漫派的因子,他强调"感觉"在诗歌创作中的重要地位,认为"作者须要为感觉而作,读者须要为感觉而读"。王独清的诗注重音乐美和色彩美,注重氛围和意境的塑造,注重形式主义的实验,王独清认为完美的诗应具备四个方面:(情+力)+(音+色)=诗。比如他的《我从 Café 中出来》通过冷清的街衢、黄昏、细雨等意象的组合表现出酒醉时候那种迷茫、失落的心绪。但王独清的诗浪漫主义成分比其他象征派诗人更浓重,在他的长诗《吊罗马》中可以看得非常明显,而他的有些"图像"诗尝试用字体的变形、符号的不规则组合力求凸显诗的形象,给人以视觉的冲击,显然受到未来派和达达主义的影响。

冯乃超(1901—1983)的诗《红纱灯》也同样追求色彩的、意境的、音韵的美感。其用词华丽浓艳,追求某种神秘、怪异的效果,在如梦似幻的氛围中表现孤寂、惆怅的心态。他的《消沉的古伽蓝》中用树林、古塔、暮霭、残照、晚钟等密集的意象来抒发游子落寞的乡愁，同样是追求象征主义的意蕴。但穆木天与冯乃超相似，都过于倚重外在的音韵、节奏来表情达意，这种方式有时候会显得浮浅、空洞，华而不实，过于形式化，反而伤害了需要表达的内容和诗质。

象征派的主张表明了中国新诗的一种新的动向，即向诗歌的内部或本体的转移，注重诗人内在感觉、直觉、潜意识的发掘，强调语言的新奇、朦胧、含混等陌生化现代诗歌技巧，重视诗的音乐性，虽然他们的主张大多借鉴了法国象征主义诗学的一些理论，但我们不得不承认，中国象征派诗歌已开始告别了浪漫主义郭沫若式的"热"抒情方式，初步找到了表达现代人思想感情的"冷"抒情方式，这与世界艺术潮流的从"热"到"冷"的抒情方式是一致的，而且是更能表现作为一个孤独的现代人内心情感的方式，中国具有现代主义倾向的一脉诗歌从此向前发展，到20世纪30年代现代派诗歌出现，成为颇具影响力的一个流派。

第五章　随时代流变的现代派诗歌

　　以戴望舒为首的现代派诗歌出现的背景是整个中国文艺都在向"左"转、左翼文艺为主流的 20 世纪 30 年代初。作为一种新生的、非主流的艺术流派，它要在这个时代立足、发展，需要足够的自信和力量。1932 年 5 月施蛰存在上海创办《现代》杂志，后杜衡加入，他们在《现代》杂志上大量刊登介绍欧美现代派的理论文章，除法国象征主义以外，立体派、未来派、意象派等流派都有所涉猎，与此同时，卞之琳在北京创办《水星》杂志，现代派同人以这两本杂志为阵地发表作品，影响逐渐扩大，1936 年戴望舒主编《新诗》，有更多的诗人加入现代派阵营，现代派蔚为大观，引起广泛的关注。现代派虽然可以看成是一个彰显诗歌的现代性的流派，但每个诗人所呈现出来的"现代性"却差异甚大，存在多种维度并存的局面，并且以现在的眼光看，真正以现代人的方式感受现代体验和情绪的诗占的比重并不大，一些现代派诗人似乎是生活在现代，却有一颗多愁善感的"古典的""浪漫"的心，真正写出完全意义上的现代人感受的诗并不多，并且随着时代的遽变，特别是抗日战争爆发以后，现代派诗人的诗风发生了巨大变化，从总体上看，他们的诗是从个人走向集体，从书房走向广场，从镜花水月的精神、情感世界走向坚实而充满苦难的大地，最后汇入了大时代的洪流之中。

第一节 五个"现代"指标

《现代》杂志上大量刊载西方现代主义的诗歌理论文章及西方现代派诗人的作品,这些文章与诗作对中国新一代诗人的影响是显而易见的,他们中的许多人受到法国后期象征派诗人的影响,注重诗的内在情绪的抒发,注重意象的塑造与经营,大量应用象征、暗示、隐喻、通感等修辞手法,部分人受到艾略特的非个人化诗歌观念的影响,强调冷静客观呈现意象。对于何为现代的诗歌,施蛰存《又关于本刊的诗》一文可以概括他们的大致主张:"它们是现代人在现代生活中所感受到的现代情绪用现代的辞藻排列成的现代的诗形。"① 这里的"现代人"并没有明确的概念,以当时的状况看,主要是指那些生活在城市里的市民与知识分子,尤其是那些耽于幻想又疏离政治革命的小资产阶级知识分子,所谓现代情绪,也主要是指这些小资产阶级知识分子因为精神情感的苦闷而产生的忧郁、颓唐、感伤的情绪。这里面连用了五个"现代",可见他对"现代"性质的期许,但追究其五个方面,可以看出,理论的意图与实际的创作是有差距的。团结在《现代》等刊物上的诗人,虽然是"现代人",但是他们中的大多数思想情绪和思维方式偏于古典与传统,如戴望舒、何其芳、林庚等人大多受到很深的古典文化的熏陶,他们对现代生活的感受力是薄弱的,他们的现实生活大多偏离 20 世纪 30 年代高度政治化的主流生活,通过诗歌表现的也大多与个人情感体验有关的,相对狭窄的私人生活为

---

① 施蛰存:《又关于本刊的诗》,《现代》第四卷第 1 期 1933 年 11 月。

主，在现代情绪的传达上，也多偏于私人情绪，对公众情绪、公民议题相对隔膜、忽视，对所谓"宇宙之黑暗，社会之混乱，人生之荒谬"的现代性主题的揭示非常之少，在对现代辞藻的应用上，应该说，比与之稍前的象征派、与之同时的中国诗歌会的诗歌，确有某种圆熟、精确的品格，而对现代诗形的创建上，他们大多不再坚持新月派的格律诗的主张，强调用散文化的形式写有诗质的内容，放弃早期对外在韵律的追究，讲究诗歌内在情绪、内在音乐性的把握。所以从总体来看，所谓现代派诗人，他们的诗歌品质上并不具备典型的"现代性"诗歌的品质，他们中的代表诗人大多是生活于现代社会，却有一颗"古典"的心，他们对现代社会公共生活特别是对政治生活的疏远与隔膜，很大程度上缺失了一个现代诗人应有的"现代性"。所以尽管他们标榜自己的作品是"现代"诗歌，但他们诗歌中的现代性素质是比较稀薄的，特别是在戴望舒、何其芳、林庚等人身上表现得尤其明显。

但是，现代派诗人对诗歌的语言、节奏、意象等方面的塑造上却有其他诗人、诗派不可替代的贡献。现代派诗歌的语言精致、凝练而有韵味，他们的诗歌节奏也颇有匠心，松散却有内在的旋律，他们的意象上虽然多偏古典，但却能脱胎换骨，焕然一新，许多名篇是值得玩味的、能引起思想情感共鸣的佳品，即使以现在的眼光来看，也是中国新诗不可多得的杰作。

现代派的诗歌首先要反对的是直抒胸臆的抒情方式，他们讲求抒情的委婉曲折、含蓄朦胧，注重个人情感的隐晦表达，提倡表达"潜意识"和"隐秘的灵魂"，不太注重读者的理解与感受。其次现代派诗人提倡诗的内核、散文的外壳，反对过于依赖外在的音韵节奏增加诗歌的抒情效果，强调诗情的内在节奏和律动，戴望舒说："诗的韵律不在字的抑扬顿挫上，而在诗的情绪的抑扬顿挫上，即在诗情的程度上。"① 这种观念显然是对新月派过分依赖外在节奏的一种纠正。另外，现代派诗人在借鉴中国古典诗歌技巧的基础上，对现代西方诗歌技法的大量应用，在中西两方面结合上进行诗歌的创造。现代派的主要诗人都对中国古代诗歌的题材、词句、意象、意境有所借鉴。戴望舒的诗尤其是前期的诗的古诗词的味道是明显的，他的诗《寂寞》简直可以看作一首词的现代转译，他的著名的《雨巷》更是化用南唐李煜的"春鸟不传云外信，丁香空结雨中愁"的名句，何其芳对李商隐诗歌情有独钟，着迷于古典诗歌的字词的魔力，他的诗歌里有纳兰性德的诗词温柔缠绵的调子。卞之琳有深厚的古典诗词的素养，对李商隐、姜白石、温庭筠诗歌都有研究，废名对温庭筠、李商隐意象的迷蒙、幽深是有借鉴的，这种结合中西、融汇古今的创作方式使得现代派诗歌与以前和同时代的诗歌相比，诗歌语言更显精微，诗歌意象更具想象性，诗歌意境更有韵味，撇开对诗歌的所谓现代性的考量不论，现代派的诗人的许多诗作都具有经久耐读、令人琢磨和玄想的好诗的品质。

第二节　书房与囹圄：戴望舒的诗

戴望舒（1905—1950）虽然是现代派诗歌的领军人物，但他的诗风的现代性是薄弱的，他本质上是一个感情至上的抒情诗人。但是他的抒情方式与前一个时代的郭沫若、徐志摩等人不尽相同。郭沫若、徐志摩等人的浪漫主义特征是有目共睹的，那种不加掩饰、直抒胸臆

---

① 梁仁编：《戴望舒诗全编》，浙江文艺出版社 1989 年版，第 691 页。

或借景抒情的表达方式，虽然也能感染人，但也掺杂了不少的感伤、煽情、矫情的成分，在激情的、浪漫的时代可能产生强烈的共鸣，但当激情时代过去之后，他们诗歌里的这些成分就显得空洞而做作。戴望舒诗歌对情感的态度虽然偏于古典和传统，但更多受到后期象征主义的影响，他对诗中的情感采取理智、克制的态度，这种态度有效抑制了感伤主义的泛滥，而把真情实感恰到好处地控制在现代人能接受的范围之内，在他看来诗不是放纵感情的形式，而是以切恰的文字来表现情绪的和谐的一种艺术。

戴望舒诗的思想、情感、感觉、意象都偏于传统与古典，尤其是前期《雨巷》时期更是如此，后期在时代的影响下，他文艺思想发生了重要的变化，诗风也有了新的质变。1927年所写《雨巷》虽然在当时和以后的影响都很大，评价也颇高，但很快戴望舒就放弃了这种过于依赖外在音韵效果的写作方式。他意识到："韵和整齐的字句会妨碍诗情，或使诗情成为畸形的。倘把诗的情绪去适应呆滞的，表面的旧规律，就和把自己的足去穿别人的鞋子一样。愚劣的人们削足适履，比较聪明一点的人选择较合脚的鞋子，但是智者却为自己制最合自己的脚的鞋子。"[1] 这些话明显针对新月派对诗的外在格律的要求，可见戴望舒有意告别新月派的影响，以一种崭新的方式去写诗。1929年写成的《我的记忆》主要以诗的内在情绪为音韵节奏，在舒缓、有些倦怠的情绪中表现某种失落与迷惘的情绪，这首诗被认为是现代诗派的起点之作。[2]

笔者认为，戴望舒对中国新诗的主要贡献在于对诗歌的内在节奏与韵律的探索上，即用接近口语的散文化的句子写出具有诗情的有内

---

[1] 梁仁编：《戴望舒诗全编》，浙江文艺出版社1989年版，第691—692页。
[2] 参见钱理群等《中国现代文学三十年》，北京大学出版社1998年版，第361页。

在节奏的诗,他成功地用内在情绪的节奏代替外在韵律的节奏,使散文化的句子因为内在情绪的波动获得诗的音乐性。他的《记忆》之后的作品,从现代性角度来说,并不比同一派别的其他诗人高明多少,他的诗歌里面充满了挥之不去的哀伤、颓唐、忧郁和自恋,如同一个为情所伤索群离居的"多余人"、飘零者,情感上的弱者的无法抑制的低吟。但从他的内在节奏上去考察《记忆》之后的作品,就会发现,他特别注重个人内心感受的捕捉,把看似散文化的句子用切恰的节奏来表现,获得诗的内质和肌理,如同施蛰存所说:"没有韵脚的诗,只要作者写得好,在形似分行的散文中,同样可以表现出文字的或诗情的节奏。"① 戴望舒的诗的优异之处就在于此。

戴望舒的创作大致可以分为三个阶段,即《雨巷》阶段、《我的记忆》阶段和后期的《灾难的岁月》阶段。戴望舒的《雨巷》阶段的诗歌受到新月派诗风的影响,注重诗的色彩与外在音韵效果,虽然《雨巷》被叶圣陶赞誉为"替新诗底音节开了一个新的纪元",但现今有人认为:"以今日现代诗的水准看来,《雨巷》音浮意浅,只能算是一首二三流的小品。"② 其实戴望舒写完这首诗之后就意识到,过分追求外在音乐性的诗歌可能伤害到诗情和诗质,"诗不能借重音乐,它应该去了音乐的成分"③。他断然放弃了新月派的老路,开始探索以散文化的句子写出诗情的路子,《我的记忆》就是这种尝试的最初成果,虽然该诗并未完全放弃用韵,但总体上以诗的内在情绪为节奏,通过大量的带有个人记忆的意象来铺叙,在舒缓而有起伏变化中表现自己颓唐感伤的情绪。

---

① 施蛰存:《给吴某的回答》,《现代》第3卷第5期1933年9月。
② 余光中:《余光中谈诗歌》,江西高校出版社2003年版,第151页。
③ 梁仁编:《戴望舒诗全编》,浙江文艺出版社1989年版,第691页。

我的记忆

我的记忆是忠实于我的

忠实甚于我最好的友人。

它生存在燃着的烟卷上,

它生存在绘着百合花的笔杆上,

它生存在破旧的粉盒上,

它生存在颓垣的木莓上,

它生存在喝了一半的酒瓶上,

在撕碎的往日的诗稿上,在压干的花片上,

在凄暗的灯上,在平静的水上,

在一切有灵魂没有灵魂的东西上,

它在到处生存着,像我在这世界一样。

它是胆小的,它怕着人们的喧嚣,

但在寂寥时,它便对我来作密切的拜访。

它的声音是低微的,

但是它的话却很长,很长,

很多,很琐碎,而且永远不肯休;

它的话是古旧的,老讲着同样的故事,

它的音调是和谐的,老唱着同样的曲子,

有时它还模仿着爱娇的少女的声音,

它的声音是没有气力的,

而且还挟着眼泪,夹着太息。

它的拜访是没有一定的,

在任何时间,在任何地点,

> 时常当我已上床，朦胧地想睡了；
> 或是选一个大清早，
> 人们会说它没有礼貌，
> 但是我们是老朋友。
>
> 它是琐琐地永远不肯休止的，
> 除非我凄凄地哭了，或者沉沉地睡了，
> 但是我永远不讨厌它，
> 因为它是忠实于我的。

《我的记忆》第一节："我的记忆是忠实于我的，忠实甚于我最好的友人。"以一种低缓的语气开始絮说，给整首诗定了一个基调。第二节用"它生存在……"的同一的句式开头，用"ang"韵结尾，情绪调子比第一节要高一些，通过"燃着的烟卷""绘着百合花的笔杆"等，把人带入某些残破而寂寞的氛围当中。第三节，诗改变了节奏也改变了韵律，情绪变得压抑而低微，"它是胆小的，它怕着人们的喧嚣"，虽然也有少量的"ang"音字，但多数的尾字以低沉音色的字结尾，且用"的"字加强了某种肯定而呆滞的情绪。第四节的尾字基本上不用韵，尾字更低沉，情绪更滞重，而最后一节，"它是琐琐地永远不肯休止的，/除非我凄凄地哭了，/或者沉沉地睡了，/但是我永远不讨厌它，/因为它是忠实于我的"。用了两个"的"字，两个"了"字，既做语气上的肯定与完成的表达，也是对整首诗的意义的概括。节奏上比前几节要稍快，语气上肯定而坚持，仿佛在告诉读者，只有那些琐碎而颓唐的记忆，才是最忠实于自己的朋友，而其他的一切人与事都是不可信的，都是过眼云烟。作者表达了对自己以外的世界的深深怀疑。我们从这首诗里看到了诗的内在情绪的曲线式的波动。《印象》以那种虚拟的、探询的语气，连带着迷蒙、颓唐的意象，表达出诗人幽深而寂寞的心境，"是飘落深谷去的/幽微的铃声吧，/是航到烟水去的/小小的渔船吧，/如果是青色的真珠；/它已堕到古井的暗水里"。《寻梦者》在肯定与质疑的语气中徘徊，最后的结语是"你的梦开出花来了，/你的梦开出了娇妍的花来了，/在你已衰老了的时候"。一半的悲哀一半的喜悦，一喜一悲的感觉耐人寻味。《过旧居》那种旧地重游恍然如梦的感慨，每一节的诗句都有各自的韵脚，押不同的韵，不断地转韵，把旧日的欢乐与今日的困顿、往昔的幸福与当下的苦涩，交织起来描绘，读来让人百感交集。

从某种程度上说，是抗日战争促成了戴望舒及与戴望舒有类似思想、经历的诗人们突破了自我的阈限，使自己的生命、诗艺同时迈向更高的精神境界，融汇于时代的洪流之中。抗战爆发后，戴望舒辗转到香港，从事与抗战有关的文化宣传工作，也创作一些诗歌，1941年年底日本宪兵以从事抗日活动的罪名将他逮捕入狱，戴望舒在饱受牢狱之苦的同时，牢狱也磨砺了他的意志和思想，其民族意识、爱国意识被激活、唤醒，强烈的民族意识、爱国意识灌注于他在入狱之后的诗歌之中，像《灾难的岁月》中的许多篇什，都展现出诗人思想、艺术新的高度，"《灾难的岁月》标志着作者思想性的提高。望舒的诗的特征，是思想性的提高，非但没有妨碍他的艺术手法，反而使他的艺术手法更美好、更深刻地助成了思想性的提高"[1]。

戴望舒后期诗歌，诗风变得相对明亮、开阔，这可能与他后期翻译西班牙反法西斯诗人的诗有关，尤其是洛尔迦谣曲风格的诗对他有一定的影响。后期诗集《灾难的岁月》里的《古意答客问》《寂寞》《我思想》《白蝴蝶》还是延续了他以前的风格，但经历了牢狱之灾之

---

[1] 梁仁编：《戴望舒诗全编》，浙江文艺出版社1989年版，第4页。

时，他对日本帝国主义侵华战争的罪恶有了清晰的认识，他的公民意识和民族主义情绪高涨，写下了《狱中题壁》《我用残损的手掌》等著名篇什。《我用残损的手掌》展现了某种"大我"情怀，对多灾多难却美丽富饶的祖国饱含赤子般的深情，诗歌想象丰富，意境开阔高远，现代主义的象征与暗示更加圆熟，诗中充满乐观、积极的情绪，一改诗人前期诗歌期期艾艾、愁肠百结的诗风，显示出诗人的思想上的成长与成熟。

我用残损的手掌

我用残损的手掌

摸索这广大的土地：

这一角已变成灰烬，

那一角只是血和泥；

这一片湖该是我的家乡，

（春天，堤上繁花如锦障，

嫩柳枝折断有奇异的芬芳）

我触到荇藻和水的微凉；

这长白山的雪峰冷到彻骨，

这黄河的水夹泥沙在指间滑出；

江南的水田，你当年新生的禾草

是那么细，那么软……现在只有蓬蒿；

岭南的荔枝花寂寞地憔悴，

尽那边，我蘸着南海没有渔船的苦水……

无形的手掌掠过无限的江山，

手指沾了血和灰，手掌粘了阴暗，

只有那辽远的一角依然完整，

温暖,明朗,坚固而蓬勃生春。
在那上面,我用残损的手掌轻抚,
像恋人的柔发,婴孩手中乳。
我把全部的力量运在手掌
贴在上面,寄与爱和一切希望,
因为只有那里是太阳,是春,
将驱逐阴暗,带来苏生,
因为只有那里我们不像牲口一样活,
蝼蚁一样死……那里,永恒的中国!

戴望舒早期大多诗歌都与他自己情感生活有关,他与施蛰存妹妹施绛年曲折纠结的爱情被戴望舒用诗的形式记录下来,初恋时的《路上的小语》《林下的小语》,订婚后写下的《百合子》《八重子》《村姑》,两个人感情不顺时写下的《过时》《有赠》,婚期被取消时他的诗里出现的忧郁孤独的情绪,都足以说明,早期的戴望舒只是一个沉湎于爱情的抒情诗人,他的题材并不开阔,表现范围也太过狭窄。虽然诗歌写得精致哀婉,但缺乏某种大家之气。他在诗歌史上的地位也因此有些争议。一般论者认为:"他使新诗彻底变革形成前所未有的崭新面貌,他在新诗走向现代化途中高出于同代人所作出的贡献,他在新诗中西融会上达到的时代高度,他在新诗历史发展的多元化趋向中所作出的必然选择,使我们不可置疑地确认他作为中国现代诗歌史上一位杰出诗人的重要地位。"[1]并把他设定为与郭沫若、艾青同等重要的诗人加以论述,但有些论者却提出了相反的看法,台湾诗人余光中认为文学史夸大了戴望舒的诗歌成就,戴望舒只能算一个二等的次要的诗人,"戴望舒在中

---

[1] 龙泉明:《中国新诗流变史》,人民文学出版社1999年版,第349页。

国象征诗派中的评价,比李金发为高。何其芳、卞之琳的风格和他接近,但语言比他纯净。台湾现代诗的先驱人物,如覃子豪与纪弦,似乎都受过他一些影响。在新诗史上,戴望舒自有一席地位,不过这地位并不很高。他的产量少,格局小,题材不广,变化不多。他的诗,在深度和知性上,都嫌不足。他在感性上颇下功夫,但是往往迷于细节,耽于情调,未能逼近现实。他兼受古典与西洋的熏陶,却未能充分消化,加以调和。他的语言病于欧化,未能发挥中文的力量。他的诗境,初则流留光景,囿于自己狭隘而感伤的世界,继则面对抗战的现实,未能充分开放自己,把握时代。……在早期的新诗人中,戴望舒的成就介于一二流之间。用中国古典与西洋大诗人的标准来衡量,他最多只能列于二流"①。这种看法虽有真实的一面,但显然夸大了戴诗的缺点,并且对他后期诗风和思想的变化估价不足。

第三节　云下坠成树:何其芳的诗

1936年同在北京大学读书的何其芳、卞之琳、李广田三个年轻人合出了一本诗集《汉园集》,引起诗坛内外的关注,他们被称为"汉园三杰"。在他们三人当中,对一般读者而言,影响最大的是何其芳,其次是卞之琳,李广田影响最小。当时的评论家刘西渭评论何其芳时候说:"他缺乏卞之琳的现代性,缺乏李广田的朴实,而气质上,却更其纯粹,更是诗的,更其近于十九世纪初叶。"② 刘西渭非常准确地发现了何其芳独具一格的品质,何其芳偏于浪漫主义、唯美主义的抒

---

① 余光中:《余光中谈诗歌》,江西高校出版社2003年版,第170页。
② 刘西渭(李健吾):《读〈画梦录〉》,《文学季刊》第1卷第4期1936年8月。

情方式，他的诗虽然缺乏强烈的现代性，但他诗中的情愫却是令每一个爱诗的人流连忘返、心领神会的。

何其芳（1912—1977）以一首《预言》开始了他的歌唱，他早期诗歌就是一个耽于幻想的唯美少男在用诗记录自己精致华美的青春之梦，他沉迷于旖旎而多彩的梦中不愿醒来，但他所沉湎的与其说是朝朝暮暮的现实之爱，不如说是他臆想的缥缈凄迷的梦幻之爱，爱的梦幻，爱的"白日梦"。他的诗中有典型的"白日梦"的征候："说我是害着病，我不回一声否。/说是一种刻骨的相思，恋中的征候。/但是谁的一角轻扬的裙衣，/我郁郁的梦魂日夜萦系？/谁的流盼的黑睛像牧女的铃声，/呼唤着驯服的羊群，我可怜的心？""过了春又到了夏，我在暗暗地憔悴，/迷漠地怀想着，不做声，也不流泪！"（《季候病》）这注定了他的诗歌不是尘土飞扬的来自大地的母音，而是飘摇在天空中的仙乐的回响，中国新诗自发轫以来，似乎何其芳的声音最具唯美纯粹的诗质了。在他之前的徐志摩虽具有潇洒飘逸的风度，却不具备其梦幻迷离的色彩，并且很少有诗人像何其芳那样将古典诗词的意象和意境如此圆满地应用到现代诗歌写作，时至今日还没有一个现代诗人能像他那样既能脱胎换骨地应用古典意象，又能将西方的诗学技巧融会到诗歌创造中，使诗歌发出古典中有现代、传统中有创新的令人炫目的光晕，你可以指责他的诗歌缺乏深度，但你不得不赞叹他的精致与华美、梦幻与斑斓。在某种程度上说，他将中国新诗的唯美主义推到一个新的高度。

当年的何其芳具有一种艾青所指责的"大观园小主人"、温柔多情、纤细敏感的略带女性化的气质，在经历了一场几乎绝望的期待爱情又遭遇了"不幸的爱情"（失恋）之后，他"犹如一个充满了热情与泪的梦转入了另一个虽然有点寒冷但很温柔很平静的梦"。抱着

"文艺什么也不为，只为了抒写自己，抒写自己的幻想、感觉、情感"的观念，开始用诗与散文的形式回忆逝去的情感的足迹，他走上了扑朔迷离、缠绵悱恻的梦中之路，在梦中追寻那些秾丽而凄迷的五颜六色的云。何其芳既受到晚唐五代时期一些精致冶艳的诗词的影响，又得惠于法兰西唯美主义诗歌班纳斯流派的熏陶，并自觉地将两者有机融合，在呈现个人爱情体验的基础上采纳古典诗词的意象、词汇、色彩，西方诗歌的某些技法，冶炼出精致华美、秾丽凄迷的诗风，他的诗歌既有古典主义的意象、意境，又包含了浪漫主义的绝望的热情，同时还掺和着现代人对生命的孤独与苦闷的微妙复杂的体验，在偏于古典与传统的心理与诗意的取向上将一个矜持地保持自我又渴望获得爱情、对爱情充满幻想又无法实现愿望的青年诗人的心里路程微妙而独到地传达了出来。一个孤独苦闷而矜持唯美的青年在短暂而凄美的爱情的震颤和摇撼下，发出了如此缠绵秾丽的诗歌，中国诗歌真要感谢这次"不幸的爱情"了。诗人感情的真挚纯洁、感觉的细腻微妙、想象的新奇瑰丽、意象的饱满丰厚、表达的曲折精致、技巧的浑圆剔透保证了他的诗歌美轮美奂的风致，具备了唯美主义的纯诗一些必需的典范素质。

欢　　乐

告诉我，欢乐是什么颜色？

像白鸽的羽翅？鹦鹉的红嘴？

欢乐是什么声音？像一声芦笛？

还是从穆穆的松声到潺潺的流水？

是不是可握住的，如温情的手？

可看见的，如亮着爱怜的眼光？

第五章 随时代流变的现代派诗歌

会不会使心灵微微地颤抖，
而且静静地流泪，如同悲伤？

欢乐是怎样来的？从什么地方？
萤火虫一样飞在朦胧的树荫？
香气一样散自蔷薇的花瓣上？
它来时脚上响不响着铃声？

对于欢乐，我的心是盲人的目，
但它是不是可爱的，如我的忧郁？

何其芳《预言》诗集中大部分都是情诗，抒发了一个沉湎于爱情的青年缠绵悱恻的心声，与自我情感纠葛之外的世界几乎毫无关涉，诗人自我与客观外在世界如同云彩与大地一样遥遥相望，并且当诗人心理年龄和社会阅历不断增长，而情感经历和体验却没有相应的变化时，何其芳面临诗歌资源的空缺，自我情感已经消耗殆尽的危机，连何其芳自己都承认："从前（指《预言》时期）我像一个衰落的王国，它的版图日趋缩小。""我倒是有一点厌弃我自己的精致。"在1934—1936年，他的诗歌取材范围有了一定的拓展，现实世界的苦难和困惑开始进入他的诗行，诗风变化明显，他的思想艺术观念在从个人主义的立场从集团主义的立场转移。1938年他最终投奔延安是他长期摸索人生之路后的自觉抉择，是那个救亡图存的时代一部分知识分子回应时代的内在召唤的必然结果。这种选择体现了那个时代年轻的知识分子的一种群体意向：在时代的驱动和现实的召唤下，他们自愿地从书斋走向广场，从精英走向大众，从对艺术的浪漫追求走向实际的政治革命和民族战争。在自我与责任、书房与广场、艺术与革命之间，何其芳选择了后者，但他可能没有明确意识到，去延安以后他的诗歌将以与前期大相径庭的方式展开。

何其芳在延安发表的第一首诗是叙事诗《一个泥水匠的故事》，是对一个真实的抗日英雄故事的加工和提炼。诗人一改往日的浪漫与幻想气质，用极其写实的手法描写了战争的残酷和英雄的壮烈。很显然，抗日民族战争对于何其芳来说不只是一种更新自我、反省自我的外在冲击力，而且它直接激发了诗人的社会责任感、历史使命感、民族忧患意识，使这个像云一样飘在空中的诗人落到坚硬的地面，迫使他去思考民族的生死存亡的大问题。为民族战争、为人民大众、为改造自己的"小我"写诗成为他的艺术责任，由于写作的动机、目的、意义发生了根本的改变，决定了他的延安以后的诗歌的题材、主题、语言、结构、风格等方面的巨大变化，以延安为界，何其芳的诗歌前后两个时期几乎成为各自不相干的板块，如果不是那个依依不舍的渴望温情的"旧我"在诗行里脉脉低语，我们几乎不能判定延安时期写《夜歌》的作者就是那个在诗歌里整天做着温柔美丽的梦的长大了的少年郎。

何其芳在延安的诗作至少在以下几个方面与以《预言》诗集为代表的前期诗歌有显著的不同：诗歌语言上放弃了以往精雕细刻、华丽浓艳的构词和组合方式，大多采用略带文采的干净朴实的口语抒情叙事，语词间的密度大大削弱，表现出一种疏朗、散漫的散文化倾向，多采用平淡舒缓的节奏和外在的押韵方式，以往诗歌中因暗含众多古典语词和意象所造成的文本互涉现象消失殆尽，语词以它最为单纯的字面意义表达着诗歌明确的主题。诗的技巧应用上，加强了叙述、对白、自白和描写的成分，诗中的叙事成分得以前所未有地剧增，这一时期的诗歌主要靠新旧情感的对比、碰撞产生的张力来维持诗的抒情效果。在意象的应用上也与以前有巨大的差异，前期诗歌的意象常常借用古典诗词中的"芳草美人"来表达年轻人对爱情的微妙唯美的体验。延安时期的诗歌大多应用公众易于理解和接触的浅显意象（如山

第五章 随时代流变的现代派诗歌

川河流等）以达到类似与读者交流谈心的效果，这与他的诗歌读者群的文化水平、接受能力变化有关。诗体上也有明显的变化，延安时期的诗作以散文化的、叙事性的抒情诗为主，他较成熟的作品有近似惠特曼《草叶集》的遗风，但没有形成独自的风格。延安时期除写抒情诗外，他还尝试写作了小叙事诗、小诗剧等形式，诗体上比以前大大拓展，但因过多直白的说教和空洞的理念成分的参与，它们并不能构成诗的典范之作。

延安时期最能体现何其芳个人魅力的作品当属《夜歌》组诗以及一些抒情短诗。《夜歌》集中表达了一个参加革命的年轻知识分子旧我与新我、自我与群体、理想与现实、情感与理智、自由与责任之间的复杂而微秒的关系。他在《夜歌（四）》中写道："我要起来，/一个人到河边去，/我要去坐在石头上，/听水鸟叫得那样快活，/想一会儿我自己。/我已经是一个成人，/我有着许多责任，/但我却又像一个十九岁的少年，/那样需要温情。/我知道我这样说是可羞的，/但我又还不能把这种想法完全抛弃。"诗人真诚而严肃的自我剖析，意识到的责任和使命与渴望保存个人的自由和梦想之间的反差，用细腻独到的方式表现出来，这种矛盾纠结在他延安时期的诗歌中反复出现，构成他这一时期诗歌中独具一格、感人至深的情结和张力，让不同时代的人对当时诗人的心境产生某种感同身受的体验。当然这一矛盾最后解决的方式都是责任战胜了个人自由，个人梦想让位于群体事业，并还有某些时政的宣教理念参与其间，弱化了诗歌的魅力。值得注意的是《夜歌（五）》以及其他一些涉及爱情的诗歌，与早期诗歌的爱情抒写大不相同，在感情态度上一改《预言》那种缠绵悱恻，盲目地一往情深的痴情，而变得开朗、朴素，现在的诗人将爱情简化为友谊＋异性的吸引＋同志的爱。革命代换了爱情，集体包容了个人，自由让位于责任，这是到延安之后何其芳诗歌思想主题和精神实质上最为鲜明的变化，它直接导致了他的语言、形式、风格等一系列的变化。

何其芳在这一时期的一些短诗《黎明》《河》《虽说我们不能飞》等洋溢着朴素、明朗的调子，如同山涧的野花摇曳着淳朴的芳香，虽略带散漫，但朝气蓬勃、诗意盎然。最令人深思的是他写于 1942 年春天的《什么东西能够永存》《我想谈谈种种纯洁的事情》和《多少次呵我离开了日常的生活》，诗人非同以往地剖析自我、解释自我与群体的矛盾，而是暂时远离烦俗的日常生活，走到辽远的没有人迹的地方，独自去叩问"什么东西能够永存"，渴望"用河水的声音，用天空，用白云"洗净心灵的尘埃。我们从中似乎听到了诗人的怦然心跳的声音，一种既生于尘世又渴望超越尘世的声音，这是更接近诗性存在的声音，比上面论及的其他诗作更具有独到的思想艺术价值，但多数论者未将它们当作何其芳延安诗歌的代表作加以重视。

总体来看，在当时延安盛行的民歌风潮中，何其芳不随潮而动，而是坚持以自我的方式抒情，以坦诚的自我剖析和在一定程度上的对存在的追问显示出他独到的一面，它区别开了何其芳和其他延安诗人，他的诗较典型地记录了一个诚实的知识分子在一个特殊的政治文化环境里真实可信的心境。

20 世纪 30 年代前期的何其芳沉迷于自恋式的写作中，创作了一批精致华美的具有唯美主义倾向的作品，奠定了他在诗坛的地位，但随着他对中国现实问题的认识的深入，和日益紧迫的救亡呼声的高涨，何其芳的公民意识和社会责任感也随之增强，抗日战争的爆发更是将救亡图存的时代主题推向前台，在一个救亡压倒一切、社会危机严重于个人悲欢的时代，许多有艺术良知的知识分子只有走出书房，走向田间和战场才是他们心安理得的选择。何其芳顺应了这个时代的群体意向，这种选择不可避免地会导致艺术个性和风格的转变，尤其是在身处延安的特殊环境下，个人艺术风格的自我抉择尤为艰难，何其芳在这个时期虽然没有创作出非常成熟的作品,但他适度地保存和建立了自己的写作特色,在1942年延安文艺座谈会之后,随着政治对艺术的挤压和限制日益加强,何其芳的主体意识日益衰落,创作个性逐渐丧失,最终他为了席勒丢掉了莎士比亚,在现代中国,时代和环境的强大压力几乎可以改变任何人的人生和艺术轨迹,何其芳选择的人生和艺术之路,在很大程度上代表了那个时代许多追求进步的知识分子的心路历程。

1949年以后的何其芳的诗歌除了《回答》组诗等少数诗耐人寻味以外,大多数诗乏善可陈。他的兴趣也转向文学批评与理论探讨,他的诗论专著《关于写诗和读诗》《诗歌欣赏》及其他有关诗歌理论的文章在20世纪五六十年代产生过广泛的影响,对新诗的现代格律方面的探索也提出了一些有建设性的见解。

第四节　从楼阁到广场:卞之琳的诗

冯至在《赠之琳》一诗中赞誉他:"不必独上高楼翻阅现代文学史,/这星座不显赫,却含蓄着独特的光辉。"这是冯至对卞之琳的评价,的确在现代诗歌史上,卞之琳有他别具一格的不可替代的诗歌地位。

卞之琳(1910—2000)的诗大致可以分为三个阶段,第一阶段是1930—1932年,大学期间的创作,也是他参与新月派诗歌创作时期。第二阶段是1933—1937年,这是他的成熟期,也是作品最有个人特色的时期。第三阶段是1938年以后,他的诗风格转向,写下了《慰劳信集》虽然保留了一些个人特色,但已大失优秀诗人的水准,与一般诗人趋同。卞之琳早期诗歌借人、物、景、事来表达他对社会和人生的看法，他笔下所涉及的一切给人以某种灰暗、沉闷、寂寞甚至无聊的印象，诗里的情感态度有某种超然而淡漠，某种局外人的观察的视角，这种视角也在他成熟时期保留了下来。卞之琳不善交际，性格内向拘谨，有低调的江南才子风味，他苦恋沈从文的姨妹张充和，他的《无题》五首就是他对张充和爱恋的暗示，比如第五首："我在散步中感谢/襟眼是有用的，/因为是空的，/因为可以簪一朵小花。/我在簪花中恍然/世界是空的，/因为是有用的，/因为它容了你的款步。"对爱恋的表现如此含蓄与晦涩，也让对方捉摸不透，他始终没有正式直接向她表白，由于矜持，过于文弱与拘谨，未获得爱情，反而给他带来了不小的伤害。

卞之琳与其他现代派诗人区别明显。他专心于诗的新技巧和形式的探索与实践，他似乎就是在用文字编造一座座空幻而迷魂的空中楼阁。他一方面受到西方现代主义诗人的影响，特别是瓦里雷、艾略特等后期象征派的影响，另一方面对中国古代诗人李商隐、姜白石、温庭筠等人颇为喜好，这两方面的艺术给养在他的诗里都有所表现。他对自己的创作有比较清晰的认识："喜欢表达我国旧说的'意境'或者西方所说的'戏剧化处境'，也可以说是倾向于小说化，典型化，非个人化，甚至偶尔用出了戏拟。"[①] 卞之琳的诗是现代派诗人中情感态度最低调的诗人，他的不愠不火甚至偏冷的情感态度有利于诗的去浪漫化。在他的诗里几乎看不到煽情、矫情的东西，这使他的诗歌的现代性品质大大高于戴望舒、何其芳等人。在他的诗里，个人情感被压缩、冷凝，以极为中性的平淡的方式表达出来，这种情感表达方式比较符合一般现代人的情感态度。他放弃了郭沫若式的直抒胸臆的表

---

① 卞之琳：《雕虫纪历·序》，人民文学出版社1984年版。

达方式，多用暗示、隐喻、象征等方法曲曲折折表达自己的所思所想，具有某种晦涩、朦胧、含混的艺术效果，这正是西方某些现代批评家所倡导的现代诗的效果。在他的一些诗里，他将哲理与诗意融合，思与诗合而为一，有感性与智性兼备、综合的效果，增加了他的诗的深度。

《断章》是他传诵最广的代表作："你站在桥上看风景，/看风景人在楼上看你。//明月装饰了你的窗子，/你装饰了别人的梦。"这首诗所表现的是"你"和他者之间的相对的关系，一种看与被看、装饰与被装饰的关系。"你"作为主体站在桥上把眼前的景象（客体）当风景欣赏，别人（另一个主体）站在更高的楼上，把你当作风景（客体）来欣赏。你把风景当客体对象的时候，别人也把你当客体对象来欣赏。一切都是相对的，是可以互换位置和角色的，并没有绝对的主体和客体。明月作为自然之景，以它的美丽装饰了"你"的窗子，为"你"增添了生活的诗意，给你带来无限的遐想，而"你"也许是别人梦中的一轮明月，以你的美丽装饰别人的梦。《断章》以精悍的句子把一个复杂的哲学现象表达出来，显示出作者融思入诗的特出的构思技巧。

卞之琳惯于压缩与省略，历史与现实、时间与空间往往被他凝缩在一首很短的诗行内，大大增加了诗歌的陌生与晦涩效果。《距离的组织》也是被诗家看好但同时又难解的一首诗。整个诗在松散、随意的结构组织中，以类似意识流的方式把各种不太相关的事象混搭在一起，却能激起读者的阅读遐想。诗的起始，诗人想独上高楼读一遍《罗马衰亡史》，某种类似古代诗人的怀古忧思占据了他的意念，但这种意念很快被报纸上的罗马灭亡星的消息所替代（早在罗马帝国灭亡的时候就爆发的一颗星球，它的光到现在才抵达地球），这里暗示出久远的罗马帝国的衰亡远远比不上今天各种爆炸性消息给人的震撼，也暗示出时局的动荡不安让人失去了怀古的心境。丢下报纸，因为想起远方朋友的嘱咐,打开地图,看看报纸上所提及的战争之地。想起远方的朋友,把他寄来的明信片打开看看,却发现那已经是很久以前的图片了。午休醒来,天昏地暗,倍觉无聊,想去探访一下朋友。看见外面却是灰蒙蒙的一片,自己有一种不知身在何处、今夕何夕的迷惘感,所以自问:"哪儿了?"他不想求证自己现在是梦是醒,"我又不会向灯下验一把土"。忽然听见远处(一千重门外)有人在叫自己的名字,他感觉身心疲惫不堪,仿佛坐在盆舟里渡海一般,而朋友的来临才真正让他清醒过来,这时已是下雪的黄昏五点钟的光景。这首诗在某种半梦半醒之间,意识随意漂移浮想的状态下,人的各种思绪混搭、组织在一起,完全区别于以往的以激情或情节为线索构思的方法,在看似漫不经心的状态下把在混乱的时局中,知识分子的晦暗、昏沉、迷茫失落的心境表达了出来。朱自清在分析这首诗时认为:"这篇诗是零乱的诗境,可又是一个复杂的有机体,将时间空间的远距离用联想组织在短短的午梦和小小的篇幅里。"[1] 蓝棣之认为:"(它)是表现一个思想复杂但是诚实,感觉敏锐细腻,耽于白日梦的青年知识分子,在令人失望的时代里,为灰色氛围所困扰的窒闷与失落感。"[2] 这种从时代背景来解读作者的创作意图也有一定道理。

距离的组织

想独上高楼读一遍《罗马衰亡史》,

忽有罗马灭亡星出现在报上。

报纸落。地图开,因想起远人的嘱咐。

寄来的风景也暮色苍茫了。

(醒来天欲暮,无聊,一访友人吧。)

---

[1] 朱自清:《新诗杂话》,岳麓书社 2011 年版,第 11 页。
[2] 蓝棣之:《现代式的情感与形式》,人民文学出版社 2002 年版,第 90 页。

> 灰色的天。灰色的海。灰色的路。
> 哪儿了？我又不会向灯下验一把土。
> 忽听得一千重门外有自己的名字。
> 好累呵！我的盆舟没有人戏弄吗？
> 友人带来了雪意和五点钟。

艾略特的诗歌理论对卞之琳的影响主要表现在诗歌的非个人化和戏剧化上。艾略特认为，"诗不是放纵情感，而是逃避情感，不是表现个性，而是逃避个性"[①]。他认为文化与传统的力量远远大于个人的力量。在卞之琳诗歌中，个人的情感生活与遭遇被"冷处理"，即使有关写爱情的诗也和其他诗人的表达方式迥异，比如《鱼化石》："我要有你的怀抱的形状，/我往往溶于水的线条。/你真象镜子一样的爱我呢，/你我都远了乃有了鱼化石。"第一句是诗人渴望能拥抱自己的恋人；第二句是表白自己常常被恋人的温柔所感染，所"溶"化；第三句表明诗人渴望恋人像镜子一样爱他，通过她的眼里看到自己的一切；最后一句诗人希望他和恋人天长地久，像鱼化石一样获得永恒的爱情。把爱情诗写得如此含蓄、委婉，让人去仔细体味，无边的遐想，而不是让人一目了然，过目即忘，这正是卞之琳诗歌的独特之处。戏剧化技巧的应用主要是在某种戏剧性处境、情节、细节或对话中来表情达意，尽量隐蔽叙述者的情感态度，通过某些典型化场景来完成诗的功能。比如《音尘》就模拟了某种戏剧场景展开叙事与想象，里面有人物，有对话，有想象，有实在，把"我"对远方人的思念与等待之情呈现了出来。《酸梅汤》如同一场戏剧化独白，《航海》如同一篇小说的片段，《组织的距离》如同一篇意识流小说，如此等

---

① ［英］戴维·洛奇编：《二十世纪文学评论》（上册），葛林译，上海译文出版社1987年版，第138页。

等。卞之琳认为,"这种抒情诗创作上的小说化,'非个人化',也有利于我自己在倾向上比较能跳出小我,开阔视野,由内向到外向,由片面到全部"①。卞之琳的创作实践在某种程度上扩展了中国新诗的现代表现技巧,抑制了新诗过于倚重抒情甚至煽情的毛病,他的诗的现代性实践是中国新诗的重要收获。抗战爆发后卞之琳曾到西北抗日根据地采访,1938年写下了《慰劳信集》,诗风从空中楼阁式的个人玄想转向为社会现实摇旗呐喊的广场式的抒写,虽然具有进步的思想,但个人风格荡然无存,自此以后,一个独标一格的现代诗人卞之琳隐没在众声喧哗的时代大合唱之中。

废名本名冯文炳(1901—1967),他既是小说家又是诗人,他的诗多为"智慧诗",他喜欢把佛道理念融入诗歌创作中,他的《灯》写深夜读《道德经》之后产生的联想,颇有自由联想的意识流的味道,《十二月十九夜》把深夜联翩的浮想用博喻的方式呈现出来,有些句子新奇而值得玩味,如"海是夜的镜子,思想是一个美人"等,表现了废名喜爱独思玄想的癖好。他的《街头》一诗为人称道,他喜欢在诗里用"人类""宇宙""灵魂"之类的大词来提醒读者,他所写的诗非同寻常,微言大义,有时候不免生硬与牵强。

街　头

行到街头乃有汽车驰过,

乃有邮筒寂寞。

邮筒 PO

乃记不起汽车的号码 X,

乃有阿拉伯数字寂寞,

---

① 卞之琳:《雕虫纪历·序》,人民文学出版社1984年版。

> 汽车寂寞，
>
> 大街寂寞，
>
> 人类寂寞。

林庚（1910—2006）既是古典文学研究的学者，又是现代派诗人，出版有《夜》《春野与窗》《北平情歌》等多部诗集，他虽被指认是现代派诗群中的一员，但他的诗最具古典意味，他虽然也写了一些自由体诗，但兴趣在现代格律诗上。他的这类诗的内容与形式上却与古代诗歌区别不大，他写的"四行诗"被戴望舒批评是"新瓶装旧酒"，认为他的诗没有走出古典的桎梏，但四行诗对于新诗的形式探索的意义是不能抹杀的。

在影响相对较小的现代派诗人那里，对真正的属于大都市的"现代生活"的描绘反而更胜一筹。徐迟（1914—1996）的《都会的满月》《二十岁人》中对都市的节奏和气息的把握是准确的，郁琪（钱君匋）（1906—1998）《夜的舞会》对五彩斑斓的色彩，万花筒一般的衣衫，飘飞昏眩的感觉的捕捉也是相当到位的。

作为现代派诗人的纪弦（路易士）（1913—2013）在《三十自述》中说："我称一九三六至一九三七年这一时期为中国新诗自'五四'以来一个不再的黄金时代。其时南北各地诗风颇盛，人才辈出，质佳量丰，是一种嗅之馥馥的文化景象。"这表明当时的现代派诗歌已开始走向繁盛时期，如果不是抗日战争的突然爆发，中国的现代主义诗歌发展可能会迎来一个前所未有的高潮。但历史从来不会按照普通人的意愿去演绎，时代的洪流很快就席卷了整个中国大地，历史别无选择地进入了新的一个时期。

臧克家（1905—2004）在20世纪30年代的诗坛是一个例外。他既不满意新月派风花雪月的感伤，也不满意现代派迷离忧郁的颓唐，更不赞成把诗不当作诗做,"失掉了诗的条件"、只顾宣传不顾艺术的中国诗歌会的空洞的叫喊。他希望自己能以严谨认真的态度对待生活和诗歌。他的诗集《烙印》出版后引起前辈作家茅盾、老舍等的一致好评,他的老师闻一多在诗集序言中更是称赞他的诗"没有一首不具有一种极顶真的生活的意义"。《烙印》以扎实的现实主义的功力,朴质、凝练、谨严的诗风独树一帜,他也因此在当时被誉为"1933年文坛上的新人"。他的诗多表现现实的残酷和人生的艰险,以及面对这种境况时的隐忍与坚强,表达某种厄运面前不服输的顽强的人生信念,其中《老马》是他的代表作。

老 马

总得叫大车装个够,
它横竖不说一句话,
背上的压力往肉里扣,
它把头沉重地垂下!

这刻不知道下刻的命,
它有泪只往心里咽,
眼前飘来一道鞭影,
它抬起头望望前面。

老马超载负荷却沉默忍受,命运无法自己掌握,随时可能遭到暴力的惩罚(鞭影),也只能抬头向前。老马一方面是诗人自我的写照,另一方面更是千万底层民众的一种象征,甚至是长期以来忍辱负重、逆来顺受的普通中国百姓的一种隐喻。诗的情感真挚凝重,语言含蓄有力,字句间充满了一种被压迫的紧张感,从中可以看出闻一多对他诗歌的影响。由于臧克家出生、成长于农村,他耳闻目睹农村赤贫的现实和悲惨的生活，入城求学看到种种黑暗的现象，这种来自生长环境的刻骨铭心的记忆使他对下层百姓有天然的同情心，他的《难民》《贩鱼郎》《炭鬼》《洋车夫》《当炉女》等都是直接描写底层族群的作品，都写得入木三分，表达了他对人生和社会的窘迫的感受。短诗《三代》："孩子/在土里洗澡；//爸爸/在土里流汗；//爷爷/在土里埋葬。"三句诗概括了农民与土地之间祖祖辈辈的悲苦的宿命关系，发人深省。1934年出版的长诗《罪恶的黑手》表现西方宗教入侵中国的罪恶，表达了当时的知识分子强烈的民族意识。1936年出版的叙事长诗《自己的写照》从清末写到"一二·九"运动，试图对中国近代历史作概括，但未达到预想的效果。臧克家后来的诗歌题材逐渐扩大，风格也转向流畅自然，但诗味也变淡了不少。抗战爆发后的作品数量多，但艺术上粗糙、虚浮的也多。1943年出版的《泥土的歌》有些新意，抗战结束之后写过三本政治讽刺诗集《宝贝儿》《生命的零度》《冬天》，属于左翼文学的类别。1949年以后他为纪念鲁迅而作的《有的人》再一次让人看到了他的诗歌杰出的一面，但以后思想上更加向左翼靠拢，逐渐丧失了一个诗人应有的立场与态度。另外，田间、艾青也在20世纪30年代初已崭露头角，但他们显然在下一个时代才充分显示出自己非凡的创造力。

第六章 时代主潮下的多元并进

1937年抗日战争的爆发为中国新诗的发展带来戏剧性的变化。抗日战争作为一次同仇敌忾的民族战争，不仅仅唤醒和增强了全民族的民族意识、忧患意识、社会责任感和使命感，更重要的是，通过战争，全民族的心灵、精神和情感得到考验、磨砺和洗礼。而文学艺术，作为一个民族的精神旗帜，在这一过程中也责无旁贷地担当其应有的社会职责，在抗日战争中发挥着重要的作用。就诗歌艺术而言，在抗战中，诗歌特有的抒情性、鼓动性、强烈的感染力等艺术功能得以充分发挥，诗歌在整个抗日战争文学中都占有重要地位。

战争作为当时残酷的唯一的现实，是每个有良知的中国人别无选择的宿命，生存或是毁灭，成为当时全体中国人必须面对的问题。"这是一个集体的时代，而不是个人的时代。这时候只一味抒写个人的作品显得极不重要。至于不写'个人'，甚至连'人'或者'人性'也不写，而只写自然界多么美好，神灵多么伟大之类，不但不重要，而且是不应当的，因为他对于大多数人的苦难与愿望视而不见，听而不闻，却故弄玄虚，叫人家拜倒于自然或神灵，那不是麻木就是别有用心。"[①] 在救亡压倒一切的时代，整个中华民族最危险的时刻，时代

[①] 《李广田文学评论选》，云南人民出版社1983年版，第197页。

第六章 时代主潮下的多元并进

对诗歌的这种要求是可以理解的。诗人作为知识分子中最为活跃、最为敏感的一个群体，他们对时代的呼应如同海燕对风暴的敏感，他们虽然在战前有社会地位、思想倾向、艺术修养、美学趣味等多方面的差别，甚至有某种对立的阶级或思想艺术观点的斗争，但面对全民族的抗战，他们最大限度上放弃了个人的恩怨喜好，团结在抗战的旗帜之下，以各自擅长的方式写出了不辜负于时代的诗篇。虽然由于各自的身份、角色、姿态、修养及禀赋不同，艺术成就也有某种高下之分，但爱国之心、民族之情却不分彼此、日月同光，共同谱写了一首首中华民族的浩然之歌。

第一节　感时幽愤的诗歌时代

抗战及战后（1945—1949）的诗歌是与时代主流意识和民众情绪保持某种同步性、共振性的诗歌，时代和社会情绪在诗歌中得到相当准确的传达，这一时期的诗歌大体经历了从抒情到叙事到讽刺的三个阶段：第一个阶段是抗战初期，诗歌以高调昂扬的抒情诗为主；第二个阶段是抗战中期，是叙事长诗盛行的时期；第三个阶段是抗战后期及战后，是以讽刺诗为主的时期。

从1937年抗战爆发到1938年10月武汉失守，即抗战的初期，整个文学的基调都昂扬着英雄主义和乐观主义精神，"救亡"压倒一切，一切文学活动都围绕抗日的宣传动员展开，文艺界与社会其他各界一样，积极投入抗战的各种活动之中。1938年3月27日中华全国文艺界抗敌协会（简称文协）在武汉成立，出版会刊《抗战文艺》，各种文学派别放弃门户之见，团结在抗日民族统一战线之下，充分显示了中国文艺家爱国主义、民族主义的情怀。在"文协"的号召下，许多作家放弃在北京、上海相对优裕的生活环境，或奔赴战场采访，或深入前线、投笔从戎，或参加抗战宣传工作，文学的主题、题材、风格、趣味等都因战争发生巨大的变化。除报告文学之外，诗歌作为一种相对轻便、迅捷反映时代情绪的文体，成为许多作家表达抗日精神的首选载体，几乎所有的作家都在这个阶段写过诗，有些作家并不擅长写诗，如巴金、老舍等，他们也写了不少诗来表达自己的爱国抗日的热情，有些诗人如郭沫若、冯乃超等已多年不写诗，他们的诗情又一次被时代点燃，尤其值得一提的是老舍写出了万行长诗《剑北篇》，以表达一个中国人的抗日情怀，其拳拳的赤子之心可见一斑。

抗战初期的诗歌以直抒胸臆的鼓动、宣言式的诗为主，大多诗比较短小，最具代表性的是田间的诗。当时许多已经成名的诗人被全国人民一致抗战的热情所激发，写出了不少热情洋溢的诗篇，但大多数都热情有余，深刻不足，诗里的标语、口号、议论大量存在，粗糙、虚浮的居多，像艾青那样既具有抗战热情，又讲究艺术表现技巧的诗只占很少一部分。到抗战中期，抗战进入相持阶段，人们意识到战争的长期性和艰苦性，虽然胜利一定属于中华民族，但必须经历一个艰难、曲折的过程，诗人们也从前期的盲目乐观转向深沉的反思，从理性上去认识战争，从全局上去把握战争的走向，国共两党关系因皖南事变再次紧张化也使得当时局势更加复杂。同时，诗人们已经普遍深入抗战的前线后方，在各种岗位上经历战争的血与火的考验，从之前的战时宣传转向服务抗战的工作，在工作中、生活中更深刻地体会到战争的艰苦性和残酷性，诗人们与小说家一样试图通过某些人物、事件、情节、细节来表达对时代全景式的把握，这个时期除了抒情诗、朗诵诗、诗剧之外，出现了一大批的叙事长诗，甚至出现了竞写万行叙事诗的热潮。但由于诗的情绪不足、意境空疏、人物形象缺乏生动性和感染力，真正能传于后世的作品稀少。抗战后期及战后，国民党政府的腐败性质愈加明显，经济危机爆发，民主意识日益高涨，衰败的政党和政府呈现某种末日景象，诗人们意识到这是黑暗与光明交替的时刻，他们与小说家、戏剧家一道为行将就木的政府唱出了最后的充满喜剧色彩的挽歌，郭沫若、臧克家、袁水拍、穆木天、杜运燮、辛笛等大批诗人参与了讽刺诗的创作，出现了讽刺诗写作的热潮，其中成就最大的当属袁水拍（1916—1982），他这一时期的诗集《马凡陀的山歌》极尽讽刺挖苦、嘲笑、戏谑之能事，让一个腐败的没落的政府出尽洋相，原形毕露。另外，臧克家的《宝贝儿》《生命的零度》等诗集里的诗以严正的立场、辛辣的讽刺见长，代表了当时热爱和平、民主、自由的大多数中国人民的心声。

抗战以来及整个20世纪40年代的诗歌大致呈现以下特点：首先，现实主义诗歌成为时代的主潮，现代主义诗歌也有长足的发展。抗战诗歌及整个20世纪40年代的诗歌以现实主义为主潮，这是一个特殊的时代给予诗歌的某种必然选择。现实主义诗歌虽然在新诗发展初期就作为派别和创作方法存在，但其他诗歌派别和创作方法也同时存在，并且像诗歌这种主事抒情的文体，在一般情况下并不特别青睐现实主义艺术。20世纪30年代初中期的诗坛虽然中国诗歌会及左翼诗歌属于现实主义一路，也有一定的社会影响，但其政治上的激进性与诗艺上的不完美性形成巨大的反差，很难获得令人信服的口碑。但抗日战争爆发以后，在时代的感召之下，许多持非现实主义诗学观念的诗人放弃以前的主张，开始写作与现实有关的题材，最典型的是大多数现代派诗人不再写那种只关乎一己悲欢的感伤、颓废的诗歌，把更多的注意力放在如何用诗表达抗战的时代主题上。同时在一些现实主义的理论家的倡导之下，田间、艾青、臧克家及七月派一批既有理想主义激情，又有现实主义创作态度的诗人登上了诗坛，他们以自己的诗歌实绩为现实主义诗歌写下了浓墨重彩的一页，并且由于对现实主义的理解呈多种面貌，现实主义诗歌也呈现出各不相同的开放性和多样性特征，并没有独尊一律的教条约束诗人们的创作。只是到1942年，延安文艺座谈会之后，现实主义的民歌体被片面地予以强调，革命的现实主义开始在延安等红色地区取得了主流的地位，并且它的辐射力逐渐波及全国，到1949年革命的现实主义逐渐成为统摄全国的主流。

在大后方，特别是在西南联大校园，在此地任教的学者和作家如朱自清、闻一多、冯至、卞之琳、李广田等人，为校园诗歌的兴起起到了强大的推动作用，另外英国著名的现代派文艺理论家、诗人威廉·燕卜逊受聘在此任教，更为西南联大的大学生诗歌提供了更为直接的西方理论资源，后期象征派诗人奥登也在此间访华，他所写的有关抗战的诗歌，对这些年轻学生也有启发。一批钟情于诗歌的大学生穆旦、郑敏、杜运燮、袁可嘉、王佐良等直接或间接受教于这些学者门下，为中国的现代主义诗歌的进一步发展提供了良好的契机。这些年轻诗人与前一个时代的诗人相比，更多地受到艾略特、里尔克、瓦雷里、奥登等现代派诗人的影响，他们的诗歌观念也与前一个时代的诗人大不相同。他们意识到："诗是经验的传达而非单纯的热情的宣泄。"[①] 他们的诗一般不直接抒情，而是从生活中先将所感觉的各种情绪聚合、冷凝，化为某种更为内在的、经验性的内在体验，融入自己的理性或智性思考，然后再传达出来，这种诗具有一种知性与感性融合、思与诗融合的特征，这种诗减少了某种直抒胸臆的热力和激情，但增加了某种沉思甚至冥想的素质，使诗质更结实，更有内劲，更具

[①] 袁可嘉：《诗与民主》，《论新诗现代化》，生活·读书·新知三联书店1988年版，第31页。

现代性。他们的诗由于战争等原因虽然在当时影响不是很大，但新时期以后有更多的读者发现他们诗的价值，尤其是作为现代主义诗歌的一脉，在战乱的环境下能持续生存与发展，实在是中国新诗的奇迹。

　　抗战以来的诗歌第二个特点是诗歌的政治功利化得以加强，诗歌的向"外"转的趋向非常明显。抗战爆发以后，中国诗歌从整体上转向对严峻现实的表达。后期新月派、现代派等诗人那些专注自我内心微妙体验的诗成为明日黄花，危机的时代几乎容不下任何与抗战无关的艺术尝试，这些诗人们大多也意识到民族危机的严重性，主动放弃了以前的主题、题材和风格，开始尝试与现实密切相关的、与大众口味相近的、能对抗日的发动宣传有意义的诗的写作，尽管他们中的一些人可能很不适应新的形式和新的内容，但是毕竟走出了小我的狭小圈子，开始了在更广阔的视野、更宏大的主题、更有集体意义的诗的领域写作。从整体上看，抗战及战后的诗歌都是与政治有关的诗歌。抗日战争时期，抗战是最大的政治，在一切为了抗战，一切服务于抗战的救亡图存的时代，文学作为抗战宣传的一个重要部分，理应起到它该起的作用，诗自然也不例外，甚至比其他文学样式更有利于宣传。所以在这个时期，无论直接表现战争的七月派，还是间接表现战争的冯至和九叶派诗人，他们对待抗战的思想情绪是一致的，无论抒写战场，还是抒写后方日常生活，或是抒写敌后抗日根据地的诗，诗中的爱国主义、民族主义思想、情绪是一致的，尽管表现手法、艺术技巧、语言风格上各不相同，但他们都有一颗保家卫国、救亡图存的赤子之心。所以，从某种程度上说，抗战诗歌是一种在主题、题材大体一致的情形下的写作，他们为了自己的诗歌配合抗战形势，为了激发更多的民众加入抗日队伍，为了促成抗日统一战线的建立，许多诗人放弃自己熟悉的诗歌形式，采用民族化、大众化、民间化的形式来写诗。

由于主题、题材、情绪、形式的过于接近，他们的写作有某种趋同化倾向也在所难免，特别是在抗战前期同仇敌忾、群情激昂的非常时期更是这样。艾青在谈到抗战开始以后三年间的诗歌缺点时说："单纯的爱国主义与国民精神的空洞叫喊，常用来欺骗读者的那种比较浮嚣的情感；普遍的诗人没有能力在情绪激动下，去对抗战作政治的或哲学的思考；普遍的诗人，把抗战诗单纯地作为战争诗去制作，却不能在鼓舞抗战意识之外，在作品上安置一定的革命因素，与对于这件事作正确的瞭望……如高尔基所指摘俄国诗人的'技巧的武装不足'一样，概念的罗列与语言的贫乏，也同样地是中国一般诗人的缺点；一些诗人，长期地停止在摹拟与抄袭上，另一些诗人则永远重复着单调的公式；还有一些诗人，勇于创新，却从没有越过他们所追求的范篱。"① 在抗战后期及战后，由于社会动荡加剧，政府临近破产的边缘，许多诗人敏感意识到一个"末日"的来临，讽刺诗作为一种对现实批判的武器，被广泛应用。

抗战以来的诗歌第三个特点是诗歌的散文化与歌谣化都有所发展。抗战以来特别是初中期的诗歌，无论是现代派、七月派、九叶派诗歌大多选择了用松散的散文化句子写诗。首先，在一定程度上，他们接受了前一个时期现代派诗人所提出的现代诗应该是散文的形式，诗的内质的观点，放弃了对外在押韵、节奏的追求，更多注重诗歌内在节奏的把握。其次，诗的叙事成分普遍加强，也使得诗用更为松散的句式来描绘诗中的某些情节、场景与细节。特别到抗战中后期，叙事诗成为某种创作潮流，这类诗中往往会铺叙某个故事，描写某些情节和细节，展现某些场景或营造某些氛围，就更需要用散文化的句子

---

① 龙泉明编：《诗歌研究史料·国统区抗战文学研究丛书》，四川教育出版社 1989 年版，第 248—249 页。

来完成。最后，当时文艺理论界大力提倡文艺的民族形式，要求文艺走民族化、大众化、民间化的道路，各种民族、民间的文学样式被翻检出来，以旧瓶装新酒的方式加以利用，其中那些带有叙事性的民间说唱曲艺样式比如大鼓、小调、皮黄、快板书等颇受当时诗人与大众的欢迎，这些曲艺样式中的叙事性成分一般都是由带韵或不带韵的松散的散文组成，诗人们走民族化、大众化、民间化路线必然会汲取其中的成分。另外，有些理论家和诗人也提倡诗的散文化。有些学者敏感地意识到当时诗歌的散文化成分的加强，并认为当时的时代就是散文化的时代，新诗的散文化是必然的趋势。艾青是诗歌散文化与散文美的倡导者。他认为："散文的自由性，给文学带来以表现的便利，而那种洗练的散文，健康的或者柔美的散文之被用于诗人者，就因为它们是形象之表现的最完善的工具。"[①] 作为当时最有影响力的诗人，艾青的诗歌主张得到一些年轻诗人的响应。

诗的散文化的确在某种程度上给诗松绑，让戴着镣铐舞蹈变成了自由舞蹈，但是有许多诗人却不能正确把握诗的散文化与分行的散文之间的区别，诗写得过分松弛，叙事成分过重，描写过于烦琐，完全用散文写就的文字以分行排列的形式写诗，诗味直白寡淡的不在少数。特别是由于缺乏格律限制，许多诗的节奏非常混乱，断句、分行、跨行过于随意，不能给人以节奏上的美感，也很难引起读者的共振共鸣。诗的散文化对于那些注重诗的内在节奏、诗艺成熟的诗人是锦上添花，但对于那些诗歌技巧还未成熟的诗人和初学者，却会导致他们的诗永远处于某种半成品、毛坯品的状态，所以考察20世纪40年代许多诗人的作品，或多或少有一种未完成、未成熟、半成品的印象，这与诗的过度散文化不无关系。

[①] 艾青：《诗的散文美》，《艾青全集》（第3卷），百花文艺出版社1994年版，第66页。

与诗的散文化不同，诗的歌谣化与当时朗诵诗的流行、民歌体的诗歌的流行相关联。朗诵诗的一大特点就是诗的外在音乐化，为了便于朗诵，诗人们在写作时必然要考虑外在的音韵效果，特别是为了配合现场观众的情绪，诗必然要一些煽情的、抒情化的处理，如果处理得当，会使诗保持原有的格调，如果处理不当，反而会使一首诗变成某种类似歌词的东西。所以，朗诵诗一般会为了现场表演的需要、为了音乐性更强，而在内容的深度上浅显化的处理，使之更利于听觉，一般的朗诵诗都会忽视诗的视觉效果，强化诗的抒情效果和音乐效果，朗诵诗在本质上是更接近音乐歌词的一类诗，它的歌谣化有某种必然性。而民歌体诗歌，在借鉴民歌的表现形式上，主要是借鉴民歌的押韵方式，使要表现的内容更像"现代民歌"，民歌单纯、朴质的一面也保留在民歌体诗歌里，民歌体诗几乎完全不能胜任表现复杂的城市题材和复杂的现代情感，与它本身是源于农牧文化的载体有关，所以那些成功的民歌体诗大多是英雄传奇或农村革命加恋爱的故事，这与民歌体的体裁习性是相适应的，如果把它用于某种城市或工业题材，就会相形见绌了。

茅盾在谈到抗战八年的诗歌状况时说："他们大胆地作了朗诵诗运动，大胆地作了街头诗运动，大胆地采用了民谣的风格，大胆地写长诗，——数千行的叙事诗，大胆地要把文艺各部门中一向是最贵族式的这一部门首先换装而吵吵嚷嚷地挤进泥腿草鞋的群中。"[①] 朗诵诗运动是顺应抗战时代而起的一种运动。特别是 1938 年为纪念鲁迅逝世两周年的纪念会上，诗人高兰、柯仲平朗诵了他们的诗作，引起了强烈的反响，从此各地街头集会、文艺宣传表演和广播节目，都有大

---

① 龙泉明编：《诗歌研究史料·国统区抗战文学研究丛书》，四川教育出版社 1989 年版，第 168 页。

量的朗诵诗表演，除上述两位诗人外，冯乃超、锡金、光未然、徐迟等都是这一运动的积极推动者和参与者。在延安的战歌社、抗大文艺社以及西北战地服务团，也是这一运动的积极组织者和参与者。在这些诗人当中，柯仲平、光未然、高兰等是其中的佼佼者。柯仲平的著名的叙事长诗《边区自卫军》《平汉路工人破坏大队》，光未然的《黄河大合唱》《屈原》，高兰的《哭亡女苏菲》《我的家在黑龙江》等都是传诵一时的名篇，许多诗人既是诗作者，又是诗的朗诵者，通过他们声情并茂、感人肺腑的朗诵，把诗里的情绪充沛表达出来，对抗战宣传起到了非常积极的作用。

街头诗在当时也成为一种潮流，田间是这种运动最积极的倡导者和行动者。1938年8月7日，是延安第一个街头诗运动日，节日当天延安的大街小巷的墙上都贴满了田间、柯仲平等诗人的诗作，引起不小的轰动，这几乎就是一次现代行为艺术。这些短小精悍、鼓动性极强的诗为当时的抗日宣传起到了比标语口号更有感染力的作用。街头诗迅速在各解放区、抗日根据地流行起来。

叙事诗大致从1939年开始，几乎每一个诗人都尝试过长篇叙事诗。叙事诗的盛行与当时的时代有一定的关系，在抗战及战后，有许多动人心魄的故事已经发生或正在发生，特别是抗战时期出现的英雄形象或新人新事，激励着诗人们去为他们摇旗呐喊和树碑立传，这是一个需要英雄且产生了英雄的时代，也是一个充满无数丰富复杂故事的时代，除了给小说家提供了新鲜素材的同时，也给诗人提供了创作的素材。艾青的《他死在第二次》《火把》、臧克家的《古树的花朵》、力扬的《射虎者及其家族》是其中的佼佼者。稍后在解放区，田间的《戎冠秀》、艾青的《雪里钻》、柯仲平的《边区自卫军》等比较成功。但真正能正确处理叙事与抒情的关系，使叙事诗既有生动曲折的故事性，又有感人至深的抒情性的诗作并不多见，尤其是还要选择适合大众阅读的形式去写作时,更是为难了那些以抒情见长、拙于叙事的诗人们,真正能把恰当的民族形式与所要叙事的内容融合的作品,是1946年后在解放区诗人创作的民歌体叙事长诗,李季的《王贵与李香香》、阮章竞的《漳河水》、张志民的《死不着》等。这些民歌体叙事长诗,既注重故事的编排、人物的塑造,又注重民歌的押韵、对偶、排比、比兴方式的应用,这些作品大多具有质朴、明快、清新、平易的风格。

田间(1916—1985)是真正属于抗战时代的诗人。在20世纪30年代涌现的一批诗人当中,他是一个把心思和精力投向外面更广阔的现实世界的诗人。他于1934年加入中国左翼作家联盟,参与"左联"刊物的编辑工作,田间是继中国诗歌会之后自觉从事左翼文学创作的诗人,他开始写诗的时候其主题、题材、风格与中国诗歌会的成员有很大程度的相似性。他无心抒写个人的风花雪月的感伤与纠结,一开始写诗就把焦点对准了黑暗的现实生活,揭示侵略战争带给人民的痛苦,着力表现底层人民的苦难与抗争。1935年后出版了三本诗集《未明集》《中国牧歌》《中国农村故事》等,后两部诗集的出版引起了一些关注。他所擅长的鼓点式的长短句在他的有些诗作中应用。抗战爆发以后,他的这种节奏鲜明、急促的鼓点式的长短句诗歌与抗战初期的时代精神相呼应,引起巨大的轰动。闻一多盛赞他是"时代的鼓手":"这里没有'弦外之音',没有'绕梁三日'的余韵,没有半音,没有玩任何'花头',只有一句句朴质、干脆、真诚的话(多么有斤两的话),简短而坚实的句子,就是一声声的'鼓点',单调,但是响亮而沉重,打入你耳中,打在你心上";"它摆脱了一切诗艺的传统手法,不排解,也不粉饰,不抚慰,也不麻醉,它不是那捧着你在幻想中上升的迷魂的音乐。它只是一片沉着的鼓声,鼓励你爱,鼓动你恨，鼓励你活着，用最高限度的热与力活着，在这大地上"。① 田间可以说是应时代而生的诗人，在一个群情激奋、同仇敌忾的时代，人们需要的不是精雕细琢、委婉曲折的诗歌，而是能直接而准确表达他们共同心声的诗歌，当影响深广的政治事件发生之时，诗人作为时代的先锋、敏感的神经，有义务、有责任甚至有权利代表大多数人发言，诗人的自我与公众的"大我"是合而为一的关系，而以这种方式所写的诗作很可能引起最广大的民众的共鸣。田间在抗战初期的诗歌对团结最广大的民众一致抗日、打击日本法西斯敌人起到了非常及时的宣传鼓动作用。虽然他的有些短诗的确也有过于直白、缺乏必要的修饰、力度不够强烈的毛病，但他的一些优秀作品却有力透纸背的效果，真正起到了以笔为旗、以笔为武器的宣传、引导作用。如《假使我们不去打仗》："假使我们不去打仗，/敌人用刺刀/杀死了我们，/还要用手指着我们骨头说：/'看，/这是奴隶！'"诗歌用一个能刺痛每一个不愿意做奴隶的中国人眼睛的画面表达抗战的正义性，诗句开头的假设否定句式比一般陈述句更有力，最后的结句"看，这是奴隶！"把敌人对对方的轻蔑、不屑的口吻传达了出来，给人以强烈的警惕与震撼，诗歌在如此短瞬的句子中表达了作者强烈的内心意愿：我们必须去打仗，必须通过战争获得民族的自由和解放！众所周知，田间诗歌的句式受到苏俄诗人马雅可夫斯基诗歌楼梯诗的影响，楼梯诗作为一种节奏急促、适合表现动感的诗歌形式，的确为田间找到了表达他思想情绪的最好形式。他的长诗《给战斗者》充分体现了楼梯诗在表达急切、热烈感情上的优势，它使诗中的每一个字、每一个词得到强调与突出，并且形成一种快速运动的态势，诗歌的呼告性、朗

---

① 闻一多：《时代的鼓手——读田间的诗》，昆明《生活导报周年纪念文集》，1943年11月13日。

诵性得以加强，比一般诗体更容易调动读者或听众的阅读情绪，具有比较强烈的鼓动性。田间的诗歌的确具有振聋发聩的宣传鼓动效果，成为抗战时代尤其是抗战前期的最强音，诗歌的政治宣教功能在他的诗歌里得到了相当大的发挥。他的这种无间隙与时代紧贴的表达方式在下一个时代被政治抒情诗人贺敬之、郭小川等人发扬光大。有人以时过境迁的态度看待田间的那些具有浓郁时代气氛的诗歌，认为他的诗歌只属于那个时代。这里显然有一个对诗歌艺术价值和社会价值评价的问题。在一个民族危亡的时代，诗歌能唤起民众的救亡图存的信念，鼓动人民拿起武器去抗争，这是诗歌功利的最大化的表现，是一个特殊的时代诗歌的荣光！何况田间的诗歌并没有为了政治宣传而完全丧失艺术性，田间在那个时期的许多作品政治与艺术相得益彰，即使现在读来仍能引起读者的共鸣。

1938年田间和延安诗人发起了街头诗运动，更是利用短小的诗歌形式、精练的语句将抗战的政治宣传开去，为诗歌的民间化、大众化提供了有益的经验。抗战胜利前后，田间诗作的内在情绪趋向平和，诗歌形式也转向整齐轻快的民歌体，并尝试用民歌体写作叙事诗，诗歌风格与许多延安诗人趋同。

第二节 血与火的洗礼：七月派的诗

七月派的诞生、形成、成长都与批评家胡风（1902—1986）有直接的关系。胡风的现实主义的理论主张深刻影响着他们的创作，与此同时，他们在艺术实践上都或多或少受到艾青诗歌的影响，虽然题材上比艾青更广泛、更多样，但思想深度和表现技巧上都不及艾青成熟，整体上也未能超越艾青所取得的成就。

阿垅、绿原、彭燕郊、鲁藜、冀汸、牛汉、曾卓、罗洛、孙钿、化铁、方然、郑思、胡征、芦甸等诗人，因他们的诗歌大多发表在胡风主编的《七月》以及后来的《希望》《诗垦地》《诗创作》等杂志上，收集在胡风主编的《七月诗丛》《七月新丛》《七月文丛》诗集中，所以被命名为"七月派"，他们中的一些人自己也出版过诗集。七月派的诗以鲜明的战斗精神、正义的诗歌形象和松散的自由体形式在抗战年代产生过巨大的影响，1955年前后由于受到胡风冤案的牵连，他们在20世纪50年代后期都不同程度受到打击或迫害，到新时期才得以平反，1981年由绿原、牛汉编辑的《白色花》二十人集，是七月派诗人的诗歌合集，能代表他们创作的整体风貌。

要探讨七月派诗歌，必须先了解胡风的现实主义文学理论。胡风把作家认识世界的思想力、体验现实的感受力、投身现实的热情一起称为"主观战斗精神"，认为作家心目中的"观念世界"与作家在现实中所体验的"感受世界"相生相克，只有在相互碰撞、相互"肉搏"中才能创造出一个新的艺术世界，作家必须充分发挥"主观战斗精神"，积极投身于火热的现实，充分体验现实生活的丰富性和复杂性，在揭示人民的"精神奴役底创伤"的同时，在斗争中塑造作家本身。这种重视"体验"的现实主义的确包含了许多有价值的理论主张，但胡风对现实主义以外的艺术流派和风格持否定甚至嘲讽的态度，也显示出他艺术观念的偏狭性。他的现实主义理论从20世纪30年代中后期一直延续到50年代中期，对中国的现实主义理论发生过深刻的影响，也一直受到批评和质疑，许多持现实主义创作理念的作家或多或少受到过他的影响，而七月派的诗歌及小说创作与胡风的理论主张有更为直接的联系。

首先，七月派诗人除个别作者以外，大多数都是在20世纪30年代末40年代初开始写作,并且伴随着抗战一同成长,他们大多是20岁左右的年轻人,没有受到文学的专门教育,是苦难而充满希望的抗战时代血与火的现实带给他们创作的灵感与激情。在不断的生活体验与艺术实践中逐渐成长、成熟起来,"他们尽管风格各异,在创作态度和创作方法上却又有基本的一致性。那就是,努力把诗和人联系起来,把诗所体现的美学上的斗争和人的社会职责和战斗任务联系起来,以及因此而来的对于中国自由诗传统的肯定与继承"[1]。他们大多受到艾青的诗歌的影响,从艾青那里学到了怎样把个人的感情融入、提升到整个民族的高度去抒情叙事,并把现实主义的美学原则贯彻到自己的创作中去。他们坚持现实主义的创作原则,强调对现实生活的真实体验,强调主观与客观的高度统一,"他们坚定地相信,在自己的创作过程中,只有依靠时代的真实,加上诗人自己对于时代真实的立场和态度的真实,才能产生艺术的真实。……而且,如果不把两者结合起来,没有达到主客观的高度一致,包括政治和艺术的高度一致,同样也不可能产生真实的诗"[2]。从他们的诗里我们能感受到一个时代真实的悲欢。其次,他们一般不抒发"小我"情怀,很少描写只属于自己一个人的情感世界,即使写个人的情感,也与整个时代的情绪相关。他们的诗歌路径与新月派、现代派都不相同,与中国诗歌会有某些继承的关系,但比起中国诗歌会的诗歌,无论在反映生活的深度、广度、力度上都大大前进了一步,并且克服了后者空洞、粗糙、简单化的毛病,诗歌感情充实厚重,拒绝标语口号,一般采用白描或工笔刻画的方式来表现某些场景、情节、细节,并且许多诗人注重意象的塑造,从中可以看出艾青的诗歌技巧对他们的影响。再次,他们普遍采

---

[1] 绿原、牛汉编:《白色花》,人民文学出版社1981年版,第2页。
[2] 同上书,第3页。

用自由体诗歌，用散文化甚至叙事化的方式来完成抒情叙事。有些篇章内容充实，感情充沛，饱含诗歌张力，但由于不太注重诗的节奏和韵律，也有不少诗歌显得松散、寡淡，与散文没多大分别。最后，他们的诗歌内容多与战争、苦难、灾难相关，在战争的罪恶、人民的苦难、胜利的希望方面都有所表现，所以他们的诗歌有一种雄浑、悲壮的悲剧之美，尽管多数篇目未到达崇高、悲悯的艺术境界，但从他们的诗中我们也看到，七月派是一批有明确的社会责任感和历史使命感的歌者，他们总能有机地把自己意识到的历史内容与社会责任投射进他们的诗歌中去，虽然他们的历史意识未必深刻，但在那个民族利益高于一切的时代，他们诗歌的政治正确性保证了他们诗的高尚品质，当这种正确性与正义、良知、悲悯、牺牲结合在一起时，就会使诗呈现出宏大而悲壮的美学效果，在那些优秀诗篇里，就会呈现出一定程度的高贵、悲悯的悲剧之美。但是，七月派的有些诗人的诗要么过于写实，要么过于空泛，要么抒情调子过于高亢，要么节奏上变化无常，未能构成一个和谐恢宏的整体，使得他们诗作在抒情力度和效果上能达到真正悲剧境界的并不多见。阿垅（1907—1967）的诗充满某种悲愤的力量，他"为疼痛所烧炼"，"渴得必须咬破自己底皮肉而狂饮在动脉中涌流的自己底鲜血"，"愤怒得要在这屠宰场和垃圾桶的世界上毁灭地放火"（《琴的献祭》），我们从诗中可以感受到杜甫式的"穷年忧黎元，叹息肠内热"的情怀，也能感受到他的创作中明显的胡风"主观战斗精神"理论的印记。他的《无题》中的最后一节写道："要开作一枝白色花——/因为我要这样宣告，我们无罪，然后我们凋谢。"这几乎可以作为七月派诗人共同的墓志铭。阿垅的长诗《纤夫》描绘嘉陵江上纤夫"一寸一寸的一千里"奋力拉船的场面，歌颂中国普通百姓顽强坚韧的品质，象征着不屈不挠的中华民族面对日本帝国主义的疯狂进攻团结一致、勇往直前的意志和决心。绿原

（1922— ）以他纯真的《童话》在诗坛崭露头角，但他更有力度的作品是具有政治讽喻性的作品，长诗《给天真的乐观主义者们》揭示了腐败、黑暗、灾难丛生的社会现实，诗以长句为主，有一定的气势，诗里充满了某种狂躁而愤懑的情绪，他的短诗融合哲理与诗意，《诗与真》《诗人》《航海》等都写得简短有力。彭燕郊（1920—2008）的诗善于表现具有象征意义的情景和细节，注重意象和意境的塑造，颇得艾青诗的神韵，比如《冬日》的最后一节："低压而紧蹙的天宇/覆盖着/这快为沉闷所窒息的/饱含苦汁的大地/只有我们/还在继续着/愤怒的歌声……"只是他的诗比艾青的诗更充满某种激愤的情绪，他的其他作品如《小牛犊》《扒薯仔》也是颇具匠心之作。彭燕郊的诗比其他七月派诗人更具忧愤意识，所以显得更为深沉大气。鲁藜（1914—1999）的诗的调子比较乐观开朗，特别是写延安生活的作品如《延河散歌》等，但他的《夜葬》写在月夜埋葬为国捐躯的战士的场景，充满悲壮静穆的情感，是值得称道的作品。孙钿（1917—2011）《挂彩者》写战斗中受伤战士死而复苏的经历，诗里有一种骄傲的痛苦的情感，一如他的其他诗篇，都有一种为理想而不怕牺牲的乐观精神。方然（1920—2010）的《报信者》和冀汸（1920—2013）的《跃动的夜》都是带有叙事成分的长诗，都充满了战斗精神和乐观的调子，但都不够凝练、精致。化铁（1925—2013）的《暴雷雨岸然轰轰而至》以宏大的意象表现暴风雨前夕雷声轰鸣、乌云乱飞的非凡气象，该诗气魄宏大，意象纷繁，寄托深远，是七月派诗歌中不可多得的名篇，但化铁的其他作品特色不够鲜明。郑思（1917—?）的长诗《秩序》写当时中国混乱而黑暗的现实，诗中充满荒谬的现实，奇特的想象、鲜明的对比和辛辣的反讽，体现了诗人杰出的才华。曾卓（1922—2002）在当时以《铁栏与火》展露出他的才华，但他的真正经得起时间考验的作品要等到他经历沧桑之后。牛汉（1922—2013）

的诗具有一种反抗意识,无论是他的长诗《鄂尔多斯草原》还是短诗《在牢狱》《爱》等,《我的家》写与妻儿的一次离别,忧伤、温情与希望饱含其间。在后来经历了更多的磨难之后,他的诗变得苍劲而深厚。罗洛(1927—1998)的《我知道风的方向》诗题和风格与徐志摩《我不知道风在往哪个方向吹》正好相反,以坚定的语气告诉人们,七月派的诗人是从冬天走向春天的使者,正迈着矫健的步伐走在春光灿烂的道路上。胡征(1917—2007)写了不少诗,多表达强烈的阶级意识和斗争精神,叙事性强,缺乏提炼,诗的技巧明显不足。其他属七月派的诗人也存在类似胡征的缺点,现在读起来已无法引起读者的共鸣。

第三节　哲思与情怀的融合:冯至的诗

20世纪20年代冯至(1905—1993)就以诗闻名,他于1922年、1925年先后组织过浅草社、沉钟社,是这些社团中成就最为突出的一个,被鲁迅誉为"中国最为杰出的抒情诗人"。他先后出版过《昨日之歌》《北游及其他》两部诗集,风格柔婉感伤,具有浪漫主义的风格,主要表现青春的苦闷和爱的感伤,有些诗也表达了对黑暗现实的愤懑之情,但艺术上比较成熟的还是那些爱情诗。《蛇》是他这个时期的名篇,开头就是"我的寂寞是一条蛇,/静静地没有言语"。他的另一首诗叫《饥兽》也写道:"我寻求着血的食物,/疯狂地在野地奔驰。"都表现了青春期因性苦闷而躁动的情绪,《南方的夜》更是给爱情与欲望披上了美丽的外衣。我们不难发现冯至早期作品显然受到弗洛伊德泛性论的影响,某种过剩的、压抑的力比多通过象征、暗示被替代性地表达出来。这种写法显然比那些专门写爱情的神圣、美妙的作品更大胆，也更贴近身体，但许多论者对此含糊其辞，或顾左右而言他。

南方的夜

我们静静地坐在湖滨，
听燕子给我们讲讲南方的静夜。
南方的静夜已经被它们带来，
夜的芦苇蒸发着浓郁的热情——
  我已经感到了南方的夜间的陶醉，
  请你也嗅一嗅吧这芦苇丛中的浓味。

你说大熊星总像是寒带的白熊，
望去使你的全身都觉得凄冷。
这时的燕子轻轻地掠过水面，
零乱了满湖的星影——
  请你看一看吧这湖中的星象，
  南方的星夜便是这样的景象。

你说，你疑心那边的白果松，
总仿佛树上的积雪还没有消融。
这时燕子飞上了一棵棕榈，
唱出来一种热烈的歌声——
  请你听一听吧燕子的歌唱，
  南方的林中便是这样的景象。

总觉得我们不像是热带的人，
我们的胸中总是秋冬般的平寂。

第六章 时代主潮下的多元并进

燕子说，南方有一种珍奇的花朵，

经过二十年的寂寞才开一次——

这时我胸中忽觉得有一朵花儿隐藏，

它要在这静夜里火一样地开放！

值得一提的是诗集《昨日之歌》下卷中的四首叙事诗《吹箫人》《帷幔》《寺门之前》和《蚕马》等，主题上涉及爱与艺术、爱与死亡、爱与佛法之间的纠结与冲突，在艺术处理上有唯美主义倾向，冯至是较早探索写叙事长诗的诗人，他的叙事诗艺术上虽不够完美，但也有可圈可点之处。

1930年冯至赴德国留学（1930—1935），回国后诗风巨变，成为一名现代主义诗歌的代表人物。追究冯至诗歌变化的原因，与他德国留学受到的影响有关。他的诗歌无疑受到歌德、里尔克、雅斯贝尔斯等人的影响，正在兴起的早期存在主义显然被他所接受，成为他思想中一个有机的部分。冯至回国后在西南联大任教期间写出了独具一格的《十四行集》（1941年出版），这部诗集中的作品"既有对生命的沉思，也有对现实的思考，是经验凝成的形体，体裁是古老的，而思想是现代的"[①]。诗人完全没有了年轻时代的狂热与躁动，以历经苦难却并不灰冷"中年人"的心态写诗，诗里有一种沉潜深厚的韵味。有人评价他这个时期的诗歌时说："在他的十四行诗中，他成功地做到了词汇的简单和思想的成熟、中国遗产和西方传统的令人惊叹的统一。"[②] 他的诗冷静克制又不乏温情，似乎在喃喃自语又像是在和一个知心朋友谈心，在平静的语气中把他所思所想、所闻所睹的一切化成

[①] 蓝棣之编：《现代派诗选·前言》，人民文学出版社1986年版，第30页。
[②] ［德］顾彬：《二十世纪中国文学史》，范劲等译，华东师范大学出版社2008年版，第214页。

带有沉思、玄想气质的诗，让读者体会到平凡的生活、寻常的事物中所蕴含的诗意的存在。他通过自己的所见所闻，所思所想，来感悟参透个体与世界、与自然、与宇宙的关系，更多地表达了对生命存在的某种形而上的思考。他的《十四行之六》中描绘一个在乡下经常被看到的画面，向着天空无语哭泣的村童或农妇，他们的哭泣悲痛欲绝，他们如同被镶嵌在一个框子里的一幅画一样，"在框子外/没有人生，/也没有世界"。他们因为绝望，他们好像自古以来就这样泪流不止，永无停息。作者把向天哭泣的村童和农妇的画面定格、放大，让读者清晰地看到他们悲苦无告的状态，他们被钳制在某种悲剧性、灾难性的生存状态，没有人生的其他享乐，更不能获得广阔的世界，并且自古以来就是如此，还将继续延续下去。生存于农村的人们由于受到环境的阈限而无法获得更丰富的人生、更精彩的世界的悲苦无告的生存状态被揭示出来。他们活着，但没有人生，也没有世界，他们存在，但只有悲苦的命运，没有生命的喜乐，不能获得生命的存在感，不"在"这个世界上，如同自然界里的动物一样。作者的悲悯情怀在这首诗里充分表达出来。

十四行诗之二十二

深夜又是深山，

听着夜雨沉沉。

十里外的山村

廿里外的市廛

它们可还存在？

十年前的山川

廿年前的梦幻

都在雨里沉埋。

四围这样狭窄，
好象回到母胎；
神，我深夜祈求

像个古代的人：
"给我狭窄的心
一个大的宇宙！"

这首诗给读者呈现的是深夜深山大雨沉沉之时，在四周如同母胎的狭窄的空间，作者的心绪却惦记着"十里外的山村，廿里外的市廛"，还记挂着远处的山川，念想着多年前的梦幻，作者在深夜急切地祈求"给我狭窄的心/一个大的宇宙！"在这首诗里，冯至把人处于一种非常封闭、寂寞境地时的所思所想表现出来，一个孤独的个体与一些相关、不相关的人与物之间，虽然音讯渺茫，但却有某种割舍不断的关联，一个个体虽然非常渺小，但是他也能拥有宇宙般的胸怀，甚至只有拥有了宇宙般的胸怀，个体才能走出封闭，走出孤独，感受到个体与人类、与自然、与宇宙万物息息相关的联系，才能获得某种"人存在于世界"的存在感。他的另一首诗《我们天天走着一条小路》，通过"我们天天走着一条熟路/回到我们居住的地方"，对这一习惯性的往返方式进行反思，我们常常习惯了走一条自己熟悉的路，而不敢涉足于另外的道路，其实还有许多生疏的小路等待我们去发现，虽然走一条生路会让人心慌意乱，担心迷失方向，害怕走上歧途，但其实无论我们选择哪条道路，最后仍能到达我们要去的地方。不仅往返走路如此，其实生活中到处都有有待发现的新事物，包括对我们自己的心身都是如此。这首诗以小见大，意近旨远，无论是道

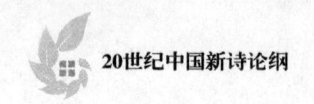

路,还是人生,其实都可以有多重选择,只是我们习惯于某种固定的安全的模式,而放弃了发现新的可能的路径,也丧失了发现的刺激和乐趣。

十四行诗之二十七

从一片泛滥无形的水里
取水人取来椭圆的一瓶,
这点水就得到一个定形;
看,在秋风里飘扬的风旗,

它把住些把不住的事体,
让远方的光、远方的黑夜
和些远方的草木的荣谢,
还有个奔向无穷的心意,

都保留一些在这面旗上。
我们空空听过一夜风声,
空看了一天的草黄叶红,

向何处安排我们的思、想?
但愿这些诗像一面风旗
把住一些把不住的事体。

他的这首诗从取水人用椭圆的瓶子取水,使水得到一个定型,延伸到在风中飘扬的风旗,风旗能把握住一些把不住的事情,让远方的一切都因为它而有了一个明确的目标和方向,进而联想到我们在何处安放我们的所思所想,最后的结语是希望诗能像一面风旗一样,把握住一些把不住的事情。在这首诗里,诗人引领我们去思考、去感悟生命的真谛，茫茫人生如同泛滥之水，我们都希望有一个可以让我们的人生得以成形的"瓶子"，也渴望有一面风旗指引我们前进的道路，或者在远方有一盏灯塔照亮我们的道路，但对于一个思想者或者诗人，可能唯有语言或者诗才能真正成为他的灵魂、精神和思想的栖居之地。

第四节　现代主义的新变：九叶派的诗

20世纪40年代中后期，还活跃着一群青年诗人，这些诗人大多在《文艺复兴》《文学杂志》《大公报》文艺副刊及昆明的《文聚》等报刊发表作品，但真正让他们彼此建立某种认同的是上海的诗歌刊物《诗创造》和《中国新诗》，这些刊物不仅为新一代的诗人提供了发表诗作的园地，而且维护着某种相似的诗歌品质，这些诗人中，大多受到西方20世纪现代派文学的影响，在创作中多采用现代主义诗歌技巧，因他们的风格相近，被称为中国新诗派或新现代派，1981年袁可嘉将其中具有代表性的九位诗人的诗合编为《九叶集》，他们遂被称为"九叶派"诗人。他们是穆旦、辛笛、郑敏、陈敬容、杜运燮、杭约赫、唐祈、唐湜和袁可嘉等，在当时，辛笛、杭约赫、陈敬容、唐祈、唐湜在上海，穆旦、杜运燮、郑敏、袁可嘉等在昆明西南联大学习，毕业后到北京、天津工作，这两股诗人只是通过杂志建立了一些书信联系，20世纪80年代才首次聚会，但穆旦已经亡故。其中有些诗人如郑敏、陈敬容、杜运燮等20世纪80年代及以后仍活跃于诗坛，仍有佳作面世。九叶派在诗歌理论上，强调诗的形象的现代感，对外在生活和内在生活并重，强调以真实的笔触写真实的人生体验，写出现实的复杂性和现代人的复杂性，反对夸张的宣传主义、矫情的唯美派、市侩投机式的"农民派"，反对说教与感伤，排除传统的陈词滥调和模糊不清的浪漫诗意，使诗给人以硬朗而清晰的形象，提倡诗的现代化，使诗成为现实、象征、玄学的综合，意象与思想融为一体，以更为客观化、戏剧化的方式去表达更有质感的诗意，中国新诗的现代主义一脉被他们承继并发扬光大。

穆旦（1918—1977）及其他九叶诗派的诗人在当时的影响并不大，由于当时的动荡不安，除诗坛对他们有所关注之外，一般读者对他们关注甚少，1949年以后主流诗坛对他们的创作方式持批评、否定的态度，使他们中的大多数诗人的写作处于搁浅或半搁浅的状态，有些诗作不能公开发表，有些诗人转向其他领域。新时期来临以后，他们的诗作逐渐受到关注，特别是随着学界对中国新诗现代主义或现代性问题的重视，人们对以穆旦为代表的九叶派诗作的关注持续上升，有的学者给予他们很高的评价，谢冕就这样评价穆旦："他对于现代诗的成功实践成为李金发、戴望舒、纪弦之后最青年的现代诗人。他们作品表达了现代诗的存在并推进了现代诗的发展。穆旦的诗有着浓厚的西方情调，但表达的却是中国的现实和中国的思考。……他是四十年代重新萌发的中国现代诗的一面旗帜。"[①]

穆旦早期诗歌具有雪莱式的浪漫主义气质，但在西南联大时期，穆旦的诗迅速转向现代主义的抒情方式。穆旦的诗外冷内热，具有敏感的自省特质，"丰富、痛苦、焦灼、挣扎，永远难以平衡的矛盾心态，使得穆旦诗的抒情主人公往往是不完整、不稳定，甚至是带有争议性的。他的诗不再是浪漫主义的自我爆发或讴歌，而是强调自我的

---

① 谢冕：《新世纪的太阳》，时代文艺出版社1993年版，第223页。

复杂和变幻,破碎和转变,甚至虚幻而又不可把握"①。穆旦的诗一部分表现自我的冲突,感性与理性、灵与肉之间的冲突,另一部分表现自我与现实、理想与现实的冲突。他写于抗日战争中的诗《赞美》是一首含义深远的杰作,但因许多论者多关注他自我冲突的一面,而对他反映现实苦难和希望的作品有所忽略。

赞美(节选)

走不尽的山峦和起伏,河流和草原,
数不尽的密密的村庄,鸡鸣和狗吠,
接连在原是荒凉的亚洲的土地上,
在野草的茫茫中呼啸着干燥的风,
在低压的暗云下唱着单调的东流的水,
在忧郁的森林里有无数埋藏的年代。
它们静静地和我拥抱:
说不尽的故事是说不尽的灾难,沉默的
是爱情,是在天空飞翔的鹰群,
是干枯的眼睛期待着泉涌的热泪,
当不移的灰色的行列在遥远的天际爬行;
我有太多的话语,太悠久的感情,
我要以荒凉的沙漠,坎坷的小路,骡子车,
我要以槽子船,漫山的野花,阴雨的天气,
我要以一切拥抱你,你,
我到处看见的人民呵,
在耻辱里生活的人民,佝偻的人民,

---

① 蓝棣之:《现代诗的情感与形式》,人民文学出版社 2002 年版,第 280 页。

我要以带血的手和你们一一拥抱。

因为一个民族已经起来。

中华大地广阔无边，山川河流绵延如画，历史悠久，人文荟萃，但却有说不尽的灾难和无法言表的沉默，满眼里到处是"在耻辱里生活的人民，/佝偻的人民"，到处是"无尽的呻吟和寒冷"，但"我"却从无言的痛苦中、在徘徊踯躅中坚定了自己的信心，要用一切拥抱"人民"，因为"一个民族起来了"。这首诗里，穆旦典型地反映了一个知识分子面对多灾多难的祖国和人民的复杂心态，"我"既迷恋于祖国的一切山山水水、乡亲百姓，但又被历史与现实的灾难、痛苦而刺痛，战争却唤醒了为民族走向战场的青年，"我"从"他"身上看到了一个民族的崛起与抗争，这首诗也可以当作抗战现实主义诗歌代表作之一。

穆旦更受称道的是那些具有现代意识的诗歌。他的诗《我》刻画出一个觉醒了的现代人对自我的残缺与孤独的体认。一个现代人出生以后，就被迫与母体分离，被抛入这个世界，成了某种残缺的存在，他在世界上漂泊的历程，如同被"锁在荒野里"，"没有什么抓住"，爱情只能带来短暂的狂喜，"想冲出樊篱，/伸出双手来抱住了自己"，只能一个人承受孤独，永远无法找到归宿。一个觉醒了的现代人的荒诞而孤独的存在感被穆旦表达了出来。穆旦善于表现他内心的纠结与冲突，某种"内心的焦灼"和"挣扎的痛苦"。[1] 表现出一个觉醒了的现代人面对自我冲突以及自我与世界、与现实的冲突时无法平衡的心绪。他的《诗八首》表达爱情与自我的矛盾与纠结，《诗二首》表达对真实、理想、命运的怀疑态度，《被围者》表达无法逃脱平庸的宿命的绝望，失败、焦灼的体验充斥字里行间。读者很容易发现穆旦的

---

[1] 参见唐湜《博求者穆旦》，《新意度集》，生活·读书·新知三联书店1990年版，第103页。

那种内心的挣扎与困惑，一种醒来发现一无所有的绝望情绪，甚至还有某种荒谬感，这也许是那个特殊的时代那些清醒的年轻知识分子典型的心态的写照。他的一首不被多数人关注的诗《我歌颂肉体》虽然灵感可能与惠特曼的某些诗歌有某些联系，但没有惠特曼那样的浪漫主义的张扬风格，却有对人类身体崇高而卑微的体认，对肉体的自由而丰富的特性的赞美，对于存在于语言之外的身体的抒写，在那个时代是难能可贵的，从现在的身体美学角度来说，也是具有某种先锋性的贴近身体的文本。

我歌颂肉体

我歌颂肉体，因为它是岩石
在我们的不肯定中肯定的岛屿。

我歌颂那被压迫的，和被蹂躏的，
有些人的吝啬和有些人的浪费：
那和神一样高，和蛆一样低的肉体。

我们从来没有触到它，
我们畏惧它而且给它封以一种律条，
但它原是自由的和那远山的花一样，丰富如同
蕴藏的煤一样，把平凡的轮廓露在外面，
它原是一颗种子而不是我们的掩蔽。

性别是我们给它的僵死的符咒，
我们幻化了它的实体而后伤害它，
我们感到了和外面的不可知的联系和一片大陆，
却又把它隔离。

那压制着它的是它的敌人：思想，
（笛卡尔说：我想，所以我存在。）
但是像不过是穿破的衣服越穿越薄弱越褪色
越不能保护它所要保护的，
自由而又丰富的是那肉体。

我歌颂肉体：因为它是大树的根，
摇吧，缤纷的树叶，这里是你坚实的根基；
一切的事物令我困扰，
一切事物使我们相信而又不能相信，就要得到
而又不能得到，开始抛弃而又抛弃不开，
但肉体使我们已经得到的，这里。
这里是黑暗的憩息。
是在这个岩石上，成立我们和世界的距离，
是在这个岩石上，自然存放一点东西，
风雨和太阳，时间和空间，都由于它的大胆的
网罗而投进我们怀里。
但是我们害怕它，歪曲它，幽禁它，
因为我们还没有把它的生命认为是我们的生命，
还没有把它的发展纳入我们的历史，因为它的秘密
还远在我们所有的语言之外。

我歌颂肉体，因为光明要从黑暗里出来：
你沉默而丰富的刹那，美的真实，我的肉体。

  1949年到1976年，穆旦几乎很少发表诗，但并不意味他在其间没有写作，20世纪80年代以后他在这个时段的遗作被公开发表，成

为潜在写作的一个代表。

杜运燮（1915—2002）的诗比较多样，他能写单纯、柔美的抒情短诗，能写带有某种哲理意味的吟物诗，也能写表达现实苦难的诗，他的长诗《缅甸公路》写得颇有气度，表现那些为了现代交通建设吃苦耐劳、不畏艰险的农工的品质，也象征了中华民族的不屈不挠的民族精神，在当时就得到了朱自清的高度评价。他还善于把某种反讽、幽默带入他的抒情诗里，尤其是他的《追物价的人》等，把一个时代的荒谬与人的尴尬处境揭示了出来，在当时传诵一时，引起大众的共鸣。

追物价的人

物价已是抗战的红人。
从前同我一样，用腿走，
现在不但有汽车，坐飞机，
还结识了不少要人，阔人，
他们都捧他，搂他，提拔他，
他的身体便如灰一般轻，
飞。但我得赶上他，不能落伍，
抗战是伟大的时代，不能落伍。
虽然我已经把温暖的家丢掉，
把好衣服厚衣服，把心爱的书丢掉，
还把妻子儿女的嫩肉丢掉，
但我还是太重，太重，走不动，
让物价在报纸上，陈列窗里，
统计家的笔下，随便嘲笑我。
啊，是我不行，我还存有太多的肉，
还有菜色的妻子儿女，她们也有肉，

还有重重补丁的破衣，它们也太重，

这些都应该丢掉。为了抗战，

为了抗战，我们都应该不落伍，

看看人家物价在飞，赶快迎头赶上，

即使是轻如鸿毛的死，

也不要计较，就是不要落伍。

郑敏（1920— ）在西南联大时期开始写诗，她的诗倾向于在哲理与抒情、感性与知性之间寻找某种切恰的平衡，由于她的抒情与感性渗透了某些知性的因素，她所描绘的物象、意象都具有某种沉着、稳重的气度，但又不乏新鲜、灵动的色彩和画面。她擅长将绘画的笔法应用于诗的创作，并且也喜欢对美术、音乐、舞蹈作品诗意的阐释，《金黄的稻束》写得沉稳静穆，具有某种油画的质感。

金黄的稻束

金黄的稻束站在

割过的秋天的田里，

我想起无数个疲倦的母亲

黄昏的路上我看见那皱了的美丽的脸

收获日的满月在

高耸的树巅上

暮色里，远山是

围着我们的心边

没有一个雕像能比这更静默。

肩荷着那伟大的疲倦，你们

在这伸向远远的一片

秋天的田里低首沉思

静默。静默。历史也不过是

脚下一条流去的小河

而你们，站在那儿

将成了人类的一个思想。

另一个女诗人陈敬容（1917—1989）早期诗歌受到当时流行的象征主义诗风的影响，但到 20 世纪 40 年代以后，写作个性逐渐突出，她总是能从自己对生活、对人世、对自然的体悟中引发诗意，《划分》充分展示了女诗人细腻、敏感的思绪，诗中各种意象叠加、组合在一起，表现诗人对世界无法获得信任感、安全感的状态，世界只是一片熟悉而陌生的变化不定的风景。

划　分

我常常停步于

偶然行过的一片风

我往往迷失于

偶然飘来的一声钟

无云的蓝空

也引起我的怅望

我啜饮同样的碧意

从一株草或是一棵松

待发的船只

待振的羽翅

箭呵，惑乱的弦上

埋藏着你的飞驰

火警之夜

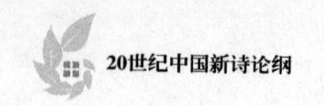

有奔逃的影子

　　在熟悉的事物面前
　　突然感到的陌生
　　将宇宙和我们
　　断然地划分

她的《珠和觅珠人》用珠在耐心等待觅珠人这一寓言式的描写，来生发某种带有哲理意味的主题，珠所等待的也许是爱情，也许是知音，也许是命运，但珠都是以庄严、圣洁的心态等待觅珠人的到来，渴望和他一起投入一个全新的世界。

辛笛（1912—2004）早年在英国爱丁堡大学研究英国文学，诗受到西方象征主义和现代派诗歌的影响，有些诗具有浓厚的象征色彩，如《航》等，他的短诗《风景》用"列车轧在中国的肋骨上，/一节一节的社会问题"开头，新颖独特，却把窗外的晦暗的景象并列加以描绘，暗示出一个时代的衰弱和没落，颇有现代意味，到后期逐渐加强了对现实的批判和讽刺的力度，如《布谷》《阿Q答问》等，诗接近现实主义风格。

唐祈（1920—1990）的诗的思想资源来自西南联大的诸多学者的启迪，他更多接受了后期现代主义的影响，这种影响强化了他对丑的审视能力，他的《老妓女》就是直面丑恶与肮脏的作品，而他的代表作《时间与旗》打破对现实的平铺直叙的描写方式，广泛应用现代派的艺术技巧，剔除了矫情的抒情和伪善的浪漫，让读者看到表象背后的真相，把现实与虚构、抒情与议论、严正与反讽相结合，大大增强了诗歌的容量与力度。

唐湜（1920—2005）的诗写得凝练清新，他的《交错集》里有不少淡雅芬芳的爱情诗，他的诗虽有一些现代主义的技巧，但并不晦涩朦胧，他以诗的形式对西方的一些艺术家做了生动而准确的描绘，展现了在东西交汇的时代中国诗人对西方艺术家的体认。

袁可嘉（1921—2008）是这些诗人中最关注诗歌理论的一个，他的《新诗现代化》《新诗戏剧化》等论文可以看作他们这些诗人诗歌主张的集中体现。他的诗作不多，《出航》写出在轮船出发前各色人等的心态，心理描写颇有特色，他的其他诗作多是对现实的讽喻之作，且有理智大于形象的毛病。

杭约赫（1917—1995）更擅长讽刺与幽默一类的诗，他的《知识分子》对那些刻意功名而脱离现实的老派知识分子加以嘲讽，他的长诗《复活的土地》是一部有历史容量的长篇政治抒情诗，表达了诗人对战争与和平、历史与现实、人民与历史的思考，被海外学界认为是20世纪40年代最重要的诗歌作品之一。

值得注意的是在这个时期，一批学者与诗人写出了不少有关现代诗歌理论的专著，如朱自清的《新诗杂话》、李广田的《诗的艺术》、朱光潜的《诗论》、艾青的《诗论》及茅盾、胡风、任钧、吕荧等有关诗歌批评的文章。这也在某种程度上标志着中国新诗开始自觉总结诗歌的成败得失，探讨新诗创作的规律，中国新诗比前一个时期多了一种理论的自觉。

第五节　左翼诗歌的延续：延安诗歌

左翼文学的发展乃至整个中国文学的发展在1938年以后，开始受到毛泽东文艺思想的影响，毛泽东在中共六届六中全会上的《中国共产党在民族战争中的地位》中提出要把"国际主义的内容和民族形式"结合起来,创造出"新鲜活泼的、为中国老百姓所喜闻乐见的中国作风和中国气派"的作品,得到国统区的一些批评家和作家的响应,延安等解放区的批评家和作家也就此问题展开过学习讨论,1940年毛泽东的《新民主主义论》中在谈到中国今天的文化时认为:"民族的形式,新民主主义的内容——这就是我们今天的新文化。"毛泽东的有关民族形式的论断直接指导和影响了一些在国统区的共产党批评家和作家对这一问题的看法,1940年有关"民族形式"的讨论形成某种焦点论题,引起了广泛的争鸣。1942年延安开展整风运动及毛泽东《在延安文艺座谈会上的讲话》的发表(以下简称"延座讲话"),毛泽东的文艺思想开始发挥纲领性的作用,指导延安及其他解放区的文学实践,随着解放区的不断扩大,其影响逐渐扩散,国统区的部分左翼或共产党党员作家也深受影响,及至共产党获得政权,毛泽东的文艺思想逐渐上升为统领全国、权威性的话语,全面覆盖大陆的每一个地区,1949—1976 年的文学创作和理论研究都是在毛泽东文艺思想指导和影响下的文学活动,据此有学者提出,应把1942年定为中国当代文学的起点,是有一定的道理的。

毛泽东对文学的影响最直接地表现在延安等解放区及敌后抗日根据地。在"整风"和延座讲话之前,以延安为中心的解放区和抗日根据地的创作环境和氛围相对宽松,写什么和怎么写虽有提倡,但并无太多的行政干预,考察一下在延安等解放区的艾青、田间、何其芳等当时的创作,还是有相当的自由度的,特别是何其芳那种颇有"小资情调"的诗在当时也可以被容忍,艾青的《了解作家,尊重作家》、王实味的《政治家·艺术家》和《野百合花》等那种呼吁"给艺术创作以自由独立的精神",艺术家应"大胆地但适当地揭破一切肮脏和黑暗,清洗它们,这与歌颂光明同样重要,甚至更重要"的文章也能发表,足以证明当时延安文艺界还是有相当大的自由言说的空间,但

第六章 时代主潮下的多元并进

延安整风时对丁玲、艾青、王实味等人的批评已上升到政治的高度，甚至把王实味当作阶级敌人加以批判，问罪并被随意处决，给文学界的震慑和打击是致命的，丁玲、艾青主动要求去农村体验生活，劳动改造，并完全以另一种方式写作，有某种戴罪立功的意识在里面。"整风"和"延座"讲话以后的延安文艺迅速向毛泽东指引的方向发展，诗歌更是走向民族化、民间化、大众化的道路，李季的《王贵与李香香》，稍后阮章竞的《漳河水》及赵树理的小说创作、《白毛女》的改编，都在以事例验证毛泽东文艺路线的正确性，从此毛泽东文艺思想被当作唯一正确的权威的文艺指导思想被接受，被传播，被学者反复论证，逐渐树立起其经典地位。

有论者把当时活跃在"晋察冀"敌后抗日根据地的诗人们称为"晋察冀诗人群"，也有论者把以延安为中心，推及所有"解放区"的诗歌群体，称为"延安诗派"。笔者认为，在那个特殊的时代，延安及解放区的确聚集了一大批年轻有为的诗人，但当时的诗人并未形成某种观念与艺术倾向大体一致的群体，并且各个诗人的思想观点、艺术爱好、审美情趣并不相似，甚至大相径庭，并且1942年延安文艺座谈会以后，有的诗人（如艾青等）遭到某种打压或排挤，有的诗人成为忠实的毛泽东文艺路线的宣传者和执行者（如何其芳），各人的境遇差别甚大。在类似军事化的行政区域，在大一统的政治氛围中，很难形成某种真正能自由聚集、结社的文学团体，也很难自由自主地追求某种艺术主张，虽然他们之间可能会形成某种相似或近似的艺术风格，这与统一的政治文化氛围有一定关系，却不是真正意义上艺术派别一般具备的某种趣味相投、自由组合的特征。

大体而言，延安等解放区的诗歌创作以"整风"及"延座讲话"为分界线，之前创作环境相对宽松，诗人个人都有较强的主体性和自由度，虽然主题、题材、语言、风格有雷同的倾向，但诗人们还能适度保持自己的创作个性，之后的创作越来越趋同，民族化、民间化、大众化成大趋势，除少数诗人找到了切合自己创作个性的风格之外，大多数诗人淹没在千人一面的大合唱之中，有的甚至完全改变艺术个性，成为一个彻底的毛泽东文艺思想的文艺工作者。

第七章　艾青与30年代后期的诗歌走向

艾青是中国新诗第三个十年最具代表性的诗人，他的诗歌的变化也见证了中国新诗从个人化到集团化、从散文化向民间歌谣化发展的轨迹。艾青的诗被认为是现实主义诗歌的杰出代表，但与其他恪守现实主义创作原则的诗人不同，他的诗吸收了现代主义特别是象征主义的诗歌元素，使得他的诗能以更加开放而宏阔的姿态面对世界，呈现出非同一般的气象。

俄罗斯文艺理论家别林斯基在探讨何为伟大的诗人的时候，曾说过："任何伟大的诗人之所以伟大，是因为他的痛苦和幸福都深深扎根于社会和历史的土壤，他从而成为社会、时代以及人类的代表和喉舌。"[1] 以别林斯基的标准来衡量艾青，艾青在很大程度上可以称为一个"伟大的"诗人。"艾青的诗典型地表现了中国新诗是20世纪世界诗歌的一个组成部分的历史特点。"[2] 艾青的诗既是属于中华民族的，也是属于世界的。

艾青自己曾反复强调："决定我从绘画转变到诗，使母鸡下起鸭

---

[1] 薛菲编译：《外国名家谈诗》，浙江人民出版社1986年版，第12页。
[2] 钱理群等：《中国现代文学三十年》，北京大学出版社1998年版，第556页。

蛋的关键是监狱生活。"① 从小喜爱绘画并立志做一名画家的艾青，因参加当时左翼美术活动触犯了当局所谓的"危害民国紧急治罪法"而被捕入狱，被判处六年有期徒刑，实在监狱中监禁三年多（1932年8月—1935年10月）。艾青在狱中失去了绘画所需的基本条件，但监狱不可能剥夺一个热血青年表达自己心声的权利，艾青开始"借诗思考、回忆、控诉、抗议"。监狱缴收了他的画夹，却使他获得了诗。这种具有某种偶然性的艺术转折其实是那个如火如荼的革命时代，一个献身于时代的艺术工作者一种必然的选择。

第一节　呼应时代的选择

艾青（1910—1996）原名蒋海澄，出生于浙江省金华县畈田蒋村一个地主家庭。但是富有的家庭并未给他带来幸福的童年。艾青因"克"父母，出生不久就被送给同村的一个名叫大叶荷的贫农妇女去哺乳，寄养达四年之久，并且不允许叫他生身父母为"爸爸""妈妈"。这种固执的迷信的后果，使艾青对自己亲生父母疏离而冷淡，对乳母大叶荷及其家人怀有终生的感激之情。长大后的艾青对他的地主家庭的反叛情绪也潜伏在他童年生活的宿命般的阴影之中。应该承认艾青的童年生活环境是极为平庸、保守的。如果童年的艾青依顺了他命中注定的家庭环境，他也许会成为如同他父亲一般安分守己的富有的乡村地主，但反叛的因子似乎从他出生那天起就蠢蠢欲动。他命"硬""克"父母，在乳母家寄养几年之后回到自己的家来，感到陌

---

① 艾青：《母鸡为什么下鸭蛋》，《人物》1980年第3期。

第七章 艾青与30年代后期的诗歌走向

生、"忸怩不安",他从小爱画画和手工艺制作,热爱这种他父亲认为的"下贱"的事儿(绘画)。他与他父亲的预想格格不入,他放弃了继承父亲产业的求生之路,以一种最不务实的方式(艺术)参与了社会活动,并为之远走巴黎求学。他是以一个与家庭和父母的意愿背道而驰的不孝之子的姿态诞生、成长起来的,在成长的过程中他不断反抗生活环境给他设置的重重阻碍,在一系列的反抗宿命的自觉不自觉的活动中逐渐形成了他作为诗人应该具备的优良素质。纵观艾青的成长历程,有以下几点是值得我们注意的:(1)艾青总是在尝试反抗强加于他心身上的外在的环境性压力。他的一系列行为都是逆他的家庭和父母亲的意愿而动的。在任何一个中国传统家庭中,父亲是家庭中的道德、思想、意志的集中代表与法定的权威。从扩大了的意义上说,父亲在家庭中的职能就如同一个封建社会的帝王一样至高无上、一言九鼎。少年艾青对父权的反抗也暗合了对整个社会中占统治地位的阶级和意识形态的反抗。这种与命运中不合理的事物相抗相争的意识深刻地影响着艾青以后的性格、艺术个性的发展、人生道路的选择,以致他常常以一个叛逆者的姿态出现在主流社会和文坛的面前。(2)艾青对美术的强烈兴趣为他以后成长为艺术家打下了坚实的心理基础。艺术家最初萌发创造艺术品的意念的触媒各不相同,但他们对某种艺术抱有非凡的兴趣和热爱却基本一致,他们沉湎其中并试图用自己的方式来表达和记录对世界、自然、自我的体验和发现。艾青对美术的喜爱是天性使然,但当这种天性得到后天的培养并成为一种有目的的自觉追求时,它将内化为一个未名艺术家进行艺术创造的原动力。它鼓励未名艺术家为完成某种艺术使命而殚精竭虑、孜孜以求。正是这种内在的冲动将少年艾青带到了艺术之都巴黎。(3)艾青对土地和农民鱼水般的亲情也在这一时期形成,这种情感在他成为诗人后被他反复地抒写。艾青生长在农村,且为贫穷的农妇大叶荷所哺育,他从小就将自己当作一个农民忠实的儿子来看待，农民艰辛的生活境遇和他们淳朴善良的天性直接影响了艾青成年后的人生态度和情感表达方式。他的诗中对中国底层人民（尤其是贫农）的悲悯慈善的抒情态度是中国现代诗人中少见的。与此同时，他对土地的侵占者们的反感、憎恶也随年龄的增长和时代的发展逐渐扩展成对日本侵略者以及一切霸权主义者的深仇大恨。（4）艾青的忧郁情结和死亡意识也在童年时期渐渐生成。艾青是否属于抑郁血质的人无证可考，但长达四年的寄养生活刻在艾青的脑海里，艾青内心中常有一种"被遗弃"的悲哀，同时乳母大叶荷为了用不多的奶水喂养小艾青，竟溺死了自己的亲生女儿，这件事使艾青"觉得自己的生命，是从另外的一个孩子那里抢夺来的。一直总是十分愧疚和痛苦。这也使我很早就感染了农民的忧郁，成了个人道主义者"①。艾青比常人更深地感受到生命的艰难和珍贵，也使他对死亡的思考多于常人。"死亡"在他以后的诗歌当中作为一个母题反复呈现，暗示出艾青的忧郁性格的形成直接源于对人类生存与死亡的关系这一绝大的命题的沉思冥想。后来艾青又因触犯了政府法令被关进监狱，长达三年多的狱中生活，以及抗战的爆发每个中国人随时面临死亡的威胁也强化了他对这个问题的思考，也许正是这种从小就对死亡的深刻体悟才造就了能超越死亡的诗和诗人。

有志于绘画艺术的艾青对诗歌艺术的感觉最初是淡漠的，到巴黎求学也只是为了圆自己美术家的梦。在巴黎的三年生活是艾青思想艺术发育成长的最好时期。自由的学习环境使他能广泛涉猎欧洲精神文明成果，他阅读了包括马克思主义在内的各种哲学著作，并对浸淫了基督教教旨的欧洲文明有了感同身受的理解和领悟，同时他更大量地阅读了各类文学书籍，法兰西自由、民主、博爱的人文精神对来自东

---

① 骆寒超：《艾青论》，浙江人民出版社1982年版，第5页。

方古国的艾青赐予了极大的恩惠，在很大程度上说，是巴黎给予他的一切让艾青直接感受到了艺术的真正魅力，实现了一个艺术爱好者向青年艺术家的思想转变。在美术方面，他迷恋于强调主观表现的印象派绘画，尤其对新印象派大师凡·高注重色彩和个性的主观感受的作品推崇备至，并且印象派画家（尤其是凡·高）对生命和艺术热烈而执着的情感态度，用激情和想象创造一切、重构一切的独创精神深深震撼着年轻的艾青。在诗歌方面，他对风行欧洲的现代主义作品十分喜爱，波特莱尔、兰波、凡尔哈仑以及俄罗斯诗人叶赛宁等的作品给了他诗意的启发和影响。波特莱尔、兰波等象征派诗人那种善于抓住刹那间不同感觉加以想象的构思方式，打破各种感官阻隔，融色、香、味等为一体的联想方式，强调语言的多重内涵和象征暗示效用的修辞策略等都影响了艾青早期诗歌的创作。凡尔哈仑那种善于表现现代大都会的纷乱和农村破灭的苍茫情调的冷峻风格，叶赛宁那种宁静悠远的乡村境界都曾影响着艾青在成为诗人以前的艺术个性的生成和发展趋向，更重要的是，这些伟大的诗人对人类生存状态的忧思和对人类文明的拷问，培养了艾青博大、宽阔的悲天悯人的赤子之心，当这一切与中国水深火热的现实发生猛烈碰撞，一个非同凡响的诗人诞生了。

艾青诗歌所受影响大致来自西方，这与中国新诗第一个十年中有杰出贡献的诗人郭沫若、闻一多、徐志摩等人的经历有相似之处，只是影响艾青的那些西方诗人的诗更具有现代主义风格，更具个性化的生命体验。那些诗人大多是西方浪漫主义诗歌传统的反叛者，他们大都倾向于从现实与生命的内部发掘社会和人生的本质，表现社会和人性的复杂性，甚至以"审丑"的方式去表现，而不是像浪漫主义诗人们那样单凭激情和想象去夸饰地表现社会与人生的种种境遇，无尽地赞美某些想象的乌托邦。这种更具现代性的思想艺术熏陶致使艾青的诗歌起步之初就与上一代诗人们的表达方式迥然有别，另外，艾青在留学期间深受西方基督教宗教文化的熏陶和影响也使得他的诗作充满了某种神圣而悲悯的宗教情怀。

艾青登上文坛时的社会环境是严峻的。20世纪30年代初，由于西方资本主义国家全面爆发了经济危机，而新生的苏联社会主义革命和建设取得了突出的成就，这种经济形势的强烈对比促使整个世界的政治、思想、文化界严重向"左"倾斜，"红色风暴"席卷全球，一些极端的、激进的思想、主义风起云涌。向苏联学习、向"拉普"（苏联文艺）学习全世界最先进的文学艺术方法成为当时左翼文学的热潮。在国内，国民党为实现自己的集权统治和政治独裁一次次对共产党的根据地发动大规模围剿，民怨沸腾，与此同时，日本帝国主义在1931年发动了"九·一八"事变侵占中国东三省，1932年日本军在上海闸北挑起"一·二八"事变，日本帝国主义一步步在蓄谋全面侵华战争，中国人民处于内忧外患交错的严峻时代。

严峻的时代内在地呼唤着严峻的诗人破空而出，而当时整个中国诗坛也正处于剧烈的蜕变和狂热的躁动之中。诗坛表面的繁华和喧嚣掩盖不了内在的脆弱与空洞。中国新诗进入第二个十年之后，整个诗歌走向明显有些紊乱。面对世界流行的红色风潮和日益加剧的内忧外患，一部分诗人利用诗歌参与、干预、进军社会政治的野心越来越严重。后期创造社、太阳社大张旗鼓地呼唤革命诗歌的出笼，在无产阶级左派幼稚病鼓动下出现的中国诗歌会就是这种召唤下的产物。他们中的大多数极端轻视诗的美学功能，一任狂奔乱涌的革命激情脱口而出，标语口号、狂吼乱叫的粗放诗风成为当时诗坛令人迷醉的时髦。中国诗歌会放弃诗美的艺术主张与其说是对当时日趋精制化的新月派诗风的反驳，不如说是国难当头、民族危艰时的一种应对现实政治的艺术暴动。当时诗坛中的另一些人则对闻

第七章　艾青与30年代后期的诗歌走向

一多、徐志摩等新月派诗人们创制的日趋雕琢、呆板的格律诗极为不满，对格律诗中表现的古典主义、浪漫主义倾向的情绪、意境等持否定态度。他们认为，这种诗风无法传达复杂的现代人瞬息万变的思想情绪。他们试图以一个成熟的现代人的眼光反映、表现现代社会带给人的新的困惑和矛盾，以求中国诗歌内在精神、意蕴的现代性转变。这些人就是在象征派李金发之后，以戴望舒为首的被称为"现代派"的诗人们。现代派诗人们强调从个体的生命感性出发抒发一个现代人个体生存的感受，以企反射出人类自身在现代社会生存的价值和意义。他们作为一个颇有内在实力的诗歌群体同当时占主流地位的中国诗歌会一起成为诗坛最有影响的派别，以各自迥异的诗风昭示天下。而艾青却在两者的夹缝中以自己独一无二的诗风引起诗坛及读者的普遍关注。

艾青最初的诗写于巴黎，而狱中三年多的生活却是他的诗发育、成长、成熟的重要时期。艾青与中国诗歌会的许多诗人们也许从学习写诗起就开始分道扬镳。因为艾青的素材、灵感的来源是对现实生活本身的感动和启悟，而不是在某种空洞理念的支配下用形象的词语去图解理念。他的感觉、灵感、激情和想象等都依附于他对生活坚实的内在体验，而不是空泛地为某种表象和虚假的理念去摇旗呐喊——这一点对一个刚刚起步的诗人来说尤为重要，甚至决定他将来是杰出或拙劣的歌者。这也正是他与中国诗歌会的许多诗人的区别所在。在那样一种左派幼稚病泛滥的时代能保持独立自主的诗歌姿态，这本身就预言一个自成一格的优秀诗人即将诞生。

艾青与中国现代派诗人们（如戴望舒等）有或多或少的联系，并且在法兰西求学时所受西方现代派诗歌的影响与现代派诗人所受的影响有相似之处，但与现代派诗群相比，艾青却走上了另一条更开阔、更有前途的道路。以戴望舒为首的现代派诗群虽然对中国新诗现代主义一脉的发展起了非常重要的作用，但是他们的诗走的是绝对个人化的道路，个人一己的悲欢离合是他们普遍吟唱的主题。他们的诗表现一个孤立的个体生命在一个无处安身的时代彷徨、焦虑、困惑的情绪，诗中带有知识分子的自恋、自悼色彩，从他们的诗中的确能感受到一个无所适从的现代人微妙复杂的情感体验，但却极少能折射一个多灾多难的民族、一个危机四伏的时代普遍的焦虑、欲求与希冀。现代派那种绝对个人化的诗路与这个需要集团主义的抒情时代有点格格不入。时代呼唤着能真正表现、代表它的时代的诗人出现，一个救亡图存的时代需要一个以时代、以民族的命运为己任的歌者为之引吭高歌。日趋成熟的艾青以他大气磅礴的诗魂确认了他是他所处时代无愧的诗的骄子。

艾青早期的诗歌（以狱中诗为主）大体能体现他成熟前的艺术风格和艺术趋向。对不幸者、被损害者、被压迫者的同情和讴歌是他这一时期经常抒写的主题。《大堰河——我的保姆》《一个拿撒勒人的死》《透明的夜》《九百个》等诗作都是此类作品，艾青诗歌的散文化、叙事性等特点也在这些作品中突出地表现出来。第二类是抒发自己作为囚徒的体验的作品，诗人对监禁生活的痛恨，对自由生活的向往溢于言表。《叫喊》《铁窗里》《灯》《黎明》中对自由和光明的渴望几近焦虑，这些诗中对"黎明""太阳""灯"的呼唤和期待预示着一个"太阳诗人"即将诞生。与此同时，对于彩色的欧罗巴的回忆是他诗作的重要组成部分。《巴黎》《马赛》《芦笛》等篇什将绚丽的欧洲和美丽的法兰西描绘出来。关注国外、国际事务，抒发对这些事物的兴趣成为艾青成名以后一个经常的题材，构成他诗作不可或缺的组成部分。艾青写作初期的视野就相当开阔，他放弃那种就事论事、风花雪月的抒情方式，在选择诗歌之时就选择了更深广、更宽阔的集团主义的现实主义的抒情之路。

第七章 艾青与30年代后期的诗歌走向

在艺术旨趣上艾青也呈现出与当时流行的诗歌相异的追求。他的现实主义倾向极为明显的作品《大堰河——我的保姆》《一个拿撒勒人的死》《九百个》等作品与同时代中国诗歌会许多现实主义诗人的作品相比,就极能判别其艺术追求的高下。艾青的诗情无论来自对现实社会的感受,还是对历史故事、宗教事件的处理,都力图合情合理地抒情叙事,不做矫情的夸张和做作的叫嚷,不追求戏剧化的突变和理念化的篡改,在刻写与死亡有关的悲剧人物、事件时不去拔高人物的言行以衬托其伟大,而是尽情抒写正义、善良、美好的人物被无情的社会、环境、命运击败而产生的悲剧。他的诗主题上虽与左翼诗歌有某些相似性,但处理题材的方式、表现技巧上却与当时主流的中国诗歌会的诗大相径庭。另一类具有现代主义倾向的作品则喜欢用奇异的比喻、跳跃的联想、新鲜的通感、晦涩的象征和暗示,模仿法国现代派大师的痕迹较重。如《Adieu——送我的R远行》这首诗里写道:"濡湿的梦,/和着倦意,/压垂了驴子的耳朵。"这些新奇的意象由于缺乏融会贯通的整合力而显得支离、生硬,但他很快放弃了那种单纯追求感观印象、"跟着感觉走"的构思方式,开始将现代派的某些艺术技巧巧妙地融入自己独特的创造,将自己的情感经验有机地整合成具有某种深刻内涵的形式,他的艺术风格在1936年前后已趋向成熟。

在艾青早期的诗歌当中,《大堰河——我的保姆》《透明的夜》《巴黎》《马赛》《一个拿撒勒人的死》等是值得注重的作品。艾青那首感人肺腑的狱中杰作《大堰河——我的保姆》引起诗坛广泛关注。《大堰河——我的保姆》从艾青自身独特的经历中提炼出有关中国农村平凡农妇的命运的主题。艾青对普通人命运的同情和怜爱使整首诗充满了圣洁、悲悯的光辉,这首带有叙事风格的抒情长诗是献给大地上一切生育、培养生命的母亲们的最诚挚的赞美诗。艾青虽多用朴素的具象去抒情叙事,但他所抒发的情感是一种具有普泛性的生命体验，它极易触发人们对童年、对故乡、对母亲与乳母的深沉的怀想，甚至引发我们对河流、大地、自然等带有阴性气质的一切母体产生一种回归的依恋和无上的感恩情绪。艾青将现实中的"大叶荷"改为"大堰河"，也许是一种诗意的修饰的必要，但在深层心理上，却是对河流所代表的大地母体的崇敬和倾慕，一种恋母情结的具体呈现。这首诗出现的河流意象与后来在他诗中反复出现的土地等意象一起可以被理解为艾青潜意识中对母性依恋的一种象征。他把个人化的俄狄浦斯情结与社会的道义、责任结合起来，与民族的利益、国家的存亡达成一致，从而产生了一种崇高、圣洁的美感，这是一种较典型的本能欲望通过自我的调节，升华为一种道德责任感（超我）的现象。

《透明的夜》是一首极富画面感、色彩感的好诗。诗人对那"醉汉、浪客、过路的盗牛的贼"在星夜尽兴寻欢作乐的场景作了淋漓尽致的渲染。青年艾青对这些旺盛、粗犷的民间人生形式的赞赏性描绘，外射了艾青被压抑、禁闭的强壮的生命力。"油灯像野火一样，/映出我们火一般的肌肉，/以及——那里面的——痛苦，/愤怒和仇恨的力。"此诗有一种生吞活剥的强悍、粗犷的美感。《巴黎》《马赛》等作品不仅真实地呈现了发达资本主义国家美丽富饶与罪恶肮脏并存的社会现实，更重要的是作品中来自贫穷落后的半殖民地半封建社会的中国知识分子对西方社会既欣赏又排斥，既困惑又试图反抗困惑的矛盾心态得以充分展示。在艺术上两首诗中新奇的比喻、跳荡的节奏、大胆的想象都有可取之处。《一个拿撒勒人的死》引起我们的关注，除了它是艾青早期叙事诗的代表作之外，还应注意到艾青与基督教的关系问题。宗教意识或把宗教意识融入自己的诗歌也是艾青的诗区别许多其他诗人诗作的很明显的地方。艾青旅法三年无疑深受无处不在的基督教文化潜移默化的影响。不仅仅是他早期作品《一个拿撒勒人的死》（耶稣死亡）、《马槽》（耶稣降生）等作品直接取材于《圣经》故事，而且还常常应用与基督教有关的比喻来阐发自己对事物的看法，更重要的是，艾青诗歌中所呈现出来的坚韧、执着，以苦难为美，死而无憾的品质直接或间接来源于基督耶稣为救赎众生赴汤蹈火、以身殉义的宗教精神。艾青以后的诗篇中以受难、死亡为幸福，渴望在死亡中获得永生的意念经常呈现（比如《太阳》《吹号者》《向太阳》等篇什），与基督教精神密切相关。在艾青的许多诗歌里，为了一个美好、正义的信念而牺牲，勇敢坦然地走向死亡，将死亡作为一种实现个体生命价值和归依某种绝对信仰的冲动，使艾青的诗与许多同类抗战题材的诗比较起来，增添了某种奇幻、神圣而庄严的悲剧性美感。这也是艾青诗歌最具个性化的表现手法之一。

第二节 "救亡"的现实主义

中国新诗自它诞生起，就没有忘记自己的社会责任和历史担当，就一直对现实生活保持着持续的关注，在胡适、刘半农、刘大白、周作人等人的诗里，对底层的同情、对劳工神圣的赞美、对社会不公的批判是他们的创作主题之一，文学研究会的一些诗人更是把反映时代的病痛当作重要的抒写主题，即使在被认为是浪漫主义性质的新月派诗人那里，这一主题也一直在延续，到了"革命诗人"出现的时候，反映时代政治、劳资斗争和革命运动的诗歌，更是成为他们抒写的主要内容之一，到20世纪30年代初中国诗歌会的诗人们的笔下，无论是作为一种主题选择、创作方法，还是作为一种精神追求，现实主义从理论到实践都有了明确的指向。20世纪30年代以后，日益尖锐的国际、国内矛盾，迫使一部分诗人对水深火热的现实进行直接的抒写，现实主义所特有的接地气、泄民愤、劝世情的社会功能与其他创作方法相比，有它不可取代的优势，特别是社会矛盾尖锐化、群情激奋的时代，更是现实主义大显身手的时候。但是中国诗歌会的诗人不注重艺术的修养和淬炼，只注重主题的倾向性、题材的重大性，不注重艺术的感染力，只注重政治宣传鼓动功能的诗，并未掌握现实主义艺术的精髓，虽然在当时起到了一些政治作用，但从长远来看，很多作品已成为一种缺乏艺术营养的历史文献。在20世纪30年代中后期出现的田间、艾青、臧克家等人的创作，现实主义的精神在他们的诗作中有了崭新的面貌。他们的诗歌把中国新诗的现实主义推向了一个前所未有的新高度。艾青作为一个时代的代表诗人，在他的诗里，一种开放、开阔的现实主义美学理想得以完美地呈现。这与他的历史意识、诗学观念和表现技巧有密切的关系。作为立志为这个苦难时代的人民代言的诗人，艾青写诗的意图非常明确："我写诗，是作为一个悲苦的种族争取解放，摆脱枷锁的歌手而写诗"；"我们是悲苦的种族之最悲苦的一代。多少年月积压下来的耻辱与愤恨，将都在我们这一代来清算。我们是担待了历史的多重使命的"。[①] 强烈的民族自尊心、严峻的历史使命感、尖锐的时代环境召唤艾青这一代诗人们自觉地选择了更注重诗的时代精神、重大主题、现实关怀的写作路线，艾青把写诗看作如同战士在前线战斗一样，是效忠祖国、振兴中华的抗日救亡的方式。

可以肯定地说，现实主义艺术手法是一种重内容、客观和功能的艺术手法。现实主义文学艺术的价值很大程度上取决于作品反映、再现当下生活的真实性，抒写的客观性和准确性。一部不重视内容的真实性、客观性、准确性的现实主义作品肯定算不上杰作。现实主义艺

[①] 艾青：《诗与宣传》，《艾青全集》（第3卷），花山文艺出版社1994年版，第77页。

第七章　艾青与30年代后期的诗歌走向

术往往要求将作家在现实中所获得的感受转化成一种与真实的现实生活紧密相关，甚至合而为一的艺术成品，成为现实生活一面镜子。艾青从他踏入诗坛起就以反映现实而著称，他的创作灵感及题材大都来源于丰富的社会生活。他天然是一棵站在大地上歌唱大地上发生一切的大树。在一个危机四伏的救亡时代，艺术家首先考虑诗的主题思想的正确性、题材的重大性以及诗的宣传功能是理所当然的，甚至义不容辞。这是时代对艾青那一代诗人们内在的要求和合理的限制，也正是对主题、对现实、对责任与历史感的注重才使得艾青及那一代诗人们创造了前所未有的现实主义的典范之作，中国新诗的形态也因为他们和他们的诗的存在而显得健康、正常和丰富。

艾青选择现实主义写作手法与文艺评论家胡风的现实主义的文学观念有一定的关系。胡风强调作家的"主观战斗精神"，要求艺术创作必须和作家的人生理想高度统一，把文艺活动当作参加战斗的方式，要求作家投身于火热现实之中去迎接时代的洗礼，作家的主观精神在与客观现实的"肉搏"中创造出新的艺术世界。这种高度强调现实人生"体验"的现实主义观念被艾青所接受，并以诗的形态被艾青所表现或再现于他的杰作里，艾青的许多诗作都发表在胡风当时主编的杂志上。在艾青艺术思想成长的过程中，胡风对他的指导、提携与批评，有力促进艾青迅速地成长和成熟，甚至在某种程度可以说，没有胡风给予艾青理论和精神上的支持，艾青有可能成长为"另一个"艾青。当然，艾青不仅仅受到胡风的理论影响，也不是完全忠实的胡风理论的表达者，与胡风排斥非现实主义的艺术观念相反，艾青既坚持了现实主义创作的基本原则，又保留了他所汲取的现代主义特别是象征主义的艺术因素，并把它们有机结合起来，使他的诗作既具有来自大地的根性和本色，又具有某种隐喻、象征的想象性效果，既源于大地，又高于大地，既忠实于大地，又渴望熔化于太阳，这种兼容、

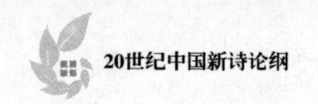

开阔的艺术追求使他的诗超越了时代的、现实的局限，赋予他的诗永久而辉煌的魅力。

　　艾青写于1936年的《太阳》一诗被认为是艾青走向成熟进入高峰期的发轫之作，这首诗预示着一个伟大时代的太阳诗人已经来临。在《太阳》一诗中诗人将太阳幻化作一个神奇无比、能起死回生的类似宗教图腾的圣物加以讴歌，完全将太阳神化成一种宗教崇拜："它以难遮掩的光芒／使生命呼吸／使高树繁枝向它舞蹈／使河流带着狂歌奔向它去。"艾青第一次找到了最能传达他内在激情和精神的意象——太阳。太阳从这首诗开始成为艾青诗歌中至高无上、无与伦比的伟大、崇高、圣洁的象征。因为有了太阳的照耀，"于是我的心胸／被火焰之手撕开／陈腐的灵魂／搁弃在河畔／我乃有对于人类再生之确信"。面对滚滚而来的太阳，诗人渴望凤凰涅槃，重塑崭新的灵魂，渴望牺牲和奉献一切，渴望在燃烧中与太阳融为一体。这种无以复加的对太阳的崇拜与敬仰，外化了诗人对人类、理想的狂热激情和执着追求。诗人内在的生命冲动，对伟大时代即将来临的预感，对生存与死亡的超越性体验都达到了一般诗人难以企及的高度。

太　阳

从远古的墓茔

从黑暗的年代

从人类死亡之流的那边

震惊沉睡的山脉

若火轮飞旋于沙丘之上

太阳向我滚来……

它以难遮掩的光芒

第七章 艾青与30年代后期的诗歌走向

使生命呼吸

使高树繁枝向它舞蹈

使河流带着狂歌奔向它去

当它来时,我听见

冬蛰的虫蛹转动于地下

群众在旷场上高声说话

城市从远方

用电力与钢铁召唤它

于是我的心胸

被火焰之手撕开

陈腐的灵魂

搁弃在河畔

我乃有对于人类再生之确信

1937年7月7日,日本帝国主义悍然发动全面侵华战争,我国军民奋起抵抗。伟大的战争需要伟大的诗人吹响战斗的号角。一个民族、一个时代的觉醒与更生,需要一个代表整个民族整个时代心声的诗人来尽情抒写。历史选择了艾青,艾青承担了历史的诗意的使命。一个与民族同呼吸共患难的诗人如同旗帜感应风向,艾青在抗日战争爆发的前一天写下的《复活的土地》,就是他对已经来临的神圣战争的一个诗的预言:"我们的曾经死了的大地,/在明朗的天空下,/已复活了!/——苦难也已成为记忆,/在它温热的胸膛里/重新漩流着的/将是战斗者的血液。"能够获得深刻的历史感,自觉地意识到历史存在的诗人,能创造出比仅靠灵感和技巧写作的诗人更持久、更有价值和意义的作品。艾青就是属于这一类诗人。他深切地感到:"我们已临到了可以接受诗人们的最大的创作雄心的时代了";"这伟大而独特的时代,正在期待着、剔选着属于它自己的伟大而独特的诗人";"属于这伟大和独特的时代的诗人,必须以最大的宽度献身给时代,领受每个日子的苦难像是那些传教士之领受迫害一样的自然。以自己诚挚的心沉浸在万人的悲欢、憎爱与愿望当中"。① 艾青将抗日战争视为中华民族生死攸关的一个转折点,认为它是中国人民用自己的鲜血洗刷近百年来被奴役的耻辱的一场圣战。一个艺术家、一个诗人,效忠祖国、参与战争的方式就是用手中的笔去抒写战争的苦难、人们的抗争、和平的预言和人类的希望,用诗行记录、呈现战争中的一切,将战争中最痛楚和最荣光的部分展示在读者面前,为这段苦难而辉煌的历史留下深沉,严肃的备忘录是历史赋予一个伟大诗人的天职。艾青全身心地投入抗战的时代洪流中去,与人民同悲欢共命运,写下了一首首不朽的杰作,开创了属于抗战时期也属于他自己的诗歌高峰时代。他将祖国与民族形象化成一个从血泊中挺立起来的英雄,在诗中庄严地宣示:"必须从敌人的死亡,夺回来自己的生存!"然而,战争从来就意味着流血、牺牲和苦难。在最初全国军民抗日情绪猛然高涨之后,面临侵略军强大的攻势,抗日形势日益恶化,整个民族陷入了悲惨、艰险、恐慌的境地,作为一个感应时代的赤子艾青,悲愤苍凉的忧患意识油然而生。《乞丐》《雪落在中国的土地上》《北方》《手推车》等一系列感时哀生之作写尽了一个苦难民族的苦难遭遇。

> 雪落在中国的土地上,
> 寒冷在封锁着中国呀……

这撕心裂肺的哀音破空而出让我们不寒而栗。诗中的一切意象都

---

① 艾青:《诗与宣传》,《艾青全集》(第3卷),花山文艺出版社1994年版,第68页。

第七章　艾青与30年代后期的诗歌走向

是沉重的冷色调。风像一个太悲哀的老妇，伸出寒冷的指爪拉扯着行人的衣襟，戴着皮帽的中国农夫冒着大雪，不知要将马车赶到哪儿去。破烂的乌篷船里，坐着蓬头垢面的受尽敌人刺刀戏弄的少妇。年老的母亲蜷伏在不是自己的家里，不知明天的车轮要滚上怎样的路程。饥馑的大地朝向阴暗的天伸出乞援的颤抖着的双臂……一切都有一种末日将临的茫然、悲怆与绝望。战难给中国人民带来的物质和精神上的创伤在这首诗里被淋漓尽致地渲染出来，以聚焦特写镜头的方式凸显在人们眼前。战争拒绝任何盲目的乐观，对战争深刻的忧患意识正是艾青超出许多其他诗人的地方。艾青将他所意识到的战难带给人们彻骨的忧郁与哀伤用丰厚饱满的意象加以呈现，一个时代普遍共感的悲剧命运被忠于时代的诗人忠实地记录、定格成诗。诗人的忧郁也成为那个时代的灾难性体验中最动人心魄的情结。正如艾青所言："叫一个生活在这年代的忠实的灵魂不忧郁，这有如叫一个辗转在泥色的梦里的农夫不忧郁，是一样的属于天真的一种奢望。"[①]值得注重的是在这首诗里，艾青将个人的现实焦虑与整个中国的生存焦虑交叉、重叠起来抒写（诗的第五节、第十二节），以个体观照国家、民族的存亡，又以国家民族的存亡反观个体的悲欢，个体与种族之间唇齿相依的关系得以充分的表现，强化了人民对整个国家、民族的危机和灾难的救亡意识，被充分揭示的焦虑和惊恐转化成一种能激起人们抗争、反叛的力量，使诗中悲剧性细节、场景递变为一种令人忧思的生命冲动。这种将个体的存在与集体、民族—国家的处境加以比照的抒情方式也成为艾青独特的习惯性的写作技巧。

《北方》也是一首感时忧生之作。诗人创造出一幅北国人民在战争年代遭受着无尽的灾难与不幸、贫穷与饥饿的悲凉而又雄浑的画

---

① 艾青：《艾青全集》（第3卷），花山文艺出版社1994年版，第43页。

面。北方的一草一木都笼罩着悲哀、黯淡、衰败的沙雾。诗中所用的修饰语大都带有强烈的感伤、失落的情绪。"荒漠的原野","土色的忧郁","悲哀的眼","厌倦的脚步","修长而又寂寞的道路","枯死的树木","低矮的住房","灰暗的天幕","惶乱的雁群","黑色的翅膀","混浊的波涛"……总之,"北方是悲哀的"。长于绘画的艾青将外在的冷色调的自然景观与有感于国家危艰的忧郁心境黏合成一个可以传达沉重现实感的一组组画面,民族危艰时的图景触目惊心地被描绘出来。与《雪落在中国的土地上》有所不同,《北方》的下半部突破了那种令人窒息的忧郁情绪。艾青写道:"而我——却爱这悲哀的北国啊","一片无垠的荒漠也引起了我的崇敬"。诗人表达了对这块既充满悲哀又充满希望的土地的深厚感情,"土地"成为联系祖先和我们、历史与现实的最牢固的纽带。国土就是我们世世代代共同的家园,它是我们古老民族唯一拥有的最真实的存在。它是我们生命的根。

艾青对土地的深情最为集中凝练地表现在他的《我爱这土地》这首短诗中。

我爱这土地

假如我是一只鸟,

我也应该用嘶哑的喉咙歌唱:

这被暴风雨所打击的土地,

这永远汹涌着我们的悲愤的河流,

这无止息地吹刮着的激怒的风,

和那来自林间的无比温柔的黎明……

——然后我死了,

连羽毛也腐烂在土地里面。

第七章 艾青与30年代后期的诗歌走向

为什么我的眼里常含泪水？

因为我对这土地爱得深沉……

诗人自拟为一只永不疲倦地歌唱的鸟，它的生命的存在就是为了歌唱大地上的一切：不幸和灾难、希望和梦想。艾青用了一些极限性质的副词（如"永远""无止息地""无比""连"等）将他要抒发的感情推向顶峰——死亡。为加大情感力度，应用了许多情感色彩浓烈的形容词（如"嘶哑的""被暴风雨所打击着的""激起的""无比温柔的"），选择了"鸟""土地""河流""风""黎明"五种意象，土地与河流属于空间概念，风与黎明属于时间概念，鸟则是飞翔于时空中的会唱歌的精灵，并且连用四个排比句，增强语体的气势和纵深感。第一节最后两句，"然后……连……"截住汹涌的语流，起到缓冲、欲纵先擒的效果，"连羽毛也腐烂在土地里面"一句用让步状语从句，使语意向更深厚的内涵衍生，最后一个原因状语从句因果互答，将前面所有意象的来由作一个完美的归结，以一种奇崛突现的方式结束整首诗，将诗的思想情感推向最高潮，最后两句成为整首诗的诗眼和警句。这首诗产生的时代背景已离今天的读者远去，但是诗中充沛强烈的情感依然凝结在每句诗中，不仅使后辈读者读之动容，而且震惊于诗人对祖国与民族如此强烈的爱和它所呈现的完美方式。诗的情感力度、思想深度、意象的和谐与完整，只有一个伟大的挚爱自己祖国、民族、人民的诗人才能将它圆满地整合成一个浑厚的有生命的统一体。

在《雪落在中国的土地上》《北方》《我爱这土地》等许多篇什中，艾青对土地的衷情得到极大限度的倾诉。"土地"是一切生命诞生和出发的母体，是人类赖以生存的物质基础，拥有土地才意味着拥有安宁的家园和繁衍、发展的根据，一个民族、国家被侵占的首要标志就是国土的沦丧。艾青反复地对土地的抒情实质上是他强烈的救亡图存的忧患意识最有力的表现。随着日本战势的进一步扩大，中国人沦为亡国奴的危机越来越严重，一个生于忧患的有历史责任感和使命感的诗人不仅仅要为人民战争摇旗呐喊，以坚强的信念鼓舞人民的斗志，同时更要将他意识到的危机和焦虑揭示出来，让人们在悲愤之中警醒，从忧思中奋起。艾青在抗战前期的诗作中最深广地反映了战难带给中国人民的痛苦和创伤，他以最能引起人哀痛、感情的意象、细节、场景、画面传达出一种令人感同身受的忧郁、悲怆之美，不仅仅能引起身临其境的当时读者的共鸣，也能打动没有经过那个年代的读者，艾青用他饱含深情的诗作为时代和历史留下了严肃而神圣的注脚。

第三节 太阳和它的反光

艾青杰出的才能表现在他的诗能灵敏捕捉社会情绪，准确传达人民的心声，与时代发生强烈的共振。"艾青的诗神是人民，而他的意象出现最多的是人民，是人民赖以生存的土地、赖以生存的社会空间，是给人类以光明、以温暖、以能量的太阳。"[①] 艾青写于 1938 年 4 月的长诗《向太阳》一发表就引起轰动，在社会上广泛流传，成为当时诗歌朗诵会上最受欢迎的诗歌之一。这首诗恰切地抒发了那个时代的人们最深沉的心声，以人们普遍能够接受的形式表达了人们对人生与时代关系最真切的理解。诗中的场景实际上是处于抗日

---

① 张永健：《艾青的艺术世界》，华中师范大学出版社 1998 年版，第 321 页。

热潮中整个中国的缩影，而一个孤立的个人面对一个火热的时代应该作出怎样的选择是诗作的主题。作品中的"我"是一个"被不停的风雨所追踪，被无止的噩梦所纠缠"的青年知识分子。他从疲惫与困顿中醒来，看见"真实的黎明"已经来临。他来到街上，目睹平安的早上忙碌着的人们，心中充满感激、敬佩和祝福。他回味过去的自己总是把自我关在狭小的精神牢房里忧郁地唱着人类命运的悲歌，反省自己的言行，等待着比所有的日出更美丽的日出。新生的太阳终于临照世界，太阳下的一切都呈现出一片新鲜、夺目的光彩。支撑着拐杖的伤兵、背着募捐袋的少女、为抗战流汗的工人、认真操练的士兵以及那些陌生而熟悉的男女老少都因获得了统一的信念和战斗的激情而斗志昂扬。被民族主义、集体主义唤醒的中国大众和战士在全民抗战的旗帜下，表现出前所未有的勇敢、自豪和美丽。"我"震惊于民族精神的焕然一新的形势，从而觉悟到只有从过去自我的牢狱中走向人民大众，从痛苦的过去走进壮丽的现实和光明的未来。全身心地抛出自我、奉献自我，才能实现个体的价值。因为获得了太阳般崇高、光明的信仰，"我"感到了从未有过的宽怀与热爱、沉醉与满足，"我甚至想在这光明的际会中死去……"《向太阳》以"渴望死亡"结尾，充分而狂热地表现了诗人对生命的热爱之情，对大地上忘我战斗的军民的无限感激和绝弃旧的自我投向某种永恒信念的神秘的狂喜。这种死亡冲动具有某种宗教似的迷醉妄想的成分。艾青借用这种方式表达了自己对祖国、民族、人民至死不渝的忠贞和对人民抗战必胜的信念。《向太阳》完美地将战争与和平、个体与种族、自我与集体、民主自由精神与中国现实之间的关系诗意地呈现出来，具有壮丽开阔的境界和新鲜奇异的艺术美感，尤其诗中这一节常常被论者引用。

太阳

它使我想起　法兰西　美利坚的革命

想起　博爱　平等　自由

想起　德谟克拉西

想起　《马赛曲》　《国际歌》

想起　华盛顿　列宁　孙逸仙

和一切把人类从苦难里拯救出来的

人物的名字

是的

太阳是美的

且是永生的

艾青乌托邦式的完美的社会理想和博大深广的人道主义精神在这节诗充分地得以发挥和张扬。这种过于理想主义的人生信念一直成为艾青诗歌内在精神的最强大支柱，甚至到了他的晚年也未超出一步。在《向太阳》这首诗里，太阳又一次作为最激动人心的耀眼的意象加以吟颂。太阳是艾青的诗神，太阳在诗人心目中是一组多重象征的复合体，它象征热血的革命和无畏的自由，代表人道主义的理想的政治体制，又是自由、民主、平等、博爱等绝对真理的体现者，既是那些把人类从苦难中拯救出来、给人类以温暖和光明的历史巨人们的化身，又是引导人类从黑暗走向光明，从战争走向和平，从痛苦的昨天走向幸福的现在、光明的未来的至高无上的自由女神。一个从苦难中崛起的民族只有在至真、至善、至美的理想之光的照耀、牵引下才能获得最后的独立和自由。艾青对太阳的呼唤和憧憬是一个伟大的歌者代表整个民族唱出的心声和梦想。这正是艾青非凡的艺术魅力之所在。他能从更为开阔的背景上，取得全景式的视野，将自己博大的忧郁与悲悯、意欲与志向凝铸于中国本土的真实的苦难和抗争之上，他的诗从个体自我出发去抒写属于整个民族、整个时代的宏伟篇章。《向太阳》将处于危难时代的青年知识分子放弃自我走向群体和大众的心路历程用炽烈而奔放的语言呈现出来，引起当时青年知识分子的强烈反响，以致不少青年受到艾青《向太阳》等诗的鼓舞，走向了革命的征途，诗的宣传鼓动功能得到充分的实现。在国难当头的时刻，诗能起到如此巨大的作用应该是诗的骄傲，艾青也因《向太阳》一诗奠定了他在那个时代的桂冠诗人的地位。

《火把》同样是一首激动人心的杰作。它的主题是《向太阳》的主题的深化和扩张：青年知识分子以怎样的姿态投入时代的浪潮。面对热火朝天的火把游行队伍和抗日热潮高涨的人民群众，是做一名积极的参加者还是做一名好奇的观望者？甚至视而不见时代的洪流而沉醉于个人的遐想之中？长诗的女主人公唐尼的心理变化是有典型意义的。19岁的唐尼有爱国热情却感情脆弱，沉湎于个人爱情的悲欢和少女多情而浪漫的遐想之中，她去参加游行大会只是为了寻找自己恋爱着的克明，而克明却被人民高潮的爱国热情所鼓动，投入了光的队伍、火的队伍，置爱情的缠绵于度外。唐尼看到游行队伍排山倒海的热情，"用霹雳的巨响惊醒沉睡世界"的力量，深深震撼于人民的伟大，感受到时代的伟大与自我的渺小。"这时代，／像一阵暴风雨，／我在窗口看着它就发抖"。她感到羞耻，在发自内心的忏悔中逐渐认识到：只有将自己投入火红的时代，才能使生命获得真正的价值。她决心放弃、否定过去的自我，投身于时代的洪流，在时代的熔炉中重新塑造自己，为全民族的斗争奉献自己的微薄力量。唐尼的思想变化和人生选择是当时具有正义感、爱国心的青年知识分子合乎历史意向的一种必然选择，是具有深刻的典型意义的。这首长诗在艺术上也颇有独特之处。诗人将叙事与抒情相交融，群体的运动与个人隐秘的内心冲突相对照，采用大量的富有戏剧性的对白和独白增加诗的戏剧、朗诵效果，结构上以群众集体游行为经，以唐尼个人的言行和爱情冲突为纬，纵横交错，大开大阖，具有一种小型历史诗剧的艺术效果。艾青对叙事长诗的尝试对于整个新诗的文体也是一种极为有益的探索，在形成热潮的长诗创作中，真正能处理好抒情与叙事的关系，既表现时代的主题，又保持诗人自己的风格和个性的诗作并不多见，《火把》算是众多叙事长诗中的佼佼者。

最能代表抗日战争时代战士形象，同时也最能体现诗人自我形象的诗作当推《吹号者》以及其姊妹篇《他死在第二次》。每个时代都会有具有时代代表性的诗歌形象或意象。诗人们对它们有意无意突出地呈现实质是那个时代的精神现象的一种直观对应物。这些形象或意象维系着它们所产生时代的人民的生活理想、价值观念、意义和信仰。艾青的土地意象是一种来自大地的苦难的象征。太阳意象是崇高的理想和狂热的信念的等价物，而"吹号者"则是为祖国牺牲的战士的形象，他是土地与太阳共同抚育的赤子，是脚踏大地心向太阳的民族战士，是整个中华民族民族精神的化身，也是战争中诗人自我形象的写照。

一个吹号者，一个民族的先觉者，他的职责就在于"在黑夜把希望寄托给黎明"。吹号者用飞溅着血丝的号声集合、召唤、鼓舞着战士们为民族的自由而战，却在胜利即将来临时被子弹打中。

> 他被一颗旋转过他的心胸的子弹打中了！
> 他寂然地倒下去
> 没有一个人曾看见他倒下去，
> 他倒在那直到最后一刻

都深深地爱着的土地上，

然而，他的手

却依然紧紧地握着那号角；

在那号角滑溜的铜皮上，

映出了死者的血

和他的惨白的面容；

也映出了永远奔跑不完的

带着射击前进的人群，

和嘶鸣的马匹，

和隆隆的车辆……

而太阳，太阳

使那号角射出闪闪的光芒……

听啊，

那号角好像依然在响……

艾青在另一首写抗日战士的诗《他死在第二次》中，从更高的层面上反思了战争和战争中人的意义。他借为祖国而负伤的战士之口说出了自己对有关战争与和平、生存与死亡、战士与祖国和民族的深刻感悟。作为一个效忠祖国的战士，在祖国没有获得自由之前，军装和那有红十字的制服（伤病服）是他生命的两面旗帜，这样的旗帜应该急剧地飘动在被践踏的祖国的大地上，为祖国流血、奋战、牺牲是一个战士光荣的职责和义务。艾青以其饱含深情的笔触为那些牺牲或未牺牲的民族战士铸造了一座悲壮而圣洁的诗的丰碑。中国新诗的阳刚、悲剧之美在艾青的诗中获得了前所未有的表现，也大大拓宽了中国新诗的表现领域。"吹号者"也成为抗日战争时期诗人艾青自我形象的写照，他的诗就是鼓动人民前行的号声，它们或忧郁或高昂，或悲壮或激烈地为祖国为人民唱响了一首首深挚的歌。他的诗成为那个时代最激动人心的乐章，记录了一个多灾多难的民族和时代从危机中救亡图存、奋起抗争的精神历程。一个时代因为有了自己杰出的诗人而被记录，诗人因为记录了一个伟大的时代最有价值的思想情感而永生。

从1937年七七事变前后到1940年是艾青创作历程中第一个高峰期。艾青以民族的救亡与振兴为己任，写出了一首首扣人心弦的杰作，相当真实地反映了当时中国危难的现实以及全中国军民奋力与日本帝国主义和汉奸走狗血战到底、以死抗争的民族精神，以鲜明的时代精神和特殊的艺术魅力唤醒、震撼了全中国人民（青年知识分子），千千万万的中国人在他的诗作的感召之下，投入抗日救亡的队伍和民族战争的洪流。中国新诗的现实主义传统在他的诗中得以充分的继承、张扬和深化，他卓有成效的写作影响了一大批诗人从现实中、战斗中汲取诗情，特别是七月派的诗人多大都受到他的影响，他的诗作使中国新诗在抗日战争时期又一次进入辉煌的高潮，艾青当之无愧地成为中国新诗20世纪30年代中后期出现的最能代表一个时代潮流的诗人。

第四节　从精英化向大众化的蜕变

被"真实的光明"所召唤和吸引，艾青选择了延安作为自己人生的新天地。1941年3月，延安迎来了诗人艾青。艾青实现了由一个诗人向一个写诗的革命者的最初角色转变，当然艾青肯定没有意识到这

第七章 艾青与30年代后期的诗歌走向

种关系到他一生的重大的转变已经发生。

延安时期的艾青诗风发生了显著的变化，由之前的沉郁、深痛变得乐观、明朗起来，在延安文艺座谈会之后，艾青以前所提倡的诗歌的散文化、散文美也被当时延安流行的大众化、民歌化所取代，艾青的诗的这种变化也是20世纪40年代以后，乃至五六十年代中国诗歌发展的一个方向，这个方向与毛泽东所提倡的"中国气派"、所制定的文艺路线息息相关。

刚到延安的时候，艾青依然遵循着他以往的创作路线前行，或揭露法西斯的罪恶（《拖住它》《希特勒》），或写有关自己的父亲或童年的回忆（《我的父亲》《少年行》），或写美丽而苍老的自然风光（《古松》）。诗歌中没有显露出来到革命圣地延安之后应该展示的欣喜和幸福的心境。到延安半年之后所写的《雪里钻》《毛泽东》《时代》可以看作是艾青由抗战前期的悲歌时期向抗战后期颂歌时期转变过渡时期的作品。一向长于写战死疆场的"吹号者"等悲剧英雄的艾青，写这首带一种浪漫主义传奇性质的叙事长诗《雪里钻》是一种新的尝试。这首诗中神马"雪里钻"和"我"从枪林弹雨的战场回到延安的营地，虽然"我"突然看见淋漓的鲜血洒在净白的雪堆上，但前来迎接"我"的团长（雪里钻的原主人）他笑了，"那么平静/那么温暖/好像一切都不曾发生……"这种结尾方式与艾青早期悲壮的结尾方式（如《吹号者》《他死在第二次》）是大相径庭的。它洋溢着一种旗开得胜的喜剧精神，去掉了以往的"悲"的成分，只留下了战无不胜的"壮"。艾青诗歌中的战士形象，从原先悲剧英雄变换成现在的欢乐英雄。而以《毛泽东》命名的诗作就是对活在身边的当代英雄的赞歌。"毛泽东在哪儿出现，/哪儿就沸腾着鼓掌声……/他生根于古老而庞大的中国，/把历史的重载驮在自己的身上，/他的脸常覆盖着忧愁，/眼瞳里映着人民的苦难，/是政治家、诗人、军事指挥者、革命者/——以行动实践着思想。"我们相信艾青是恰如其分地描画了这一时代伟人的形象,他对毛泽东的尊敬没有太多盲目崇拜、个人迷信的成分,有的是真心诚意的敬佩和爱戴。来到延安之后的艾青可能开始意识到尽管自己写了那么多有关英雄的诗篇,可至多自己不过是一个想象中的诗界的英雄,而他身边的毛泽东以及由他领导下的延安军民才是正在改变中国的颜色和面貌的真正英雄,无条件地为他们抒写丰功伟绩艾青感到责无旁贷。但敏于把握时代脉搏的艾青在来到延安之后似乎陷入一种深刻的思想困惑之中,《时代》是这种困惑的典型产物:诗人狂热追随时代,时代却是比一千个屠场更残酷的景象,诗人渴望抒发对时代的激情,却感觉没有足够响亮的语言。诗人为了时代的到来愿意交付生命,却感到在它面前显得如此卑微。《时代》中所反映的诗人自我与时代之间巨大的不一致性是艾青诗中前所未有的。尽管诗人"甚至想仰卧在地面上,/让它的脚像马蹄一样踩过我的胸膛",诗人还是感到自己难以驾驭、把握时代的过于剧烈的动荡。这种个人愿望和时代的要求极不平衡的现象不能仅仅解释为艾青还不太适应崭新的延安生活环境,更多地应该理解为艾青意识到自己与所处时代、所处环境的差距越来越大,自己再也无法胜任时代最优秀的歌者这一身份。这种困惑的情绪直接流露于他的那篇不合时宜的《了解作家,尊重作家》杂文里。艾青显然是从一个自由知识分子的态度来看待延安生活中某些不应有的现象,他呼吁人们了解作家特殊的工作性质、工作方式、工作目的和作用等,要求尊重作家独立思考、自由言说的权利,因为作家的工作是保卫人类精神的健康,"因为只有给艺术创作以自由独立的精神,艺术才能对社会改革的事业起推进的作用"。艾青的文章显示出一个诗人特有的尖锐、火爆:"作家不是百灵鸟,也不是专门唱歌娱乐人的歌妓。""希望作家能把癣疥写成花朵,把脓包写成蓓蕾的人是最没有出息的人——因为他连看见自己丑陋的

第七章 艾青与30年代后期的诗歌走向

勇气都没有,更何况要他改呢?""作家除了自由写作之外,不要求其他的特权。他们用生命去拥护民主政治的理由之一,就因为民主政治能保障他们艺术创作的独立的精神。"[①] 艾青倡导的无非是尊重作家的思想情感的独特性,真实(既不遮掩也不粉饰)反映生活的全貌,提供自由、民主的创作环境以保证作家创作的独立等一些基本的艺术观念。但是在抗日战争时期的延安,这些观念与毛泽东所倡导的,延安当时战时共产主义式的政治文化语境所要求、所允许的一些原则是极不相称的。艾青以及当时一些作家超出毛泽东思想原则的言论直接促成了1942年延安文艺座谈会的召开和延安整风运动的开展。毛泽东在延安文艺座谈会上的长篇讲话(简称"延座讲话")是中国文艺史上的一件划时代的大事,"以延安文艺座谈会为标志,中国新文学运动进入一个新的历史阶段"[②]。"延座讲话"不仅在思想文化上保证了中共抗日战争、解放战争取得胜利,而且它基本上确定了新中国思想文化艺术的品质、风格和方向。"延座讲话"对中国思想文化艺术的巨大影响,其贡献和局限成为评论者常议常新的论题。

几乎可以说,毛泽东改变了艾青诗歌创作的态度、立场和方向,所以我们将"延座讲话"当作艾青文艺思想变化的分水岭是有理可缘的。"延座讲话"以前,艾青所持的是一种清醒的民主主义的知识分子的价值立场,某种救民于水火之中的精英意识在他的诗作中随处可见,面对民族、大众的苦难和日本军国主义的疯狂侵略,他怀抱一颗悲天悯人、疾恶如仇的赤子之心,用诗的形式揭示中国人民共同的苦难,呼唤全民族救亡图存的抗日热情,为民众而泣而歌,一种既来自民众又高于民众的英雄救世济生的忧患意识,一种宗教般热忱的以苦

[①] 艾青:《尊重作家,了解作家》,《解放日报》1942年3月11日。
[②] 朱寨主编:《中国当代文艺思潮史·引言》,人民文学出版社1987年版,第3页。

难、牺牲为美的悲剧意识，使他的诗歌具有非凡的悲怆感愤的力量。而进入延安后，聆听毛泽东文艺座谈会讲话之后，艾青逐渐放弃了民主主义知识分子的价值立场，以毛泽东的文艺思想去规范自己的创作，以战争中先进的农民、士兵为基准重新塑造自我形象，力图向工农兵学习，让自己的诗的价值立场、思想素质、艺术手法等全力向毛泽东所倡导的工农兵及人民大众的阅读水平靠拢、趋同。艾青逐渐削弱了独立思考中国人的命运的思想活力，因为现存的答案即在眼前：民族英雄毛泽东将领导全中国人民打败日本帝国主义，建立民主、自由、平等的共和国，大地上将再没有苦难和泪痕，只有鲜花和歌声。这种过于简单化、理想化理解社会进步的幼稚病几乎是 20 世纪 40 年代延安艺术家共同的坚定不移的政治信念。那个需要英雄也产生了英雄的时代，毛泽东作为活在他们身边的尊神以夺目的光芒照亮了中国革命的现实与未来，他是集政治、军事、文化艺术于一身的绝对权威，他的文艺思想明确地指引着延安乃至延安以外的革命作家向一个新的思想艺术境地进发。艾青既然找到或者被指定了一条拯救中国人民苦难的光明之路，他也就在自觉不自觉中放弃了他特有的全景式把握、观照中国社会苦难现实的视角，淡化了他对芸芸众生救世英雄般阔大的忧郁和悲悯，他的诗作渐变为明朗的天空下唱响的明朗的歌，诗中充满了有了归依的革命者进入革命圣地后的宽舒心境，生活在人民大众中的革命者被认同后的快慰和满足，以及对还残存的各种阶级、民族的敌人刻骨的仇恨和无情的轻蔑。艾青的精英意识消隐得无影无踪，自我被溶解于普泛的大众意识之中，他全面接受了毛泽东文艺思想的指导，在很大程度上"延座讲话"后的艾青实际已成为一个会写诗的革命者。一些与艾青有类似思想倾向的作家、诗人在 1942 年"延座讲话"后都发生了从精英化向大众化的蜕变。

艾青于 1943 年 2 月写成的一首叙事长诗《吴满有》具有深长的

第七章 艾青与30年代后期的诗歌走向

意味。当时延安对它的反应也是令人深思的。这首诗在同年 3 月 9 日的《解放日报》上全文发表后，党报特地为它发过社论，新华社也以专电形式向各抗日根据地播发了它的全文。对这首诗的重视和待遇可以说是空前的。这首通俗易懂、以民歌化的口语写成的宣传当时延安先进农民吴满有典型事迹的作品，被认为是体现了延安文艺座谈会的精神，延安诗人大写工农兵中最早一批成果之一。艾青完全改变了以前那种象征性、暗示性地抒情叙事的写作策略，用浅显直白的白描方式勾勒出农民吴满有的言行，写得简单明了、一览无余。这种按照政府宣传的要求去塑造人物，以工农兵喜闻乐见的口味制作的成品当然没有艺术上的可取之处，艾青诗歌内在精神的蜕变一目了然地呈现在读者面前。艾青在这首诗里完全以一个农民的代言人、书记员的身份为这位农民叙事抒情。他认同并赞赏着这位农民所表现出来的一切。为了达到被阅读者满意的效果，他甚至去找这位农民，边念给他听边观察其反应以便将来修改。这种近乎荒唐的阅读反应试验，恰恰出自于艾青的真诚的创作动机——为了人民大众喜闻乐见。而延安政府对这首诗的隆重反应似乎表明政府长久的期待终于在艾青的笔下大功告成了（更能体现毛泽东文艺思想的创作《小二黑结婚》《王贵与李香香》还迟迟未出现）。艾青的诗终于作为政治宣传的工具，作为为工农兵服务的手段开始了它的按部就班的工作。毛泽东文艺思想的真理性已被艾青的创作所证实，党报为之大书特书其功利性显而易见。

这一切都是战争和革命要付出的必然代价。艾青及他们那一代艺术家别无选择。一切战争和革命都自觉不自觉地要求文学超负荷地履行它的宣传职能，带有明确的目的性和功利性；要求文学高扬它的英雄主义、浪漫主义、乐观主义的精神，反对颓废、悲观、阴暗的情绪；要求文学成为团结、鼓舞民众，分化、打击敌人的有力的精神武

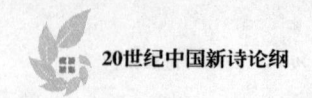

器。而这场关涉中国全民族的生死存亡的战争对文学的要求更是如此，许多诗人和作家为了席勒而放弃了莎士比亚。

　　1943年以后到1949年，艾青的作品越写越少，处于半停产状态，写出来的东西也大多观念大于形象，直白多于含蓄，真正称得上杰作的微乎其微。艾青的诗的光芒黯淡了。

第八章 颂体诗歌的昌盛与迷失

　　1949年中华人民共和国的成立掀开了中国历史的新的一页。全中国人民满怀对领袖、新政府、新制度的信任与期望走进了一个新的时代。胜利了的共和国的英雄们需要文艺工作者为他们载歌载舞,树碑立传,"没有共产党就没有新中国","祖国到处都有明媚的阳光"。20世纪五六十年代的中国思想文化界是英雄主义、浪漫主义、乐观主义盛行、泛滥的时期,人民普遍抱着乐观、自豪、昂扬、激情的心态对待新的政治体制、新的社会关系和新的生活状态,虽然物质生活并不富裕,甚至还面临战后某种赤贫状态,但人民普遍相信,只要有英明的领袖、执政党和新的社会制度作保障,只要人民同甘共苦、奋发图强,一个民主、繁荣、富强的中国指日可待。这种无条件的信任、无保留的乐观、无自省的自信,与当时的时代氛围有密切关系。在那个时代,在普遍的"无""资"对立、敌我分明的国际政治环境下,人们普遍遵循的是二元对立、对抗的黑白分明的思维模式,刚刚成立的共和国被认为是一个新型的代表历史发展方向的阶级战胜另一个没落腐朽的阶级的历史必然,人们以进化论的思维方式深信已经到来的是一个无比光明、伟大、正确的时代,并且在英明的领袖与政党的领导下,时代必将从一个胜利走向另一个更大、更新的胜利。某种简单甚至幼稚地对中国现代化的进化论阶梯式上升的想象,左右着人们的思维及情感，甚至制造了某种不可企及的幻象，当人们为此付出惨重代价的时候，才意识到一切没那么简单。

第一节　诗歌传统的延续与断裂

20世纪五六十年代中国实质上是将延安时期的思想文化精神向全国推广、播扬的时期。处于思想文化边缘位置的毛泽东思想随着抗日战争、解放战争的胜利，以及新中国的成立逐渐成为时代思潮绝对的主流。文化思想界批判《武训传》的历史唯心主义、胡适的学术思想、胡适和俞平伯的红学观念，以及对"胡风集团"上纲上线的全国性政治运动等，都可以视作毛泽东文艺思想在取得权威话语时必然采取的政治策略。长期以来形成的战争文化心态和战时文化工作方式并没有因共和国和平时代的来临有所改变，相反，人民将毛泽东文艺思想当作金科玉律加以推广、执行并使之体系化和法律化。全国上下在一体化的思想指导下，中国在政治、经济、文化上都走上了越来越狭窄、专一、封闭的轨道。

文学艺术作为人类某种特殊的精神现象，应具有某种既反映时代又超越于时代的品格，才可能不被时代所阈限和裹挟，才可能在一个时代变迁之后，还能因它的某种永久的品质被下一个时代所接受、所认可、所喜爱，这种永久的品质或许是存留在文本中的文化，或许是人性，或许是艺术家的独特发现，或许是艺术家的独特人格和个性，或许是艺术家的某种先知先觉的预言性等。以这种要求来反观1949—1976年中国诗人的创作，我们不难发现，在这个大一统的时代，思想的一律和僵化，艺术手法的单一与雷同，对时代思想的无条件认同与信仰，对政治、政策全方位的配合与紧跟，唯恐、生怕不能符合上级的指示和标准，对自我艺术个性的无保留的放弃，如此等等，都造成了很大程度上诗人自我主体性的迷失。

不断的政治运动和文艺运动使整个文学艺术被裹挟其中，身处舆论和批判的旋涡，作家的主体性处于丧失或半丧失状态。1950—1966 年间，大型的运动先后有对电影《武训传》的批判（1950—1951），对萧也牧等人创作的批评（1951），对俞平伯《红楼梦研究》和胡适的资产阶级唯心论的批判（1954—1955），对胡风集团的批判（1955），毛泽东亲自为《关于胡风反革命集团的材料》撰写序言及大部分按语，有关文艺战线的反"右"派运动和对丁玲、冯雪峰"反党集团"的批判（1957），有关文艺战线的"批判修正主义"运动，有关《海瑞罢官》的批判等，特别是对胡风的批判及反"右"运动，对整个文艺界的影响是深远的。在这种运动的高压形势下，许多作家和诗人生活在某种高度紧张的精神状态中，有的甚至惶惶不可终日。这种非常态的政治环境显然是极不利于创作的。这些斗争和批判几乎贯穿了整个 17 年间，虽然在这些运动之间，也有片刻的间歇和对文艺政策的调整，但是很快又被新的更大的运动所裹挟。这些运动及其影响，触及每个作家的灵魂，对每一个作家的思想、意识甚至潜意识都有直接的影响，在长期的不间断的运动中，作家的思想、感情、表达方式都受到了严苛的规训，那些条条框框如同孙悟空头上的紧箍咒一样无时无刻不在发挥着它法力无边的作用。"从文学写作方面而言，当代开展的这些运动所要达到的，是想摧毁把写作看作个体的情感、心态的自由表现的'资产阶级'的文学观，摧毁'个体'写作者对自我认知、体验的信心，和自由选择认知、体验的表达方法的合法性。"[①] 高压态势的政治运动

[①] 洪子诚：《中国当代文学史》，北京大学出版社 1999 年版，第 39 页。

使逸出毛泽东文艺思想之外的写作成为一种绝对的不可能。

各级作家协会及文联的成立，使作家身份体制化、主流化、意识形态化，不仅作家被管理、被监察，也强化了作家的自我管理和自我监察意识，甚至作家的潜意识也处于自我监控状态。在1949年以前，也有一些作家社团或组织性的机构，但一般都是自由、松散、自发的民间机构，在抗战时期，为了建立抗日统一战线成立的"文协"，除了组织宣传抗战以外，没有对作家写什么、怎么写作过多的硬性要求。但20世纪50年代以来，作家协会及文联组织使作家、文艺家成为一种拿国家工资的事业单位的一员，完全改变了以往作家、文艺家自由职业的特性。拿国家给予的薪水，全心全意地为党、政府、人民工作成为天经地义的事情，尤其是在经历战乱，曾经四处漂泊、居无定所的文人们对新的政府给予的这种优待颇有某种知遇之恩甚至感激涕零的味道。中国文人对自由之精神、人格之独立的坚守是薄弱的，现实的世俗的功名和优厚的待遇轻易就能打垮他们所看重的人格和尊严，何况新生的政府的确给人一种正确而光明的体认，文人们对新时代是满怀信心和期待的。延安及解放区来的作家很快就融入了新时代，而之外的作家们需要在心理上不断调整、改造中适应新的时代。不间断的政治运动和文艺运动，时刻刺激着这些敏感人类的神经，在某种恐惧被疏离、被肃整、被打倒的压力下，他们逐渐放弃了个人的判断和独立的思考，改用随大流信仰主流意识形态的方式来避免打击或明哲保身。作家身份的体制化有效地使那些来自国统区的非左翼作家在被动或主动中接受了思想改造，接受了时代和政治的规训，逐渐主流化、意识形态化。

对领袖的盲目崇拜，领袖直接参与、干预文艺争鸣，频繁的政治运动也导致诗坛成为政治宣传的排头兵、吹鼓手。在诗歌方面最为明显地表现在20世纪50年代中后期。1957年《诗刊》1月号上发表毛泽东《关于诗的一封信》，及 1958 年 3 月的一次会议上谈及诗歌创作，指出诗歌应该是现实主义与浪漫主义对立统一。作为政治最高领袖，直接发表诗歌理论方面的指示，显然是不合常规的，他的文章与言论直接引发了 1958—1959 年全国文艺界大规模的有关新诗发展道路的讨论。同时，也有许多诗人尝试以领袖的意图去创作现实主义和浪漫主义结合的作品。新民歌运动是在"大跃进"时期出现的一次全民写诗运动和政治运动。这一运动与 1957 年毛泽东倡导的"革命现实主义与革命浪漫主义结合"的创作方法有关，也与 1958 年 3 月毛泽东提出要搜集民歌，把民歌作为中国新诗的一条出路有关。在毛泽东的号召下，在《人民日报》社论的鼓吹下，一场由党与各级政府组织、推动、掀起的全民大写民歌的运动在全国迅速展开，小到黄口小儿，老到皓首老农，全国上下，城市乡村，无论文化程度高低，都以疯狂的热情投入民歌吟诵写作（不识字的以口头方式）之中，提出的口号是"个个都是李有才，村村都有王老九"，到处是赛诗会、诗擂台、诗街会、民歌演唱会、诗歌展览会等，全国评选"诗县""诗乡""诗村"，编辑出版了大量的诗集，新民歌的主题与当时的"大跃进"时政相关。郭沫若、周扬主编的《红旗歌谣》三百首，成为当时最热门的读物，也成为全国人民竞相模仿的对象。在当时全民陷入"跑步进入共产主义""人有多大胆，地有多大产""赶超英美"某种集体癔症般的狂热"大跃进"年代，这些新民歌在思想、语言、形象上都表现出极度"狂欢化"的景象。比如"麦秸粗粗像大缸，/麦芒尖尖到天上，/一片麦壳一片瓦，/一粒麦子三天粮"。这种异想天开、吹牛扯白的作品大量涌现。最具代表性的诗《我来了》这样写道："天上没有玉皇，/地上没有龙王。/我就是玉皇，/我就是龙王。/喝令三山五岭，/我来了！"这种天马行空、不着边际的夸张与臆想，完全脱离了最基本的生产、生活常识，具有某种神话般的奇幻、荒诞效果，在某种程度上说，新民歌运动就是一次现代神话的创造活动，是某种无限夸大的自我、自信、自豪的"创世纪"心态的反映。在封闭而独尊几乎与现代世界脱轨的盲目自大的时代，这些神话般的作品是那个时代的"时代精神"的真实写照。

新中国新时代的来临最先被何其芳用《我们最伟大的节日》歌颂，似乎是为这个前所未有的时代的诗歌定一个基调。这首诗以共和国成立为线索，预言般表明黑暗、屈辱的过去一去不复返，崭新的、光明的、幸福的现在和未来将直到永远。诗里洋溢着无比幸福、兴奋的激情，而对领袖毛泽东的称颂更是充满了迷恋、仰慕、崇拜之情，诗人把毛泽东称为"先知"，他叫我们打倒谁，谁就会被"打倒"、"滚蛋"、"崩溃"！毛泽东被塑造成一个圣明、一个类似上帝的角色。而这个角色在1949—1976年被不断强化、不断神化，最后到了登峰造极的地步。早期的何其芳诗歌的风格的柔弱缠绵，在某种程度上与他缺乏精神上的男子汉气质有关，而现在的他终于找到了某种类似天神一样的精神上的父亲毛泽东，对他只剩下无条件的皈依和崇拜。不能指责何其芳的诗助长了人们对毛泽东的个人崇拜，何其芳只是代表当时亿万中国人中对毛泽东有崇拜意识的人，表达了他们的心声而已，石方禹的长诗《和平的最强音》、胡风的长诗《时间开始了》也是类似的作品，显然这些都是那个时代的最强音，是那个时代需要的鸿篇巨制。从何其芳等人的这些诗开始，颂歌体诗歌在中国大陆持续了近30年的时间，成为一个时代当仁不让的诗歌主潮。虽然其中也有某种时段的不同、诗人个人风格的差异，但总体上还是保持了相当程度的一致性。虽然我们把1949—1976年的诗歌划分为1949—1966所谓的17年，1966—1976"文革"10年两个阶段，但其诗歌的主题思想和艺术风格并没有实质性的变化，后者只是比前者更为激进、更为标语口号化而已。总结 1949—1976 年的诗，我们大致可以作以下概括。

　　这一时期的诗歌创作在思想上主要是遵循了毛泽东的文艺思想，吸收了 20 世纪 20 年代以来的左翼革命诗歌的成果，创作出高度迎合时代主流精神的诗歌。有一部分诗人吸取了苏联诗人的创作技巧，但大部分诗人主要吸取了中国民歌、中国古典诗词的艺术滋养，对中国诗歌进行革命化的探索。现实主义朝着与浪漫主义结合的方向发展，现代主义诗歌脉络基本被切断，现代文学时期（1917—1949）所形成的新诗传统发生了某种程度的断裂，1949 年之前的多样化的诗歌形态被单一形态所取代，诗歌走向日趋狭窄化和片面化。因思维方式的趋同、艺术手法的单调，使这个时期的诗歌同质化倾向严重，真正形成和保持自己艺术个性的诗人不多，真正在思想上和艺术上能经受时间考验的作品稀少。无论诗歌理论和诗歌创作都处于某种整体性偏狭和迷失之中。

　　但是在主流之外，某些被边缘化的诗人在私下仍写下了一些不同于主流的作品，在下一个时期才得以发表，另有一些成长于这个时代的年轻诗人所写的作品在知青聚集地流传，但这些创作不足以对主流诗歌造成影响，只是为下一个时代的诗歌提供了必要的准备。

第二节　"老"诗人的普遍性失落

　　1949—1976 年，中国新诗一个突出的现象就是 1949 年之前成名的一批"老"诗人，他们几乎再没写出类同或超越他们 1949 年之前的作品，"老"诗人们呈现出普遍的失落、失重状态。郭沫若在 1949 年以后也写了不少的诗，出版过《新华颂》（1953）、《毛泽东的旗帜迎风飘扬》(1955)、《百花集》(1958)、《东风集》(1963)等十多部诗集，多是配合政治任务、中心工作所写的应时应景之作，总体上可以概括为"诗多好的少"。他作为德高望重的文化官员和毛泽东诗词的权威注释者，一直享有其他诗人无法企及的话语领导权。他的诗作为颂歌时代的代表，在某种程度上为其他正在成长的诗人树立了"光辉"的典范。他的那些标语口号泛滥、空喊干叫的诗在当时没有受到任何人的批评，相反获得诸多言过其实的赞誉。郭沫若 1949 年后基本上充当了跑在时代前列的政治文人的角色，诗作除了《骆驼》等极少托物言志的诗还比较耐读之外，基本上都是时代临时的传声筒，华丽而空洞，时过境迁之后无人再愿意阅读。

1942 年，何其芳在学习了毛泽东"在延安文艺坐谈会上的讲话"之后思想发生了转变，艺术风格也发生了巨大的转变，直抒胸臆成为他的诗的一种常态，尽管他写下了为新中国成立而欢呼的《我们最伟大的节日》，但他被认为思想上进步了，艺术上退步了，甚至有人把 1949 年之后这一类的艺术滑坡现象命名为"何其芳现象"，但他还是希望能更艺术地表达现实的感受，在经过几年的徘徊、纠结之后，写出了被后人称道的《回答》。《回答》被认为是比较典型地反映当时知识分子面临一个陌生而狂热的时代无所适从的心态的写照。自此以后，何其芳再没写出像样的作品，思想也日益"左"倾，参与一些维护主流文艺思想的批判，在批判胡风、胡适等运动中发挥过重要作用。他的诗歌影响主要体现在他写的《如何写诗和读诗》《诗歌欣赏》等文论以及对新诗的格律的探讨上。

卞之琳自抗战时期就在尝试改变之前过于含混、不能让广大读者喜闻乐见的风格，1949 年以后更是希望自发而自觉地着重写劳动人民，尤其是工农兵，希望自己的写作能跟上时代的步伐，与当时主流诗风保持一致，他虽然也作了艰苦的努力，但事与愿违，他在 20 世

第八章 颂体诗歌的昌盛与迷失

纪50年代的诗乏善可陈，为适应变化了的时代他不仅丢弃了他擅长的风格，而且生搬硬套地应用民歌调子写一些不伦不类的作品，而且即使如此用心，仍然遭到批评，弄得他非常紧张焦虑，时过境迁之后，他对这个时期的诗作了以下评价："这些诗，大多数激越而失之粗鄙，通俗而失之庸俗，易懂而不耐人寻味。"①

冯至在1949年以后完全放弃了以前的写法，检讨以前的诗作都是"不健康"的思想的反映，以痛改前非的心态完全放弃了以前的艺术技巧，跟风向民歌体诗歌靠拢。但是显然他的原有的艺术积累并不支持他推倒重来的创新，他的那些民歌体诗歌无一首能和他前期的成功之作媲美，1949年后的冯至虽然作了全力以赴的尝试，但对诗歌基本没有建树。

成名于20世纪40年代、后来被称为"九叶派"的一些诗人，1949年以后报刊给他们发表诗作的机会很少，因他们的创作风格与主流诗歌导向严重不一致，无法继续他们现代主义诗的探索，诗坛对他们采取某种有意识的忽略态度，在有关"五四"以来的对新诗的总结性文章和选集中，也对他们的创作只字不提，完全被遮蔽或者成为批评对象。他们中多数人处于停息或半停息状态，后来穆旦、唐祈、唐湜等人更是遭到错误的打击，幸亏穆旦还保留了一些这个时期所写的作品，否则完全无法窥测他那时的心路历程。直到20世纪80年代《九叶集》的出版才使他们"突然"重新被发掘出来。

田间在20世纪40年代就开始尝试民歌体诗歌的写作，也有意识地试图通过某个典型人物的苦难—革命历程来表现政党与阶级力量的伟大，但写出来的诗作缺乏震撼的力度，也引不起评论界与读者的强烈关注，他没有找到艺术创新的突破口。李季在1949年之后尝试用

---

① 卞之琳：《雕虫纪历·自序》，人民文学出版社1979年版。

各种民歌体裁、形式写诗，但成就不及《王贵与李香香》，他深入玉门油田采访创作一批反映石油工人的诗，被称作"石油诗人"。

胡风发表长篇政治抒情诗《时间开始了》以表达自己对新时代的赞美之情，但不久这首诗以及他的文学理论都受到批评，1955年因"胡风案"更是陷入灾难的深渊，直到20世纪80年代才重获人身自由。七月派诗人因为胡风案件受到牵连，丧失了表达的权利，有的像胡风一样遭受牢狱之灾，有的遭到歧视性待遇，在连做人的基本权利都被剥夺的时候，诗更没有存在的余地。他们在20多年后才再次浮出地表，成为一束重新绽放的"白色花"。

艾青的状态相对复杂一些。新中国的诞生对于在延安革命根据地生活了多年的艾青并没有惊天动地的感觉。他已习惯了在毛泽东文艺思想指导下创作，艾青学会了放弃自我，用抽象的人民观念、官方意识形态代替真实的生活感受和内心体验。20世纪50年代艾青的诗出现了严重的滑坡、停滞的迹象。他对诗的激情、感觉、想象下降了。他的许多诗不再如同20世纪30年代中后期那样充满一种深沉博大的内在激情，一种发自土地深处的大气韵。他这个时期的一些作品是先有了主题思想再去找感觉，他的想象力也在一般诗人公共的水平线上滑行，大多作品显得浅显、幼稚甚至滑稽。除了《给乌兰诺娃》《西湖》《维也纳》《礁石》《珠贝》等几首短诗外，严格地说，缺乏真正能称得上杰出的长诗。他的艺术个性在四面赞歌的形势下，已找不到自己的位置。艾青的自我迷失在那些似是而非的民歌体、古典体的诗的汪洋大海之中，随大流写出了《藏枪记》《黑鳗》《女司机》《官厅水库》之类很平庸很一般化的作品。

20世纪50年代乃至今天的评论者大都认为新中国成立之后，艾青之所以没能写出令人满意的杰作，主要原因是作者的思想感情与时代脉搏不一致。政治热情不饱满，对新事物的感觉不敏锐，没有他过去对旧社会的憎恨、对光明未来的追求那么强烈。他已形成的艺术风格与新的社会现实追随潮流的要求不相吻合等。以上这些固然是艾青创作滑坡的重要因素，但是我们认为，自延安时期以来，艾青就没能解决好自我和时代的关系问题。艾青在延安文艺座谈会后的作品，就很少在诗行中出现"我"字，更不用说能真实地反映作者悲欢离合了。许多诗在他的笔下成为来自人民大众、服务于人民大众、与人民大众共同创造的时代的宣传品。诗人成为仅仅为人民大众代笔写作的书记，诗不再是个体的创造性行为，变成了群众的公共宣言。艾青为了追随时代、迎合政治而放弃自我独立思考和个人言说的权利。

艾青对于时代也并非一味地紧跟和顺从，与其他有影响的诗人（如郭沫若）相比，他写诗慎重多了，他也在困惑中寻找突破、超越自己的契机。但是在当时诗坛"左"的思潮大行其道的形势下，诗被理解成宣传政府各项政策、图解政府和党的方针政策的手段。艾青作为被党和政府激赏的诗人不可能避免为方针、政策摇旗呐喊。他曾因为不能写出反映国家生活的重大事件和人民火热的斗争生活被指责为"缺乏政治热情"，遭到连篇累牍的批评。这恰恰说明艾青还保留了某些独立思考的不随波逐流的禀性。1954年7—8月艾青访问智利的这次南美洲旅行写下的诗作大多数是具有真正艾青诗歌风格的作品，收入诗集《海岬上》的诗作大体能反映艾青新中国成立后到1957年之前诗作的整体水平。他这一时期"朴素、单纯、集中、明快"的风格在诗集中得到较好的体现。在这些诗作中短诗《礁石》和长诗《大西洋》尤其值得注重。《礁石》这首诗有感于智利人民争取民族独立而做的短诗，其内涵远远超过了他的创作意图。"一个浪，一个浪/无休止地扑过来/每一个浪都在它脚下/被打成碎沫，散开……//它的脸上和身上/像刀砍过一样/但它依然站在那里/含着微笑，看着海洋……"这首诗一反人们习惯上对浪与礁石的情感态度，礁石和海浪之间构成了相互依赖又相互对立的双方。浪涛不断地打击礁石却反而使礁石愈加坚强。礁石处处是刀砍过的伤痕却依旧从容、博大、乐观，我们可以从这首诗中读出许多带哲理意味的命题来。这在中国20世纪50年代诗坛平均化、概念化泛滥的潮流中真是一块不可多得的礁石。写于这一时期的《大西洋》作为一首长诗，它宏大的气魄、壮丽的意境和深广的诗意非艾青这样的大诗人不能胜任。它的前半部艾青试图用较为个人化的感受写出冷战时代风云变幻的世界图景，但后半部却又用集体主义的概念化的抒情方式揭批资本主义的罪恶，歌颂世界人民力量的伟大。空洞庞杂的议论淹没了大气磅礴的抒情。艾青无力完成一部真正可以代表他本人和他所处时代的力作，这不能说不是一个遗憾。当南美访问结束后回到北京，艾青又加入了千人一面、万人一腔的合唱之中。过于稀薄的空气使礁石也不得不失重，除了停止写作，他无法回避时代共同的浅薄和浮躁，艾青也试图逆水而行，发表于1957年2月的《文艺月报》上的散文诗《养花人的梦》《黄鸟》《蝉之歌》《画鸟的猎人》或对艺术公式化、概念化的讽刺，或对百花齐放、百家争鸣的呼唤，或要求对不同创作个性、艺术风格的宽容，这些作品都可以视为诗人对当时文坛日益"左"倾的不自觉的反动，是诗人对时代真实脉动的敏感把握。这一支支"冷静的箭"大大刺伤了当代主流文化歌舞升平、好大喜功的时弊，很快遭到了暴风骤雨般的批判。不久艾青被错划为"反革命右派分子"，放逐新疆边陲劳动改造达20年之久。一颗辉煌过一个时代的诗人一夜之间消失在天空中。这件事发生在1958年4月的中国北京。

第三节 红旗下的新诗人

在新的时代成长起来的一批新的诗人，他们和前一代诗人的思想艺术修养、美学追求及创作环境都有很大的差异。其中最明显的一点是，他们都是在主流意识形态和文艺思想规约下进行创作的，他们如同一棵树上结下的果实，虽然有大小、色泽乃至成分上的某些差异，但他们的根系与血脉却源于一处，他们的诗在本质上具有某种家族相似的特性，但也有某种个体的特征和变异，他们可能具备不同的风格和追求，但却有某种类似或近似的优点、缺点与局限。

这些年轻诗人在某种程度上可以说是左翼诗歌在新时代的继承人，他们的诗歌观念和创作方法直接承袭了左翼诗歌的遗产，特别是延安及其他根据地诗人对他们的影响是深远的。他们对古典诗歌、西方诗歌的了解和学习与上一个时代相比是相当欠缺的，对苏俄诗人的了解和学习相对多一些。这种艺术准备上的某种"偏食"和片面直接或间接导致他们诗歌创作的内蕴上的某些不足。另外，由于时代给予他们的思想、艺术营养上的片面性和单一性，也导致他们诗歌追求上的个性化不足、风格化不足的毛病。他们的诗歌个性并没有充分展开和被挖掘出来，"从整体上说，我们很难从风格、从美学追求、从流派的角度上把他们加以区分"[1]。很多论者只能从地域、职业、题材等外在形态上给他们分类。这些青年诗人由于时代的局限和自身准备的不足，写作的诗歌在某个时期可以赢得名声，但从长远的历史看，真

---

[1] 洪子诚、刘登翰：《中国当代新诗史》，人民文学出版社1993年版，第115页。

正能传于后世的作品显得稀少，大多数诗人及作品被历史无情地湮没。

在尝试利用民歌、古典诗歌形式和技巧来写新诗的探索中，一些写农村新貌或将农村田园诗化的诗歌，由于与直接的社会现实距离相对较远，反而有些诗歌现在读来其审美品质也能拨动读者的心弦。如严阵的《江南曲》，用凝练简洁的字句描画江南乡村的美景，古典的词曲韵味也暗合其中，"二月的雨：红雨，/无声地，洒遍了江南，/一颗雨点染红了一个骨朵，/一颗雨点染红了一张笑脸。//村外水声：拍拍，拍拍，/村庄上罩着淡烟，/孩子们赤着脚跑，/仰起头，笑着去迎雨点"。烟雨江南，花红柳绿，在诗人的笔下被点染了出来，虽然也是歌颂新社会新风貌，但是它所具有的山水田园诗特有的美感也是柔美动人的。沙白的《水乡行》所散发的美感与严阵的《江南曲》相近："水乡的路，/水云铺。进庄出庄，/一把橹。//渔网作门帘，/挂面树，/走近才见/人家住。"南方的秀丽山川、小桥流水，激发了一些诗人的灵感，但是这些诗人未能有意识地执着于开掘这一方充满灵性的山水，虽然一些诗人写过一些有关山水田园的诗歌，但未能形成一种潮流或派别。另有成名于20世纪40年代后期的诗人张志民，在20世纪60年代初写出了《西行剪影》以游历新疆为题材的诗集，将民歌和词曲的体式和节奏融入诗中，追求轻柔、明丽的风格，也可以归为此类，但不久他就放弃了这种风格，转向时代所盛行的粗犷、豪放的大合唱之中。

另有一些诗人却被湮没于政治运动之中，刚刚发表《大风歌》的张贤亮被划为"右派"，从此放弃了诗的写作，新时期成为名重一时的小说家。流沙河因写《草木篇》遭到猛烈批判，被打倒下放劳教，蔡其矫因写《雾中汉子》等受到批评。

20世纪50年代初有一批年轻知识分子随军进入西南地区从事各

种工作,西南边地美丽神奇的自然风貌、特色鲜明的民族风情,以及丰富多彩的民间诗歌、曲词等都以某种"意外的惊喜"的方式震撼着他们的心灵,给他们带来创作的灵感和艺术的滋养,这些诗人包括公刘、白桦、顾工、傅仇、周良沛、梁上泉等。有论者把他们称为"西南边疆诗群",但这一称呼未得到普遍的认可。公刘(1927—2003)是这些诗人中最早获得诗坛认可也有自己个性的诗人。他在20世纪50年代中后期出版了《边地短歌》《神圣的岗位》《黎明的城》和《在北方》四部诗集。他的感觉细腻敏锐,想象新奇,常有出其不意的比喻和意象,比如他的《西盟的早晨》把一推窗一朵彩云飞进来,军号在指挥着群山合唱的奇幻景象展现在读者面前,渲染出和平的边疆、安宁的祖国之晨。他写上海的《上海夜歌》(一)(二)用变幻的钟楼、璀璨的灯火,写出了他眼中的上海的繁华,比喻依然新奇灵动。他在构思、设喻、表现视角等方面显示出他的个性追求,前后风格也有所变化。公刘20世纪50年代末遭受磨难,新时期后又开始发力,写出了许多力透纸背的诗歌,成就比这个时期更大。

闻捷(1923—1971)20世纪40年代后期以战地随军记者的身份来到新疆,20世纪50年代初任驻新疆的新华社记者,这一身份为他深入边疆少数民族地区收集素材带来方便,新疆的风景、风俗及人民的工作和生活给他带来创作的灵感,同时当时苏联一些写生活牧歌的诗人也给他某些启发,1956年他把抒写新疆少数民族生活的诗结集为《天山牧歌》出版,引起诗坛内外的关注。他的这些诗带有某种小叙事诗的特点,善于用独特的场景、情节、细节或小故事来结构诗篇,用一种散淡的、牧歌般悠扬、明朗的调子来抒情,并将民族风情、风俗点缀其间,有别于当时那种高亢、宏大、进行曲式的格调,并且诗集中有不少描写边疆少数民族青年男女恋爱的场面,其画面淳朴自然,并融入了人们对新的生活的热爱和憧憬,这种"小清新"式的诗一时引起不少青年读者的共鸣。20世纪50年代末60年代初,当他离开边疆,这种借题材和地缘优势的写作失去了资源,进入"中心"的闻捷配合政治运动写一些随大流的无个性的诗,他还创作了叙事长诗《复仇的火焰》,出版了《动荡的年代》和《叛乱的草原》,第三部《觉醒的草原》因"文革"的发生未能完成。闻捷试图用诗体的形式反映草原上错综复杂的历史,构建某种"诗体小说",这种尝试是难能可贵的。

赛 马

他的话还没有说完,
我们就到了起赛地点,
他勒转马头扬起鞭,
像一颗流星划过暗蓝的天。
他的心眼多么傻呵,
为什么一再地快马加鞭?
我只想听完他的话,
哪里会真心把他追赶。
我是一个聪明姑娘,
怎么能叫他有一点难堪?
为了堵住乡亲们的嘴巴,
最多轻轻地打他一鞭。

李瑛(1926—)在北大读书时在文学上受到沈从文和冯至的引导,后投笔从戎,成为一名军旅诗人。李瑛勤于体验生活和创作,"文革"期间也仍未停止创作,一生出版诗集多达50余部。他长于以普通战士的身份、姿态去感受军旅生活的方方面面,以细腻、敏锐的笔法加以描绘,他的诗里的意象饱含了他的主观情绪,因而超越了那些平凡的表象，散发出诗意的光彩，他的诗单纯精致、明丽清新。他的这个时期的代表性作品在《红柳集》《花的原野》《红花满山》中。他在诗艺上有意识地追求和打磨在 1949 年以后成长起来的诗人中是少见的，所以他的诗与同辈诗人相比，显得精致考究，这些特点表现在他的一些短诗当中，如《月夜潜听》等诗中，但是艺术方法上也未能超越主流诗歌的范围。

月夜潜听

满月推起海的大潮，

满月照得大地透明

巡逻组长说：

"今夜月圆，注意潜听！"

月亮，不要照出我的影子，

风，不要出声；

祖国睡去了，

枕着大海的涛声。

我们出发，伴满海月明，

我们出发，披一天繁星；

警觉的夜像万弦绷紧，

刺刀上写着战士的忠诚。

轻轻，再轻轻，

躲开月光，沿低谷潜行；

三块岩石，却有三双耳朵，

三簇野草，却有三双眼睛。

亲爱的家乡，亲爱的祖国，
多少神圣的命令藏在我心中，
就是这最大的信任和叮嘱，
为我们遮住了暴雨狂风！

远村传来鸡叫，回营吧，
不要告诉炊烟，不要告诉风。
边境好恬静，但要警惕，
夜是肌肉，我们是神经！

但是作为军旅诗人，他对战争与和平、对战争中复杂的人性未作深度的思考，"他未能把这一具有普遍性的人类问题，放在人类历史、人类面临的生活处境这一背景上来体验、思考"[①]。他的诗的思想观念显然是与主流保持高度一致的。其他军旅诗人如未央《祖国，我回来了》、张永枚《骑马挂枪走天下》、胡昭的《军帽底下的眼睛》等都是受当时读者喜爱的好诗，但整体上的艺术成就和影响力都不及李瑛的诗。

第四节　桂冠诗人：贺敬之与郭小川

贺敬之（1924—　）和郭小川（1919—1976）显然是这个时代的桂冠诗人。他们一起把颂歌体的政治抒情诗推向了前所未有的高峰。所谓的时代精神，甚至一时的政治政策、指示方针、运动形势、中心

[①] 洪子诚、刘登翰：《中国当代新诗史》，人民文学出版社1994年版，第120页。

工作等都在他们的诗中得到某种晴雨表或传声筒式的反映。但是，他们的诗，与其他只会叫喊标语口号的诗不同：他们的诗或借用马雅可夫斯基的楼梯诗的形式，或借用古典诗赋的形式，使他们的诗的鼓动性更强，形象性更鲜明，感染力更深入人心，与那个思想观念普遍意识形态化、普遍单纯热情的读者之间产生强烈的共振共鸣；他们的诗如同时代的号角，在凝聚人心、鼓动斗志、抒发情怀上起到了重要作用；他们的诗是为所在时代而写，也赢得时代赞誉的诗歌，但是它们也是严重被时代而局限而损耗的诗歌，当另外一个时代来临之时，这些诗歌的思想价值迅速贬值，诗里的激情变得矫情而虚浮，艺术上的局限性也暴露无遗，当时有多辉煌今夕就有多落寞。他们的诗的价值、地位和影响形成如此巨大的反差，也困惑着许多研究者，诗与时代、诗与政治、诗与历史到底是怎样的关系，如何保持两者之间的张力，如何让一首诗既是政治的，又是艺术的，既是现实的（现世的），又是历史的（永恒的），这是一个值得长久探讨的话题。

政治抒情诗这一概念出现在 20 世纪 50 年代末期或 20 世纪 60 年代初，但从广义来说，何其芳 1949 年 10 月所写的《我们最伟大的节日》、胡风的《时间开始了》、石方禹的《和平的最强音》等也可以算作是政治抒情诗。只是到了 1955 年郭小川发表《致青年公民》、1956 年贺敬之发表《放声歌唱》之时，这种节奏性、鼓动性更强的政治抒情诗才获得读者的强烈关注，之后他们继续发表此类风格的作品，获得更大的社会反响，让读者和研究者忽略了在此之前已经存在大量的政治抒情诗。但是郭小川、贺敬之的政治抒情诗也确有其他诗人所不具备的一些特点。

郭小川和贺敬之的政治抒情诗的艺术渊源来自几个方面：一是对以郭沫若为代表的浪漫主义诗风，以及激情、宏伟、雄浑的抒情方式有所借鉴；二是 20 世纪 20 年代以来的左翼诗歌传统在这个激进、亢奋的时代得以大张旗鼓地弘扬；三是田间、艾青及抗战时期的鼓动性、战斗性诗歌得以继承；四是西方浪漫主义雪莱、拜伦的诗歌，苏联革命诗歌尤其是马雅可夫斯基的诗为他们提供了可资借鉴的对象。另外，中国古代诗歌中的骚体诗、汉大赋及李白诗歌也影响着他们诗歌风格的形成。

在政治抒情诗中，诗里的"抒情主人公"（我，或我们）是以大写的人民或阶级的身份扮演着完全掌握了自己命运的历史主人的角色，他们往往是真、善、美的化身或真、善、美的追求者和体现者。诗往往会对刚刚发生的重要政治事件、政策方针、社会动向作及时的反映和附和主流的评说，具有某种新闻评论和舆论引导的意图。这类诗把政治性、抒情性、论辩性融合在一起，借助鲜明的形象、鼓动性的言辞，把抽象的思想和概念转换成具有象征、比喻意味的具体可感的形象，让读者在受感动、鼓动中接受其形象蕴含的思想和概念。这些诗一般都是鸿篇巨制、高屋建瓴，典型的宏大体例，常借用马雅可夫斯基楼梯式的形式来强化字词的鼓点式的宣传效果，也常用大量的排比句式反复渲染和铺陈，让诗的情绪逐渐上升达到最后的高潮。这种情绪和节奏的安排暗合了当时人们单纯而激情的情感状态，极容易调动人们的情绪体验，特别是在大型诗歌朗诵会或文艺会演上更是会获得雷鸣般的掌声。

贺敬之（1924—　）延安时期以歌剧《白毛女》文学剧本的主要写作者而闻名，虽也出版过诗集，但真正让他诗名大噪的是他20世纪50年代中后期到60年代一系列的长篇政治抒情诗。对于早已熟悉毛泽东文艺思想的他，和这个新的时代的结合是完全契合的。他用诗表达出来的图景很大程度满足了当时主流社会对自身的理想化想象的需求。在他的诗里，诗人的自我完全融入整体的"历史本质"之中，诗成为为主流意识形态添砖加瓦、锦上添花的技巧性修饰，伟大、光

第八章 颂体诗歌的昌盛与迷失

荣、正确及真、善、美这种抽象形容词通过他华丽而堂皇的字词形象化、具体化，用来表现那个时代的整体性完美，他的《西去列车的窗口》《放声歌唱》《十年颂歌》《雷锋之歌》等篇什或配合某个重要政治事件，或配合某个节庆，或配合某种宣传，或配合某项工作，总能及时而技术地把所谓的"时代精神"编织在他的诗中。这种站在主流的中心位置，向四面八方传经送宝式有高声朗诵性质或夸张表演性质的诗歌，正是那个激昂而狂飙的时代所需要的艺术的品质，但时过境迁、时代流转之后，这种过于煽情、奔放的风格的诗不再受人喜爱，反而从他的信天游民歌体的诗《回延安》中我们还是能读到某种真情的回味，在他的《桂林山水歌》里我们还是能感受到美丽的自然赋予诗人的澎湃的诗情。

他的思想艺术特色及楼梯诗的抒情方式在《放声歌唱》中的这一节诗中有鲜明的体现。

党

正挥汗如雨

工作着——

在共和国大厦的

建筑架上！

啊啊，正是这样！

党的伟大纪念日，

像共和国的

每一个工作日

一样地

忙碌、紧张。

但是，

在我们忙碌、紧张的

每一个工作日里，

难道我们不是

每时每刻

在纪念着

我们的党？！

啊，我们共和国的

每一个形象里，

每时每刻

都在显现着——

党的

历史，

党的

思想，

党的

力量。

  这种拟人化的把宏大的意识形态抽象概念转换为具体可感的形象的方式屡试不爽，成为贺敬之诗歌最重要的修辞策略，但以现在的眼光看来，就显示出过于生硬而具有苍白的说教味。

  郭小川（1919—1976）在为表现"时代精神"而写作这一动机上与贺敬之没多少差别，不过他写作所涉及的题材范围更广，作品所透露的思想比贺更复杂一些。他的《致青年公民》组诗是对当时的年轻人发出的"向困难进军""投入火热的斗争"的诗体的倡议书，不过抒情调值上没有贺敬之那么高的分贝，具有某种循循善诱的感召力。在《望星空》和叙事长诗《白雪的赞歌》《深深的山谷》《一个和八个》中，他对个人与集体、自由与责任、小我与大我之间存在的某些不一致的状态表达出某种困惑和纠结的心态，虽然他对这种矛盾状态的表现还控制在非常谨慎的范围内，但在20世纪五六十年代，他的这些诗，特别是《望星空》《一个和八个》遭到当时一些论者的严厉批评，很快他把自己的艺术坐标校正到符合主流标准上来。在艺术表现上，与贺敬之相比，郭小川所能驾驭的题材更宽广，除楼梯诗外，他对长句大赋式的诗体更热衷，对叙事长诗也投入了更多的精力。有些论者过于夸大他的《望星空》等作品中的"复杂"心态，但细读时会发现，郭小川诗中所表现的那些思想情感，完全没有任何"反叛"因子，甚至与延安时期的何其芳《夜歌》中的诗相比，也显得中规中矩。这些诗遭受批评只能表明，这个时代越来越不允许个人或个人主义的存在，越来越高度意识形态化、非个人化了。

总体而言，贺敬之和郭小川的诗是一个激进而大一统时代诗人对主流意识形态的形象化的表述，或者说是一个时代的超我君临一切之上时，意识形态借助诗投下的幻象，它对那个时代而言，有巨大的价值和意义，但对以后的时代和以后的诗歌，它的价值和意义无法妄加测评。

第五节　不同类型的潜在写作

处于时代边缘甚至丧失写作、发表权利的一些作家和诗人，并没有完全停止创作，他们在这一时期私下的写作构成了所谓"潜在写作"的重要部分，有的研究者使用"地下文学"或"隐在的文学"这些概念，来表明它们与公开的文坛不一样的文学状态，但前者在那个时代处于边缘化、非常态化的状态，只是到了新的历史时期才被发掘出来，在当时未能对主流文坛构成多大威胁。

潜在写作的诗人之中包括不同类型的诗人，包括因"胡风案件"遭受打击和劳改的七月派诗人绿原、牛汉、曾卓等，包括因诗风不见容于时代的九叶派诗人穆旦等人，包括被错划成"右派"或靠边站的如公刘、流沙河、蔡其矫等诗人，另外还包括在这个时代成长起来的青年一代的诗人，他们在那个时代已经开始了诗的创作，他们的作品只在特定的圈子和群体里传播和被阅读，发生过一定的影响，特别是有些诗人这个时期的创作，直接为下一个时期的创作打下了基础，或是爆发前必要的练习和准备。但是，这些都只是在潜伏、隐蔽下的创作活动，不具有社会公开性，更没有对主流社会和诗坛造成实质性的影响。对这些作品进行文学史的评价也非常矛盾，忽视它们的存在显然是不明智的，但过于夸大它们的价值也显然不够冷静，它们的存在并未从本质上改变当时的文学秩序，也没有威胁到一些既定的文学定论，况且，这种作品中或多或少包含某些那个时代的思想或艺术上的成规陋习，无法割离它们与主流母体的联系，在很大程度上中国知识分子还不具备不依赖主流而完全独立思考的能力，所以我们只能把它们看作那个时代的特殊的变体，或反叛的种子，而全新的颠覆还需要一代新的群体的崛起。

七月派诗人在20世纪50年代中期以后被剥夺了人身和发表的自由，但其中的一些诗人仍在私下坚持写作，绿原因胡风事件而遭受打击，他在苦难中通过阅读《圣经》获取安慰，他写于1970年的诗《重读〈圣经〉》借《圣经》故事中的人物的言行来讽喻当时荒谬而晦暗的现实，渴望"人民"像上帝那样为自己开恩。牛汉的《悼念一棵枫树》等，充满了对自己命运的自悼情绪，走的是吟物言志的路子。曾卓在这一期间写下的一些爱情诗，那种渴望爱又害怕爱，因自己的身世而自卑怯弱的心理体验被诗意地表达了出来，他的《悬崖边的树》借这一棵危险的树自况，表达了在逆境中不甘沉沦的心绪，新时期发表后获得巨大的社会反响。

九叶派诗人穆旦在 1958 年以后被禁止发表诗歌作品，但在 1957 年他写下了一些未能发表的作品，如《去学习会》《九十九家争鸣》等一些诗，讽喻当时空洞的会议、虚假的争鸣，之后停笔多年，1975—1976 年又写了近 30 首诗。在这些诗里表达了对人生苦短、理想破灭的某种幻灭的情绪（《苍蝇》《智慧之歌》《理智与情感》），诗人看到的现实景象是赝币在流通，热烈鼓掌下的无动于衷（《演出》），但他无力改变这种现实，只能在自嘲中化解内心的郁闷（《冥想》）。穆旦在这个时期的诗虽然也有对现实的批评和讽喻，但是充满了某种无能为力的软弱和妥协，显然在长期的政治规训之下，他已不具备"颠覆性"的力量。

蔡其矫（1918—2007）有多年的诗歌创作积累，在 20 世纪 50 年代早期写过歌颂水兵、海员、渔民的诗歌，风格浪漫秀丽，调子比流行的颂歌体低而柔，1957 年后他写了《丹江口·南津关》《雾中汉子》《川江号子》等诗，赞美沉默无声的劳动者，风格厚重沉郁，与当时"大跃进"时代格格不入，遭到"脱离政治""热衷追求资产阶级艺术趣味和表现资产阶级美学思想，迷恋腐朽的形式主义"[①] 的严厉批评，只好跟进形势，写类似"大跃进"民歌的东西，"文革"期间遭到打击，但从 20 世纪 60 年代到"文革"结束他仍在私下写作，写有《双虹》《波浪》《玉华洞》《祈求》等不同于主流诗歌的诗，甚至还参与过北岛《今天》杂志的一些活动。流沙河在 20 世纪 50 年代因诗《草木篇》而遭批判，被划为"右派"下放到乡间劳动改造，他这个时段

---

① 吕恢文：《评蔡其矫反现实主义的创作倾向》，《诗刊》1958 年第 10 期。

写下的《故园九咏》《情诗六首》等诗作，把在动荡时代个人与家人的变故、困窘和无奈写入诗行，诗中充满了凄凉哀伤却苦中作乐的情绪，颇有动人心魄的魅力。这些诗在新时期初得以发表，引起了巨大的社会反响。

另一种潜在写作者主要来自"知青"群体，但早在20世纪60年代初，北京就出现过"X小组"（1962—1963）和太阳纵队（1963—1966）的地下文学社团，他们以手抄的方式刊发传播自己的作品，郭沫若之子郭世英是其中的活跃分子，但这些团体遭到取缔，参与人员遭打击，作品被查抄。上海也有类似的地下文学社团在活动，出现过钱玉林、陈建华等青年诗人，但很快被斥为"小集团"，停止了活动，这些群体的创作严格来说几乎对时代未造成任何影响，思想意识也阈限于主流框架内，他们只是表达了与主流不太一样的思想情绪而已，有些论者过度阐释了他们作品的意义，高估了它们的价值。1968年"知青"上山下乡运动开始以后，一些爱好诗歌的知青在20世纪60年代末70年代初开始写作，他们从对"文革"最初的狂热中逐渐冷却下来，在"知青"生活中体验到社会及人生的真相，开始用诗的形式寻找内心的真实体验。被指认最早也影响最大的"知青"诗人是食指（郭路生）（1948—　），他对白洋淀诗歌群体和北岛等人的创作有一定的启发。他的《这是四点零八分的北京》（《我的最后的北京》）《相信未来》是当时流传于知青点最广的两首诗，前一首写知青为响应政府号召"上山下乡"，在火车突然开动时他们惶恐的心态，后者在表达对现实不满的同时，对未来充满理想主义的期待，但这种期待仍然具有盲目乐观的性质。食指的诗在诗歌形式上并无创新，他的诗引起共鸣的是诗中的真情实感。在他的诗《这是四点零八分的北京》中，没有多少当时主流意念的参与，更多地表达了命运突然被改变时的迷茫和挫败的心态，这首诗被认为是开启新的诗歌时代的第一首诗，他的诗被有些论者夸大地表述为"拒绝按照统一的意识形态指令写作"，"无疑具有强烈的叛逆性质"①，但统观他这个时期的创作，究其实质，他的诗远远没有达到有意识"拒绝""叛逆"的程度，只是在一定程度上比当时的主流诗歌更尊重自己的内心体验，写出了自己的真情实感而已。他诗中的颠覆性被放大和被过度阐释。

这是四点零八分的北京

这是四点零八分的北京，
一片手的海洋翻动；
这是四点零八分的北京，
一声雄伟的汽笛长鸣。

北京车站高大的建筑，
突然一阵剧烈的抖动。
我双眼吃惊地望着窗外，
不知发生了什么事情。

我的心骤然一阵疼痛，一定是
妈妈缀扣子的针线穿透了心胸。
这时，我的心变成了一只风筝，
风筝的线绳就在妈妈手中。

线绳绷得太紧了，就要扯断了，
我不得不把头探出车厢的窗棂。
直到这时，直到这时候，
我才明白发生了什么事情。

---

① 洪子诚：《中国当代文学史》，北京大学出版社1999年版，第213页。

——一阵阵告别的声浪，

就要卷走车站；

北京在我的脚下，

已经缓缓地移动。

我再次向北京挥动手臂，

想一把抓住她的衣领，

然后对她大声地叫喊：

永远记着我，妈妈啊，北京！

终于抓住了什么东西，

管他是谁的手，不能松，

因为这是我的北京，

这是我的最后的北京。

另一个被称为"白洋淀诗群"的诗歌写作者是在河北白洋淀地区及周边的一些爱好诗歌的知青们。他们的知识分子或"高干"家庭出身让他们比其他人更早、更多、更广接触20世纪60年代一些出版社"内部发行"的图书，这些在社会上属于"禁书"的中外政治、哲学、文艺等方面的书，直接或间接作为他们写作的思想资源，尤其是俄罗斯诗人普希金、叶赛宁等人的诗能激起他们心中的共鸣。白洋淀诗群的主要作者有根子（岳重）、芒克、多多等。根子（1949—　）是白洋淀诗群的中心人物，写有《三月与末日》《白洋淀》《深渊上的桥》等，他的诗中怀疑与批判的因素已远远高于同时期的诗人，他也因他的诗被知青传抄而遭厄运。芒克（原名姜世伟）也是白洋淀诗群的主要成员，他是后来《今天》杂志的主要发起人之一，在朦胧诗中也占一席之地。他在1971年开始写诗，写有《天空》《秋天》《阳光中的向日葵》等，芒克的诗中已经有了强烈的怀疑和反叛意识，并对现实生活的沉重、绝望、孤独体验都有很好的表达，这些对北岛等同辈诗人有一定的启发。多多（1951— ）原名栗世征，写有《青春》《蜜周》《玛格丽和我的旅行》等，对绝对理想的失望、对现实的申诉表露在他的诗作中。在当时社会管控严密的时代，他们的诗多依靠在知青点传看、传抄的方式传播，影响范围相当有限。在"文革"中后期，北岛、顾城、舒婷等人也开始了自己的创作，为他们以后正式登场做好了准备。

阳光中的向日葵

你看到了吗

你看到阳光中的那棵向日葵了吗

你看它，它没有低下头

而是把头转向身后

就好像是为了一口咬断

那套在它脖子上的

那牵在太阳手中的绳索

你看到它了吗

你看到那棵昂着头

怒视着太阳的向日葵了吗

它的头几乎已把太阳遮住

它的头即使是在没有太阳的时候

也依然在闪耀着光芒

你看到那棵向日葵了吗

你应该走近它

你走近它便会发现

它脚下的那片泥土

每抓起一把

都一定会攥出血来

　　远在贵州，从 20 世纪 60 年代初开始也有一批文学青年在私下写诗，其中的主要成员是黄翔、路茫、哑默等人，在那个按家庭出身划分阶级队伍、血统论流行的时代，他们的"有罪"的家庭成分使他们在社会上备受歧视和打击，他们用文学写作的方式捍卫自己卑微的尊严，其中最有代表性的诗人是黄翔（1941—　），他的诗中充满了绝望与愤怒，他也是觉醒较早的一位诗人，他在"文革"高潮中写的《我看见一场战争》，对正在发生的"文革"进行了深刻的批判，在某种程度上他是那个时代的"独醒者"，他的诗在很长的时间都保持着批判与反抗的锋芒，洋溢着某种"逆经叛道"的尼采式的自由精神，他的诗流传到北京，对北岛们的觉醒有一定的影响。

　　1976 年的天安门"四五"诗歌运动，也可以看作潜在写作浮出地表的一种形式。它的导火线是 1976 年 1 月自 20 世纪 50 年代以来一直担任国家总理的周恩来逝世，这激化了中国各派政治力量的矛盾，从 2 月到 4 月，在北京、上海、南京等城市爆发了大规模的民众参与的政治抗议活动，4 月 5 日清明节在天安门广场形成高潮，诗歌被广泛用来表达民众的心声。不久该事件被定性为"反革命政治事件"，那些张贴、传抄、散发的诗词被斥为"反动诗词"，相关人员受到追查，一些人因此受迫害，或被定罪。1976 年年底"文革"宣告结束，"四五"运动得以平反，1978 年 12 月从万首诗词中选出的一千五百多首诗结集为《天安门诗抄》出版，其中套用旧体诗、词、曲的篇什居多，新诗只占小部分。大多采用黑白分明、忠奸对立的道德立场表达他们的历史观和对现实政治的看法,满足了人们追悼与诅咒的双重愿望。"这是'文革'间美学日常生活化和诗歌政治化在另一个向度上的典型体现。在中国现代诗歌的艺术创造方法方面,它们并不能提供许多值得重视的经验。"[①]它们具有某种历史文献意义,但作为诗歌的思想和艺术价值并不大。

---

① 洪子诚:《中国当代文学史》,北京大学出版社1999年版,第219页。

第九章 诗歌的归来与复兴

1976年10月以江青为首的"四人帮"极"左"政治集团倒台，这一政治事件成为中国历史的转折点，中国进入了新的历史时期。虽然在"文革"刚刚结束的一两年时间，历史的固有惯性还在沿着"左倾"的方向滑行，但历史毕竟有了更新的可能，更大的实质性的转变还要到1978年年末中共十一届三中全会以后。诗歌的发展历程与其他体裁大体相似，20世纪70年代末到80年代的诗歌经历了从一体化到多样化的转变。

第一节 从一体化到多样化的转变

我们也可以把新时期诗歌的历史进程大致分为三个阶段。从1976年10月到1978年年底，可以看作新时期诗歌的第一个阶段。诗的创作仍以政治性主题为主，大多是对政治领袖人物的缅怀和歌颂，对"四人帮"及爪牙的揭露、批判和嘲讽，延续了"天安门诗歌"的某些特征。人们对刚刚结束的十年浩劫这种复杂的历史现象予以简单甚至幼稚的政治化、道德化的判断，以爱憎分明、黑白对立的绝对化的态度去简单地歌颂或批判,并没有从更高的历史视野去审视这段历史,写出自己对历史的独特体认和感悟,而是全盘接受了主流意识形态的宣讲和舆论的引导,这一阶段的诗歌继续沿着政治抒情诗的模式前行。当时影响较大的贺敬之的《中国的十月》、李瑛的《一月的哀思》、柯岩的《周总理,你在哪里》等都是这类作品。这些作品在广播电台、电视上、诗歌朗诵会和文艺联欢会中被声情并茂地朗诵,引起巨大的反响。这些诗歌的主题、题材及诗歌形式都是对上一个时代的承续,都是具有强烈政治倾向性的,它与当时的伤痕文学思潮是一致的,也是伤痕文学的重要组成部分。从1979年到1984年,是诗歌发展的第二个阶段,思想解放与人们的自我意识觉醒促进了诗的发展。"真理标准"的大讨论和十一届三中全会的召开成为人们放下历史包袱和恐惧心态,大胆抒写心声的强大动力源。诗人加入了反思历史、表达现实思考、寻找自我个性的行列中,诗开始走向复兴和繁荣。这个时期活跃于诗坛的有这样几类诗人:一类是在20世纪50—70年代由于各种政治运动和文艺运动被迫离开诗坛的那些诗人,有些诗人因此被剥夺写作权利,有些停止了写作,有些未停止写作,但作品不能公开发表。这些诗人"突然"回到诗坛,发表了一批有影响力的作品。这些人包括艾青、公刘、白桦、邵燕祥、流沙河、蔡其矫、牛汉、绿原、曾卓、梁南等。他们的思想上虽然与主流意识形态具有一致性,但多年的磨难和精神、情感的煎熬使得他们的诗更多地表达了自我内在的体验,而不是像以前的政治抒情诗一样,完全是意识形态的传声筒。有些诗人的作品本身就写于他们遭难的时期,保留了他们彼时的作为受难者的心境,只是在新的时期得以发表而已。这些诗是当时拨乱反正、解放思想的时代思潮的产物,也是这种思潮的一部分,促进了整个时代的进步和发展。这些诗歌的创作大体对应了中国反思文学的潮流,这些创作者大体上都是一些经历磨难的老诗人,他们怀着劫后余生的侥幸甚至某种感恩戴德的心态重新拿起笔,把个人的遭遇、人民的苦难、历史的疼痛、社会的沉疴等都写入诗行;有的诗作本身就是写于那个无法公开言说的时代,但他们采取的仍然是黑白分明、善恶对立的二元模式去歌颂真善美,批判假丑恶,还未能深入历史、文化的深层次去反思、去剖析,对旧时代的意识形态及艺术方式的眷念和依赖限制了他们作品的思想深度和艺术创新的力度。

真正给诗坛乃至整个中国文坛带来颠覆性变化的是朦胧诗人的创作。这些从"文革"废墟中成长起来的年轻人,已经从被埋没的地下逐渐浮现在公共视野,成为一种不可忽视的存在。最早被大众所关注的是顾城、舒婷、北岛等人的诗作,在当初也没有"朦胧诗"这一命名,但是他们的诗所表现出来的强烈的异质性特征却引起诗坛内外的广泛的争议。谢冕等评论家对这些诗所表现出来的锐意创新的精神表示认同和赞赏,认为是"新诗的崛起",1980年8月《诗刊》发表章明的《令人气闷的"朦胧"》一文,批评近期一些诗歌的晦涩、朦胧,以及表现出来的不正确的思想情绪,"朦胧诗"因此而得名。朦胧诗在学术界引起广泛的争议,朦胧诗之所以引起巨大的争议,这与他们诗中思想艺术上的追求与前一个时期的迥然相异有关,也与那些"归来"的诗人之间存在巨大的差异有关。一方面,他们对前一个时代持完全否定和不信任的态度,用北岛的话说来就是:"我不相信!"他们对"文革"的决绝的否定态度与他们被浪费、被抛弃的生命体验有关,他们在成长过程中所遭受的痛苦、迷茫、焦虑、绝望等负面体验使他们具有了"黑色"的体验:"黑夜给我黑色的眼睛/我却用它寻找光明。"(顾城《一代人》)那些深入灵魂深处的阶级、斗争、"斗私批修"等根深蒂固观念所造成的诗只能抒发集体精神、阶级情感、革命理想等主流的模式,被舒婷式的温情脉脉、含蓄温雅的抒情轻而易举地取代,面对被上一个时代所指责、所批判的"小资产阶级""个人

第九章 诗歌的归来与复兴

主义"的抒情诗的泛滥,那些正统的、被高度意识形态化了的批评家只能用陈旧的意识形态的词汇加以批评,却无法阻止读者对它们的喜爱,甚至他们自己也可能会喜欢上那些让他们心动的诗句:"放下你的信笺/走到打开的窗前/我把灯掌得高高/让远方的你/能把我看见。"(舒婷《小窗之歌》)朦胧诗在诗歌的形式上,也与上一个时代的主流诗歌有巨大的差异,他们弃置了前一个时代所惯用的明喻、排比、夸张、呼告等修辞手法,大量应用象征、隐喻、含混、反讽等修辞手法,诗歌呈现出现代主义的诗歌特征。另一方面,朦胧诗人与"归来"的诗人相比,也显露出他们写作姿态和立场上的不同,朦胧诗人某种独立于甚至对抗主流意识形态的写作方式,俨然区别于归来诗人与主流意识形态之间合谋共赢的关系,这种差异也导致归来诗人的代表人物艾青对朦胧诗持怀疑甚至否定的态度。朦胧诗在很大程度上溢出了主流意识形态所框定的范围,如同一颗逃离了监控器的卫星,再也无法返回到按部就班的固定轨道上来。

朦胧诗在争议声中影响不断扩大,诗歌作为当时文学热潮中最受欢迎的文体,吸引了为数众多的大学生从事诗歌创作,许多青年人都希望通过写诗一举成名,几乎每所大学都有不同的诗歌团体在交流读了朦胧诗之后的感受,以及分享自己创作诗歌的心得,那个时期是诗歌写作和诗歌阅读的"黄金时代"。1985年前后,朦胧诗不再被官方视为异端,在官方逐渐默认了朦胧诗的存在的合法性的同时,朦胧诗人也各自有了不同的艺术或人生选择。北岛脱离了现有的体制,开始过某种自由职业者的生活,舒婷已经淡化了她的温情主义的抒情方式,开始某些更具现代性的创作尝试,顾城的诗越来越个人化和神秘化,杨炼在诗中大搞古典文化、哲学的现代性复活,江河继续沿着宏大叙事的路线往前走。其实朦胧诗群体并无共同的诗歌主张和一致的诗歌追求,只是对前一个时代的思想及艺术成规的反叛使他们走到了一起，特别是《今天》杂志凝聚了他们共同的追求。但他们在诗歌语言、结构、技巧等艺术形式的选择上并没有太多的相互约束、相互影响的关系，作为诗人个体都保持了鲜明的个性特色。这种松散的组合方式反而使他们更能保持其艺术个性，而不被所谓的群体、派别所束缚。朦胧诗人所表现出来的个性特色也从某种程度上表明，一种多样化追求的文学时代已经来临，虽然他们还保留了某种时代的共性特征，但他们不同风格的诗歌却意味着中国文学已经有了更多个人表现的空间和自由。与同一时期的其他文学样式相比，朦胧诗人所表现出来的思想锋芒、艺术个性也堪称先锋，起到了引领一个时代思想的解放和艺术的解放的双重作用。

在"归来"诗人和朦胧诗人之外，在20世纪七八十年代之交还活跃着一批诗人，他们以巨大的热情拥抱崭新的时代，他们善于利用社会的热点、敏感问题写诗，他们的诗很容易引起全社会的共鸣，他们的诗在当时也产生广泛的影响，虽然现在看来，可能和前一个时代大多数诗人一样，他们的写作的思想资源过于依赖于官方和社会的供给，对自我、时代缺乏自我独立的思考，他们的艺术手法、艺术形式上未有特别的创新之处，但他们的诗却为当时的读者提供了思想上的启迪和艺术上的享受，他们的诗作虽不能引领时代的浪潮，但却与那个时代发生了强烈的共振，为新时期前期的诗歌的繁荣局面的形成作出了自己的贡献。

20世纪80年代中后期是新时期诗歌的第三个阶段，这一阶段中国诗歌以更加多样化、个性化的方式表现出来，虽然整个诗坛显得浮躁喧嚣，但从总体上看也促进了诗歌的内容和形式上的进步和解放。80年代中期在朦胧诗的地位刚刚确立之际，另有一批新的诗人开始崭露头角，开始以反朦胧诗的姿态出现。他们显然受惠于朦胧诗人披荆斩棘的成果，80年代中后期思想管制相对宽松，意识形态对艺术的钳制也大大弱化，朦胧诗人的那种对抗式、紧张型的写作已经没有多少原动力，写作的自由度大大增加，新诗人写什么、怎么写已经不再被严格规定和管束，更多的个性生长的话语空间被打开，新诗人们的创作热情在这个相对宽松的时段井喷式爆发，并且喊出了"Pass 北岛"的口号。这批自称"第三代诗人"的年轻人，他们一方面有意识地抱团作业，成立大大小小的诗歌社团、诗社，创办一些同人刊物和杂志；另一方面也努力展示自己个性化创作风格，而 1986 年的诗歌大展成为他们集体亮相的一个重要平台，各种诗歌观念、诗歌形式都被呈现出来，真有一种"百花齐放"的局面，虽然其中难免鱼目混珠、泥沙俱下，但当一切成为历史，总有一些可贵的珍珠和贝壳遗留在诗歌的沙滩上。

从以上的描述中我们可以看到，新时期以来到 20 世纪 80 年代末，中国诗歌与小说等文体发展道路不尽相同。诗歌在 70 年代末 80 年代初伤痕、反思时期，"归来"诗人的创作与整个文学大潮保持了基本的一致，但朦胧诗创作就不能简单划归到伤痕—反思文学类别之中，因为从文学思想上说，朦胧诗的文学思想已经在很大程度上超越了当时时代的局限，对旧时代已经没有任何思想和情感上的依恋之情，而在艺术形式上更多显示出某种现代主义的倾向，暗示、象征、通感、隐喻的大量应用使得他们的诗与归来的诗人们也拉开了不小的距离。朦胧诗人的个性鲜明的创作也是当时那些为某种思潮而写作的小说家们不可比拟的。到 80 年代中期，寻根文学以及实验、先锋小说盛极一时，而这一时期的第三代诗歌一方面团体派别意识更加强烈，各自的旗帜更加鲜明；另一方面创作更加个人化、个性化倾向愈加凸显，虽然也包括了某种恶劣的个人化、极端化的倾向，但诗歌的多元化、个人化方式已经初步确立。无论读者、评论界如何看待 80 年代中后期的第三代诗歌，可以肯定的是，第三代诗人更多地以自我的方式，而不是依赖外在的社会思想供给的方式的写作形态已经基本建立起来。总体看来，从20世纪70年代末到80年代末，中国诗歌在文学史上扮演了某种先锋、前卫的角色，朦胧诗人异军突起、披荆斩棘，是那个时代最具颠覆性、反叛性的文学力量，对整个文学乃至整个社会思想的进步与开放都起到了不可取代的作用，后继的第三代诗人虽然队伍庞杂，但其代表群体及诗人艺术思想及诗歌形式所呈现的现代性、后现代性也堪称时代的先锋，特别是他们对个性化写作的极力推崇，对各种形式的实验，虽毁誉参半，但也为诗歌开辟了更广阔的话语空间，如果不是突然的历史事件和经济转型突然打断了他们的艺术实验，90年代的诗歌或许会呈现另外一种风貌。

第二节　劫后余生："归来"的诗人

在经历了一场历史的浩劫之后，一批"失踪了"的诗人重新归来，"归来"的诗人之中最突出的是艾青。1978年4月30日《文汇报》上刊发了署名"艾青"的诗《红旗》，给期待已久的中国诗坛和读者带来了久违了的声音。这本身就是一则来自春天的喜讯。

1976年毛泽东去世，"四人帮"被粉碎，"文化大革命"宣告破产。中国政治走完了艰险的历程，全面地进入解冻时期。文艺也从万物凋零的冬天走向欣欣向荣的春天。这是一个拨乱反正的时期，揭露林彪、"四人帮"的罪行，反思造成这场民族劫难各种层次的原因，歌颂人民英雄，呼吁科学与民主，要求平等和尊重，成为当时文艺最大的主题和热潮。有位思想家曾作了这样的概括："一切都令人想起'五四'时代。人的启蒙，人的觉醒，人道主义，人性复归……都围绕着感性血肉的个体从作为理性异化的神的践踏蹂躏下要求解放出来的主题旋转。"[1] 这样的时代是需要诗人和诗的时代，艾青一旦重新归来就在时代的浪尖上开始了新的歌唱。艾青经历了20多年的右派生涯之后，又一次进入了新的诗的高峰期。他这个时期创作的《在浪尖上》《光的赞歌》《古罗马斗技场》等长诗和一大批各具特色的短诗，构成了他的另一座诗的高峰。

艾青新时期第一首产生广泛影响的诗作是《在浪尖上》。这是一首献给"四五"天安门事件中涌现的英雄人物的颂歌。诗人将歌颂英雄与揭批败类相统一，站在现实的焦点上向历史发出尖锐的质问：这些历史的妖孽从何而来？滋长他们的是什么土壤？在当时人们对一些现实、历史中存在的问题欲说还休、含糊其辞的形势下，艾青如此尖锐的质问显示出一个杰出的诗人巨大的勇气和强烈的历史责任感。《在浪尖上》在艺术上算不上杰作，但它震撼人心、锋芒毕露的思想意义却记录了一个刚刚解冻的时期最强壮有力的心声，为推动人们解放思想、深刻反思历史和现实问题作出了它特出的贡献。

被誉为"诗体的哲学"的《光的赞歌》是一首视野开阔、思想敏锐、激情澎湃、气势磅礴的作品。诗人再次召唤心目中的"光"，在艾青的笔下，"光"是真理、理想、科学、民主、美、力量、智慧等一切代表人类向上精神的象征，是照耀人类从黑暗走向光明、从愚昧走向科学、从专制走向民主、从死亡走向再生的太阳。诗人在时空中漫游，在历史和现实中求索，抒发自己对人类自身的历史和文明的哲理性思考。在这首诗里，艾青将人类社会的历史概括为光明与黑暗的冲突和搏斗，光明终将战胜黑暗的历史，并且充分意识到光明与黑暗相互依赖相互转化的可能性。"甚至光中也有暗，/甚至暗中也有

---

[1] 李泽厚：《中国现代思想史论》，安徽文艺出版社1994年版，第255页。

光，/不少丑恶与无耻，/隐藏在光的下面"，诗人辩证的哲理思考使这部以歌颂光明为主题的作品更具思想的力度和厚度。20多年的坎坷经历终于使艾青获得了像历史一般沉重、像光芒一般锐利的成熟的诗。失落已久的诗魂又重新回归到自我和时代的交汇处。

《古罗马的大斗技场》与《光的赞歌》那种宽泛、广博的抒情不同，它以古罗马的大斗技场遗址为场景，对人类历史中奴役与被奴役、杀人与相互残杀的残酷的悲剧作了深刻的批判和审视。在人类历史上，总有一些具有奴隶主思想的人，他们把全人类当作他奴役的对象。他们从别人的痛苦中激起自己的欢畅，从流血的游戏中得到笑声，他们的笑声来自观赏别人在死亡之中的挣扎，而那些被迫去斗技的奴隶们更可悲，他们无冤无仇却要用无辜的手去杀死无辜的人。明知自己必然要死，却把希望寄托在刀尖上。他们在盲目的死亡、盲目的胜利中成为被奴隶主们玩弄、观赏的对象。人类历史上大大小小的非正义战争和民族灾难常常就是古罗马斗技场看台上所演出的悲剧的重现。艾青严正地指出，人民终将会觉醒和反抗，历史将"把那些拿别人生命作赌注的人/钉死在耻辱柱上"。这首长诗将人类进入阶级社会之后统治与被统治、杀人与相互残杀的悲剧历史给予了充分的揭示。在当今世界遭受二次世界大战的洗劫和中国人民历经"文革"十年内乱之苦之后，艾青写这首诗的意图是令我们警醒和深思的。

艾青的这些诗无疑是大主题、大题材的宏大抒情之作，其思想深度上也难以逾越时代所给定的主流思想，但他把自己意识到的历史内容和现实感悟写入了诗行，为时代的进步作出了自己的贡献。这一时期他还写下了大量的咏物言志的短章和有关国际题材的作品。他的《鱼化石》《盆景》《镜子》等作品都是将人生的感悟融入所吟咏的事物当中，托物言志，寄托深远。如《盆景》将以丑为美，以节枝、扭曲、变形为能事的盆景制作概括为"或许这也是一种艺术/却写尽了对自由的讥嘲"。对那些摧残艺术自由健康发展的条条框框的讽刺一针见血、一语中的。有关国际题材的作品《墙》《纽约》《芝加哥》《慕尼黑》等不再如 20 世纪 50 年代中期那样，泾渭分明地以二元对立的眼光看待西方世界物质和精神世界的复杂性，而是以一个智者、一个冷静的深邃的目击者的眼光观察一切，并作出自己诗意的形象的概括。艾青曾经一度被外在的意识形态、政策、方针湮没了的主体性自我重新回归。他的创作实绩证明了诗人只有获得主体性自我之后，才能获得属于他自己也属于一个时代的诗。这也是许多"归来"的诗人共同的体验。

鱼化石

动作多么活泼，
精力多么旺盛，
在浪花里跳跃，
在大海里浮沉；

不幸遇到火山爆发，
也可能是地震，
你失去了自由，
被埋进了灰尘；

过了多少亿年，
地质勘探队员，
在岩层里发现你，
依然栩栩如生。

但你是沉默的，
连叹息也没有，

　　　　鳞和鳍都完整，
　　　　却不能动弹；

　　　　你绝对的静止，
　　　　对外界毫无反应，
　　　　看不见天和水，
　　　　听不见浪花的声音。

　　　　凝视着一片化石，
　　　　傻瓜也得到教训：
　　　　离开了运动，
　　　　就没有生命。

　　　　活着就要斗争，
　　　　在斗争中前进，
　　　　即使死亡，
　　　　能量也要发挥干净。

　　应该指出的是，晚年的艾青虽然写下了不少优秀之作，但艺术感染力显然不能与他年轻时期的作品相比，而且他的艺术感觉也明显退化，理性思维占据上风，且思想意识上具有某种保守倾向，特别是在朦胧诗论争中对朦胧诗持否定的态度，更能说明他的思想和文艺观念上的某种滞后性，或被长期政治规训之后的主流化倾向，但艾青已尽力达到了他自己能达到的高度，实现了合乎时代审美趋向的自我更新，仅仅这些对于一个老诗人来说也是难能可贵的。

　　白桦（1930—　）复出后发表的《阳光，谁也不能垄断》《春潮在望》等在20世纪70年代末，引起社会强烈的反响，为思想解放的大潮起到了推波助澜的作用，他"苦恋"式的写作方式源于他强烈的社会责任感和历史使命感，但他过于急切、灼热的表现反而会把自己灼伤。邵燕祥、梁南、赵恺、林希、孙静轩等复出之后，都写出了属于自己也属于那个时代的作品。

因胡风案件而蒙难的七月派诗人在新时期重新焕发出活力，曾卓（1922—2002）是其中的佼佼者。曾卓因胡风案遭受种种屈辱和折磨，但他的诗心未死，并没停止创作，特别是遇到真情之时，更是触动他的心弦。他在20世纪60年代写的《有赠》等爱情诗，把一个身处卑微，渺小而敏感的诗人在遭遇爱情时的复杂纠结情绪非常细致而传神地表达出来。与古典诗相比，现代新诗在表现人的细微而复杂的感情时的长处得以体现。那种想爱又不敢爱、渴望、期待、犹疑、感激、惊喜等百感交集于一首诗中，而且是通过自然的不押韵的语言节奏来完成，更是难能可贵。他的《悬崖边的树》，塑造了紧邻悬崖寂寞而坚强的树的意象。对于这些在政治运动中落难的文人，他们的人生就如同站立于悬崖边，随时都可能被一股莫名其妙的暴风雨吹到深渊里去，但是某种理想主义的信念依然支撑着他们，他们又是一群意志坚强、渴望飞翔的鸟。他们在等待历史的转机，一旦时机来临，他们又会重返蓝天，追求自由的梦想。《悬崖边的树》在一定程度上是这一类落难文人心态的真实写照，这首诗的借物励志的效果是明显的。

悬崖边的树

不知道是什么奇异的风

将一棵树吹到了那边——

平原的尽头

临近深谷的悬崖上

它倾听远处森林的喧哗

和深谷中小溪的歌唱

> 它孤独地站在那里
>
> 显得寂寞而又倔强
>
> 它的弯曲的身体
>
> 留下了风的形状
>
> 它似乎即将倾跌进深谷里
>
> 却又像是要展翅飞翔……

绿原、牛汉复出以后也非常活跃，一方面把他们在遭难中的诗加以整理发表，另一方面也开始新的航程，拓宽自己的写作领域。绿原复出后发表了他的《又一个哥伦布》《重读〈圣经〉》等写于"牛棚"时期的作品，对历史的反省与嘲讽暗含其中，20世纪80年代以后，他游历德国之后写下的组诗《西德拾穗录》，将历史与现实、个人与民族、苦难与辉煌对比、对照，在描写、抒情中不时进行议论、剖析，展示了他理性与诗艺兼备的品质。牛汉写于蒙难时期的《鹰的诞生》《华南虎》《悼念一棵枫树》等在新时期发表后引起好评，他习惯于直接从自身所见所闻中获取诗的素材，然后提炼出诗意，这种创作方式无法客观、冷凝地表现对象，他的多数诗具有某种托物言志的性质，80年代以后他的诗伸向人与自然的深处，以更加内省、沉静的心态面对自我以及自我以外的世界，特别是进入90年代以后，仍孜孜以求，他的死亡意识的增强使他的诗更具有了某种形而上的品质，如《蒙田和我》等。他晚年仍保持着旺盛的创作力，不断刷新了自己的艺术的标高。

九叶派的诗人复出之后也有精彩的表现，郑敏（1920— ）复出后没有把过多的精力投入随大流的批判、揭露上，她更多地把精力放在诗艺的历练和进步上。她有一种永不停止的探索精神，不仅写了不少诗歌理论文章，评介欧美现代主义、后现代主义的诗歌，而且身体力行地进行诗的形式与技巧的探索,作品丰富,品质纯正。她的诗具有典型的知识女性写作的特点,既有感性的舒展,又在字里行间渗透着某种理性的哲理思考,而且她的思想和价值观念完全不受流俗所左右,而是以人类的普遍价值为准绳,使得她的诗境界开阔而远大,比她 20 世纪 40 年代的创作更进了一步。她写于 20 世纪 90 年代的《诗人之死》《世纪的等待》《发生在某月昏暗的黄昏》都是发人深省的力作。在她的诗中,我们能读到一个历经沧桑却独立自守的清醒的中国知识分子的立场与态度。

陈敬容复出后出版了《老去的是时间》等诗集,诗境更开阔,而且更注重字词的凝练,意象更清晰可感,显示出一位成熟女诗人的功力。她的《山与海》等作品含蓄凝练,静穆悠远。杜运燮复出后的诗《秋》因其"朦胧"的色彩引起争议,他之后的诗继续沿感觉化、意象化的路子走,创作了不少诗作。唐湜则写有《海陵王》《泪瀑》及十四行诗集《幻美之旅》,笔耕不辍,收获颇丰。其他九叶派诗人辛笛、唐祈等人也发表了不少耐人寻味的作品。

第三节 入世与出世:公刘与昌耀的诗

公刘和昌耀都是归来诗人中颇有代表性的诗人,他们都有坎坷的人生经历,但新时期复出之后,他们之间的思想观念、艺术个性、价值取向、审美追求却不尽相同,公刘一如既往地保持着对政治和时代的高度关注,他的入世、参与、干预意识是强烈的,社会责任感和历史使命感在公刘这类诗人身上表现得比较充分,虽然在上一个时期他因此遭到打击,但他仍痴心不改,忠胆热肠。新时期公刘的诗由于多取材于政治人物和政治事件，在当时的伤痕—反思文学大潮中有巨大的反响，但当这种思潮过后，其思想和艺术的局限性也呈现出来。昌耀在短暂的公众现实题材的抒写之后，很快把目光投向更宏阔的山川、更深邃的内心宇宙，走上了某种出世的、特立独行的艺术道路，这种不依附于大众阅读和审美喜好的写作方式注定是寂寞的，但从更长的历史的眼光看，昌耀独标一格的诗却具有更大的思想和审美价值，也有更多的阐释空间。

公刘（1927—2003）成名于20世纪50年代中期，1957年被打成"右派"，九生一死，复出以后出版过诗集《离离原上草》《仙人掌》等，复出后他的风格发生了巨大的变化，以前的开朗、乐观的调子不见了，历经磨难之后，"只是由于缺乏活命的水，连它都变成火了"[①]。他的诗不再像50年代时那样单纯而乐观，对历史和现实的复杂性有了更多的辩证认识，他意识到在真、善、美的背面潜伏着假、丑、恶，甚至假、丑、恶会以真、善、美的面目迷惑着人民，伟大与荒谬之间可能只隔一步之遥，他的诗多了沉思的色彩，情感也更加浓郁，用他的诗来表达就是："既然历史在这里沉思，/我怎能不沉思历史？"（《沉思》）虽然他的思想意识未超出他当时的时代所给予的限度，但他复出后的诗反思、批判的力度是强烈的，他的激愤、焦灼的情绪在归来的诗人中是少见的，引起了社会普遍的共鸣。公刘要求自己的诗必须诚实地对待历史和人民，直面社会和人生的苦难性体验，他的诗坚持并深化了年轻时代所追求的现实主义精神，他把长期受压抑的思想和情感以"大哭大笑"直抒胸臆的方式宣泄出来，从诗中能感受到他灼热的情感状态和严峻的思想力度。他的诗虽没有闻一多的博大，却具有闻诗的沉郁。他的代表作《哎，大森林》采用整体象征的手

[①] 公刘：《离离原上草·自序》，人民文学出版社1980年版。

法，用既具有无限生机又掩藏着可怕的危险的大森林来隐喻混沌而沉默的中华民族，对历史的沉痛反思和对现实与未来的忧虑交织在一起，深爱中有失望，失望中又不乏希冀，这种复合的情感态度是发人深省的，诗人多以直抒胸臆的方式表情达意，是因为内心灼热的情感无法再去寻找拐弯抹角的方式去表达。

哎，大森林！

哎，大森林！我爱你，绿色的海！
为何你喧嚣的波浪总是将沉默的止水覆盖？
总是不停地不停地洗刷！
总是匆忙地匆忙地掩埋！
难道这就是海？！这就是我之所爱？！
哺育希望的摇篮哟，封闭记忆的棺材！

分明是富有弹性的枝条呀，
分明是饱含养分的叶脉！
一旦竟也会竟也会枯朽？
一旦竟也会竟也会腐败？
我痛苦，因为我渴望了解，
我痛苦，因为我终于明白——
海底有声音说：这儿明天肯定要化作尘埃，
假如今天啄木鸟还拒绝飞来。

公刘的写作题材多与刚刚过去的历史有关，并呈现出严肃的反思性，他的《读罗中立的油画〈父亲〉》揭开被遮掩的中国人民的苦难的伤口，让人看清历史的真相，《十二月二十六日》《关于〈摩西十诫〉》力图穿透现代迷信和个人崇拜的迷雾，用平视的目光与历史对话,《呼喊》《刑场》对民主政治的诉求等都是发人深省的。公刘的另一首诗名为《伤口》这样写道:"我认得那把匕首;/舔着伤口的是人,/制造伤口的是兽!//我还没有愈合呢,/碰一碰就鲜血直流;/这是中国的血啊,/不是你们的酒!"公刘的诗显然承袭了上一个时代的政治抒情的某些特点,试图以人民代言人的方式对历史进行反思和评判,他希望自己像一只啄木鸟,用诗来清除历史留下的丑恶与污垢,以恢复主流社会的生机与活力。他还有一些诗作以某个历史人物为对象,对他们进行力所能及的公正的评议,如写江青的《乾陵秋风歌》中,用设问、呼告、排比等方式,加强诗的情感强度和反思的力度,情感态度鲜明而直露,与当时的社会情绪相吻合。虽然他的历史视野并不开阔,历史观念未免正统,结论未必公正,但他那种直视历史,剖开历史,坦率而真诚的态度是值得肯定的。但由于未能与历史拉开必要的距离,情感态度上也无法做到客观中立,他的以诗评判历史和历史人物的局限性现在看来就越明显。

昌耀(1936—2001)是一个值得重视而常常被普通读者所忽视的诗人,论者一般把他作为新时期西部"新边塞诗"的代表诗人之一,但他的诗是无法用这个称呼简化和概括的,他的诗越来越显现出某种可以超越时间的永久的品质。昌耀出版有《昌耀抒情诗集》《命运之书》《昌耀诗歌总集》等。昌耀一生命运多舛,1950年参军,后抗美援朝受伤回国,伤愈后自愿到大西北工作,1957年因写诗《林中试笛》被划为"右派",辗转于青海西部荒原,1979年平反。这种长期远离主流社会"流放"式独特的生活经历,让昌耀成了一个生长在荒原上的高原植物,一个与大自然、与山川河流、与宇宙天地没有隔阂,建立了某种神秘的交流、感应关系的人。他以一个自然之子的姿态,以敬畏、感恩、迷信的方式对待天地间自然生成的万事万物以及人类所创造的古老的文明与文化,他笔下的自然与人文景观超越了狭隘的政治、文化、历史的视角,裸露出某种原生的、初始的、自然的本色,他的诗性不是来自某些习得的观念和思想,而是来自一个孤独的个体长期面对辽阔而荒凉的大自然,面对无尽的时间和空间所获得的人生感悟,一种人与大自然、人与天地宇宙寂然相对的结果,越到后来越是如此。他复出后在很短的时间里曾用诗表现过那段艰难的岁月,但很快诗的重心就转移到非政治能涵盖的领域,某种出世、远游于高原大川之间的心态使他不再关注一般社会性、世俗性题材,更多地去关注诗人内心与自然之间某种神秘的呼应和共振。新时期初昌耀因《慈航》《划呀,划呀,父亲们》两首相对温暖、明朗的诗为人熟知,但一般读者对他的诗并无多大兴趣,昌耀所追求的"有体积、有内在质感、有瞬间爆发力、男子汉意义上的文学"[①],并不能被世人所理解和欣赏。昌耀把自身内心的丰富体验与西北时空所显现的高原精神融为一体,把人文思辨和自然地理相结合,把苦难、悲剧性的人生历程与西北高原荒蛮的自然景观互相映射,某种苍凉孤寂又雄浑壮阔的诗境在昌耀诗里得以体现,荒蛮而雄奇的高原景观在他诗里随处可见,如《山旅》:"闪电的青光,/像是一条扭曲的银蛇,/从山中骑者/那惊马的前蹄掠过,/向河谷遁去。随着一声雷殛,/崖畔的老柏,/化作了一道通天火柱。/暴发的山洪/却早已挟裹滚木礌石/从壑口夺路。/——燃烧的树,/为这洪流秉烛。……"他如同在荒凉的雪山高原上游走缓行的行吟诗人,在宏阔壮观的天地之间感受到宇宙的博大,时间的无边,人类的盲目,历史的荒诞,个人的渺小与卑微,他把这些写进了他的诗,让人感受到某种异质的、来自边远地带的原始而苍凉的洪钟之声。他在《造就的时代》中写道:"觉生命个体渺如一粒种子/失身于宇宙的浩茫。"在《眩惑》中,"我们降生注定已

[①] 昌耀:《一份"业务自传"》,《诗探索》1997年第1期。

是古人。/一辈子仅是一天"。他的思想里显然有老庄的影子，同时也有西方存在主义的影响。昌耀似乎透悟了宇宙与时间的空虚、轮回的本质，对人类个体的短暂而卑微、苦难而悲凉的人生抱宿命的态度，似乎一切人为的努力在大自然、时间、宇宙之前都是徒劳。当然，作为深受理想主义思想侵染的一代人，他诗中的积极因素还是占主导地位。他的短诗《斯人》是一首简短而宏阔的诗：

斯　　人

静极——谁的叹嘘？

密西西比河此刻风雨，在那边攀援而走。
地球这壁，一人无语独坐。

在如此短的诗行里，思绪飞动如光如电，把远与近、动与静、虚与实、大与小的意象融合、叠加，让读者产生无穷的联想，这不只是诗的技巧的胜利，也不是一般的诗人能写得出的，而是胸襟、气度、内力等属于诗人人格层面的品质向外喷射出的火焰，刹那间就能感受到诗人孤寂而博大的灵魂之所在。

第四节　与时代思潮共振的诗人

诗歌作为一种敏感于时代的文体，在社会急遽变化的时期，能非常及时地直接反射瞬息万变的社会情绪、思想潮流和美学风尚，甚至引领一个社会思潮的发展。在一个新的历史时期到来之际，特别是20世纪七八十年代之交，整个社会的思想、文化、文学都处在巨大的转型时期，拨乱反正，继往开来，对过去反思，对现实和未来充满期待，诗人和作家们都希望参与到社会实践中去，通过自己的作品为时代的进步贡献绵薄之力，这时候诗人的振臂高呼因为充满激情的力量比小说家的音量更大、更高、更强，会起到振聋发聩的社会效果，甚至也因此受到某些批判与指责，20世纪七八十年代之交有一批与社会情绪、时代思潮共振的诗人，他们的诗作因触及某些社会的热点、敏感点而引起强烈的反响和共鸣。

当时有一批已步入中年的主流诗人，他们对新的时代充满政治热情，抒情方式延续了十七年时期的风格，继续以饱满的政治热情写一些歌颂性为主的诗歌。一般这类诗人没有太多的个人见解，他们写作的思想资源直接来源于官方的政治纲领，在某种程度上是有艺术技巧、无个人思想的作者。这类诗人中李瑛是比较典型的代表，他在新时期前期出版的一些诗集都有浓郁的政治情结，沿袭了政治抒情诗的路子，在刚刚走出"文革"阴霾的短暂时期获得了巨大的社会反响，如他祭奠周恩来写下的《一月的哀思》就是如此。后来他的诗逐渐走出紧跟时代的路子，开始向更为广阔的思想、文化空间迈进，他的《我骄傲，我是一棵树》超越了他以往的抒情方式，不再受具体的生活场景所束缚，给想象以更多的空间，赞美生活的独特与独立，在当时也引起了强烈的反响，之后的李瑛的创作向两个方向发展：一个方向是仍然以宏大的气魄、宏伟的意象去塑造民族、祖国、人民等伟岸、崇高的形象，虽然诗中多了一些对过去历史的反省，但主要还是对所涉的主体的歌颂，如他的长诗《我的祖国》《黄河落日》等；另一方向是通过微小的意象抒情言志，如《蟋蟀》等，我们在前者中看到的是一个军旅诗人严肃、庄重的形象，在后者中能看到一个日常的、有个人特征的普通人形象。这两个形象从不同侧面反映了李瑛这类诗人在大我、小我之间徘徊的身影。

在整个文学思潮处于伤痕—反思阶段的时期，黄永玉（1924— ）的政治讽刺诗在当时引起了强烈的反响，他的诗作为一种在笑声中告别一个荒唐可笑时代的方式，回应了那个时代人们对历史的悲剧进行喜剧式反讽的精神需要，那种"笑中有泪"的混合的复杂情感体验。黄永玉在新时期之前是以画家的身份被认知的，经历"文革"的磨难，20世纪70年代末80年代初这个时段，他写下了不少脍炙人口的讽刺诗，对荒谬的历史以及历史中苟且偷生的个人进行嘲讽，"传说真理要发誓保密，/报纸上的谎言倒变成《圣经》。/男女老少人人会演戏，/演员们个个没有表情"（《曾经有过那种时候》）。黄永玉只是把当时的真实状况以白描的方式勾勒出来，其中的荒谬、恐怖的感觉就会让经历过的人记起重温过去黑暗的记忆，未经历过的读者感到震惊和荒谬，因为这种反常、畸形的社会状况在整个人类历史上也是罕见的，而那个时代的人都或多或少沾染了时代特有的变态的人格与心理。灾难的制造者们的丑恶嘴脸自不待言，而那些告密者、卖友（亲）求荣者、马屁精、阴谋家及阴谋的参与者，都在他的笔下露出滑稽猥琐的面目，那个时代的普通人，则以明哲保身为人生准则，苟且偷生地活着，"街上遇见了朋友/就慢慢地、微微地点个头/仿佛虔诚得像一个/狡猾的和尚"（《不准》）。从黄永玉的诗中，我们可以看到一个荒谬的时代所构成的畸形文化，让制造者、参与者以及普通人都成为某种灾难的同谋者，而对这种文化的反思和批判的任务还远远没有完成。黄永玉的讽刺诗对历史的批判、对现实的反思，虽然也大多停留在政治批判的层面上，但他笔力的犀利，眼光的老辣，其中所暗含的对历史的忧思都是高出同时代的同类作品的地方。黄永玉诗歌语言上的明快、爽利也是值得称道的，特别是他不避俗字俚语，从日常口语中去提炼诗语的方式也是别具一格的，这些特点都使他的诗具有风趣幽默又不失严肃的风格，很能引起社会上一般读者的共鸣。但讽刺诗这一类别在以后的诗歌创作中并未得到充分发展，其特有的社会功能也未充分发挥出来。

另有一些年轻诗人也在"文革"结束不久崭露头角，如雷抒雁、叶文福、熊召政、曲有源、张学梦、骆耕野、李钢、叶延滨等，他们的诗在拨乱反正、解放思想、改革开放的浪潮中与归来的诗人及朦胧诗人等一起为整个时代的进步作出了自己的贡献。他们的诗一般直接取材于社会事件，或敏感于社会情绪的变化，他们在诗的立意和构思上都比较偏向传统，但增加了反思和批判的锋芒，总体上属于保持与当时社会思想进程一致的"主旋律诗歌"的范畴。另有一批地处西北的诗人如周涛、杨牧、章德益等因其诗风具有边塞风味，被称为"新边塞诗"。

雷抒雁（1942—2013）在20世纪70年代初就有了一定的艺术积累，1979年他发表了长诗《小草在歌唱》，在当时引起强烈的反响。这首以张志新烈士在"文革"中因捍卫真理惨遭杀害，在临刑前刽子手担心她喊"反动"口号割断她的喉管的真实事件为素材，塑造了一个为真理宁死不屈的女英雄形象，在诸多以此为题材的作品中，雷抒雁将作为普通人的自己与英雄加以比照，加强了该诗的历史反思、自我谴责的力度，比同类题材的作品显然更具有思想价值和艺术魅力，虽然现在看来，该诗的思想意义仍然未跳出当时的思想框架，艺术上也采用了前一个时期的政治抒情诗的形式，追求诗的朗诵效果，但它对人们解放思想、反思历史起到了积极的作用。在当时有一些诗触及社会问题和军队的腐败问题，也引起了读者强烈的关注，如叶文福（1944—　）的《将军，不能这样做》《将军，好好洗一洗》、熊召政（1953—　）的《请举起森林般的手，制止！》、曲有源（1943—　）的《我歌颂西单民主墙》《为了明天的回想》等作品因涉及官僚主义与军队中的腐败等时弊，在当时遭到"对社会主义制度的怀疑""诋毁人民军队""资产阶级自由化"的批评,甚至上纲到政治原则上进行批判。现在看来,这些诗作作为现实主义"干预生活"模式的一种,本应该受到鼓励和支持,让我们的社会更加清洁和健康,但当时过于政治化的批评使这一类诗作受到抑制,之后的诗坛几乎不再关注过于敏感的政治问题和民生问题,与这类诗歌在当时受打压不无关系。

随着中国改革开放政策的确立,一批呼唤改革开放的诗歌也引起关注,如张学梦(1940—)在1979年发表的《现代化和我们自己》表达改革时代来临之时,"我们自己"知识、思想上准备仓促的焦虑,在他的一系列诗中,都表达了时代正走向现代化,作为时代主人公的"我们"如何现代化的问题。张学梦也借用了政治抒情的模式,只是转换成了改革开放这一时新的主题,他的诗中充满了某些理念和政论色彩,表达了那个时代强烈要求变革的心声。另一个写类似主题的诗人骆耕野(1951—)的《不满》也表达了对封闭的时代、观念及生活方式的强烈"不满"情绪,以及突破思想禁锢的渴望,真实表达了当时的社会情绪。

还有一些诗人属于广义上的朦胧诗群体,他们的年龄、思想甚至艺术手法上都与那些被指认的朦胧诗代表诗人比较接近,在当时的青年诗人中也有突出的表现,有些诗作也被传诵一时,表达了某种时代情绪,只是一般论者未将他们划归于朦胧诗代表诗人当中。梁小斌(1954—)在1980年凭借《雪白的墙》和《中国,我的钥匙丢了》两首诗引起社会的强烈的关注。前一首诗他拟用一个纯真的孩童的眼光来看待周遭的世界,发现雪白的墙上写满了许多肮脏、粗暴的字,单纯而美好的一切已不复存在,但他仍怀着纯真的心期盼拥有一片雪白的墙;后者对中国在政治风暴中迷失、癫狂的状态进行反思,他希望能找到在风暴中丢失的钥匙。我们从梁小斌的诗中,能看到经历

"文革"之后的青年一代心灵的创伤,以及希望通过反思和努力找回理想的心理轨迹,某种理想主义、浪漫主义的情绪仍是诗的底色,某种失望但未绝望、迷惘但相信能找回原初理想的心理情绪正是历经"文革"后大多数民众的想法,梁小斌的诗中的这种迷失和积极寻找的努力与当时的社会普遍情绪是吻合的,他的诗起到了某种治疗与抚慰的心理的作用,他的诗引起一般读者的强烈共鸣是理所当然的。

傅天琳(1946—)在众多的诗人中,虽然没有耀眼的光环,但却有自己的一席之地,由于"血统论"观念的盛行,她在 20 世纪六七十年代有过不公正的待遇,她早期的诗表达了个人对时代的抗争的心绪,但傅天琳本质上不是一个"愤怒"的诗人,她更善于表达女性特有的温情、善良、母性的一面,与当时的文学上的呼唤人性的人道主义思潮是一致的。她的《在孩子与世界之间》表达的就是母亲与孩子之间鱼水深情,那种源于血缘的无可比拟的爱,暗合了新时期人道主义的社会思潮。她后来的一些诗继续走她的温情路线,虽然主题、题材进一步扩大,诗的技巧更加成熟,但从爱与善良的眼光去观察和表现世界的方式并没有变,反而更加宽厚而温暖,如《音乐岛》《红草莓》等诗集,她的诗具有某种少女般透明而纯净的韵味,但又不乏对词语、意象及结构上别出心裁的组合和嫁接,她不喜欢跟着潮流写作,也不为某种主义或思想写作,而是把自己所体验到的诗意用自己擅长的方式表达出来,虽然这样的写诗方式可能不会引起强烈的关注,也会引来缺乏深度的指责,但不可否认她是一个有自己风格和个性的女诗人。

王小妮(1955—)的创作与朦胧诗人的创作基本上同步,但她与北岛的"今天"诗群没太多联系,她的诗当时被认为是朦胧诗,但她的构思和处理意象的方式与"今天"诗群的朦胧诗人有些不同,她常常从具体的生活的事象去表现自己的感觉和感受,到后来逐渐形成了通过感觉把握物象的方式，她善于把握瞬间的感觉与印象，把它们加以特写和放大处理，给读者带来深刻印象，如《我感到了阳光》就是这样的作品。但王小妮这个阶段的诗作理性参与创作的成分偏重，力图表达自己对时代的思考和感悟，反而给人用力过猛的印象。朦胧诗浪潮过后，许多诗人都停笔写诗，或转入其他创作门类，但王小妮一直坚持写诗，到了20世纪90年代诗作又有了新的变化，以更自我、更独立的姿态，写出了被诗坛看好的诗作，成为寂寞的90年代诗歌中的一个特立独行的异类。

在20世纪七八十年代之交还活跃着一批被称为"新边塞诗"的诗人，他们的主要代表是生活、工作于新疆的周涛、杨牧和章德益。他们的诗一方面保留了自己的生活经验，另一方面把新疆及西域的自然地理、人文景观及文化感悟写进自己的诗里。周涛（1946— ）作为军旅诗人，他的诗里一方面表现当代诗人阳刚勇毅的品质，与上一个时代的军旅诗人李瑛相比，增添了某种雄壮阔大的情怀，思路已不被固定的题材、主题所局限；另一方面又把大漠、神山所赋予的大西北的苍凉、雄奇、神秘之美展现在读者面前，如他的《神山》就是这样的作品。但与昌耀相比，他对自然、宇宙与人的关系上还流于表面和凡俗的思考。杨牧（1944— ）曾长期在新疆垦区做农工，他的青春的记忆都与新疆有关，他在70年代末以《我是青年》扬名，该诗表达了新时代的青年人昂扬豪迈的情怀，他的诗作《大西北，是雄性的》《鹰》等表达了对大西北既美丽、辽阔又荒凉、贫瘠的现实既爱又痛惜的感情，某种豪放间夹一种悲壮的情绪充溢于其诗的字里行间，有时候某种理性的意念驱使他在诗中阐发一些人生的哲理，却显得不够自然、妥帖。他后来的诗向文化、历史的深层开掘，写下了表现地壳沧海桑田变化的长诗《海西运动》等。章德益（1946— ）60年代初从上海来到新疆建设兵团当农工，70年代初开始写诗，早期的诗作充满了理想主义的激情，与那个时代的诗作并无多大区别，到新时期以后他的诗的个性日益凸显，他的组诗《他向荒原走去，他的投影》《他抓起一把种子，掂了掂》《他撒种了，手臂划出个大大的圆圈》等中，塑造出一个在西域边陲"拓荒者"、开垦者的高大、稳健、完美的男子汉形象，他习惯用宏大的意象表现人类为了征服荒原而奋斗的历程，歌颂人类不断向困难、向自然进发的精神，虽然现在看来，他的诗作具有某种过于理想主义的矫情的成分，过于渲染了人与自然的对立、对抗，但是他的作品中所散发的激情、光彩和诗意也是不能轻易否认的。这些新边塞诗人后来的个人风格未有大的发展，出现了某种停滞的现象，或转向其他文体的创作。

另有几位以写乡土诗闻名的诗人，虽然他们的影响力不太大，但他们有自己的风格与韵味，如饶庆年（1949—1994）出版有诗集《山雀子衔来的江南》等，他笔下的江南烟雨迷蒙，鸟鸣婉转，山清水秀，民风淳朴，构成一曲恬淡温馨的乡村牧歌，他被誉为当代最具代表的乡土诗人，在乡村越来越失去往日的宁静与幽美的今天，他的诗如同一曲用雨水写成的江南的挽歌。陈所巨（1948— ）也以写乡土诗歌闻名，著有《阳光·土地·人》等诗集，他对生养他的故乡充满热爱、感激之情，他的诗多展现自己与故乡血浓于水的关系，诗中也有对田园风光的细腻的描绘，也有将乡村浪漫化和理想化的倾向，风格上比饶庆年更硬朗，但少了饶的灵秀。其他诗人如刘小放、梅绍静等也有不俗的乡土佳作，却是对北方地理山川的勾勒，和南方诗人在审美趣味上各有千秋，别有一番滋味。

第十章　异质与反叛：朦胧诗

　　朦胧诗人的出现与北岛、芒克在北京创办的民间刊物《今天》有关。这份杂志创办于1978年12月，杂志上汇聚了朦胧诗的主要代表人物北岛、舒婷、顾城、江河、杨炼、芒克、多多等人的作品。虽然《今天》于1980年12月停刊，杂志共出了9期，但它的凝聚力、影响力是深远的。有些学者认为在《今天》杂志上发表诗作的诗人可以构成一个派别"今天派"，但《今天》杂志存在时间短，在当时也具有某种潜在写作的特点，未对主流诗坛造成巨大的影响，把它作为朦胧诗登上历史舞台的前期准备看待尚可，把它作为一个完整、严格的流派却没有充分的理由。在《今天》上发表作品的青年诗人的创作逐渐引起诗坛的关注，公开的主流刊物也开始谨慎地接纳这些诗人的作品。1979年3月《诗刊》发表北岛的《回答》，继后又发表了舒婷的《致橡树》《祖国啊，我亲爱的祖国》，1979年10月《安徽文学》以专辑形式发表30位未名诗人的作品，1979年3月，《星星》复刊号以头条位置发表顾城的10首诗，并配有公刘的评论，同年4月《诗刊》在"新人新作小辑"栏目发表15位青年诗人的诗，配有时任主编严辰的推荐性按语。此后《诗刊》还以"改稿会"的形式，组织年轻诗人交流，以"青春诗会"的形式在刊物上推荐他们的作品。当时的《诗刊》在这些诗人的诗问世、诗人的成长、诗人之间的交流方面起到了其他刊物不能替代的作用。作为官方主流的最重要的诗歌刊物，《诗刊》对这些诗人诗作的接纳，也标志着中国主流诗坛认可了他们的作品的价值，其他刊物如《星星》《诗探索》《安徽文学》《福建文学》《长江文艺》等也给予他们较多的关注和热心的扶持。

第一节 "朦胧诗"命名的话语论争

朦胧诗影响的进一步扩大与老一辈诗人及学者对这些诗非常激烈的争论有关。当时的文学刊物发行量巨大，文学对整个时代的影响力空前高涨，文学界的争鸣常常也会成为社会各界讨论的热门话题。1979年诗人公刘在《星星》诗刊发表的《新的课题——从顾城同志的几首诗谈起》，以顾城的诗为例对顾城这一代青年诗人成长的社会背景、思想艺术特点提出了自己的看法，他认为"文革"的极"左"路线搞乱了是非曲直，"有一部分青年由此在政治上得出不正确的结论，混淆了政治欺骗与革命理想的界限。更多的青年则陷入巨大的矛盾与痛苦之中，他们失望了，迷惘了，彷徨了，有的甚至蹚进了虚无的死胡同而不自知。其中满怀激越，发而为声的，便是目前引起人们注意的某些非正式出版物上的新诗"[1]。他对顾城的某些诗的愤世嫉俗的思想感情及表达方式"不胜骇异"，但是他希望"无论如何，我们必须努力去理解他们，理解得愈多愈好。这是一个新课题"[2]。公刘以长者的口吻，希望诗坛既要肯定他们值得肯定的方面，又要有勇气指出他

---

[1] 姚家华：《朦胧诗论争集》，学苑出版社1989年版，第6页。
[2] 同上书，第7页。

们的不足和谬误,他担心如果诗坛不去正确引导他们,他们的诗会成长为"我们迄今未曾见过也不敢设想的某种品类",结出"苦果"。我们从公刘的话语中可以发现,公刘等人已经发现了朦胧诗人特出的文学才华和"骇异"的诗歌品质,虽然公刘也意识到"文革"路线破坏了正常的诗歌秩序,导致了诗歌的大量的标语口号化、思想的僵化、诗艺的粗糙、诗的废品和赝品横行诗坛的局面,但他还是用主流意识形态的话语规劝他们回归到正常、"正确"的轨道上来,不希望他们的加入扰乱现存的诗坛秩序。公刘这篇名为《新的课题》的文章的历史的局限性是显而易见的,但是他提出这个问题,并以宽容、理解、引导的策略对待超出他所能理解范围的诗歌的态度是非常值得肯定的。这种态度也被后来的许多心怀善意的论者所吸取和采纳。1980年4月在南宁召开由诗人和学者参加的全国诗歌讨论会上,对这批青年诗人诗作的评价成为会议最重要的议题之一。与会者中,一些论者认为这批新诗人在诗歌上的大胆探索可能带来诗的新的繁荣,另一些论者认为他们的创作可能使新诗陷入更大的危机。同年5月谢冕在《光明日报》上发表《在新的崛起面前》一文,引起社会的广泛关注,谢冕以新诗发展的历史经验为鉴,肯定这批诗人的艺术探索,并把这批诗人诗作呈现的气象称为中国诗歌"新的崛起",这种评价展示了一个学者开阔的历史视野和前瞻性的眼光,在当时的文艺界是凤毛麟角的。他反对诗坛过多粗暴干涉新诗人成长、动不动就"采取行动"的态度,因为"我们又有太多的把不同风格、不同流派、不同创作方法的诗歌视为异端,判为毒草而把它们斩尽杀绝的教训,而那样做的结果,则是中国诗歌自'五四'以来没有再现过'五四'那种自由的、充满创造精神的繁荣"[①]。谢冕的立场和态度显然与公刘有差异,谢

---

① 谢冕:《在新的崛起面前》,《光明日报》1980年5月7日。

第十章 异质与反叛：朦胧诗

冕更多是从中国新文学的历史、经验、教训中得出的结论，而不是维护某个时期、某个时段的文学秩序的观念出发去看待这批新诗人的出现。他看待这个问题的高度、角度明显高于公刘，从而得出的结论更经得起历史的考验。谢冕的观念得到一些人特别是青年知识分子的认同，但也受到一些老一辈的诗人和学者的反对。1980年8月《诗刊》发表章明的《令人气闷的"朦胧"》一文，对诗坛近期出现的某些作品里朦胧、晦涩、古怪的现象提出批评意见，文中引用的诗一首来自九叶派诗人杜运燮的近作《秋》，一首来自这批诗人里的李小雨的《海南情思·夜》，但他所指的现象与这些新诗人的作品息息相关，"朦胧诗"也因此而得名，有关"朦胧诗"的论争从此进入一种激烈的交锋状态。

对朦胧诗及谢冕的文章最有力的支持是1981年3月孙绍振在《诗刊》发表《新的美学原则在崛起》，认为"与其说是新人的崛起，不如说是一种新的美学原则的崛起"。文章肯定谢冕文章"富有历史感、表现出战略眼光"，认为这些诗人的诗作是"对权威和传统的神圣性"的挑战，是新的时代来临以后人的觉醒、人的价值观改变后的必然结果，文章还论述了这批新诗人的新的美学特征。[①] 1983年青年诗人徐敬亚发表长篇论文《崛起的诗群》，对朦胧诗进行全面的总结性评价，对朦胧诗的现代主义特征进行详细分析，引起更大范围的争议，这三篇"崛起"在1983—1984年当作一股文艺上的"逆流"遭到严厉批判。而通过这些年的论争，甚至政治性的打击，"朦胧诗"反而走进了更多人的心中，获得了更多人的认可。到1986年左右，随着意识形态的松动，"左"倾思潮的消退，以北岛出版个人诗集《北岛诗选》，北岛、舒婷、顾城、江河、杨炼出版诗歌合集《五人诗

[①] 参见孙绍振《新的美学原则在崛起》，《诗刊》1981年第3期。

选》为标志，诗坛或者整个主流文艺界正式接纳朦胧诗的主要诗人诗作，朦胧诗开始进入主流诗歌秩序，开始走向经典化的历程。

第二节 决绝的反叛：北岛的诗

北岛（1948— ）是当之无愧的朦胧诗的领袖人物，他起初热衷于旧体诗，大约在1972年开始转向现代诗的写作，和白洋淀诗群的芒克、多多等是诗友。后结识牛汉、艾青、蔡其矫等老一辈诗人，得到他们的指点和帮助。1978年12月他和芒克等创办《今天》地下文学杂志，1980年12月停刊，一共出版9期。后在一些主流杂志社做过几年编辑，1989年4月出国，在欧洲多个国家暂时性地居住数年，后移居美国，以写作、翻译、教书为生，现定居香港。1986年出版《北岛诗选》，收录其出国前主要作品，出国后的诗主要在《北岛诗集》中，另有小说集《波动》《归来的陌生人》，文学随笔《午夜之门》《时间的玫瑰》《失败之书》等，主要讲述自己在欧美漂泊游走的经历，和欧美诗人交往交流的见闻，北岛是为数不多被西方文学界接纳的中国诗人。

他的早期代表作《回答》的初稿写于1973年年初，原题为《告诉你吧，世界》，1976年4月"天安门事件"的发生强化了他心中的愤怒与绝望，在原诗基础上加工改造之后，减弱了个人色彩，增强了公民意识和批判锋芒，使这首诗的历史与现实容量更加丰厚，有一种激动人心、振聋发聩的宣泄效果。诗的开头"卑鄙是卑鄙者的通行证，/高尚是高尚者的墓志铭"以警句的方式让人触目惊心，接下来是对"飘满了死者弯曲的倒影"的世界的质询和诘难，用"到处是冰凌""死海里千帆相竞"来表现历史的灾难丛生、冷漠死寂的景象,然后诗人表达了自己的人生姿态:"我来到这个世界上,/只带着纸、绳索和身影。"诗人所带的三种东西,"纸"作为抒写的媒介,用以记录自己的心声和世界的真相,可以写下对黑暗世界的审判词;"绳索"作为捆绑和绞杀的工具,用以自杀和绞死敌人;"身影"是自我的另一个镜像,只要有光明的地方就会有影子的存在,只有黑暗才能吞没影子。诗人似乎在严正地警告对方,无论我是活着,还是死去,我都会写下我对这个世界的宣判:我——不——相——信!紧接着用了四个"我不相信"的排比句来表明自己作为"挑战者"对旧世界决绝的拒绝与否定的态度。接下来表达了自我承担、自我抉择的勇气与信心:"如果海洋注定要决堤,/就让所有的苦水都注入我心中;/如果陆地注定要上升,/就让人类重新选择存在的峰顶。"诗的最后,诗人在悠久的历史文化(五千年的象形文字)中看到了新的转机和希望。诗中显然挺立着一个为了民族和人类的未来敢于自我承担和牺牲的"大写"的人。在绝望中反抗,在否定中批判,在沉默的冰川上发出号叫,在千帆相竞的死海上拒绝死亡,这种决绝、义无反顾的立场、姿态是当时其他诗人不具备的。他的诗的强烈的异质性、反叛性、颠覆性所暗含的爆破力足以使一切乌托邦神话顷刻土崩瓦解,烟消云散。他一度成为那个时代的精神领袖、诗歌偶像是不足为奇的。

但是北岛在后来的文章中对该诗持某种否定态度,认为"在某种意义上,它是官方话语的一种回声。多是高音调,用很大的词,带有语言的暴力倾向"[①]。《回答》的确有某种高分贝呐喊的成分存在,是对当时陈旧的官方话语的有力回击,具有某种"以恶抗恶"的味道,但把它说成"语言的暴力倾向"有点言过其实。在那个新旧交替的时

---

① 北岛:《热爱自由与平静》,《中国诗人》2003年第2期。

代，这种对抗式的写作为整个时代的进步和发展起到了积极的历史作用。如果北岛当时放弃否定与批判的立场，如果没发表像《回答》这样的诗，可能他的诗的社会影响会大打折扣。

回　　答

卑鄙是卑鄙者的通行证，

高尚是高尚者的墓志铭，

看吧，在那镀金的天空中，

飘满了死者弯曲的倒影。

冰川纪过去了，

为什么到处都是冰凌？

好望角发现了，

为什么死海里千帆相竞？

我来到这个世界上，

只带着纸、绳索和身影，

为了在审判之前，

宣读那些被判决的声音。

告诉你吧，世界

我——不——相——信！

纵使你脚下有一千名挑战者，

那就把我算作第一千零一名。

我不相信天是蓝的，

我不相信雷的回声，

我不相信梦是假的，

我不相信死无报应。

如果海洋注定要决堤，
就让所有的苦水都注入我心中，
如果陆地注定要上升，
就让人类重新选择生存的峰顶。

新的转机和闪闪星斗，
正在缀满没有遮拦的天空。
那是五千年的象形文字，
那是未来人们凝视的眼睛。

他的《宣告》《结局或开始——献给遇罗克》两诗中的一些诗句也常常被论者引用，"也许最后的时刻到了/我没有留下遗嘱/只留下笔，给我的母亲/我并不是英雄/在没有英雄的年代里/我只想做一个人"（《宣言》）。这两首诗都是写给因《出生论》一文被杀害的英雄遇罗克的。这两首诗既是诗人对英雄的祭奠与缅怀，又是对英雄未竟事业的继承与传扬。在后一首诗里，对当时的社会环境的描写是，沉重的影子像道路一样穿过整个国土，悲哀的雾覆盖着大地上的一切，"烟囱吐喷着灰烬般的人群"，人民在古老的壁画上，默默地永生，默默地死去。而"以太阳的名义/黑暗在公开地掠夺/沉默依然是东方的故事"。正是这种沉默而麻木的盲群导致了太阳肆无忌惮的掠夺，而一个时代的先觉者，只是希望做一个普普通通、不因家庭成分受歧视的人的愿望，如今成为做人的全部代价！而诗人作为英雄的同盟者，唯有用笔去挑战悲剧般的宿命，"我，站在这里/代替另一个被杀害的人/没有别的选择/在我倒下的地方/将会有另一个人站起/我的肩上是风/风上是闪烁的星群"。整首诗的基调沉重而压抑，一个孤独的个体在绝望中反抗一个强权的时代的悲剧命运被刻画出来,整首诗具有某种崇高而深厚的悲剧意蕴,这种悲剧境界在中国现代诗中是稀有的。

　　北岛的诗除了这几首被人们熟知的诗之外,还有一些颇具功力的诗被大众读者所忽略。比如他的《触电》,当"我"和一个无形的人握手,我被烫伤,当我和那些有形的人握手,他们被烫伤,我再不敢和别人握手,当我双手合十,一声惨叫,我的内心深处烙下受伤的烙印。这首诗所表达的意蕴是丰厚的。"我"作为一个主体,和那些"无形的人"交流,"无形的人"我们可以把他理解成作为精神性存在的客体,比如书籍、精神偶像等属于无形而蕴含巨大精神力量的事物。当"我"与"有形的人"交流,即与现实生活中的世俗之人交流时,他们却被我的精神上叛逆、不合时宜的思想"烫伤",我被当作一个暗含危险力量的"异类",以致"我"无法与他人做精神性的交流。而当"我"双手合十,求助于某种信仰,却发现信仰的虚妄,只能让自己受伤,"我"似乎意识到,作为一个孤独的现代人只能一个人面对内心的孤独和世界的荒谬,只要与人交往、交流就会产生矛盾和受伤,每个人只能求助于自己,无法拒绝孤独,就要敢于承受一个人的孤独。有论者从刚刚结束的时代去寻找诗的内涵,认为是一个异化的时代,"在生存中,人与人之间是相互'电击'的猜忌与仇恨关系"[①],是对"文革"的反思和批判,似乎偏离了该诗的主旨。

触　　电

　　我曾和一个无形的人

　　握手,一声惨叫

　　我的手被烫伤

---

① 陈超:《中国先锋诗歌论》,人民文学出版社2007年版,第170页。

留下了烙印

当我和那些有形的人

握手，一声惨叫

他们的手被烫伤

留下了烙印

我不敢再和别人握手

总把手藏在背后

可当我祈祷

上苍，双手合十

一声惨叫

在我的内心深处

留下了烙印

北岛出国以后的诗主题与旨趣上都有明显的变化，他对政治性的主题已少有兴趣，英雄主义的激情不在，启蒙、承担、道义、责任已从他的诗里逃逸，无踪无迹。他这个时期的诗更多带有语言的实验性质，飘游的能指没有方向的滑行，除了某些对故国的思念和乡愁之外，多是那些讳莫如深的心绪用曲曲折折的意象含混地暗示出来。比如这首《苹果与顽石》，我们勉强可以把它解读为生命无法抵抗时间的侵蚀，时间如同子弹穿透、毁灭鲜美如同苹果的生命，而生命本身也不能自由主宰，被各种外在于生命本身的事物所征用，所租赁。

苹果与顽石

大海的祈祷仪式

一个坏天气俯下了身

顽石空守五月

抵抗着绿色传染病

四季轮流砍伐大树
群星在辨认道路

醉汉以他的平衡术
从时间中突围

一颗子弹穿过苹果
生活已被借用

他这个时期的许多诗不再具备某种集中的主题，而是他的灵感、意念、直觉、潜意识浮现的产物，我们也几乎不能在他的后期作品中找出一两首真正能代表他整体风格的代表作，论者们也多点评式笼统评价他的某些作品，普遍对他后期作品有失望甚至消极的评价，这些诗作的价值和意义还有待论者的发现与评估。

第三节　温婉的抒情：舒婷的诗

舒婷（1952—　）的诗无疑是朦胧诗中最不朦胧的一种。舒婷1969年就开始试笔写诗，直到1979年她的诗才得以公开发表。她的创作曾受到老诗人蔡其矫的指点，她非常迷恋苏联作家巴乌斯托夫斯基的《金蔷薇》，这部结合自身的创作体验及文学大师的创作经验，探讨作家的修养、写作动机、技巧的散文集对她的创作有极大的启发。她的早期创作明显受到了浪漫主义诗风的影响，普希金、海涅、泰戈尔等都是她学诗阶段喜爱的诗人，中国诗人中她对何其芳早期的

第十章 异质与反叛：朦胧诗

那种温柔而寂寞的诗作情有独钟，也从中学到了忠于自己的内心体验的创作方式。舒婷的早期诗歌《致大海》是典型的浪漫主义的作品，而且浪漫主义因素一直影响着以后的创作，她因此被认为是朦胧诗人中现代主义倾向最弱的诗人。

舒婷广为人知的是她的《致橡树》和《祖国呵，我亲爱的祖国》，前者借用刀、剑、戟等意象象征男性的阳刚挺拔，借用彤红的木棉花来象征女性的热烈而温柔的情怀，倡导一种共同分担、平等相待的伟大的爱情，虽然与那个时代的爱情诗相比，多了一些新颖的意象，但抒写方式上颇有某种借男子的口吻表达自身愿为"花木兰"的味道，舒婷特有的温婉细腻的抒情方式并不显著。后一首诗是对祖国的歌颂之作，虽然是非常主流化的题材，但是其意象的新颖独特给人耳目一新的印象，特别是她应用的那些引起争议的意象，如"破旧的老水车""疲惫的歌""熏黑的矿灯""干瘪的稻穗""失修的路基""淤滩上的驳船"等，这些意象在20世纪50—70年代的主流的诗中从来不曾出现过，甚至这些晦暗、沉重的意象是禁止使用的，是犯忌的，舒婷把贫穷而悲哀、饱含痛苦的希望的祖国的形象展现在人们面前，在当时引起有"左"倾思想人士的反感是必然的，在诗的第三节，用"簇新的理想""雪白的起跑线""绯红的黎明"等意象使诗达到某种信息的平衡和妥协，也淡化了诗前两节带给人的触目惊心的刺痛感，最后的一节把自我和祖国联系起来，表达了为了祖国奉献自我的心愿，与十七年诗歌中的自我有某种共通之处，但现在的"我"已经不是十七年时期的"我"了，而是用"伤痕累累的乳房"喂养长大的"迷惘的我、深思的我、沸腾的我！"这首诗歌颂中有批判，希望中有沉痛，很大程度上冲破了十七年诗歌的表达方式，也带动了当时人们对历史与现实的思考，引起过巨大的社会反响。有些论者认为："舒婷的诗作并没有严格体现朦胧诗特征：她的怀疑并不彻底，她的反抗也不危及体制,她的现代性容易理解,她揭露社会现实的需求并不激烈,她通过对个人的关怀来体现自我和人民之间命运与共的同一关系。"[1] 这种不顾当时刚刚解冻的历史条件,一味指责舒婷这类诗的主流化倾向,是有失公允和客观的。

祖国呵,我亲爱的祖国

我是你河边上破旧的老水车

数百年来纺着疲惫的歌

我是你额上熏黑的矿灯

照你在历史的隧洞里蜗行摸索

我是干瘪的稻穗;是失修的路基

是淤滩上的驳船

把纤绳深深

勒进你的肩膊;

——祖国啊!

我是贫困,

我是悲哀。

我是你祖祖辈辈

痛苦的希望呵,

是"飞天"袖间,

千百年来未落在地面的花朵;

——祖国啊!

我是你簇新的理想,

---

[1] [德]顾彬:《二十世纪中国文学史》,范劲等译,华东师范大学出版社2008年版,第313页。

刚从神话的蛛网里挣脱;

我是你雪被下古莲的胚芽;

我是你挂着眼泪的笑窝;

我是新刷出的雪白的起跑线;

是绯红的黎明

正在喷薄;

——祖国呵!

我是你十亿分之一,

是你九百六十万平方米的总和;

你以伤痕累累的乳房

喂养了

迷惘的我,深思的我,沸腾的我;

那就从我的血肉之躯上

去取得

你的富饶、你的荣光、你的自由;

——祖国呵,

我亲爱的祖国!

　　舒婷成名前后写的诗发挥了诗最原始也最本真的特性——抒情。纯洁、深情、热烈、执着、温婉,这些美好的词在她的诗里变成一个个意象、细节,如手抚琴般触动人们的心弦,对那些刚刚经过情感荒野的人们起到了抚慰、熨帖的作用,引起了极大的社会反响。"人的一生应当有/许多停靠站/我但愿每一个站台/都有一盏雾中的灯/虽然再没有人用肩膀/挡住呼啸的风/以冻僵的手指/为我披好白色的围巾/但愿灯像今夜一样亮着吧/即使冰雪封住了/每一条道路/仍有向远方出发的人。"(《赠别》)虽然她也写过《致橡树》《祖国呵,我亲爱的祖国》那种调子高昂、适宜朗诵的诗，但更多的是像《赠别》这样明丽又略带忧伤的抒情诗。她的诗让人读不懂的朦胧、晦涩的并不多见，《往事二三》算是比较难懂的一首。诗中通过三组相对独立的画面，表现过往生活中的某些场景或片断，第一组画面用打翻的酒盅，浮动的月光，青草上遗落的映山红，呈现某个迷醉错乱的月夜；第二组画面用旋转的桉树林，万花筒般的繁星，眼睛倒映着天空，表现某种令人昏眩的激情场面；第三组画面以书本挡住烛光，手指轻衔在口中，表现那种脆薄的寂静中人似睡非睡的状态。第三组画面与前两组在意境上并不和谐，但总体上表达了某种迷惘、颓唐的情绪，当时发表后引起一些争议。

更能代表她诗艺成熟的是《神女峰》和《惠安女子》，这两首诗也表达了她对当代女性命运的思考。在《神女峰》中诗人先描绘了轮船路过三峡神女峰时，那些在船头仰望神女峰的女子的细节动作，"是谁的手突然收回/紧紧捂住了自己的眼睛"，诗不做多余的描写，只一个动作就非常准确地把现代女子因看到神女峰而潸然泪下的镜头推到读者面前，然后又用衣裙漫飞如云、江涛高低拍岸来从侧面烘托女子缠绵纠结的心思。下一节用"但是，心/真能变成石头吗？"的反问，来表达对像神女峰一样痴情地等待、盼望的质疑，为了等待那些渺茫的远方人的消息，而错过无数个春江月明，为了某种绝对理想主义的柏拉图式的爱情，去做无谓的等待、虚空的期盼，并不是一件多么伟大的事情，反而像传说中的巫山神女一样，只是一种空想的幻影。诗的最后用"与其……不如……"选择句式，表明了诗人的倾向，"与其在悬崖上展览千年/不如在爱人肩头痛哭一晚"。与其为了某个虚无的承诺、某个被夸大的理想、不切实际的遥远的爱情，甚至为了让那些爱看热闹的观众、看客的喝彩、赞美而生活，不如实实在在地享受现实生活中的甜酸苦辣。

神女峰

在向你挥舞的各色花帕中

是谁的手突然收回

紧紧捂住了自己的眼睛

当人们四散离去,谁

还站在船尾

衣裙漫飞,如翻涌不息的云

江涛

  高一声

  低一声

美丽的梦留下美丽的忧伤

人间天上,代代相传

但是,心

真能变成石头吗

为眺望远天的杳鹤

错过无数次春江月明

沿着江岸

金光菊和女贞子的洪流

正煽动新的背叛

  与其在悬崖上展览千年

  不如在爱人肩头痛哭一晚

  从这首诗里,不难发现舒婷从《致橡树》那种流于表面的理想主义的爱情观念中退回到某种脚踏实地的爱情观念上来,也喻示着中国人的爱情观念从虚幻的心身分裂的柏拉图向心身合一的现实主义的撤退,这种撤退显然是一种进步,它消解了爱情中某种夸张、神奇的浪漫主义成分,让爱情更接近心身合一的自然状态。《惠安女子》是她的另一篇杰作,诗人对以局外人的心态观望、欣赏惠安女子的猎奇行为进行反讽,在外人看来,惠安女子吃苦耐劳,丈夫常年出海,她们承担了许多本该男人承担的重负,她们为了遮风避雨的衣着打扮,被当作奇装异服,被拍成封面和插图的奇异风景供人观赏,却无人关注她们的苦难和忧伤,无人关注她们内心的梦想和愿望。这首诗对那些被遮蔽的女性命运的关注和揭示是意味深长的,这两首诗表明舒婷不仅仅善于抒写一己的悲欢,对女性同胞的命运也有感同身受的体验。

20世纪80年代中后期舒婷的诗创作相对减少,那种声音宏大、充满责任与道义的诗作完全退场,诗的题材更倾向于与己有关的人事的感受,但对诗的形式和语言更加讲究,及至90年代,舒婷一方面对散文写作发生兴趣,一方面并未停止诗的创作,这个时期的作品收集在诗集《最后的挽歌》中。虽然失去了前卫、先锋的姿态,但她没丢失诗人的本性,她以更本色、更平和的姿态面对自己和世界,在题材上更有中国本土或地缘特色,比如《血缘的分流》(组诗)写自己家族演变,《都市节气》写传统节气对市民生活的影响等,预示着她的价值观上的某种向东方文化的回归。

第四节 致命的童话:顾城的诗

顾城(1956—1993)无疑是一个诗歌天才。他是朦胧诗人中最具风格化的诗人,他最富有的才能就是他独具一格的带有童话意味的奇思异想。他是一个名副其实的被幻想宠坏了的孩子,这对于想象力贫

第十章 异质与反叛：朦胧诗

乏的大多数中国当代诗人来说他简直是一个例外，而习惯于欣赏脚踏实地或假大空的诗歌读者和评论家轻而易举地就能被顾城所创造的童贞、灵动、浅绿色的童话世界所吸引甚至迷惑。少年顾城的声音一开始就非同凡响："把我的幻影和梦／放在狭长的贝壳里／柳枝编成的船篷／还旋绕着夏蝉的长鸣／拉紧桅绳／风，吹起晨雾的帆／我开航了。"他以纯真而奇幻的心感应着人类共通的对真、善、美的渴望，用纯银般的句子开始构筑他想象中的童话王国，也从此开始了他漫长而执着地寻找幻影和梦的历程。少年顾城敏感多思，八岁就咿呀地用诗表达自己的幻想世界。这个只有小学学历的少年凭一个东方少年特有的灵性敲开了诗的圣殿之门，他用孩童的嗓音唱出了一个自己难以承担的誓言和梦想："我要唱／一支人类的歌曲／千百年后／在宇宙中共鸣。"（《生命幻想曲》）

顾城早期诗歌大多凭天性和灵感创作，对世界和人生的看法、理解极少受到当时流行的意识形态的影响和束缚，他的审美理想倾向于理想主义、浪漫主义的人文精神，显然谈不上思想的深刻和复杂，但是他的思想的单纯和表达的简洁却有利于他的童话风格的形成和发展，他在不自觉状态下逐渐生成了他独具一格的清纯幻想的童话风格。在现代文学时期，早期的绿原曾有过类似风格的作品，但浅尝辄止，未充分发育成熟就放弃了。一般而言，童话风格的诗来自具有儿童心理倾向的诗人的感悟与冥想，并且具有某种东方神秘主义的天人感应的超验色彩，顾城作为这一风格的代表性诗人，必将在新的童话风格诗人出现时再度被谈及、被评判，他和他的诗作将作为一个必不可少的参照物评价后辈有类似风格的诗人和诗。

给顾城带来巨大麻烦和巨大声誉的诗并不是那些具有典型童话幻想风格的《生命幻想曲》《我是一个任性的孩子》等作品，而是《远和近》《弧线》《一代人》等偏向于哲思的几首短诗。这与当时的社会历史条件下人们关注"懂"与"不懂",远胜于关注诗歌风格的时代语境有关。

顾城的《远和近》《弧线》被当作两首典型的朦胧诗加以分析和批评。

远和近

你
一会儿看我
一会儿看云

我觉得
你看我时很远
你看云时很近

当时有人认为其诗意晦涩难懂,故弄玄虚,"小资"情调;有人认为它写爱情或友情貌合神离的感受,一时众说纷纭;有人甚至将它提高到社会历史政治的高度去追根求源,大加挞伐。笔者个人认为,该诗本体上并不是企图表达某种浓烈的情绪和奇思异想。诗人旨在捕捉"我""你""云"三者之间暗含的某种哲思。在三者中,"你"是一主动者,是一个主体,"我"和"云"是"你"的两个被观察者,是两个客体。"你"和"我""云"的关系实质上是一个主体和两种不同价值取向的客体的关系问题。"你"一会儿看我,一会儿看云,在"我"和"云"的态度上有一种游离不定的踌躇。"我"是作为现象世界的一种实体存在的,而"云"则是一种虚幻的空灵的精神或灵魂的幻象,"你"对"我"和"云"的态度可以看作是"你"对物质与精神、肉体与灵魂、存在与虚无、人类与自然本体等两者之间的一种两难的选择。而"我"作为一个能动的反应者,作为另一个"你",凭着敏锐的直觉所能感受到的是"你看我时很远/你看云时很近",也即"你"对现象、物质世界中的"我"反客为主,实现了被观察者的转换,消除了"你""我"的界限和阻隔,产生了主客一体相互观照、交融的审美效果。

顾城在《远和近》中为读者提供了一种感悟"主体"与"客体""精神与现象""物与我""人类与自然"之间关系的主观化了的、诗意化了的形式,在这首诗里顾城也暗示出他个人对理想的、自然的、空幻的一些属于天空与云彩世界的向往,对现实的、物质的、人际的世俗化生活的隔膜和冷淡。我们尽可以根据自己的艺术感知对他的《远和近》作出花样繁多的诠释,但我们不得不承认这是一首真正的诗的杰作。

而顾城的《弧线》引起很大的争议现在看来似乎有些小题大做,顾城自己解释诗中的四种弧线"有一种叠加在一起的赞美和嘲讽",但这仅仅是作者本人的一种解释,就其阅读效果来看,人们更愿意将它看作几种形式(弧线)美的构图的并列组合,它所能唤起的美感大多仅停留在视觉效果上,似乎缺乏诗意的更深刻的感动,其中第二节诗"少年去捡拾一枚分币"与其他三节有明显的不和谐感,破坏了诗整体的结构和意境上的完美。那些将它挖掘过深的做法显然与那个神经过敏的时代有关。

使顾城获得巨大声誉的诗是他的《一代人》。"黑夜给了我黑色的眼睛/我却用它寻找光明。"这仅有二行的诗作准确地概括了"文革"期间成长起来的一代青年在黑暗中寻找光明、从黑暗走向光明的精神历程,它具有一代人青春纪念碑的意义,在当时理所当然地引起了全社会的轰动。"黑夜"作为一个时代典型的暗喻笼罩着当时一代青年对往事的一切记忆,它给予了"我"(当时的"我们")习惯了黑暗也漆黑如夜的眼睛,当然黑色并不意味沉沦和深渊,相反却蕴含了深思、忧患、庄严、神圣的力量，后一句突然转折"我却用它寻找光明"犹如一道直刺人心的闪电，照亮了前句茫茫无边的黑暗，也使得"黑色的眼睛"所蕴含的穿透黑暗的力量得以有力的显现和施展，这两句诗前后相互阐发，释放出巨大的理想主义的精神力量，虽然第二句诗的意象化还不够充分，"光明"一词用得太率直、太抽象，但这并不影响诗的整体艺术效果，相反，由于刚刚从漫长的黑暗中挣脱出来，人们对光明的渴望异常急切、强烈，他们需要某种率真的形式宣泄心中压抑已久的激情，《一代人》正吻合了当时读者的心理需求、价值观念和欣赏水平，从而产生了排山倒海的精神热能，给予许多正在寻找光明的、在黑暗中探索的人们以鼓舞、信心和勇气。

20世纪80年代中期顾城在快乐、明亮地唱完那首《小春天的谣曲》之后，似乎真正如他诗中所唱"我是一个王子/心是我的王国"，他开始关闭他通向现实大地的道路，消解他以前诗作中的观念性的东西，写一些"合上双眼/世界就与我无关"的东西。他抽空诗中的激情和理念，全然凭借某些超验的感觉和幻想写作，他称这些诗为"关系诗"或"结构诗"，这些诗除了保持一定的童话语境之外极令人费解，真正"朦胧"、晦涩起来。顾城太爱走极端，他后期的有些诗作各个物象之间缺乏必要的意旨链，语词的能指无限地膨胀，大量应用只有他自己才能破译的隐语和暗示，这些诗具有"自动写作"式的任凭无意识产生的文字胡乱的拼叠的效果，如一首命名为《其》的短诗，"把手拿好/把玉拿好/把梳子放好//十月/盒子小了"。无论从哪方面解读都不可能弄清它真正的所指。

顾城一直试图建立一个童话般纯洁、完美、绝对的王国，他要做这个王国的无所不能、逍遥自在的国王。顾城超凡脱俗的梦想是以拒绝甚至"涂去"现实的苦难为代价的，是一种典型的对现实世界的逃避和退出。对于顾城这样一个极端主观化、妄想型的诗人，他这种超越现实承受力的将生活诗化、诗化生活的臆想不仅仅使他的创作道路越走越狭隘,在现实生活中节节败退,而且那种不断强化的诗化生活的意念引导他去寻找一个与世隔绝的"太虚幻境"。

1987年顾城偕妻子谢烨移居新西兰激流岛,是他实现自己的童话之梦的开端。顾城在岛上的所作所为几乎就是一种童年时期形成的女性崇拜的幻想的变形的补偿、延续和满足。他的情人英儿的到来意味着这个"太虚幻境"的完美实现。顾城死心塌地爱着这两个女人以及她们带给他的童话之梦,对此顾城充满了某种神圣、沉醉的快感:"你们真好/象夜深深的花束/一点也看不见后边的树枝。"(《英儿》)但是这个脆弱的梦很快就破灭了,英儿不告而别,谢烨也有了新的恋人,准备离开他,顾城构筑已久的女儿国之梦土崩瓦解,顾城赖以生存的精神支柱被折断,顾城选择用自己的肉身去祭奠被毁灭的信仰,用顾城的诗说就是——"爱/把鲜艳的死亡带来"(《我把刀给你们》)。在他最后一段时间的作品里面,有关美化自杀、杀人、暴力、死亡的意象反复出现,诗人对死亡的暴虐有某种渴望和恐惧交织的意念冲动,似乎诗人一直处于存在还是死亡的激烈冲突和争斗中,他在诗中坦然地抒写死亡。

墓 床

我知道永逝降临,并不悲伤
松林中安放着我的愿望
下边有海,远看像水池
一点点跟我的是下午的阳光

人时已尽,人世很长
我在中间应当休息
走过的人说树枝低了

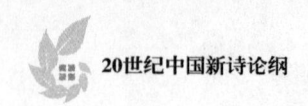

走过的人说树枝在长

谢烨最后离开他时不够理智的表现点燃了顾城杀人、自杀的导火索。顾城的杀人、自杀作为一种半清醒、半痴狂的行为，用鲜血写完了他精心制造的童话的最后一笔，以死亡追寻童话的梦想，一个长达20余年的世纪末童话终于有了一个不该有的结局。

第五节　历史的神话：江河和杨炼的诗

江河和杨炼也被认为是朦胧诗的主将。江河（1949—　）早期也参与了《今天》杂志的活动，写有《纪念碑》《我歌颂一个人》及组诗《太阳和他的反光》等。江河的《纪念碑》在当时引起强烈关注，这首以天安门广场"四五"运动为切入点的诗，对刚刚过去的历史的批判与拷问赢得了读者的共鸣，诗中的历史感也比其他诗人显得更为厚重，他的诗与那个伤痕、反思时代有某种呼应的关系，但历史意识上并未超出当时主流所给予的范围，他追求某种与人民共呼吸、同患难的博大情怀，这种政治性、倾向性明显的"宏大叙事"的抒情方式与刚刚过去的时代的诗歌表现上有某种无法斩断的联系，在某种程度上削弱了他诗歌的批判性。江河之后转向"文化史诗"的创作，他的《太阳和他的反光》组诗就是这类作品，这组诗其中包括《开天》《结缘》《追日》《填海》《移山》《息壤》等章节，都是将取自我国古代的神话传说加以衍化，企图激活中华民族的传统中具有创造性的精神，这种尝试与当时的文化寻根具有某种内在的联系，也得到一些学者的赞誉："我们看到了他重新创造的巨大才能和想象力。他把古老的神话改造成完全的现代诗,它不试图解释神话,不是再现神话的叙事性质,甚至也不夸饰神话的精神和情绪,而是让贯穿在神话中的民族精神在现代背景上萌生发扬。"① 但现在看来,这种古典神话的现代转述,虽然能给人某种程度上的文化的启示,但其中的精神实质并未得到准确的传达,诗人对其内在精神挖掘得并不深透,而且过于理性化地去处理古典神话素材,反而未能带给人比神话本身更有审美冲击力的感受。

杨炼(1955—)也参与过《今天》杂志的活动,他最早引起关注和争议作品是《诺日朗》,诺日朗的藏语意为男神,四川著名风景区九寨沟有一座瀑布、一座雪山都以此命名,杨炼借用诺日朗神话来赞美人类生生不息的生命力和创造力,诗充满了雄性狂放的激情和浪漫夸张的想象,如同酒神迷醉之后的宣泄的表演,激情张扬,形象绚烂,"高原如猛虎,焚烧于激流暴跳的万物的海滨/哦,只有光,落日浑圆地向你们泛滥,大地悬挂在空中//强盗的帆向手臂张开,岩石向胸脯,苍鹰向心……/牧羊人的孤独被无边起伏的灌木所吞噬/经幡飞扬,那凄厉的信仰,悠悠凌驾于蔚蓝之上"。杨炼是朦胧诗人中注重激情和想象的诗人,也喜欢把一些带哲理的句子嵌入诗行,他的诗歌气势充沛,词采华茂,时有诡异之感。之后杨炼热衷于与历史、文化、神话有关的"现代史诗"的写作,如大型组诗《礼魂》《自在者说》《与死亡对称》等,他的诗歌理念明显受到 T.S. 艾略特的影响,不抒写个人化的抒情,而是把个人融入历史、文化和传统中去,在写作中追求把哲理、经验、想象的复杂的聚合,他的这些诗内容庞杂,把典籍、神话、传说、风俗、宗教杂糅于一体,结构复杂,在总体结构之下再分若干层次,意象密集桀骜,企图达到某种超越天地人神的

---

① 江河:《太阳和他的反光小序》,《黄河》1985 年第 2 期。

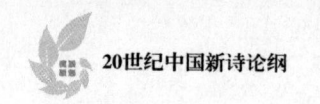

"智者的自在境界",杨炼过于高蹈虚飘的艺术追求导致他的文本艰涩而深奥,有某种故弄玄虚的感觉,使得即使训练有素的学者也望而却步,放弃解读,20世纪90年代之交他在艺术追求上有所调整,所写的《大海停止之外》用血与火的方式叙写人类遭遇的死亡与灾难,具有触目惊心的震撼力。

江河与杨炼这种以现代方式阐释古典哲学、宗教、历史、神话、风俗的创作方式在20世纪80年代中期,得到第三代诗人之中一部分人如四川的"整体主义"和"新传统主义"的追随,如宋渠、宋炜的《大佛》,廖亦武的《大盆地》《死城》,欧阳江河的《悬棺》以及"非非"主义诗人周伦佑《自由方块》等都或多或少受到他们的影响和启示。

北岛、舒婷、顾城、江河、杨炼五人为代表的朦胧诗人在1986年结集出版了《五人诗选》,得到读者及学界的一致认可,有学者把这五个朦胧诗人之外的,在"文革"期间开始写作的芒克、多多、食指、岳重、黄翔、林莽等以及80年代之交写作的王小妮、梁小斌等诗人都纳入朦胧诗人行列[①],这种做法虽然有它的合理性,但却无法准确再现朦胧诗受到强烈关注时期的真实面貌,有将朦胧诗群体无限扩大化之嫌,这种做法虽然扩大了其涵盖面,却在一定程度上牺牲了历史的真实性,未能被学界广泛认同。

---

① 参见洪子诚、程光炜编《朦胧诗新编》,长江文艺出版社2004年版。

第十一章　喧哗与骚动：第三代诗歌

所谓"第三代"诗人，是相对于 1949—1976 年的第一代诗人以及朦胧诗人为代表的第二代诗人所界定的概念，泛指朦胧诗以后到 20 世纪 90 年代这段时间出现的一批诗人，除海子等极个别诗人之外，他们大多不被广大读者熟知，被评论界冠以"新生代""后朦胧诗""后新潮""第三代"等多种称谓。他们以与前两代诗人完全不同的思想艺术风貌呈现于诗坛，并极大地改变了中国固有的诗歌传统和秩序，虽然学术界对他们的艺术得失至今没有公论，但有一点却越来越明确，即从他们开始，中国当代诗歌的创作发生了巨大的变化，中国诗歌从整体上呈现出非中心化、多元化、个人化的趋向。

第一节　第三代诗歌运动

第三代诗人是作为朦胧诗的反叛者的角色登上诗坛的。当朦胧诗在诗坛地位得到官方谨慎的认可，但创作上现出某种停滞迹象之时，一批对诗歌具有强烈爱好的年轻人以诗会友，聚众结社，开始了他们的诗歌之旅。当时比较有影响的诗社有南京的"他们"文学社，四川的"整体主义"（新传统主义）、"非非"主义、莽汉主义，上海的"海上诗群"、大学生诗派、撒娇派等诗社。由于诗歌刊物的有限、发表的困难以及社会管理因素的局限，他们大多数都自办民间刊物供同人发表诗歌创作和理论，1986年安徽的《诗歌报》和《深圳青年报》联合举办的"中国诗歌1986现代诗群体大展"一时间竟推出了60余家诗派、100多位诗人，曾轰动一时，引起社会的广泛关注和争议。这可以看作是第三代诗人的集体亮相。他们中的有些诗社打出了"PASS北岛舒婷"的旗帜。这种提法虽说有对"朦胧诗"的诗艺不满的因素，但更大程度上是对自己处于边缘的民间诗歌位置的心理失衡所致，有明显的借助朦胧诗"上位"的功利目的。当时官方的文艺政策有所调整，政治对艺术的干预比前一段时期少了许多，人们对新潮艺术的承受力也大大加强，在这种相对宽容的文化语境下，任何流派的兴起和扩张都不应是靠"打倒"谁"推翻"谁来占据自己的阵地，而只能在相互冲突又相互磨合的状态下竞争发展，各领风骚，这种具有某种语言暴力倾向的口号彰显出第三代诗人过于强烈的功利和浮躁的心态。无论从思想意识和艺术形态上看，朦胧诗都未"落后"到必须"PASS"、打倒才能让时代前进的地步，当时的朦胧诗还处于发展之中却遭到第三代诗人的猛攻，在一定程度上间接导致了"朦胧诗"失散中落（当然朦胧诗的失散有很多因素）。

　　第三代诗人的诗歌运动是一次破坏与创造并行的诗歌行动。一方面少部分有才情的诗人在运动中显露才华，他们的诗歌理念和风格与朦胧诗大相径庭，大大拓宽了诗歌写作的路径；另一方面运动本身却在很大程度上毁坏了诗坛运行的正常秩序和诗歌内在的肌理，由于在运动中鱼龙混杂，泥沙俱下，在一定程度上混淆了诗与非诗、艺术与非艺术，挫伤了读者对诗歌的兴致和敏感，极不利于普通读者的阅读和欣赏，当时的诗坛呈现一片无序的混乱和喧嚣的浮躁状态，许多诗人在运动中一味地标新立异，为破坏而破坏，为创新而创新，竞相模仿、复制，生搬硬套西方现代、后现代诗歌理论和创作，在运动中迷失了自我的不在少数，甚至只有理论没有创作实绩的空头诗人、空头理论家，理论与创作完全不符的现象大量存在，运动中出现的许多诗作并未获得诗坛内外的普遍认可，相反作为一种速朽的艺术泡沫很快破灭。一般而言，在外部的社会环境、政治管控对艺术的制约日趋缓和的状态下，艺术的发展一般不适宜用爆破式的方式狂飙突进，人为地制造诗歌事件以求轰动效应，只能使诗歌在短暂的喧哗热闹之后暴露出内在的贫乏，1986 年的这场革命暴动式的诗歌运动负面作用太大。

第三代诗人的诗歌运动在很大程度上颠覆、改变了当时的中国诗坛秩序。它不仅对 20 世纪七八十年代之交刚恢复元气的当代诗歌予以了断裂式的弃绝，而且对整个中国新诗传统的大部分也予以否定式的放弃。从他们的诗歌主张和诗作中几乎看不到"五四"以来诗歌前辈们的身影，反而大量借鉴和复制了西方的一些现代、后现代的诗歌理论，并生硬地加以应用，他们的许多诗不是个体对自我和世界的深刻体认，更多的是对西方和自己炮制的诗歌理论的形象化诠释，只有少部分诗人尝试古典诗歌的吸收和化用，如柏桦、石光华、陈东东等。由于诗人对自我和诗歌、诗歌与世界、诗歌与时代、诗歌内容与形式等诸多关系的看法上各不相同，他们进入诗歌的方式差别太大，很难将他们加以归类和概括，他们的诗歌理论和创作呈现出中国新诗出现以来前所未有的多元化取向，我们勉强地可以大体概括为四类：一是追求纯诗境界，把诗歌当作生命的存在方式，甚至精神的宗教加以信仰，如海子、西川等人的诗；二是以口语化、世俗化为旨归，将诗歌当作对现实反讽式反映的方式加以对待，如韩东、于坚等人的诗；三是将诗歌当作语言的试验场加以对待，进行诗歌语言和形式的极端的实验，如周伦佑等人为代表的"非非"主义的诗；四是在西方女权思想影响下，以女性意识进行创作的一批女诗人涌现出来，如翟永明、伊蕾等人的诗。第三代诗人兴起之后，诗坛成为类似宇宙大爆炸后碎片四散、星云密布的纷乱空间，再也无法回到在同一个文化语境和语言平台上进行对话和交流的状态，中国当代诗歌的非中心化、多元化、个人化的局面开始形成。

第三代诗人对待诗的语言的态度呈两极化倾向，有些诗人追求纯诗化，语言多用纯正的普通话，追求语言的晦涩、含混、多义性，另有一批诗人追求口语化，语言俗白平易，无论他们对诗的语言持何种态度，他们大多关注诗的语言和形式问题。在一些优秀诗人那里，汉语的纯净细腻的美感在一定程度上在诗里得以呈现，但由于一些诗人过度追求语言的膨胀、扭曲、断裂，另一些诗人过度追求语言的直白、流畅、顺口，导致了许多诗歌诗性的迷失，尤其是第三代的诗歌运动几乎是一场语言的狂欢盛宴，汉语在运动中呈现出超负荷旋转状态，相当大部分的诗人误入了语言的迷宫。有的诗晦涩桀骜如同天书，有的诗写得像白开水一样寡白，有的将诗写成俚语、俗语、方言的另一种形式，有的俗白粗鲁如同浑蛋骂街，无论他们用何种语言写诗，都表明了这批诗人对语言魔方的痴迷，一些诗人对诗的语言的探索无可厚非，在某些方面（如诗的口语化、叙事性）也取得了某些值得研究的成果，但一个关于诗歌本性的问题普遍被忽视和放逐：诗是表现语言可能性的试验场和诗歌理论的工具，还是表达人类内在生命情感的符号？许多诗人往往过分关注了前者，而疏忽了后者，许多诗歌的试验者抽空了诗歌的内核，肆意地戏弄语言、扭曲语言，故作文字游戏，致使诗成为纯形式主义的空壳，这在"非非"主义的诗歌中表现得尤为明显。

第三代诗人对当代中国诗歌的重要贡献之一是口语的诗性特征被

第十一章 喧哗与骚动：第三代诗歌

有效地呈现出来。自中国新诗诞生以来，胡适等人就提倡口语入诗，"写诗如说话"，但中国诗歌的"言志"传统和宣教功能一直压抑了口语进入诗歌的进程。中国新诗历史上有些时期，也有一些诗人用口语写下了不少通俗晓畅的诗歌，但他们的诗作却担负着"启蒙""革命""救亡""政治斗争"等宏大主题，具有强烈的意识形态倾向，它们作为时代的传声筒，表达的是社会集团的共同的声音（尤其是国家、政治、政党的声音），很难表现作为诗人个体的情感和思想深度，以及心身的体温。朦胧诗人的诗歌在本质上也是个体与社会之间矛盾冲突的直接表达，是诗人个体用书面语（普通话）的形式对历史、现实的激烈的抗辩。而第三代诗人个体与社会的对立状态大大缓解，一部分诗人提倡并采用口语写作诗歌，不仅是对以往诗歌中意识形态化倾向的自觉疏离，而且试图建立起一种平和、亲切、贴近人性的诗歌表达方式，这与现代诗歌的平民精神、自由言说倾向是一致的。

第三代采用口语写诗的部分诗人的一些口语化诗歌，真切表达了对日常生活中的诗性存在，的确给人一种人性的温暖鲜活的气息（比如韩东的《我们的朋友》、于坚的《作品39号》等），但口语化的诗歌必须正视口语的滥用导致的平庸化、庸俗化的倾向，曾经流行一时的被称为"生活流"的口语诗把诗写成了准散文，甚至比散文更琐碎的东西，比如像"二只高脚杯，/把酒倒满，/二只香烟，/把火点上，/一人呷一口，/一人吸口烟"之类的作品不在少数（丁当的《爱情夜话》），更有一些标榜反传统反文化的口语诗，语言之粗鄙，境界之猥琐，令读者反感和失望，毫无美感可言。我们认为，日常生活可以入诗，口语写诗也能自成一格，但诗人与诗必须具备超越尘世的精神力量，才可能用诗的声音与世界进行或激烈或平静的对话，口语化诗歌必须清醒地意识到自己的边界和局限。

20世纪80年代中后期以降，中国社会逐渐转向以经济为中心的时代，大众传媒也开始繁荣兴旺起来，高雅艺术市场日益萎缩，诗歌读者锐减在预料之中，1986年诗歌运动更是让诗歌雪上加霜，读者对运动中诗人所表现出来的狂热与浮躁大多持反感态度，对他们的诗反应冷淡甚至拒绝阅读。有些读者反感诗歌越来越世俗化、庸俗化，有些读者对诗歌的晦涩和西化表现不满，第三代诗歌对于读者说来，要么太俗，把那些吃喝拉撒等日常生活带入了诗行，又没有提供多少诗意的发现，思想平庸浅薄，不能给人以精神上的安慰和启迪；要么太深奥，在虚飘的精神空间做无边的漫游，语言晦涩含混，并且这些诗歌的思想背景和价值取向都是西化的，和中国的诗歌传统没多大关系，普通读者不知所云，即使文科大学生也觉得莫名其妙，因为读不懂而放弃阅读的大有人在。总体上看，第三代诗歌与读者之间的阅读期待的距离不是太近就是太远，严重影响了诗歌的正常接受。虽然说商业时代的来临对高雅艺术的冲击有某种必然性，诗歌和其他严肃艺术走向边缘化在所难免，但是我们还是应该承认，如果高雅艺术保持一定的交流性和可读性，也会赢得一定的爱好者和相对稳定的读者群（虽然接受面远不能与大众传媒受众匹敌）。但由于第三代诗人偏执地追求极端个人化的写作，使得他们的作品不能吸引哪怕是极少数的读者，许多专业批评家和人文专业的学生，也对他们的作品望而生畏或敬而远之，这不能不说是一件令人寒心的事情，1989年春，诗人海子的自杀曾让诗歌引起世人的短暂的关注，但很快又陷入沉寂。到20世纪90年代，当代诗歌几乎退出了普通读者乃至批评家的阅读视野，诗歌甚至比舞台戏剧还落魄，成为一种几乎没有读者的艺术，诗歌消隐于商业主义的时代，成为最为边缘化的艺术门类之一。

第二节 口语化、世俗化趋向

活跃于1986年前后的诗歌团体主要有"他们"文学社、"非非"主义、"整体主义"（新传统主义）、莽汉主义、海上诗群、大学生诗派、撒娇派等，它们都有各自不同的诗歌主张，其中影响较大的是"他们"文学社和"非非"主义诗社。

"他们"文学社是非常松散的文学社团，散居全国各地的诗人韩东、于坚、王寅、陆忆敏、吕德安、丁当、小海等都在《他们》杂志上发表过作品，他们大多学习、工作于南方，韩东是这份刊物的实际上的主编和"灵魂"人物，他对诗歌的理解和个人趣味对刊物有较大影响。《他们》一共出过9辑，出版有《他们：1986—1996》十年诗歌选，收录了"他们"诗人的主要作品。这个社团没有统一的诗歌理论主张，作者各自有自己的艺术追求，他们其中的一些人成为第三代诗人的中坚分子。

韩东（1961— ）毕业于山东大学哲学系，这种专业背景对他的诗歌写作无疑是有影响的，特别是他写的《有关大雁塔》《你见过大海》等，其中所包含的对宏大叙事的解构和拒绝姿态是他之前的中国诗歌少有的。大雁塔是中国文化和历史的典型的象征物，人们前去观赏，多少怀有对文化的敬仰、膜拜的心态，或者希望在想象中"做一次英雄"，但在韩东那里，"有关大雁塔/我们又能知道些什么/我们爬上去/看看四周的风景/然后再下来"，现在的人们不知道也无心知道有关大雁塔更多的知识与历史背景，更不会产生对中国古代文化的自豪感，只是满足了爬楼、观望风景、下楼这一连续动作，甚至只是满足了我去过大雁塔的虚荣心。历史、古典文化及其象征意义都被遗忘或被抛弃，只剩下对这种文化景观的消费。韩东敏锐地意识到了一个消解一切意义的消费时代已经来临。

有关大雁塔

有关大雁塔

我们又能知道些什么

有很多人从远方赶来

为了爬上去

做一次英雄

也有的还来做第二次

或者更多

那些不得意的人们

那些发福的人们

统统爬上去

做一做英雄

然后下来

走进这条大街

转眼不见了

也有有种的往下跳

在台阶上开一朵红花

那就真的成了英雄

当代英雄

有关大雁塔

我们又能知道什么

我们爬上去

第十一章　喧哗与骚动：第三代诗歌

看看四周的风景

然后再下来

《你见过大海》更是反复说"你见过大海/你也想象过大海"，但是"你"既不是水手，也不情愿被淹死，所以就只能维持见过或想象大海的水平和状态。做水手需要经历大海上的一切致命的危险，甚至葬身于大海，但是人们大都不会选择这种有危险的体验，都只是一个旁观的"看海人"而已。大海在这首诗里面的象征是模糊而广大的，泛指一切具有危险、不可捉摸的、需要深入体验才能获得真实体验的领域，比如政治、革命、运动、理想等具有宏大意向的事物，而对于后"文革"时代的人们来说，大都选择了"看海人"观望的态度来对待自我之外的世界，丧失了参与、深入的激情。韩东的诗大多都诸如此类，对激情、理想、幻想、深度的消解，对凡俗、平面、日常体验的认同，是他的诗的主要特点。

韩东倡导用日常口语写诗，还提出了"诗到语言为止"的口号，讲究诗歌语言的纯度和透明度，强调诗的不及物性质，拒绝用诗歌为社会或政治代言，是某种"纯诗"理论的体现。这种诗的主张明显受到西方结构主义、形式主义的影响，他的诗《明月降临》等也确有某种纯粹的美感。但是如果一味强调诗只是语言的技术的话，无疑会窄化诗应有的各种功能，不利于诗的健康发展。

于坚（1954— ）出生、学习、工作于云南，似乎是云南的高原、森林、河流、云彩给了他充沛的元气，每当他抒写与本土、大地、个人感情有关的题材的诗的时候，就能很好地把独特的个人体验灌注其中，他的《河流》《高山》《避雨之树》《作品34号》都是这样的作品。某种朴素、真挚而大气的情感溢于字里行间，如同面对养育自己的山川河流表达自己的感恩之情，这种拳拳之心在他的《给小杏的诗》《感谢父亲》《远方的朋友》都有很好的表达。但于坚的另一些诗致力于诗的日常性、叙述性、口语化的实验。被很多论者称道的《尚义街6号》和《作品39号》就是这样的作品，他善于在相对中性的平静的叙述中，展现某种日常生活场景、人生故事和生活复杂斑驳的况味。这些故事性叙事似乎有意避开了历史、政治的阴影，只剩下平面的世俗生活，在叙述中很少愤怒、激情、悲悯之类的属于"浪漫主义"的元素，也去掉了隐喻、象征的成分，多的是世俗生活本身的呈现，这种表现方式也是明显区别于朦胧诗人的地方。由于过多罗列生活事件、日常琐事，有时显得琐屑无趣，乃至猥琐无聊。越到后来，于坚越主张剔除诗的语义中的象征、隐喻、含混，拒绝激情与热情，放弃价值、意义的追寻，强调对现实、事实直接式的呈现，这种偏颇的主张显然排除了诗成为诗的必要素质，不利于他的诗的才能的充分发挥。他在20世纪90年代的代表作《零档案》是他的用心之作。这部作品以档案卷宗的形式把一个人的出生史、成长史、恋爱史及日常生活等进行词汇学、数据式的统计、归类，将个人私生活公文化、政治化，展示一个人在不断的社会规训中逐渐机械化和同质化的可怕的异化成长过程，人们习惯于用正面的、积极的言行引导、驯化那些成长中的少年儿童，使他们丧失个性和活力，但在青春期，身体与精神的本能的反叛依然强大，那些与身体、与欲望相关的含有"阴暗思想"的词语只能被删除，以符合社会的主流标准。这首诗的确打开了一个人的档案中某些被掩藏、被省略的部分，但是由于于坚对历史、对政治的相对漠然、保守的态度，使这首诗缺乏振聋发聩的声音和力透纸背的力度，反而"档案"里夹杂了太多无多少社会价值的个人数据和资料，这种材料的罗列如同一个自恋的人没完没了地自拍，降低了读者的阅读期待，越到后来越索然无趣。

第十一章 喧哗与骚动：第三代诗歌

《零档案》组诗之"思想汇报"

（根据掌握底细的同志推测怀疑揭发整理）

他想喊反动口号他想违法乱纪他想丧心病狂他想堕落

他想强奸他想裸体他想杀掉一批人他想抢银行

他想当大富翁大地主大资本家想当国王总统

他想花天酒地荒淫无度独霸一方作威作福骑在人民头上

他想投降他想叛变他想自首他想变节他想反戈一击

他想暴乱频繁活动骚动造反推翻一个阶级

一组隐藏在阴暗思想中的动词

砸烂勃起插入收拾陷害诬告落井下石

干搞整声嘶力竭捣毁揭发

打倒枪决踏上一只铁脚冲啊上啊

批示：此人应内部控制使用注意观察动向抄送绝密

内参注意保存不得外传"你知道就行了不要告诉他"

参与"他们"文学社的另外一些诗人，也有自己的个性特色。王寅（1962— ）的《想起一部捷克电影想不起片名》以冷静、客观的方式展现雨夜布拉格的一个场景，将暴力、阴谋、死亡、爱情隐含其中，具有某种格里耶新小说式的画面感，而短诗《朗诵》的最后一句"谢谢大家冬天仍然爱一个诗人"，几乎就是对一个时代转型后诗人知音难求的隐喻。吕德安（1960— ）的诗朴素、简洁，善于表现渔村人伦中美好的一面，《父亲和我》中，"我们走在雨和雨/的间歇里/肩头清晰地靠在一起/却没有一句要说的话"，写出了沉默而温暖的父子之情。陆忆敏（1962— ）的《美国妇女杂志》以远观的方式切入画面，从一群形态各异女人中，反思自己作为女人存在的位置和价值，不断质询："谁曾经是我/谁是我的一天，一个秋天的日子/谁是我的一个春天和几个春天/谁？谁曾经是我。"对女性被看、被指点、被评价的历史深感愤懑，诗的最后说："我站在你跟前/已洗手不干。"陆忆敏的诗较早表达了女性渴望摆脱被男性目光的注视和玩赏的角色，建立独立自主的女性自我意识的努力，也可以划归为女性诗歌的范围。

另有"莽汉主义"诗人李亚伟等人也崇尚口语写诗，不过他们的诗更具某种鄙俗气息和反讽性质，他们给自身的定位是"腰间挂着诗篇的豪猪"，他们的诗明显受到欧美"垮掉一代"的诗人的影响，着力于对诗坛内外秩序的反叛，但反叛并无深刻的思想作支撑，往往流于表面和浮泛。另外，伊沙也用直白的口语写诗，《车过黄河》《哀哉屈子》是他这个时期的反文化、反传统的诗作，语言的粗鄙和思想的反叛引起一些论者的不满，到 20 世纪 90 年代，伊沙继续坚持自己的诗路，成为"民间写作"的代表人物。

第三节　书面化、纯诗化趋向

海子、西川等人都是在第三代诗人中坚持用书面语写作的诗人，他们都追求诗的纯粹性，追求诗的激情和深度，他们的诗学追求与那些追求口语化、世俗化的诗人形成鲜明的对比，且各有千秋。

1989 年春，年仅 25 岁的海子在河北山海关卧轨自杀，轰动一时，此前未被大众读者关注的海子以及海子的诗被媒体放大，作为某种诗歌神话在青年一代的读者之间传扬，有人把海子誉为诗歌烈士，把海子的诗歌当作中国最好、最后的抒情诗，这种赞誉虽然包含了对海子以及海子诗歌的喜爱和崇拜的心态,但对海子诗歌的内在诗性以及其局限显然认识不足。海子诗歌和生命从总体上看,是一个渴望飞升的浪漫主义气质的现代诗人,在大地上漫游和追寻,不断地向天空发问,期望获得人、神一体的体验,甚至压抑人性,无限地张扬神性,最后在幻觉中消灭肉身、飞升尘外的历程。

海子(1964—1989)的成名作《亚洲铜》想象明丽而奇特,"看见了吗?那两只白鸽子,它们是屈原遗落在沙滩上的白鞋子/让我们——我们和河流一起,穿上它们吧",这首诗表现对世界大同的梦想,从中可以看出海子的才华和心胸非同一般。他的另一首诗《麦地》主题上与前者有某种相似性,但气韵上更加完整,意象更加个人化,海子也找到了属于他自己独有的意象"麦子"。海子是来自土地的诗人,这一点与艾青有某种相似之处。他对土地、对大地的依恋是与生俱来的,但与艾青对活生生的大地上的苦难的悲悯不同,海子对大地上的一切既赞美又排斥,呈现出某种矛盾或者游离的心态。他从来没有产生过艾青那种"为什么我的眼里常含泪水,因为我对这土地爱得深沉"的诗句,因为在他眼里,土地、大地都被象征化了、寓言化了,也即海子诗歌中的土地、大地都不是所指的实在之物,它们没有历史的、政治的苦难记忆,而是一种诗意化了、符号化了的文化意象。在与大地有关的意象中,海子歌唱最多的是麦子。麦子作为养育人类的粮食,能化解恩仇,能凝聚世界,"我们是麦地的心上人,/收麦这天我和仇人握手言和/我们一起干完活/合上眼睛,/命中注定的一切/此刻我们心满意足的接受"(《麦地》)。"麦子"作为传统农业文化的象征物,代表了海子对自然乡村道德和淳朴美学的依恋之情。这种感情与正在迅速现代化的中国现实形成极大的反差和分裂。而"太阳""阳光"这种意象也在海子的诗歌里反复出现,甚至可以说,是太阳过于炽烈、灼热的光焰烫伤、焚毁了海子。阳光显然是永恒的宇宙的化身,是无限神性类似上帝的象征体。"阳光打在地上/并不见得/我的胸口在疼/疼又怎样/阳光打在地上//这地上/有人埋过羊骨/有人运过箱子、陶瓶和宝石/有人见过牧猪人,那是长久的漂流之后/阳光打在地上,阳光依然打在地上。"阳光是海子反复抒写的主题,是被诗人反复赞美的对象,它以施予者的身份"打"着地上的一切,而大地上的一切被动地承受阳光的拍打,并且大地上的人类像动物一样劳作、生育,像过客一样迁徙、漂泊,诗人对这一切的反应是"并不见得,让我胸口在疼,疼又怎样,阳光打在地上"(《歌:阳光打在地上》)。从这首诗歌我们可以看出海子对土地、对人间那种有节制的爱,和对自然、对神性(太阳)的无限的赞美。最后海子走进了太阳里面:"前面没有人身后也没有人/我孤独一人/没有先行者没有后来人/在这空无一人的太阳上/我忍受着烈火/我忍受着灰烬。"(诗剧《太阳》)有学者对海子这样评论:"海子的诗与凡·高的画在本质上是一致的,他们都能让人感到生命燃烧时的状态是多么辉煌与炽热。海子诗中那种滚烫的浪漫主义激情实在令人惊心动魄,那种对史诗的痴迷追求也实在惊世骇俗。"[①] 这种评价是准确的,海子对激情与神性的过度追求,使他的诗越来越缺乏人间气息,甚至走到人类尽头,渴望摆脱"人类的气味",这种在想象中不断抽离、不断提升,甚至把自己想象成"诗歌之王"的心理无疑具有自我神话的乌托邦性质,他最后的自杀可能与他这种灵魂出窍、过于高蹈、虚飘的精神状态有关。海子的诗以明亮、激情、炽烈取胜,但有些诗蕴积不够,对人类复杂经验处理的技巧也显单薄,他不是趋于完成的诗人,是早殇于诗歌追寻的路上的诗人。

---

① 王干:《诗的生命》,周俊、张维编《海子、骆一禾作品集》,南京出版社1991年版,第6页。

祖国（或以梦为马）

我要做远方的忠诚的儿子

和物质的短暂情人

和所有以梦为马的诗人一样

我不得不和烈士和小丑走在同一道路上

万人都要将火熄灭　我一人独将此火高高举起

此火为大　开花落英于神圣的祖国

和所有以梦为马的诗人一样

我借此火得度一生的茫茫黑夜

此火为大　祖国的语言和乱石投筑的梁山城寨

以梦为上的敦煌——那七月也会寒冷的骨骼

如雪白的柴和坚硬的条条白雪　横放在众神之山

和所有以梦为马的诗人一样

我投入此火　这三者是囚禁我的灯盏吐出光辉

万人都要从我刀口走过去　建筑祖国的语言

我甘愿一切从头开始

和所以以梦为马的诗人一样

我也愿将牢底坐穿

众神创造物中只有我最易朽　带着不可抗拒的

死亡的速度

只有粮食是我珍爱　我将她紧紧抱住抱住她

在故乡生儿育女

和所有以梦为马的诗人一样

我也愿将自己埋葬在四周高高的山上　守望平静的家园

面对大河我无限惭愧

我年华虚度　空有一身疲倦

和所有以梦为马的诗人一样

岁月易逝　一滴不剩　水滴中有一匹马儿一命归天

千年后如若我再生于祖国的河岸

千年后我再次拥有中国的稻田　和周天子的雪山天马踢踏

和所有以梦为马的诗人一样

我选择永恒的事业

我的事业　就是要成为太阳的一生

他从古至今——"日"——他无比辉煌无比光明

和所有以梦为马的诗人一样

最后我被黄昏的众神抬入不朽的太阳

太阳是我的名字

太阳是我的一生

太阳的山顶埋葬　诗歌的尸体——千年王国和我

骑着五千年凤凰和名字叫"马"的龙——我必将失败

但诗歌本身以太阳必将胜利

西川（1963—　）是海子大学期间的诗友，他毕业于北大英语系，更多受到西方哲学、宗教、诗学的影响，对庞德的诗艺和博尔赫斯的叙事技巧膜拜有加，在朦胧诗后的口语化大潮中，他仍然用雅正的书面语写作，似乎暗示着不与世俗化世界合流的心态。他早期的诗也具有浓厚的抒情气质，追求某种神秘、幽远、肃穆的韵味，他的《在哈尔盖仰望星空》表现在空旷的高原眺望星空的独特体验。

在哈尔盖仰望星空

有一种神秘你无法驾驭

你只能充当旁观者的角色

听凭那神秘的力量

从遥远的地方发出信号

射出光来穿透你的心

像今夜，在哈尔盖

在这个远离城市的荒凉的

地方，在这青藏高原上的

一个蚕豆般大小的火车站旁

我抬起头来眺望星空

这对河汉无声，鸟翼稀薄

青草向群星疯狂地生长

马群忘记了飞翔

风吹着空旷的夜也吹着我

风吹着未来也吹着过去

我成为某个人，某间

点着油灯的陋室

而这陋室冰凉的屋顶

被群星的亿万只脚踩成祭坛

我像一个领取圣餐的孩子

放大了胆子，但屏住呼吸

他的《起风》《体验》等都是类似的作品。他特别注重诗艺的磨砺和修炼，在他的早期诗里，平衡、对称、配搭、修辞都具有某种精密、和谐的效果，一些作品写得典雅、纯正，如《广场上的落日》

《中国的玫瑰》等。虽然这些诗也能显示出他优秀的诗歌才华，但不能给人阅读上的惊艳效果。20世纪90年代以后他成为"知识分子写作"的主要代表人物之一。《虚构的家谱》以拷问的方式追寻自己的先祖，以及自身的来龙去脉，对模糊的家谱、神秘的血脉充满迷惘之情，可以看出博尔赫斯对他的影响。西川90年代的诗加强了反讽的力度，《一个人老了》写老人的失落与悲哀，准确而细腻，如感同身受一般。他的长诗《致敬》以反讽、隐喻的方式表现灵魂被闲置，词语被敲诈，物质的巨兽横行时代人的尴尬、纠结、几近疯狂的心理状态，也表达了自己对精神与灵魂的坚守的态度。诗放任自己的想象和激情，一改早期那种过分讲究规则的写法，在某些章节对过去诗人过分依赖西方资源写作也有含蓄的批评和反省。《致敬》这首诗可以认作是他90年代写作的代表作。

在20世纪80年代中后期的诗歌运动中，以周伦佑为代表的"非非"主义诗歌群体也有突出的表现。周伦佑（1948—　）在第三代诗人中显得诡异而另类。1986年他创办刊物《非非》诗刊和《非非评论》，是"非非"主义诗歌群体的核心人物，在此期间他发表的许多似是而非的激进而夸张的诗歌主张，和一些"莫名其妙"的诗歌，善于炮制诗歌事件，曾遭到非议。他喜欢生造某些概念和词汇，只为表达他自己也可能并不明晰的诗歌主张，但是他的诗歌才华和对语言的敏感却是不可否认的。现在看来，他的那些晦涩、桀骜的诗歌主张可能与他急于突破旧有的诗歌观念有关，只是未能厘清自己的思路而已。他在20世纪80年代中后期的诗具有某种后现代的解构性质和实验性质，在庞杂纷乱的语义和意象中表现某种失去中心和主体死亡后的失重感，一种随心所欲的胡作非为、胡涂乱抹。语言在某种失控状态下任意狂欢，思想却没有获得自由和解放，反而给人一种做作、零乱、拼贴的印象，某种为了炫耀技巧和才气却弄巧成拙的感觉在他这一时期的诗歌中多有表现，他的这个时期的代表作《自由方块》就是这样的作品。20世纪90年代以后，他的作品少了浮躁、驳杂的一面，诗的内在品质却有所提升，他的《在刀锋上完成的句法转换》《猫王之夜》《从具体到抽象的鸟》都是上乘之作。他的诗歌开始明显呈现"体制外写作"的特点，对政治、权利、暴力、压迫、掠夺进行反讽性批判，他希望诗和自由如同飞鸟，"枪声响过之后／鸟儿依然在飞"。这一时期的周伦佑才真正领悟到诗的真谛。杨黎（1956—　）也是"非非"诗人群体的主要代表，他的诗受到法国小说家罗伯·格里耶观念的影响，以冷静、客观的零度叙事表现"物化"的社会现实，使所表现的物象具有一种"被看"的效果，并带有某种神秘主义的倾向，他的《冷风景》《怪客》即是此类作品。

第四节　她们的声音：女性诗歌

第三代诗歌中以翟永明、伊蕾、海男、唐亚平等为代表的女诗人，在西方女权主义的启迪下，写出了与前几代中国女诗人完全不同性质的诗歌，女性的心理空间、精神空间和话语空间得到前所未有的拓展，并在一定程度上改写了以男性诗人为诗歌标准的诗歌秩序，它对中国诗歌的影响是意义深远的。

自新文学诞生以来，女诗人不断涌现，成为中国诗坛一道亮丽的风景线，虽然女诗人的创作都潜在地具有维护自身权利的女性意识，但是以明确的女性立场有意识地去抒写女性心身经验，到第三代诗人这里才开始确立。在朦胧诗阶段，舒婷的《致橡树》《神女峰》《惠安女子》等诗歌中舒婷对男女平等、女性自身的自由与尊严等方面予以了诗意的表达，但是舒婷更多的是从社会学角度去维护女性的权益，对女性从生理到心理、从精神到情感与男性的巨大差异，并没有明确的意识，而且舒婷也通过自己的诗塑造了某种标准的温柔优雅且具有男女平等意识的女性形象——这种形象在一定程度上说是男性对"标准"女性的镜像的产物，男性所期望的某种理想的女性形象——这显然与女权主义所倡导的不依赖任何男性标准，做回女人自己的信条是有差距的。不仅仅舒婷是这样，新文学诞生以来的女诗人所表现的形象也基本上是以男性标准投射、暗示给她们的形象，完全不依赖于男性的标准、法则去写诗在女性意识还未达到自觉、成熟的程度时是空中楼阁。20世纪80年代中期以后，随着西方各种社会思潮、文学观念的不断涌入，西方女权主义观念开始被一些女性诗人接受，并被她们应用到她们的创作之中，她们把女权主义的观念与自身的生活经验、身体经验相融合，创作出了与以往的女诗人都不相同的诗歌。

翟永明（1955— ）是女性诗歌写作的代表诗人，她的诗显然受到美国自白派诗人的启发和影响，她早期诗歌的"黑夜意识"是被许多论者谈及的，她的黑夜意识既来自个人的情感经验，也来自对女性群体经验的体认。她的诗在女性的意识与潜意识之间徘徊、游走，把女性内心所幽闭的郁闷、激情、狂想、幻觉释放出来，让女性的身体、欲念、情感、精神得到某种程度的敞开，她的《静安庄》《女人》《人生在世》等组诗是女性写作的代表作。

《女人》组诗之一：独白

我，一个狂想，充满深渊的魅力

偶然被你诞生。泥土和天空

二者合一，你把我叫作女人

并强化了我的身体

第十一章 喧哗与骚动：第三代诗歌

我是软得像水的白色羽毛体
你把我捧在手上，我就容纳这个世界
穿着肉体凡胎，在阳光下
我是如此眩目，是你难以置信

我是最温柔最懂事的女人
看穿一切却愿分担一切
渴望一个冬天，一个巨大的黑夜
以心为界，我想握住你的手
但在你的面前我的姿态就是一种惨败

当你走时，我的痛苦
要把我的心从口中呕出
用爱杀死你，这是谁的禁忌？
太阳为全世界升起！我只为了你
以最仇恨的柔情蜜意贯注你全身
从脚至顶，我有我的方式

一片呼救声，灵魂也能伸出手？
大海作为我的血液就能把我
高举到落日脚下，有谁记得我？
但我所记得的，绝不仅仅是一生

　　她进入 20 世纪 90 年代以后，写作视野进一步拓展，取材于个人体验性作品减少，对女性群体及社会化主题投入更多的关注，而写作态度上比以前更加客观、超然，在冷静中暗藏着机锋，叙事性、戏剧性、反讽性的细节或叙述逐渐增多，而节奏更明快、洗练，如长诗《莉莉与琼》《咖啡馆之歌》《脸谱》等即是这样的作品。

伊蕾（1951—　）在 20 世纪 80 年代中后期发表《独身女人的卧室》《流浪的恒星》《叛逆的手》等诗，一时名声大噪，成为中国女性主义诗歌的最重要的代表人物之一，尤其是她的《独身女人的卧室》，为她赢得先锋女诗人的荣誉。这首长诗表达了一个自我意识充分觉醒了的女人对自我精神、身体的凝视和解析。她对自我的认定是："整个世界除以二/剩下的一个单数/一个自由运动的独立的单子/一个具有创造力的精神实体。"像这样清醒、独立、自由的单身女人无论精神还是身体注定是孤独苦闷的。诗中的独身女人在"卧室"这种幽闭、空虚的空间里既孤独苦闷又自得其乐，既孤独无援又享受孤独这种感觉，既想完全占有自我，完全不被打扰，享受随心所欲的乐趣，又反复抱怨"你不来与我同居"，似乎在向我们暗示，女人无法得到一个真正心身合一、平等互补的恋人，女人的精神上的觉醒、独立、自由注定是以对性和身体的压抑为代价的，女人永远在物质与精神、心与身、欲望与灵魂之间撕扯、纠结和冲突，永远无法达到妥协的平衡，女性的命运具有注定的悲剧性。

《独身女人的卧室》组诗之一：镜子的魔术

你猜我认识的是谁

她是一个，又是许多个

在各个方向突然出现

又瞬间消失

她目光直视

没有幸福的痕迹

她自言自语，没有声音

她肌肉健美，没有热气

她是立体，又是平面

第十一章 喧哗与骚动：第三代诗歌

她给你什么你也无法接受

她不能属于任何人

——她就是镜子中的我

整个世界除以二

剩下的一个单数

一个自由运动的独立的单子

一个具有创造力的精神实体

——她就是镜子中的我

我的木框镜子就在床头

它一天做一百次这样的魔术

你不来与我同居

海男（1962— ）出版有《风琴与女人》《虚构的玫瑰》等诗集，她习惯于从自身的情感经验出发，对爱、欲望、激情、死亡等进行个人化的抒写，关注身体的在场感、把女性在爱与性之中纠结、缠绵的心理状态表现出来，给人沉浸在某种伤痛、失败的情绪中不能抽离、超脱的阅读印象。唐亚平（1962— ）因组诗《黑色沙漠》而闻名，对女性深渊般充满魅力的精神、情感、欲望的世界作了大胆的抒写。

这些女诗人的极具个性化的创作，在很大程度上改变了中国诗坛的固有格局，女性诗歌作为一种完全不依附男权文学标准的诗歌形态，从此有了自己独享的话语空间，虽然这些女性诗人在写作之初都有向西方女性诗歌学习、模仿的过程，但很快就走上了个人化写作的道路，以独特、成熟的风貌显示出中国女性诗歌写作的强大生命力，中国女性诗歌从第三代诗人始构成中国诗坛乃至中国文坛不可忽视的存在。

从总体上看，第三代诗歌虽然带给诗坛新的活力、冲击和更多可能性，但在艺术上的缺失也是明显的。一是诗歌的平庸化倾向。第三代中的一些诗人丧失了对理想、信仰、真理等终极理念的关怀，对英雄主义、理想主义产生鄙薄的心态，对国家的现代化进程漠然处之，他们"拒绝崇高""渴望堕落"，沉湎于用文字表达日常的琐碎的生活感受上，在吃喝拉撒等世俗化场景中寄托诗意。众所周知，诗歌本质上是理想主义和浪漫主义的产儿，它更多属于精神和灵魂的领域，日常生活虽然也有诗性的经验存在，但必须靠诗人仔细倾听和发现，诗人必须具备超越这些日常生活的精神力量去发掘存在的诗性体验，如果沉沦于、浸泡于日常生活，以为记下了生活的流水账就是诗的话，诗的行而上的品质必然会受到影响，存在并不因诗而敞亮，反而会被生活的庸常性所遮蔽，诗的本质上那种灵魂的遨游、精神的不羁状态即荡然无存。二是诗歌的粗鄙化，这主要表现在那些反传统、反文化的诗歌中。在1986年诗歌运动中，有一部分诗人打起了彻底反传统、反文化的旗号，开始对中国的思想文化传统作完全否定的批判。在他们眼里，中国的一切传统文化和当代文化都是压抑人性的桎梏，必须彻底砸碎，他们用粗鄙的语言写诗，将一些下流话写入诗行，以一种泼皮无赖的方式来表现他们的反叛姿态。这种低层次的叫骂和诅咒，并不能引起人们对传统文化里存在的劣根性的反思和警醒，反而给人以一种缺乏文化修养的低俗之感。如果诗歌退化到只能用粗俗的语言骂人的地步，诗的品质就成了问题。尽管我们不反对诗的口语化和日常生活化，也不反对对传统文化中的糟粕进行批判和颠覆，但诗歌毕竟不是把句子写得越粗俗越有看点的通俗读物，诗歌的粗鄙化倾向让许多渴望在诗歌中获得审美享受的读者大失所望，人们甚至怀疑这些诗人的身份和道德品质。这种诗风延续到20世纪90年代中后期，另有一些诗人却将肉欲当作最大的主题来抒写，将自己命名为"下半身写作"的诗人着重关注的是人的身体和肉欲，手淫、狎妓、意淫、纵

第十一章 喧哗与骚动：第三代诗歌

欲等成为他们的诗歌里雷同的体裁。在众多艺术门类中，诗无论如何都是最具有精神性的种类，是属于"上半身"的现象，试图用下半身去解构诗歌的本质属性，大概是永远不可能完成的任务。三是诗歌的过分晦涩化。第三代中有一些诗人把诗歌写成了晦涩桀骜的天书，让人如坠云雾中不知所云，因诗歌的过分晦涩而放弃这枚难啃的坚果的大有人在。西方一些现代诗歌理论家认为，诗歌应具备一定的陌生化和朦胧晦涩的审美特征，这种理论有它一定的合理性，诗歌作为最凝练的语言艺术形式，应该保持一定的阅读障碍，才能引起读者的阅读兴趣和探索欲望，可以开拓读者的想象空间，语言的相对陌生化的确能加强诗歌的审美特性，激发读者的阅读兴趣。但我们知道，诗和任何其他艺术一样，是一个自由的心灵对世界的发言，是诗人通过文本与读者对话与交流的方式，必须在相对开放的语境中才能完成文本的对话性。如果诗歌一味地追求绝对陌生化和晦涩化效果，将诗写成了谁也不能解读的呓语，无论诗人要传达多么深奥的思想，也不能引起读者的共鸣；如果诗歌没有一定的可读性和交流性，没有读者参与解读，就只能顾影自怜了，那些被称为"玄学化"的诗歌，即使大学文学教授也未必能读下去和读懂，更不用说一般读者了。其实诗的晦涩与诗的深刻性之间并没有必然的联系。陈子昂的《登幽州台歌》用近乎口语的语言写成，诗中所蕴含的诗性却让无数代读者感觉到它的无穷奥妙，谁能说它不是具有深刻内涵的杰作？虽然诗歌是最具个人化、具有某种独白形式的语言艺术，但如果诗被写成只有诗人自己才能破译的密码时，无论它多么具有艺术特质，也会丧失诗歌的交流价值，甚至沦为永远孤独的无人翻阅的文本。四是诗歌的西化。第三代中有一批诗人热衷于学习钻研西方诗学和哲学，向西方学习诗歌技巧，这当然无可厚非，但必须摆正学习的目的，向西方学习是为了更好地表达自我和本民族的心声，而不是鹦鹉学舌，做"假洋鬼子"，写一些类似于西方人写的东西。这些诗人的身后或隐或显地站着某个和某几个西方诗歌大师，这种在大师阴影下的写作注定他们的诗歌只是西方文化的转述，而不是生龙活虎的创造。中国诗人必须意识到，只有从真实的自我、从本民族的心灵和现实出发，只有整合了自我、民族、时代精神的创作，才有可能成为既属于本民族也属于世界的诗人，那些按照西方诗学标准制造诗歌文本的做法，实际上是后殖民主义心态的表现。

第三代诗人以上种种不良的创作倾向，使越来越多的读者逃离了诗歌，把本来就日益边缘化的诗歌逼上了悬崖，在这个价值多元化、高雅艺术日趋边缘化的时代，诗人和诗到底应以何种姿态发言？诗人如何拯救处于危亡时刻的诗神？诗歌到底怎样才能重新赢得读者？这一切都成了问题，这些问题一直延续到了20世纪90年代。

第三代诗人以全面毁坏诗歌传统的方式向诗坛发难，从根本上改变了新诗的格局，但他们中的许多人并未得到诗坛内外的认可。虽然他们的诗歌大多不被批评家和读者接受和赏识，但他们有着诗歌转型期特有的文学史地位和价值。第三代诗人们极具探索性的写作，改变了中国当代诗歌的精神向度，使诗歌真正具备了艺术先锋的素质，他们对口语化诗歌的尝试，为中国诗歌的进一步解放和走向民间迈出了可贵的一步，对中国诗歌以后的发展将有深远的影响，诗人们标新立异的个性化写作，基本确立了中国诗歌的多元化格局。无论诗运如何不济，中国诗歌创作仍在随岁月的变更不停地向前运行，虽然无人喝彩，但仍有一些诗人执着于诗歌的写作，他们不同路径的差异性的写作实践，丰富了中国的诗歌形式和技巧，也直接开启了20世纪90年代的诗歌。

第十二章　90年代的诗歌

1989年3月诗人海子在山海关卧轨自杀，从某种程度上说这是一个具有标志性的诗歌事件，它暗示了朦胧诗后的诗人们的自我与时代的关系的断裂。一方面，诗人找不到维系生命和信仰的依据，诗人的精神永远处于无家可归的漂泊状态；另一方面，在越来越世俗化、商业化的时代，诗歌越来越边缘化和小众化，人们宁可要过剩的面包也不要一朵玫瑰，人们几乎集体遗忘了诗人的存在和诗性的存在。但时代的变迁从来不以诗人们的意志为转移，继续向更为功利主义的20世纪90年代迈进。

第一节　式微的诗歌时代

20世纪90年代初在诗坛因政治事件短暂的沉寂之时，汪国真（1956—2015）的《年轻的潮》《年轻的思绪》等诗集曾风靡一时，累计发行量达百万册之巨，一度成为能给人温暖和启迪的"心灵鸡汤"，特别是对于在精神、情感上正在成长的青少年读者，他的清新、淡雅且含有一定浅显哲理的诗句具有天然的吸引力，"我不去想是否能够成功/既然选择了远方/便只顾风雨兼程"(《热爱生命》),"没有比人更高的山,没有比脚更长的路"(《只要春天还在》),他的诗适应了正在走向大众文化繁盛时期人们对轻松、惬意、温暖的大众文化品的需求,虽然这种具有浪漫主义风格的诗不被苛刻的批评家看好,甚至被贬为"不是诗",但这种励志的、温情的诗作为某种类型诗有它存在的理由和价值,对处于青春期的年轻人认识人生、体验爱情、激发理想起到了其他诗歌不可替代的作用,与汪国真有类似风格也在当时颇受欢迎的还有台湾诗人席慕蓉(1943—)的诗集《七里香》《无怨的青春》等,她的诗多一些含蓄和禅悟,比汪诗更意味深长。但很快残存的一点诗意也不能见容于迅疾变化的时代,1992 年在邓小平"南方谈话"精神的指导下,中国迅速转型为市场经济主导一切的时代,中国全面进入了一个以商业活动为中心的经济主义的时代,之前的理想、信仰、激情那些属于精神层面的东西似乎一夜之间土崩瓦解、飞灰湮灭,剩下的只有赤裸裸的物质欲望,20 世纪 80 年代所追求的一切在 20 世纪 90 年代如同前尘往事一样虚无缥缈,90 年代与 80 年代之间显然发生了某种深刻的精神性的断裂。物质主义的世俗价值观念主宰着大众的人生理念,时代已经不允许人们抱有片刻的超越现实利益之上的幻想和诗意,却允许人们最大限度地获取物质财富和娱乐享受,这几乎是历史上前所未有的缺乏诗意的时代。官方对文学艺术的态度也发生了明显的变化,除了部分宣传意识形态、弘扬主流价值观的作品获得政府的物质支持及精神鼓励之外,对于高雅、严肃和通俗、流行的这两类作品以一种任凭市场、读者选择的方式进行管理,把艺术交给市场去裁决,这显然是一种进步,但对于高雅艺术来说也明显暗含了一种自生自灭的危险。而大众传媒在 20 世纪 90 年代的异军突起更加速了诗歌沉落的进程。大众传媒作为一种高科技的大众文化消费娱乐方式,它覆盖面广、影响力大、渗透力强,能迅速而表面

第十二章　90年代的诗歌

化地缓解和满足人们对精神情感的饥渴，替代性地满足了人们对高雅艺术的深层次的欲求，大众传媒的繁盛迫使高雅艺术向更加边缘化的角色移位。在大众传媒繁盛的时代，诗歌读者必然是对诗歌艺术有特殊嗜好、更多地关注生命深层体验和内心欲求的群体，他们的存在使诗歌的接受成为可能，但这一群体永远无法与大众传媒的接受群体相匹敌。诗歌本身的质量、风格、思潮、走向等也直接影响着这一群体的扩大、缩小或消亡。在当今艺术多元价值相对的时代，诗歌在与其他艺术形式的竞争中也显示出其曲高和寡、寡不敌众的劣势，尤其是当诗歌进一步"个人化"和晦涩难懂的时候，诗歌固有的读者也会放弃这种难啃的坚果，而另择它途。诗歌的领地在四面楚歌的包围之中日益萎缩，乃至消隐于众声喧哗的时尚旋流中。

20世纪90年代的诗歌可以看作80年代中后期诗歌的疲惫的延续和寂寞的坚守。诗歌创作少了些80年代中后期的浮躁，诗艺上有了不同程度的提高和自觉，呈现出与80年代不同的风貌。第三代诗人那些大大小小的诗歌社团（社），除少数几个仍在不定期活动以外，大多因各种原因纷纷解散，许多诗人或情愿或被迫放弃诗歌创作，坚持写诗的人的产量也大为减少。更令人感到不安的是，90年代写诗的人几乎绝大多数是80年代中后期就开始写诗的人，除此之外几乎没有令诗坛内外关注的新锐的诗人出现，诗坛的造血功能严重衰弱，90年代的年轻人一般不将写诗作为自己的最大爱好和终身事业，读者和批评家对诗歌的冷漠更令人吃惊，除了一些已成名的诗人和诗评家仍在关注诗歌之外，几乎没有更多的人参与对当代诗歌的品评，诗坛萎缩成一个远离社会和读者的封闭狭小的孤独围城，在20世纪末的一次社会问卷调查中，诗歌被大众评为最不受读者欢迎的艺术门类。

20世纪90年代有部分诗歌继续向晦涩、含混的方向发展，甚至有增无减。第三代诗人强调诗的个人言说性质和诗的现代、后现代特征，其中一部分诗人在诗歌中大量使用跳跃、省略、断裂、隐喻、反讽、含混等修辞手法，在一定程度上加强了中国新诗的现代性，加强了语言的内涵和密度，增强了诗歌的艺术表现力，但是许多诗歌语言表达上的晦涩桀骜影响了诗歌的正常接受，诗歌写作呈现出极度的自恋和排他倾向，因"读不懂"而不得不放弃诗歌的读者大有人在。在这些诗人的观念中，诗歌的内向性理解为以绝对自我为中心的私语，一些诗人沉迷于个人的幻想、直觉、潜欲的表现之中，对自我以外的现实世界采取了回避和拒绝的姿态，导致诗的交流功能完全丧失，他们的作品成为同人相互阅读和揣摩的语言游戏，随着"个人化"写作在20世纪90年代被确认为一种具有颠覆性的写作姿态，90年代越来越多的诗作向极端个人化方向发展，使得原本就因晦涩难懂而遭到普遍非议的诗歌更无人问津。极端个人化写作致使诗歌丧失了与读者对话和交流的基本功能，诗歌沦为诗人某种自娱自乐的语言游戏。尽管诗歌是诗人最具个性化、具有某种独白性质的言说方式，但任何艺术都是作品与其创造者及接受者之间进行对话、交流的形式，它必须在保持相对开放的语境下才可能完成对话和交流的功能，否则将成为自闭的不可读解的文本。这种取消对任何自我以外的热情（所谓不及物）的写作必然不为人们理解和接受，尤其是面对纷繁变化的现实缺乏表达的激情，完全放弃对现实、对时代的表达，致使诗的现实性和参与意识严重萎缩，诗歌和诗人成了社会现实的局外人和陌生人。

20世纪90年代的诗人及其理论家极力提倡个人化写作，认为个人化写作是消解意识形态对诗歌的潜在影响，传达诗人自我与世界关系的唯一通途，其他方式只能丧失诗人的个人立场、自我经验和对世界的特殊把握，沦为某种群体意志的代言人。在90年代文学艺术退出宏大叙事日益边缘化的语境下，个人化写作的倡导自有它特殊的理论价值，但个人化写作是否就意味着诗人必须与现实脱离关系，与历史完全断裂,退回到诗人的内心宇宙,逃避到语言的内部,以一种极度自恋的方式与自己的梦对话?20 世纪 90 年代的一部分诗人,把诗的内向性特征被理解成以自我为中心的绝密的私语,而不是以自我为起点向世界的出发和敞开,一些诗人沉醉于个人的幻想和意欲之中,无力为自我以外更广阔的世界提供有力的精神情感的关怀与支持。90 年代的一些诗歌,呈现出恶劣的极端个性化倾向,在个人化写作的旗帜下放弃了对历史的拷问和对现实的关照,将诗歌理解为诗人个体感觉、幻想、欲望、精神的语言冒险,其诗意的隐秘、封闭、晦涩、含混达到了莫名其妙的地步(尤其是那些被称为"玄学化"的诗歌),诗不再是以自我为起点向世界的出发和敞开,而成为某些诗人自我陶醉的按摩器。有些诗人的个人化作品其实是对西方一些诗歌大师的仿造之作,缺乏内在的生命激情和充沛的想象力,在圆熟的技巧下难掩精神和灵魂的苍白和荒凉。如何在坚持个人立场的同时,写出具有开放性和可读性的本土诗歌成为 90 年代的一些诗人未能解决的问题。

20 世纪 90 年代诗的另一个显著的特征是诗的叙事性及综合性得到前所未有的加强。虽然 80 年代中后期第三代诗人中的一些诗就有很浓的叙事成分,如于坚的《尚义街 6 号》即是如此,但诗的叙事性并未发展成一个潮流。到 90 年代之后,一般诗里的抒情成分大大减弱,这可能与物质主义时代真情越来越稀薄有关,更与 80 年代抒情方式在 90 年代之后某种程度的失效有关,那种青春激昂的抒情已经不能承载越来越复杂多变的现实内容,90 年代需要某种更复杂的诗歌形式去表达它自身的多元性和混沌性。90 年代无论是普通人还是诗人,都比 80 年代更复杂,而 90 年代的社会现实和思想形态也不再像 80 年代那样单纯和单一,诗歌需要综合、整合这种复杂性,对这个暧昧不明的时代进行精神性诊断,90 年代的诗人无论是抒写形而上的题材,还是处理世俗化的题材,都减轻了诗的抒情成分,加强了诗的叙事性，在文本中出现大量的叙事性片段、戏剧化场景、小的细节和情节的展示等，这些成分的增加使得诗的容量扩大，内涵比以往丰富而驳杂，诗人们往往用反讽、戏谑、调侃、含混、隐喻等方式加以处理，使得文本具有了以往少见的复杂性和综合性，诗尤其是长诗或组诗几乎变成了一出小型的现代、后现代诗剧，而剧中人所呈现的尴尬、困惑、纠结、冲突、分裂状态在一定程度上描摹了20世纪90年代的中国人某种失重、失控的精神和情感状态。90年代诗人对诗的叙事性和综合性的探索为中国新诗的发展提供了新的经验。

20世纪90年代中后期诗坛出现了明显的派别之分和话语权之争，即所谓的"民间写作"和"知识分子写作"之间产生了愈演愈烈的分歧，他们争论的焦点是如何创造具有原创精神的中国本土诗歌。80年代中后期第三代诗人当中的"他们"及"非非"诗社的一些成员，大多散居在南方各地，具有一定的话语和传播弱势，处于"非中心""民间"或"外省"的状态，他们提出了"民间写作"的诗歌主张，在内容上强调现实性和世俗性，在形式上强调用口语、方言写诗，试图与他们假想的"主流诗坛"（包括所谓的"知识分子写作"）抗衡。民间写作的作品大多收集在《1998中国新诗年鉴》一书中，这些作品虽在一定程度上反映了中国的现实生活，有一定的原创性，但并没有从根本上对历史和现实作出深刻的反省和评判，也不一定就代表了民间百姓的心声，除于坚的《零档案》对中国特色的"档案人生"作了某种后现代反讽式的揭示之外，民间写作者多写一些激愤之词，并没有为诗坛提供多少发人深省的作品。民间写作可以被理解为一种写作姿态，并非深入民间、深得民心的诗歌创作。被命名为"知识分子写作"的诗人，大多是在京沪两地的一些诗人，包括王家新、西川、欧阳江河、肖开愚、张曙光、臧棣等，他们的代表作收录在诗集《岁月的遗照》之中，他们中的一些人在80年代中后期的写作中就与那些口语化写作的诗人有明显的差异,到 20 世纪 90 年代思想和写作路径的差异愈加明显。由于"知识分子写作"的诗人大多所处中心城市和知识圈内,的确具有某种话语优势和传播强势,他们的诗歌理论和创作更容易引起知识界学术界的关注。这两个诗歌群体的论争在诗歌远离公众空间和大众视野的语境下,显示出某种宗派的、圈子化的义和团气息,这种论争也无法引起更多的人对他们的诗作发生兴趣,通过论争也未能达成基本的共识,反而强化了派别的对立,争论的意义和价值呈现空心化的倾向。

第二节 知识分子写作

知识分子写作者在 20 世纪 80 年代就已经具有明显的"非民间"化的特征。他们大多深受西方诗学的影响,对西方哲学和艺术大师怀有一种崇拜和仰慕之情。在 90 年代前期,王家新、西川等人的一些诗在一定程度上表达了知识分子独立的人格意识的觉醒和诗艺的自觉,但由于他们的写作思想和艺术资源过分依赖西方,他们的一些诗作在某种程度上变成了西方哲学、知识和诗艺的复合体,甚至一些诗歌主要是从西方的哲学、诗歌的文本中获得诗的灵感、语言和结构方式,是"从文学中产生文学,从诗中产生诗"的一种互文性迁移,这不得不让人怀疑他们诗歌的原创性素质,在此类诗作的身后,都或隐或显地站着一个或某些个西方现代经典的哲学或诗歌的大师,这些在大师阴影下的写作很难获得独特的创造空间。他们在精神上具有某种高高在上的贵族气质,疏离于中国本土的历史和时代生活,沉湎于知识、阅读、写作、静思默想的知识分子的趣味之中,对当下普通中国人生存状态和精神困惑非常隔膜,用他们典型的一句诗说来就是,"你生活在这个时代/却呼吸着另外的空气"(王家新语)。这种置身事外的观望姿态显然与20世纪90年代驳杂困惑的现实生活存在不小的距离。90年代中后期,这些诗人开始反省他们的诗歌创作的得失,他们的诗歌向度有了某种程度的调整和转变,加强了对本土历史和现实的关注和批判锋芒,显示出知识分子应有的精神维度和社会责任感,在肖开愚的《向杜甫致敬》等篇目中我们发现了一些可喜的转变。

王家新(1957—)被认为是20世纪90年代具有代表性的诗人,这个在80年代中后期就成名的诗人,在90年代似乎突然意识到时代的巨变带给人的震惊和断裂感,他的代表作《帕斯捷尔纳克》散发出某种沉痛、肃穆的气息,具有一种无以言说的哀伤感,他以借喻的方式表达了时代与个人之间的巨大的裂痕,从文本的氛围中吐露出某种悲剧性的内心隐痛,让人百感交集而无法释怀,这种情绪既是他个人的,也暗含了90年代初的某种普遍的社会情绪。

帕斯捷尔纳克

不能到你的墓地献上一束花

却注定要以一生的倾注,读你的诗

以几千里风雪的穿越

一个节日的破碎,和我灵魂的战栗

终于能按照自己的内心写作了

却不能按一个人的内心生活

这是我们共同的悲剧

你的嘴角更加缄默,那是

命运的秘密,你不能说出

第十二章 90年代的诗歌

只是承受、承受,让笔下的刻痕加深
为了获得,而放弃
为了生,你要求自己去死,彻底地死

这就是你,从一次次劫难里你找到我
检验我,使我的生命骤然疼痛
从雪到雪,我在北京的轰然泥泞的
公共汽车上读你的诗,我在心中

呼喊那些高贵的名字
那些放逐、牺牲、见证,那些
在弥撒曲的震颤中相逢的灵魂
那些死亡中的闪耀,和我的

自己的土地!那北方牲畜眼中的泪光
在风中燃烧的枫叶
人民胃中的黑暗、饥饿,我怎能
撇开这一切来谈论我自己

正如你,要忍受更剧烈的风雪扑打
才能守住你的俄罗斯,你的
拉丽萨,那美丽的、再也不能伤害的
你的,不敢相信的奇迹

带着一身雪的寒气,就在眼前!
还有烛光照亮的列维坦的秋天
普希金诗韵中的死亡、赞美、罪孽
春天到来,广阔大地裸现的黑色

把灵魂朝向这一切吧，诗人

这是幸福，是从心底升起的最高律令

不是苦难，是你最终承担起的这些

仍无可阻止地，前来寻找我们

发掘我们：它在要求一个对称

或一支比回声更激荡的安魂曲

而我们，又怎配走到你的墓前？

这是耻辱！这是北京的十二月的冬天

这是你目光中的忧伤、探寻和质问

钟声一样，压迫着我的灵魂

这是痛苦，是幸福，要说出它

需要以冰雪来充满我的一生

欧阳江河（1956— ）也是知识分子写作的重要诗人，他在20世纪80年代中后期就开始写作，参加"非非"诗社的一些活动，并写有《悬棺》等作品。《悬棺》是那种晦涩、含混、自闭式的作品，在繁复的意象、诡异的氛围、深奥的隐喻中表现中国古典文化的博大精深，神秘玄妙，该诗充满了某种阴郁、虚无、绝望的色彩，如同一个荒诞而斑斓的梦魇。这种孤悬于世的作品是诗人狂放、孤高的想象的产物，这种过于晦涩的不及物的写作很难引起他人解读的兴味，颇有一种才华被虚掷的印象，倒是他之后的《玻璃工厂》等作品，虽然同样充满各种晦涩、含混的隐喻，但题材现代，寓意深刻，耐人寻味。90年代欧阳江河适当调整了写作的姿态，他的诗虽然也难懂，但更多地及物，也更有一种沉稳的气度，他的《傍晚穿过广场》是一首意味深长的佳作，在一定程度上也可以被看作是90年代诗歌的代表作之一。欧阳江河还着力于诗歌批评，对同时代的与自己有相似背景的诗人及诗作所包含的特质进行总结和归纳，他的《1989年后国内诗歌写作的本土气质、中年特征与知识分子身份》一文是对"知识分子写作"特征的概括，因此也引起了不少争议。

肖开愚（1960—　）风格多变，与其他有学院背景的诗人相比，他更直接处理来自生活经验、现实及历史的写作材料，应用反讽和喜剧化的方式表达对20世纪90年代的思考，他的《国庆节》《公社》等即是如此，他的长诗《向杜甫致敬》更是对诗人写作伦理和社会责任的拷问，这在知识分子写作过分追求诗歌技巧和个人趣味而忽视写作的道义的倾向中是难能可贵的。张曙光（1956—　）关注诗歌的当代性，他的诗从自身的经验出发，反观90年代当下的中国人特别是知识分子的生活及精神状态，他的《尤利西斯》《西游记》《岁月的遗照》等作品，着力揭示当下中国人的人格的分裂、精神上的错位甚至悲剧性的体验。臧棣（1964—　）也被认为是典型的知识分子写作的代表，出版诗集《燕园纪事》等，他的去历史化的、个人趣味主义的、技巧主义的写作，被一些具有学院背景的评论者看好，但也被一些强调社会责任感的评论者所贬抑，认为这种学院派的诗是"人工的""一种阉割状态的诗歌"[1]，缺乏血性和承担，对他的诗两极的评价反映了这个时代的评论者的诗歌观念已经无法达成共识。

柏桦和陈东东是对古典诗歌韵味情有独钟的诗人，也是自20世纪80年代中后期以来一直坚持个人化、风格化写作的诗人，某种陈旧而优雅的古典情调被他们的诗所营造，能唤起具有同样心态的人的共鸣。柏桦（1956—　）早期的诗如《夏天还很远》等呈现出某种稀有的自在悠闲的品位，是第三代诗人中的一个另类，但很快他的心态

---

[1] 林贤治：《中国新诗五十年》，漓江出版社2011年版，第285页。

转向了某种虚无与空幻，诗中具有一种古典的颓废、慵懒、虚无的气息，从 20 世纪 80 年代中后期到 90 年代，柏桦的诗的这种气质愈加强烈，某种生活在现代的"古代人"在挽祷旧日的好时光一去不复返的感伤、颓唐感弥漫在他的诗中，让人产生浮生若梦的感受。陈东东（1961— ）善于将精致、冶艳、凄清的古典韵味和超现实主义的某些细节融合于他的诗中，他的《雨中的马》即是如此，90 年代他依然坚持个人化、风格化的写作，这一时期他编辑过诗歌民间刊物《倾向》《南方诗志》等，为纯诗坚守阵地的姿态难能可贵，出版诗集及诗学论著《海神的一夜》《明净的部分》及《词的变奏》等，精致、唯美、纯粹的诗歌理念贯穿于他的写作之中。

值得一提的是在朦胧诗大潮中成名的诗人王小妮，在 20 世纪 90 年代的创作独树一帜，在经历了由北向南的迁徙及生活的磨砺之后，她的诗呈现出简淡而本真的品格。她不是以一个女权主义的诗人的姿态在写作，也不是以一个精英知识分子的姿态写作，而是以一个生活在俗世但没放弃观察和思考的诗人的方式写作，她从自我的亲历的经验出发，把对人世周遭的冷暖、善恶、美丑的体悟转化为诗，她在物欲横流的俗世，仍然保持一颗纯粹的诗心，"没人看见我／一缕缕细密如丝的光。／我在这城里／无声地做着一个诗人"（《工作》）。一种既平凡又高贵，既被世俗围困又超越于凡俗之上的品质灌注于她的诗歌之中。她的《一走路，我就觉得我还算伟大》就是对这种品质的最好诠释。她的《和爸爸谈话》《看望朋友》等都是对当代炎凉世相的揭示。她的《十枝水莲》既是对水莲自由的开放、安静的自处的赞美，也是对一种自由精神的向往，在某种程度上水莲的简单、自在的生命姿态就是诗人本真的写照。

第三节　民间写作和下半身写作

自称民间写作的作者大多是 20 世纪 80 年代中后期提倡以平民姿态写口语化诗的作者。除于坚之外，伊沙是"民间写作"的积极倡导者，伊沙（1966—　）自 80 年代中后期开始在第三代诗人中崭露头角，他一直以反文化、反传统、反正统的姿态写作。他的这种立场一方面来自对传统文化和传统政治的绝望，另一方面来自对美国"垮掉的一代"的艺术家思想观念的模仿，他的诗具有某种后现代主义解构一切、削平深度的倾向。他自 80 年代中期以来一直用口语写诗，不避讳那些粗鄙、低俗的字眼。他的《车过黄河》写火车过黄河，"我"在撒尿的情节，完全是对神圣事物（黄河及其象征）亵渎的姿态，他鄙视屈原的一切为政治的人生态度，写了《哀哉屈子》，他的《饿死诗人》自称是"一个用墨水污染土地的帮凶／一个艺术世界的杂种"，对虚伪、矫情的诗人们伪善的抒情加以鄙视与嘲讽。他似乎对一切耳闻目睹的人事都采取否定、嘲讽、调侃的态度，以一个俗人的方式讽刺完全世俗化的世界，甚至把写诗当作对这个恶心世界的呕吐和发泄，但是他在内心仍然认定自己是一只鸽子，虽然被冲天大火熏成了黑鸟（《鸽子》）。从伊沙的明白如话的口语诗里仍能体验到他不甘为俗人的态度，只是他过于反叛的姿态引起不少正人君子的反感，但他的诗在某种程度上准确表达了世俗化世界的乱象和真相。

饿死诗人

那样轻松的你们

开始复述农业

耕作的事宜以及

春来秋去

挥汗如雨　收获麦子

你们以为麦粒就是你们

为女人迸溅的泪滴吗

麦芒就像你们贴在腮帮上的

猪鬃般柔软吗

你们拥挤在流浪之路的那一年

北方的麦子自个儿长大了

它们挥舞着一弯弯

阳光之镰

割断麦秆　自己的脖子

割断与土地最后的联系

成全了你们

诗人们已经吃饱了

一望无边的麦田

在他们腹中香气弥漫

城市中最伟大的懒汉

做了诗歌中光荣的农夫

麦子　以阳光和雨水的名义

我呼吁：饿死他们

狗日的诗人

首先饿死我

第十二章 90年代的诗歌

一个用墨水污染土地的帮凶

一个艺术世界的杂种

在20世纪末沿着口语化、世俗化、民间化路线继续前行,利用网络的影响力获得广泛关注的是下半身写作者。他们以诗江湖网站为据点,发表他们的诗歌主张和作品,以诗歌先锋自居,追求"肉体的在场感",作品中充满赤裸裸的肉欲的发泄,誓言要把诗的品质下降到"畜生级的"水平。

下半身写作者是一群20世纪70年代后出生的年轻人,主要成员有沈浩波、尹丽川、李师江、朵渔、李红旗等,他们似乎一夜之间突然领悟了写诗的真谛,发现下半身的力比多才是创作的最大源泉、对象和目的,开始在作品中肆无忌惮地写性,其领军人物沈浩波在其诗歌宣言《下半身写作及反对上半身》里称:"只有肉体本身,只有下半身,才能给予诗歌乃至所有艺术以第一次推动。……因为它干脆回到了本质。"他认为,"知识,文化,传统,诗意,抒情,哲理,思考,承担,使命,大师,经典,余味深长,回味无穷……这些属于上半身的词汇与艺术无关,这些文人词典里的东西与具备当下性的先锋性诗歌无关"。他们以摧毁一切、解构一切的姿态写自己认为是诗的东西,主张"从肉体开始,到肉体为止",试图通过回到动物性体验、生理性快感状态返归到"人的本质",说白了就是试图通过性来验证生命的价值和意义,在他们的作品里面,我们看到的是肉欲横行、灵魂失散的类动物性体验,而他们在诗歌形式上走的是口语化、散文化路线,是那种脱口而出、脏话连篇的流水账,几与下流话没多大区别。

20世纪90年代后期的一部分诗人强调诗的在场感,及物性和身体性,这种探索有它的理论和实践价值,对诗回归现实和当下、贴近心身有一定的意义,但下半身写作把诗的在场感、身体性简化、极端化为性欲，他们的作品除了性，还是性，性是他们最大的主题，也是他们最大的卖点。他们把乳房、精液、阳具、阴道、赤裸裸的性行为用粗俗的口语写入诗歌，作品中所涉及的性无所不包，性交、意淫、手淫、狎妓、纵欲……应有尽有，尽其所能。下半身写作的代表作者沈浩波不仅发表宣言，还身体力行去实践他的主张，写有《一把好乳》《做爱失语症》《挂牌女郎》之类的作品，例如，他的《肉体》这首"诗"："男肉体和/女肉体/滚到一起/抱成一团/用鼻子嗅/用手摸/用嘴唇舔//不一会儿/就热了起来/两具肉体/汗腻腻的//又过了一会儿/女肉体/对男肉体说/你下去吧/咱俩别靠/这么近/太热了//男肉体/十分委屈/他没忍心说的话/女肉体竟/先说了。"这算是沈浩波最干净的作品了，他的许多作品用词肉欲化、色情化，粗鄙的脏话、骂字随处可见。由于写作时候太随心所欲，语言在他的笔下如同白开水一样寡白乏味，只能靠性这个题材上的刺激来吸引读者的眼球。女诗人尹丽川的作品《为什么不再舒服一点》，直截了当地写做爱，"哦，再深一点再浅一点再轻一点再重一点"，这种完全肉欲化的作品充斥着大量的淫词滥调，这种极端非道德化的作品，只有肉体的赤裸裸的感官刺激和发泄，毫无美感可言，这大概是古今中外最色情的一类诗歌了。对这类色情读物，读者不见得会把它们当诗看，更多只是把它们当作助"性"和意淫的产品加以对待，估计类似阅读一些补肾壮阳的粗俗的广告。如果文学，或者诗歌，被当作这种生理性产品的广告加以对待的时候，也许这正是沈浩波们希望的结果，但却是诗歌的沦落。

现代诗歌涉足性，也不是什么大不了的事情，但怎么写性，以什么样的方式写性，却还是能看出诗人的格调和品位，下半身写作的作品所涉及的性就是单纯地追求性的生理性快感。这种单纯的性心理、性过程展示，他们认为可以解构上半身的枷锁，回到人的最原始、最自然、最本真的状态，但我们在他们的作品里看到的却是一个又一个粗鄙的肉欲化、物质化的身体，一个又一个空虚的没有灵魂的行尸走肉。西方20世纪60年代的性解放思潮的历史经验告诉我们，对肉体和肉欲的极端崇拜只是另一种形式的乌托邦，只能导致人的灵性和神性的退化，肆意地放纵并不是人性解放的坦途，对肉体和肉欲的过度崇拜，并不能消解任何束缚人性的枷锁，反而会使人更加沉沦，更加颓废。

下半身写作是网络时代的诗的畸形产儿，没有网络，沈浩波们的那些色情化的读物大概只能在很小的范围中存在，满足少数人自淫和意淫的心理需要，纸媒报刊不敢冒巨大的风险发表这种完全色情的读物，但是网络的兴盛似乎为沈浩波们提供了为所欲为表达的空间，网上匿名写作方式为他们原欲的发泄提供了不负责任的天然屏障，民间诗歌的旗号也为他们的读物注册了"前卫""先锋""另类"的标签，组团结社增加了"集体的战斗力"，使得下半身写作在网络世界迅速走红。但是网络只是载体，它只是一种中性的存在物，利用网络写作什么、传播什么却有高低上下之别。网络的兴盛，本来为日益衰微的诗歌提供了某种振兴的契机和可能，许多有志于诗歌建设的网站和诗社，为诗歌的网络化发展作出了一些有益的尝试和努力，取得了不少值得称道的经验，但下半身写作却选择了低俗的肉欲化写作路线来迎合广大网民感官化的阅读需要，以媚俗的姿态取悦网民的低级趣味，通过这种方式获得网民的认同和赞赏，实在是网络诗歌写作的歧途。如果深究一下他们的写作动机，我们会不难发现，下半身写作者的写作动机，不见得是他们自称的用下半身解构上半身的宏大冲动，更多来自于未名的年轻人对名和利的渴求，是在功利主义的驱动下的某种喧哗和骚动。下半身写作作为网络时代的一个典型个案，反映了网络时代的一些诗歌作者道德观念的淡化、艺术趣味的恶化和享乐主义的盛行。

众所周知,诗歌是最具有精神性的艺术门类,是特别属于"上半身"的艺术。它更多地关注灵魂和精神,或者在灵与肉的冲突揭示灵的超越性,人类需要诗歌艺术,其目的也很大程度上在于此,诗歌永远是人类的精神标杆,而不是肉体的尺度。虽然朦胧诗以后的诗坛一部分诗人的诗作走向了世俗化,强调诗的在场感和身体性,在日常、平凡的生活场景中抒写对生活的诗性感受,但诗的世俗化并不意味着诗的低俗化、肉欲化,诗歌不是过剩的力比多发泄的场所,而是人类诗性在场的栖居地,诗坛虽然不是纯洁无瑕的圣地,但也不是随地方便的垃圾场,下半身写作者笔下的所谓的诗,只是一堆欲望过剩的分泌物罢了,试图用下半身的分泌物解构作为属于"上半身"的诗,只是自己的一厢情愿的臆想,是永远不可能完成的任务。对肉体的乌托邦崇拜如果以消解人的精神性存在为目标,只能造成灵与肉的再次分裂,同样是二元对立的思维所操纵之下的另一个虚无的神话。

下半身写作,从诗歌发生学上说,它是中国当代诗歌中的一次恶性的裂变,是20世纪80年代中后期以来,那种反文化、反诗学写作的风气延续和膨胀性发展的结果,由于网络为他们提供了天然的匿名的屏障,和无所顾忌的自由表达的空间,他们比其前辈诗人们滑得更远,陷得更深,对网络读者的感染性很强,对诗歌的破坏力更大。在我们这个艺术越来越边缘化的时代,诗歌到底是该迎合这个越来越物质化时代的需要,为它推波助澜、摇旗呐喊,写一些不堪入目的肉欲化的作品,还是应该坚守自己的写作立场,用自己的心灵去感受时代的风雨、体察内心的悸动,写出真正能打动人心的作品?真正的诗人只会选择后者。而下半身写作的作者,作为这个时代的精神的沉沦者,是对沉沦的赞美者,是难以用诗人这个高贵的名字命名的一群。值得一提的是,下半身写作的作者在新世纪之后都或多或少有了一些新的变化,他们对性和身体的兴趣明显减弱,对底层人群、社会问题的关注明显加强,这种可喜的蜕变也表明,下半身写作只是作为一时之快的发泄,转瞬即成过眼云烟,而一个诗人需要更坚实的文本,更高的人格力量去构建自己的精神世界,才能成为一个真正意义上的诗人。

第四节 网络诗歌的兴起

美国未来学家托夫勒曾预言,电脑网络的建立与普及将彻底改变人类生存及生活的模式,这一预言业已成为我们今天的现实。网络这个巨大而神奇的魔方,为人类的精神生活打开了一个全新的世界,为在市场化体制下日见衰落的中国文学注入了新异的活力,网络也给越来越边缘化的中国诗歌带来了某种新的转机。

网络作为一种新兴媒体,其信息传播的快捷、海量、个性化和互动性都是之前的其他媒体不可比拟的,与出版周期过长的文学纸媒期刊、书籍相比,更显示出它的灵活性和便捷性,深受大众的喜爱,如今网络阅读已成为当今青年人阅读的主流方式。如何利用网络,发展网络文学,借助网络拓展文学的新领域,使文学在纸媒和网络两个空间同时展开,相互促进,共同繁荣,是许多文学研究者、文学业内人士共同关注的问题。网络文学通过纸媒出版成书,或纸媒书籍上传到网络上供更多的读者阅读,业已成为一种时尚。网络小说频频引起众多网民和读者的追捧,给传统纸媒文学带来了刺激和活力,也让许多人看到了中国诗歌借助网络振兴的希望。2004年由《星星》诗刊和《南方都市报》举办的"甲申风暴·二十一世纪中国诗歌大展",把网络上的诗歌网站及民间诗刊上的上千

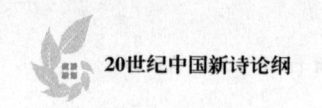

首作品通过平面媒体发表，引起了诗坛内外一定的关注，为网络诗歌的发展添加了兴奋剂，也为平面媒体和网络媒体如何互动、激活诗歌创作作出了有益的尝试。

诗歌自 20 世纪 80 年代中后期以来逐渐走向边缘化，个中原因与我们这个时代日益商业化、世俗化的语境有关，以利益最大化为基本原则的市场经济的时代在很大程度上不利于诗歌的发展，诗歌的边缘化和诗歌读者的小众化具有某种历史的必然性。自 20 世纪 90 年代中后期网络兴盛以来，诗歌借助网络传播成为一个新亮点，但与平面纸媒上的状况相似，网络诗歌的关注度也远逊于网络小说和散文，但这并不意味诗歌在网络上完全没有生存和发展的空间。事实上，诗歌作为人类激情和想象的特殊载体，天然地对青年人有强大的吸引力，诗歌是青春的事业，年轻人对它的喜爱远超过中年以上的读者，年轻人一直是诗歌写作和阅读的主体，诗歌常常会被许多具备或者不具备文学才华的年轻人所应用，来抒发自我和自我以外的情怀。以年轻人为主体的网民大多具有高中以上的文化程度，接受过初步的文学教育，一些对诗歌情有独钟的年轻人在网上发表自己的作品，志同道合的诗友建立固定的诗歌网站和网页，诗歌在网络上的生存和发展的现状上虽然存在不少问题，但利用网络开拓诗歌的新领域这一点是值得肯定的，其前景是乐观的。

在网络媒体上发表诗歌，其载体优势是纸媒无法比拟的。一般传统纸媒刊物，对诗歌的需求量不大，专门的诗歌杂志少得可怜，发行量也不大，发表门槛过高，对诗歌的质量要求严苛，著名的杂志大多被已经成名的诗人所垄断和把持，一般诗人和未名诗人几乎无法进入，阻挡了许多对诗歌怀有兴趣，但技艺还没完全成熟的诗歌作者。而在网络上，这一切完全不是问题，每个主要门户网站几乎都设有文学网页，一般都设有诗歌板块，一些专门的文学网站，更是将诗歌板块单列出来,并加以细分,为那些未名和正在成长的诗人提供了广阔的自由发表的空间。当今有志于诗歌的志同道合的年轻人,也自办了一些民间的杂志和诗歌网站,这些杂志和网站成为他们自我培养和互相激励的主要阵地,他们利用这些阵地积极拓展他们的诗歌空间,扩大自己的影响,这些杂志和网站成为培养当今中国诗歌新生力量不可忽视的一部分。

据相关资料显示,在网上发表的小说、诗歌、散文和其他四类文学样式中,每天栏目发表篇数,网络诗歌占文学网站发表数量的20%上下,每天平均阅读次数比小说和散文低,但也在100人次左右(小说和散文的阅读次数平均每天在200人次左右)。这个数字虽然和小说、散文的阅读量和点击率有较大的差距,但累计阅读量也是惊人的。与那些可能引起轰动的网络小说和散文相比,网络诗歌引起轰动的概率要小得多,但仍然存在一时洛阳纸贵的情况,在正常的宽松的社会形态中,网络诗歌也和传统诗歌一样,具有某种温和慢热的阅读效果,但如果每个诗歌网点能获得长期的持续的阅读支持,网络诗歌也可以逐渐形成比较稳定的圈子和读者群,为数众多的诗歌圈子和读者群在相互交流和碰撞中会促进网络诗歌的百家争鸣、优胜劣汰,这对网络诗歌的发展无疑能起到良好的作用。

网络诗歌与传统的纸面上发表的诗歌相比,其口语化、平民化、民间化(被有些论者称为"草根性")尤为突出。网络诗歌为中国现代诗歌的进一步口语化、平民化、民间化起到了一定的推动作用,但也为诗歌的感官化、粗鄙化、色情化打开了方便之门。由于网络是一个追求绝对平等、自由、互动的虚拟空间,交流性和"被看"成为写作的主要和首要目的,网络诗歌写作者一般都只能以平民化、民间化的姿态切入主题,注定他们的写作具有放弃高雅,拒绝严肃,从众甚至媚俗的倾向,其写作姿态偏低,导致很多网络诗歌的感官化、粗鄙化和色情化倾向非常明显，这与严格意义上的诗思合一的现代诗歌精神是背道而驰的。诗歌写作者过低的写作姿态，在一定程度上影响了网络诗歌的思想和艺术的深度。网络与其他传统媒体相比，其感官化、眼球效应尤为突出。在白热化的竞争当中，如何在第一时间抓住读者的眼球成为网站各个版主考虑的首要目标，网络作者为了适应网络读者的需要，也会有意在标题、内容、形式上标新立异，力求在第一时间被读者关注和点击。有时候新颖、独特、另类的标题可能就获得非凡的点击率。这种状况在网络诗歌的阅读中也同样有效。由于阅读的标题化、表层化和快餐化，这种阅读方式会导致许多诗歌内涵的微言大义被忽略甚至视而不见。那些试图用艰深的哲学、晦涩的语言、陌生的词汇写作的探索性诗歌，几乎在网络上无用武之地，或者会因曲高和寡而被弃如草芥。网民读者囫囵吞枣的阅读胃口和快餐式的阅读习惯，很大程度上无法容纳那些真正特立独行的诗歌和诗人的创造。用点击率和访问量来核算文本的好坏优劣的网络阅读惯例，在无形中制约着网络诗人的写作，规训着网络诗人的写作意图，影响着网络诗歌的质量。如何既保持网络诗歌的鲜明的互动性和交流性，又不失其思想深度和艺术水准，是一个亟待解决的问题。可以肯定地说，优秀的网络诗歌必须是那种可读性强又具有深刻内涵的诗歌，拙劣的网络诗歌则是那种为了点击率哗众取宠的赝品，而那些过分晦涩的探索性诗歌在网络上很难有生存、发展的空间。

虽然网络媒体的优势可能为诗歌创作带来某些新的元素和新的审美发现，但网络诗歌不能因为发表在网络上，就降低对诗歌标准的基本要求，就其评价标准而言，它也应该与纸媒上发表的诗歌在质量上保持大体一致。但是，由于网络写作的广泛参与性，网络诗歌的作者水平参差不齐，发表的门槛比纸媒低得多，发表没有太多的限制，没有严格的审阅制度，诗歌网站每天发表的海量等因素的制约，现阶段的网络诗歌可以说是泥沙俱下，"诗多好的少"，读者无法在很短时间内找出自己想要看到和特别值得阅读的作品，一些好的作品往往被大量的平庸作品湮没，而一些刺激感官的甚至低级下流的作品迎合了网民读者的低级需要可能被大量传播和哄抬，甚至网络诗歌的感官化、粗鄙化、色情化会发展成一种倾向和潮流，引起诗坛内外关注的所谓"下半身诗歌"就是这种倾向的典型代表，他们用粗俗肉麻的口语专写下半身的欲望和骚动，迎合读者的低级趣味，他们的写作败坏了网络诗歌的信誉，恶化了网络诗歌环境，对网络诗歌的写作造成极为不良的影响。

如何建立一个既自由开放又具有相当水准的网络诗歌平台，营造良好的网络诗歌生存环境和严正的批评氛围，提高网络诗歌思想艺术的水平，并且形成某种约定俗成的规范（对于网络，硬性的规定绝对是行不通的），建全网络诗歌写作、发表、阅读、评价和反馈的良性循环机制，这些都不是一朝一夕的事情，它需要热心于网络诗歌的志同道合者长期的不懈努力，相互的激励和制约，如果能建立起网络诗歌健康的秩序、良好的发展空间、有效的批评机制和通约的自律行规，网络诗歌有望成为中国诗歌的真正的生长点，并为中国现代诗歌的再次崛起作出自己的贡献，这需要许多人甚至几代人的长期努力才能实现，而现阶段的网络诗歌却刚刚启程，还有许多的路要走。

回望20世纪的诗歌历程，我们不难发现，中国新诗从总体上来说，还处于某种初创的探索和实验阶段，中国诗歌打破过去的古典诗歌以后，急遽地向现代诗歌转型，在这一充满艰险、阵痛、纠结、尴尬的历史过程中，中国新诗留下了深深浅浅、颠颠簸簸的脚印。从各个历史阶段来说，1917年到1949年，中国新诗在借鉴外国诗歌的基础上不断探索自己的发展道路，30多年的时间，成就了像郭沫若、闻一多、徐志摩、戴望舒、卞之琳、何其芳、艾青、冯至等一批有影响的中国新诗人，他们的优秀篇章为后代诗人提供了可资借鉴的典范之作。虽然这一时期，政治的动荡、战争的灾难不断摧残着诗的家园，但总有诗人在纷纷扰扰的乱世中仍在潜心地写作，并且把自己的、民族的、人类的苦难作为自己写作的题材和主题，表达诗人在世、在场的感受。1949年中国跨入一个新的时代，诗人们对进步、光明、民主、富强的向往都通过对领袖、政党、国家、人民、阶级等这些宏大主体的赞美反映出来，这种高度的政治热情是以牺牲抒情主人公的自我意识为代价的，诗人们把自己的激情毫无保留地献给了时代，没有为诗的超时代性留下一定的空间和缝隙，使得在历史翻过此页之后，发现过去所付出的一切只为时代留下了真实或虚构的幻影，后代的读者很难去拾取留在诗中的激情，如果一首诗无法唤起下一代或更多代读者的阅读热情，那么这首诗的价值和意义就会变得暧昧不明，1949—1976年的许多诗可能难逃被遗忘的运命。1976年到1999年，新诗似乎又开始了一轮新的轮回。20世纪70年代末80年代初诗人们喷薄的热情使世人惊叹又一个诗歌时代已经来临，朦胧诗人成为一个时代标志性的人物，甚至是当时青年人的精神偶像，北岛们的诗其文学意义和文学史意义都是无可取代的。但是在短暂的繁荣之后，诗歌在走向多样化的同时，诗歌潜在的危机已经出现，无序与盲目、浮躁与骚动让诗歌越来越远离读者、社会所期待的视野。到90年代在商业化、市场化的冲击下诗歌几乎退出了公众的视野。90年代是诗歌边缘化也更沉潜的时代，虽然无人喝彩，但诗坛却不乏各种争议，在民间写作和知识分子写作各执一端的争论中，80年代中后期以来所积累的思想和艺术的分歧也暴露出来，写什么和如何写、继承与创新、借鉴与原创、口语与书面语、雅与俗、诗与自我、诗与时代、诗与读者，如此等等，都是需要重新深入探讨的问题，但诗人和学者似乎没有耐心"费尔泼赖"地去探讨，而世纪末网络的兴盛对诗的写作、传播、评价带来生机与挑战，如何建立一个纸媒与网络互动的诗歌平台，建立公正、公平、公开的诗歌秩序，如何有效地利用网络扩大优秀诗歌的影响，抑制口水诗、伪诗、色情诗的泛滥，也成为诗歌批评、理论亟待解决的新问题，中国新诗就在这些矛盾、困惑、纠结中走向了新世纪，而如何解决这些难题，如何让诗走向真实的繁荣，如何让诗既深入心灵又向世界敞开，一切的一切悬而未解，中国诗人任重而道远，中国新诗艰难辉煌！

参考文献

［美］勒内·韦勒克　奥斯汀·沃伦：《文学理论》，刘象愚等译，江苏教育出版社 2005 年版。

［美］艾布拉姆斯：《镜与灯——浪漫主义文论及批评传统》，郦稚牛、张照进、童庆生译，北京大学出版社 2004 年版。

［英］戴维·洛奇：《二十世纪文学评论》（上、下册），葛林译，上海译文出版社 1993 年版。

［法］米歇尔·福柯：《知识考古学》，谢强、马月译，生活·读书·新知三联书店 1998 年版。

［法］罗兰·巴尔特：《罗兰·巴尔特文集——写作的零度》，李幼蒸译，中国人民大学出版社 2008 年版。

［法］西蒙娜·德·波伏娃：《第二性》，陶铁柱译，中国书籍出版社 1998 年版。

［美］弗雷德里克·詹姆逊：《文化转向》，胡亚敏等译，中国社会科学出版社 2000 年版。

鲁迅等：《中国新文学大系导言集 1917—1927》，天津人民出版社 2009 年版。

周作人：《中国新文学的源流》，江苏文艺出版社 2007 年版。

朱自清：《新诗杂话》，岳麓书社 2011 年版。

参考文献

王瑶：《中国新文学史稿》（上、下册），上海文艺出版社 1982 年版。

王瑶：《中国诗歌发展讲话》，江苏文艺出版社 2008 年版。

严家炎主编：《二十世纪中国文学史》（上、中、下册），高等教育出版社 2010 年版。

钱理群等：《中国现代文学三十年》（修订本），北京大学出版社 1998 年版。

洪子诚：《中国当代文学史》，北京大学出版社 1999 年版。

孙玉石：《中国现代主义诗潮史论》，北京大学出版社 1999 年版。

陈思和主编：《中国当代文学史教程》，复旦大学出版社 1999 年版。

王庆生、王又平主编：《中国当代文学》（上、下卷），华中师范大学出版社 2011 年版。

［德］顾彬：《二十世纪中国文学史》，范劲等译，华东师范大学出版社 2008 年版。

陆耀东：《中国新诗史》（三卷），长江文艺出版社 2009 年版。

刘福春：《中国新诗编年史》（上、下卷），人民文学出版社 2013 年版。

张永健：《艾青的艺术世界》，华中师范大学出版社 1998 年版。

卞之琳：《人与诗：忆旧说新》，生活·读书·新知三联书店 1984 年版。

蓝棣之：《现代诗的情感与形式》，人民文学出版社 2002 年版。

龙泉明：《中国新诗流变论》，人民文学出版社 1999 年版。

龙泉明、邹建军：《现代诗学》，湖南人民出版社 2000 年版。

李欧梵：《中国现代作家的浪漫一代》，新星出版社 2005 年版。

杨匡汉、刘福春编：《中国现代诗论》（上、下册），花城出版社 1985 年版。

姚家华编:《朦胧诗论争集》,学苑出版社1989年版。

梁仁编:《戴望舒诗全编》,浙江文艺出版社1989年版。

冯文炳:《谈新诗》,人民文学出版社1984年版。

谢冕、张颐武:《大转型:后新时期文化研究》,黑龙江教育出版社1995年版。

洪子诚、刘登翰:《中国新诗史》(修订版),北京大学出版社2005年版。

程光炜:《中国当代诗歌史》,中国人民大学出版社2003年版。

林贤治:《中国新诗五十年》,漓江出版社2011年版。

谢冕:《新世纪的太阳》,时代文艺出版社1993年版。

谢冕:《谢冕论诗歌》,江西高校出版社2002年版。

蓝棣之:《现代诗歌理论:渊源与走势》,清华大学出版社2002年版。

唐晓渡:《唐晓渡诗学论集》,中国社会科学出版社2001年版。

陈仲义:《诗的哗变——第三代诗面面观》,鹭江出版社1994年版。

孙基林:《崛起与喧嚣——从朦胧诗到第三代》,国际文化出版社2004年版。

陈超:《中国先锋诗歌论》,人民文学出版社2007年版。

陈旭光:《秩序的生长:"后朦胧诗"文化诗学研究》,陕西人民教育出版社2002年版。

罗振亚:《朦胧诗后先锋诗歌研究》,中国社会科学出版社2005年版。

王光明:《面向新诗的问题》,学苑出版社2002年版。

耿占春:《失去象征的世界——诗歌、经验与修辞》,北京大学出版社2008年版。

后　记

　　和许多在"文革"后期度过童年的人大同小异，那个时代对孩童的诗学启蒙是稀少而偏狭的，被选入教材中的新诗也是那种类似顺口溜的民歌体诗歌为主，诗歌所承载的思想内容也多是阶级和革命的宣教。新时期到来之后，中学教材中的现代诗歌作品有所增加，但真正能给青少年以思想、艺术的启迪的不多，留在我印象中有臧克家的《有的人》、李瑛的《一月的哀思》、艾青的《大堰河——我的褓姆》等，在懵懵懂懂、稀里糊涂之间完成了应试教育，在进大学之前也没觉得自己多么爱好文学或诗，而真正对诗产生浓厚兴趣是在大学期间，当时读诗、写诗在大学是一件很盛行的诗，有许多同学都在做诗人梦。那种特有的时代氛围激发了我对诗的热爱，我也开始读一些中国现代诗人的诗，读启迪过这些诗人的泰戈尔、惠特曼、艾略特等人的诗，自己也偷偷尝试写一些诗。而那时候徐志摩的诗已经可以被阅读，我也借来他的诗集，但却不知道为何我找不到读徐诗的感觉，真正让我迷狂的是风头还没过去的朦胧诗，图书馆里的舒婷、顾城等人的诗集常常被借空，我只好找一同学去转抄她笔记本上他们的诗。那种狂热的对诗歌的爱好估计这一生也不可能再有了！后来读了研究生之后，大量阅读诗歌文本及诗歌论著，对古今中外的诗有了全面的了解，也开始着手写有关诗歌方面的专业论文，当我的有关顾城诗歌的论文在大学学报上发表之后，我预感以后的毕业论文及工作可能与中国诗歌有关。毕业时候选题我写了艾青，虽然就个人爱好来说，我更喜欢何其芳式的风花雪月的诗。工作之后，给本科生、研究生开一些诗歌方面的课程，逐渐收集、整理一些相关材料，也希望能写一本属于自己的有关诗歌方面的专著，但随着时代的变化及个人阅历的增长，发现中国新诗方面的许多难点问题并未得到解决，而写作相关论文和论著也是解决问题的方式之一。一晃近二十年就过去了，近一两年一些空余时间，就主要花在该书的写作之中。当快要写完这本书稿的时候，心中却有某种迷惘和失落的情绪在弥漫，我发现中国新诗与其他新文学文体相比，真正有分量的、能经过时间和读者挑选的作品真的不算多，中国新诗仍处在探索的道路上，而且可能这种状态还会持续很长的时间。中国新诗的理论问题还有许多并没有引起学界普遍的关注，许多似是而非的问题还处在某种悬置的状态，新诗理论和批评也任重而道远。

在写作和出版过程中需要感谢许多人。我所在的大学、学院及湖北社会科学基金对该书的大力支持，使我的写作无后顾之忧，那种仅为表达自己的思考去写作的心态绝对有利于写作本身，它会迸发出一些意外的火花和灵感。我还要感谢家人及友人的支持，一个不被琐事、俗事打扰的写作环境会让自己沉浸于写作之中，可以把外面的世界关在门外。还要感谢本书的编辑郭晓鸿女士的辛勤劳作，她勤勉、细致、严谨的工作态度给我留下深刻的印象。

由于本人的学识、水平的阈限，本书中还存在不少的错误或缺陷，还请各位专家学者批评、赐教。

彭卫红

2016年盛夏于武昌南湖